Mechthild Gläser

Nacht aus Rauch und Nebel

Von Mechthild Gläser bisher im Loewe Verlag erschienen:

Stadt aus Trug und Schatten
Nacht aus Rauch und Nebel

Die Buchspringer
Emma und das vergessene Buch
Ophelia und die Bernsteinchroniken
Worte des Windes

Mechthild Gläser wurde im Sommer 1986 in Essen geboren. Auch heute lebt und arbeitet sie im Ruhrgebiet, wo sie sich neben dem Schreiben ihrem Medizinstudium widmet und außerdem ab und an unfassbar schlecht Ballett tanzt – aber nur, wenn niemand hinsieht. Sie liebt es, sich abstruse Geschichten auszudenken, und hat früh damit begonnen, sie zu Papier zu bringen. Inspiration dafür findet sie überall, am besten jedoch bei einer Tasse Pfefferminztee.

MECHTHILD GLÄSER

NACHT AUS RAUCH UND NEBEL

Loewe

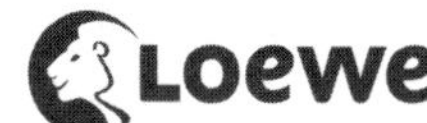

ISBN 978-3-7432-1257-2
1. Auflage als Loewe-Taschenbuch 2022

Dieses Werk wurde vermittelt durch die
Literarische Agentur Thomas Schlück GmbH, 30161 Hannover
Umschlagfotos: © Grisha Bruev/Shutterstock.com, © Denira/Shutterstock.com,
© yaalan/Shutterstock.com, © Pakhnyushchy/ Shutterstock.com © liza1979/Shutterstock.com,
© Vermette108/Shutterstock.com, © Composer/stock.adobe.com
Umschlaggestaltung: © 2021 Shane Rebenschied
Titellettering: Johanna Mühlbauer
Printed in the EU

www.loewe-verlag.de

PROLOG

Schwarz hing der Himmel über den Gassen von Eisenheim. Seelen regneten als menschliche Tropfen von ihm herab, farblose Gestalten, die kurz darauf frierend in ihren Häusern landeten, über die Straßen flanierten oder durch die Fabriktore des Schlotbarons strömten, während andere bereits wieder verschwanden, weil ihre Körper in der realen Welt aufgewacht waren. Wer zurückblieb, hastete bibbernd durch die Straßen und machte, dass er ins Warme kam. Jedenfalls wenn er konnte.

Die Dame rieb die behandschuhten Finger aneinander und zog sich ihr Pelzcape fester um die Schultern. Trotz der Decke, die sie auf der Rückbank des Oldtimers über ihre Beine gebreitet hatte, fühlten ihre Füße sich taub in den geknöpften Stiefelchen an. War es in Eisenheim schon immer so kalt gewesen? Die Dame versuchte, sich zu erinnern, kam jedoch zu keinem zufriedenstellenden Ergebnis. Dafür verließ sie die schützenden Mauern von Notre-Dame viel zu selten. Möglicherweise war es schlicht der Schock, nach Monaten wieder einmal draußen zu sein.

Ihr war keine Wahl geblieben. Ein Hinweis auf die Prophezeiung hatte sie in die Nacht hinausgetrieben. Auch wenn er ins Leere geführt hatte, sie war froh, ihm nachgegangen zu sein. Jedes Fitzelchen Information über Flora und den Weißen Löwen konnte von Bedeutung sein.

Der Wagen holperte über das Kopfsteinpflaster von Graldingen und die Dame hoffte, bald da zu sein. Nun, da sie mit leeren Händen zurückkehrte, hatte sie keine Freude mehr an der frischen Luft oder dem Anblick der Stadt, die ihr sonst so gefielen. Genau wie alle anderen wollte sie nur noch vor ein prasselndes Kaminfeuer. Eine Tasse Tee trinken. Frisch aufgebrüht und mit einem Schuss Likör …

Doch statt aufs Gas zu treten, verlangsamte der Chauffeur das Auto. Die Fahrt geriet ins Stocken, weil ein mit der glänzenden Hülle eines Luftschiffs beladener Transporter ihren Weg kreuzte. Mehrere Wagen mühten sich damit ab, das Ungetüm von einem Zeppelin durch die Gasse zu quetschen. Da war kein Durchkommen.

Der Chauffeur fluchte und schob sich ein nach Anis duftendes Bonbon in den Mund. »Das wird dauern«, brummte er, das Bonbon klackerte gegen seine Zähne.

Das Luftschiff füllte jetzt die gesamte Windschutzscheibe aus, silberne Stoffbahnen zwischen bröckelnden Stuckfassaden.

Unter ihrer Maske presste die Dame die Lippen aufeinander und schloss die Augen. Vermutlich würde sie zu spät zu ihrer Verabredung kommen. Zu spät und tiefgekühlt wie ein Fischstäbchen. Warum hatte sie bloß ein Automobil ohne Flugantrieb ausgesucht? Weil sie es hasste, den Boden unter den Füßen zu verlieren, nun gut. Dennoch war es wenig vorausschauend gewesen, zur Hauptverkehrszeit die inneren Stadtbezirke durchqueren zu wollen. Die Dame ärgerte sich über sich selbst.

Die Minuten verstrichen, während das Luftschiff in Zeitlupe vor ihnen über die Straße kroch und das Klackern des Anisbonbons immer lauter und ungeduldiger wurde. Das Trommeln von Fingern auf dem Lenkrad gesellte sich dazu. »Nun, wir können uns nicht an jede Verkehrsregel halten. Ich setze zurück«, entschied der Chauffeur schließlich und legte den Gang ein.

»Gute Idee«, pflichtete die Dame ihm bei.

Hinter ihnen hupte jemand, als sie sich in Bewegung setzten.

»Platz da!«, rief ihr Chauffeur und kurbelte das Fenster herunter, sodass ein Windhauch sie frösteln ließ. »Das ist ein Notfall, wir – «

Die Dame erfuhr nicht mehr, welche Ausrede er den hinter ihnen Wartenden hatte auftischen wollen, denn in diesem Augenblick knallte etwas auf das Dach ihres Wagens und hinterließ eine gewaltige Delle im Blech gleich über dem Kopf der Dame. Sie stieß einen spitzen Schrei aus und warf sich zur Seite. Direkt neben ihrem Gesicht schabte der Flügel eines Schattenpferdes über die Fensterscheibe. Was ging hier vor?

Die Dame wollte sich gerade aufrappeln, ihren Hut zurechtrücken und den Schaden inspizieren, da traf etwas den Kofferraum. Es schepperte ohrenbetäubend. Dann passierten mehrere Dinge gleichzeitig. Ein Wiehern zerriss die Nacht, ein Huf bohrte sich in die Motorhaube, ein anderer zertrümmerte die

Windschutzscheibe und die Nase ihres Chauffeurs mit einem einzigen Tritt.

Glas splitterte.

Blut spritzte.

Der Chauffeur heulte vor Schmerz.

Qualm stieg vom Motorblock auf, dessen Tuckern sich zum Röcheln eines sterbenden Tieres verzerrte.

»Nein!«, rief die Dame und: »Hilfe!« Verzweifelt klammerte sie sich an den Türgriff und machte sich so klein wie möglich, kauerte sich im Fußraum zusammen wie ein verschrecktes Kind. Ein weiterer Schlag ließ den Oldtimer erzittern. Die Dame hörte sich selbst kreischen. Es klang unheimlich und schien die Angreifer für einen Augenblick zu irritieren, denn plötzlich verschwanden die Flügel an der Scheibe.

Langsam hob die Dame den Kopf, bis sie über die untere Kante des Fensters spähen konnte. War es vorbei? Würde sie noch einmal davonkommen? Der Hoffnungsschimmer verblasste so rasch, wie er aufgeglommen war. In der Dunkelheit erkannte die Dame die glühenden Augen mehrerer Schattenpferde, die schnaubend die Köpfe senkten.

Sie nahmen bloß Anlauf.

1

ASCHE

»Warum nicht?«, fragte Linus und lächelte mich unschuldig an. Sein Lippenpiercing glänzte im Licht der Laterne, unter der wir saßen.

Mit dem Kinn deutete ich auf das mit *Hello Kitty* dekorierte Fenster in der ersten Etage des Reihenhauses auf der anderen Straßenseite. »Äh, weil Wiebke die Windpocken hat.«

»Sie ist nicht mehr ansteckend.«

»Aber sie schläft.« Ich verdrehte die Augen. »Es ist drei Uhr morgens, Linus, und ich komme nicht mit rein.«

»Verstehe.« Er verschränkte die Arme vor der Brust, zog eine Schnute und sah unter seinen langen dunklen Wimpern hervor. Zur Jeans trug er lediglich ein Muskelshirt. Kein Wunder, dass er es kaum noch hier draußen aushielt, es war immerhin Mitte November. »Hoffentlich hole ich mir nicht den Tod.«

»Wenn, wärst du jedenfalls selbst schuld.« Ich zog den Reißverschluss meiner Daunenjacke ein Stück nach oben. »Niemand zwingt dich, hier mit mir Wache zu halten.«

»Und niemand zwingt dich, hier draußen auf einer Parkbank

herumzusitzen, um uns zu beschützen. Wir könnten es uns drinnen gemütlich machen. Mit Tee und einer Decke, bei mir im Zimmer, auf meinem Bett …«

Er zwinkerte mir zu und ich musste mich anstrengen, nicht aus Versehen zu grinsen. Denn das würde er hundertprozentig falsch verstehen. Obwohl er wusste, dass ich seit Monaten einen anderen liebte, versuchte er immer noch, bei mir zu landen. Dabei hatte er so viel Auswahl, die Mädchen auf unserer Schule standen quasi Schlange. Trotzdem flirtete Linus mich bei jeder Gelegenheit an, als wäre ich das einzige weibliche Wesen auf diesem Planeten. Und Gelegenheiten gab es viele, wenn man bedachte, dass nicht nur seine Zwillingsschwester und ich beste Freundinnen waren, sondern seit dem Vorfall mit dem Schattenreiter vor einigen Wochen auch immer ein Seelenwanderer in der Nähe der beiden blieb.

Unter anderem ich.

Gemeinsam mit Marian und sieben anderen Kämpfern des Grauen Bundes teilte ich mir die Tage und Nächte, um meine Freunde vor dem zu beschützen, was ich in Gang gesetzt hatte. Es war verrückt, wie sich mein Leben verändert hatte, seit ich herausgefunden hatte, dass es die Schattenstadt Eisenheim gab, in der die Seelen aller Menschen sich versammelten, sobald diese einschliefen. Ich war zu einer Wandernden geworden: Im Gegensatz zu Wiebke und Linus erlebte ich diese Reise nun bewusst mit. Doch damit nicht genug, ich hatte meinem Vater, dem Schattenfürsten, auch noch einen magischen Stein gestohlen, ihn verborgen, wiedergefunden und erneut versteckt, bevor ich anschließend alle belog, indem ich so tat, als hätte ich meine Erinnerungen daran verloren. Das hatte einige Leute ziemlich wütend gemacht, zum Beispiel meinen Freund Marian, den ich dadurch verloren hatte, und den Eisernen Kanzler, der nun Jagd auf meine Freunde machte. Dennoch behielt ich mein Geheimnis für mich, denn der Weiße Löwe war gefährlich.

»Geh doch einfach schlafen«, sagte ich.

Linus kniff die Augen zusammen. »Damit du hier allein herumsitzt? Mitten in der Nacht?« Er sprach in der beruhigenden Stimmlage, mit der man Wahnsinnige bedachte, um sie nicht zu verschrecken. »Niemals. Wer weiß, wer sich hier um diese Zeit herumtreibt. Vergewaltiger, Axtmörder …« Er versuchte es zu verbergen, doch er zitterte am ganzen Körper.

Ich betrachtete die gepflegten Vorgärten und die akkurat gesäumten Kieswege des Parks, in dem wir saßen. »Klar, in eurem Viertel ist die Kriminalitätsrate bestimmt erschreckend.« Jetzt lächelte ich doch ein bisschen.

»Alles wäre einfacher, wenn ich auch so ein Wandernder werden könnte. Ich verstehe sowieso nicht, warum nur ein paar Tausend Menschen auf der ganzen Welt dieses komische Bewusstsein für Eisenheim haben dürfen«, schnaubte Linus.

Weil der Rest der Menschheit in den Minen arbeiten und Dunkle Materie für uns abbauen muss, dachte ich. Es war besser, wenn sich die Schlafenden nicht daran erinnerten, und auch Linus würde es nur beunruhigen, wenn er davon erfuhr. »Du brauchst dir wirklich keine Gedanken um mich zu machen. Ich werde sowieso gleich abgelöst.«

»Ja?«, fragte Linus mit einem Stirnrunzeln, als wäre er sich nicht sicher, ob er sich freuen sollte, weil er dann bald ins Warme konnte, oder sich ärgern, weil er bereits ahnte, wer in Kürze hier auftauchen würde. Er blickte auf die Uhrzeitanzeige im Display seines Smartphones. »Wann denn?«

Ich zögerte.

»Flora? Wann kommt die Ablösung?«

»Äh, gleich.«

»Gleich?«

»Mhm.« Ich nickte. » Also noch nicht sofort.«

»Sondern?«

Ich zog die Knie an und steckte sie mit unter meine Jacke, sodass ich in einem Kokon aus Daunen auf der Bank hockte. »In … nicht allzu ferner Zukunft?«, stammelte ich.

Linus runzelte die Stirn. Er saugte an seinem Lippenpiercing. »Häh?«, sagte er schließlich und brachte mich mit seinem verwirrten Gesichtsausdruck endgültig zur Kapitulation.

»Vor anderthalb Stunden«, gab ich zu und stützte den Kopf in meine in den Jackenärmeln steckenden Hände, um mich für Linus' Ausbruch zu wappnen, der unweigerlich folgte, wann immer er etwas an Marian fand, das er kritisieren konnte. In der Regel genügten Kleinigkeiten wie die bloße Anwesenheit meines Exfreundes. Eine Verspätung von über einer Stunde war für Linus vermutlich Grund genug, Marian aus dem Land zu jagen.

Tatsächlich schäumte er bereits einen Atemzug später vor Wut. »Alter! Ich wusste, er ist ein Arsch. Aber dass er dich echt versetzt! Noch dazu mitten in der Nacht! Bei minus achtzig Grad und –«

»Der Arsch hatte mit einem Notfall zu tun«, sagte eine Stimme hinter uns, ehe Linus sich weiter in Rage reden konnte.

Eine bleiche Hand schob sich auf meine Schulter. »Tut mir leid«, murmelte Marian.

Einen Wimpernschlag lang hüllte mich der Duft von Holz und Erde ein. Finnischer Wald. Dann ließ Marian mich so plötzlich los, als habe er sich an mir verbrannt, und kam um die Bank herum. Breitschultrig baute er sich zwischen Linus und mir und dem Haus, das wir bewachten, auf. Das weißblonde Haar hing ihm ungekämmt in die Stirn, seine Kiefer presste er aufeinander, die Muskeln unter seinem Kapuzensweatshirt waren angespannt. Wieder einmal erinnerte er mich so sehr an einen Wikinger, dass ich vor meinem inneren Auge förmlich sah, wie seine Vorfahren in Drachenbooten die Weltmeere erobert hatten.

»Spät dran, was?«, feixte Linus, den Marians Gestalt nicht im Geringsten zu beeindrucken schien. Er hatte die Beine vor sich ausgestreckt und seinen rechten Arm wie zufällig hinter mir auf die Lehne der Bank gelegt. »Wir hatten trotzdem einen netten Abend. Oder sollte ich lieber sagen: gerade deswegen?«

Der herausfordernde Unterton prallte von Marian ab wie von einer Wand, er bemerkte ihn nicht einmal. Stattdessen starrte er mich an. In seinem Blick erkannte ich, dass etwas nicht in Ordnung war. Ganz und gar nicht in Ordnung. Mit einem Schlag war ich hellwach.

»Es war sehr unterhaltsam.« Linus grinste vielsagend.

»Wurdet ihr etwa angegriffen?«, fragte Marian alarmiert. Seine Hände ballten sich zu Fäusten.

»Nein, hier war alles ruhig. Keine Schattenreiter weit und breit, Linus redet bloß mal wieder Blödsinn«, beeilte ich mich zu sagen. »Was ist denn passiert?«

»Eisenheim«, stieß Marian hervor. Erst jetzt bemerkte ich, wie schnell er atmete. Du meine Güte!

»Was? Was ist mit Eisenheim?« Meine Handflächen wurden feucht.

Für einen Sekundenbruchteil huschten Marians Pupillen in Linus' Richtung und wieder zurück.

»Marian?« Die nächtliche Stille wurde mit einem Mal unangenehm drückend. »Marian? Rede mit mir.«

»Nichts«, sagte er mit zusammengebissenen Zähnen.

Endlich schien auch Linus den Ernst der Lage zu erkennen. »Okay, Leute, hab's kapiert. Das ist mein Stichwort.« Er erhob sich. »Also dann: Bis morgen. Gute Nacht, Flora! Tschüss, Hulk! Wird hier ja sowieso langsam ungemütlich.«

»Nacht«, murmelte ich abwesend, während Linus schon zum Haus auf der anderen Straßenseite stapfte und mit zitternden Fingern einen Schlüsselbund aus seiner Hosentasche angelte. Kurz darauf fiel die Haustür hinter ihm mit so viel Schwung ins Schloss, dass vermutlich seine ganze Familie erschrocken aus dem Schlaf fuhr.

Allerdings war das im Augenblick so ziemlich das Letzte, worum ich mir Sorgen machte. »Was ist passiert?«, fragte ich, jede Silbe einzeln betonend. Ich unterdrückte den Impuls, Marian bei den Schultern zu packen und zu schütteln. »Wurde jemand verletzt? Geht es meinem Vater gut? Hat der Kanzler –«

»Es hat geregnet«, flüsterte Marian. »Ascheflocken! Und das Nichts … *es bewegt sich wieder!*«

Die Furcht schwappte durch meine Glieder wie Eiswasser. Fassungslos starrte ich Marian an und er starrte zurück. Das sonst so leuchtende Grün seiner Augen wirkte dunkel, als läge ein Schleier darüber.

»Es bewegt sich wieder?«, wiederholte ich seine Worte, die sich so ganz falsch auf meiner Zunge anfühlten. Schließlich durfte das nicht sein. Das Nichts, das die Schattenstadt umgab und alle paar Jahrzehnte einen Teil von ihr fraß, war noch lange nicht wieder so weit. Jedenfalls war dies die einhellige Meinung der Wissenschaftler Eisenheims gewesen. Erst vor wenigen Tagen hatten sie meinem Vater noch versichert, wie zuversichtlich sie wären, bald hinter das Geheimnis der vollkommenen Abwesenheit von Materie zu kommen und ein Mittel, mit dem man das Nichts würde kontrollieren können, zu entwickeln. Das Nichts, das in gleichem Maße faszinierend wie tödlich war. »Das kann nicht sein.«

Doch Marian nickte kaum merklich. »Es leckt an den Mauern Notre-Dames.«

Mit dem Nachtexpress fuhr ich zu unserer Wohnung in Essen-Steele, die ich stockfinster und grabesstill vorfand. Sicherheitshalber überprüfte ich alle Zimmer, inklusive des Geheimbüros meines Vaters hinter der Wand seines Arbeitszimmers, in dem wir Marian beherbergt hatten, als er sich noch als Austauschschüler ausgegeben hatte. Erleichtert stellte ich fest, dass sowohl mein Vater als auch unsere ältliche Haushälterin Christabel schlummernd in ihren Betten lagen, Ersterer in einem mit Goldfischen bedruckten Pyjama voller Chipskrümel, Letztere mit pinkfarbenen Lockenwicklern im Haar und einer gehäkelten Schlafbrille mit Troddeln über den Augen. Doch bis auf die Geschmacksverirrung wirkten beide gesund und vor allem lebendig. Ich atmete auf. Das Nichts hatte bisher keinen von ihnen verschlungen.

Vermutlich riefen die beiden in Eisenheim gerade den Notstand aus. Immerhin war mein Vater der Herrscher der Schattenstadt und Christabel sein treuer Bodyguard.

Auf leisen Sohlen schlich ich ins Bad und putzte mir die Zähne, dann legte ich mich mit Klamotten ins Bett. Mittlerweile war es fast vier Uhr, nur noch zweieinhalb Stunden blieben mir bis zum Weckerklingeln und die würde ich nutzen. Um meinen Körper auszuruhen. Und um die Lage in Eisenheim auszukundschaften. Ich hatte Glück, dass es bereits so spät und ich zum Umfallen müde war. Der Schlaf stellte sich ein, kaum dass ich meine Augen geschlossen hatte.

Wie immer, seit ich zu einer Wandernden geworden war, war das Einschlafen kein sanftes Hinüberdämmern, kein Durcheinanderwirbeln von Gedankenfetzen, die sich zu Traumbildern formten, sondern ein dunkler Sog, dem ich mich nicht widersetzen konnte. Von einem Herzschlag zum nächsten war in mir nichts als Schwärze, Finsternis, die jede Faser meines Körpers aushöhlte und mich verschlang. Schon fiel ich. Wind zerzauste mein Haar und ließ es hinter mir flattern.

Ich schrie nicht, während ich ins Bodenlose stürzte. Warum auch? Es gab keinen Grund, Angst zu haben. Zuerst kam die

Schwärze, dann das Licht und dann die Stadt. Nacht für Nacht, wann immer ich einschlief. Auch heute umfingen mich Wärme und Helligkeit jäh und wohltuend. Das Gleißen, dessen Quelle ich nicht ausmachen konnte, lockte und liebkoste mich, sodass ich am liebsten dort geblieben wäre. Aber natürlich ging das nicht, denn ich fiel immer weiter. Zärtlich strichen die letzten Lichtstrahlen über meine Wangen. Dann griff eisige Kälte nach mir und biss mir ins Gesicht. Ich sauste durch Nacht und Dunkelheit und erkannte um mich herum andere Seelen, die ebenfalls fielen.

Unter uns lag Eisenheim, ein farbloses Meer aus Häusern und Straßen, schattenhafte Pendants berühmter Bauwerke aus allen Epochen und Kulturen. Noch hatte die Stadt, die sich von Horizont zu Horizont erstreckte, die Größe einer Briefmarke. Aber das änderte sich mit jedem Atemzug, den ich tat. Immer schneller raste ich in die Tiefe. Bald schon konnte ich das Nichts ausmachen, das die Schattenstadt wie eine Faust umschlossen hielt, jederzeit bereit zuzudrücken. Auch heute beugte es sich über Eisenheim, bereit zum Sprung, doch kam es mir vor, als wären da schlierenhafte Bewegungen, wabernde Nebelfetzen, die auf die Ränder der Stadt zukrochen. Oder bildete ich mir das nur ein?

Ich versuchte, mich zu orientieren, erkannte den Palast meines Vaters auf dem Hügel, der Grind genannt wurde, das glitzernde Band des Hades, der die Stadt durchfloss, und die Siedlung der Arbeiter im Krawoster Grund. Endlich schälten sich die vertrauten Türme Notre-Dames aus dem Dickicht. Das Nichts war so nah herangekommen! Es musste innerhalb der letzten Stunden eine

Strecke von sicher einhundert Metern zurückgelegt haben. Nur noch der kleine Platz, an dem die Kathedrale errichtet worden war, lag nun zwischen ihr und dem Nichts, das sich in ein viktorianisch anmutendes Stadthaus hineingegraben hatte, sodass nur noch dessen Fassade am Rande des Platzes in den Himmel ragte.

Überall standen Menschen in altmodischer Kleidung und betrachteten die Ungeheuerlichkeit. Eine Frau bückte sich, klaubte ein helles Pulver vom Kopfsteinpflaster und betrachtete es im Licht des Heliometers, der über ihrem Kopf schwebte. Ich riss die Augen auf, während ich immer näher kam. War das die Asche, von der Marian gesprochen hatte? Ascheregen? Die weißliche Substanz bedeckte auch das Dach der Kathedrale. Ich streckte meine Hand nach den Schindeln aus, um das Zeug zu berühren. Meine Finger waren nur noch wenige Zentimeter von ihm entfernt.

Doch die Begutachtung des Wetterphänomens musste ich auf später verschieben, denn in diesem Moment blinzelte ich. Mein Sturz endete so abrupt, wie er begonnen hatte. Statt vom Himmel zu fallen, lag ich wieder in einem Bett in einem Zimmer. In einem schwarz-weißen allerdings, das vollgestopft war mit Dingen wie Surfbrettern und Bungee-Seilen und Kampfstöcken. Nichts, womit ich groß etwas hätte anfangen können. Doch meine Seele, mein Unterbewusstsein, das hier in der Schattenwelt gelebt hatte, bevor ich eine Wandernde geworden war, hatte so manches anders gesehen als ich. Einen Teil davon verstand ich mittlerweile nur allzu gut. Etwa, dass die Schatten-Flora den Weißen Löwen verborgen hatte. Oder ihre Vorliebe für einen gewissen Finnen. Andere hingegen waren mir noch immer ein Rätsel. Das Chaos, das ich in diesem Zimmer vorgefunden hatte, zum Beispiel.

Ich schwang die Beine über die Bettkante und faltete die Patchworkdecke, unter der ich gelegen hatte, zu einem ordentlichen Rechteck. Dann schlüpfte ich in meine weichen Lederstiefel und den Kampfanzug aus dunklem Tuch, den alle Kämpfer des Grauen Bundes trugen, und schnappte mir einen der Langstäbe, die hinter der Tür lehnten. So ausgerüstet trat ich auf den Gang hinaus und machte mich durch farblose Flure voller Teppiche und aus den Wänden ragender Fackeln auf den Weg zum Dämmerungstraining. Denn wenn es einen Termin gab, zu dem ich nach Meinung des Großmeisters musste, dann war es dieser. Immerhin hatte ich Freunde, die es gegen mächtige Schattenpferde zu verteidigen galt, daran änderte auch ein sich bewegendes Ungeheuer von Nichts nicht das Geringste.

Ein bisschen war es, als würde ich durch die Kulissen eines alten Horrorfilms aus den Zwanzigerjahren streifen. Es hätte mich nicht gewundert, wenn ein Mitglied der Addams Family um die nächste Ecke gebogen wäre, so bizarr wirkten das gräuliche Flackern der Flammen und die Schatten des altmodischen Mobiliars, mit dem Generationen von Mitgliedern des Grauen Bundes die Kathedrale bis in die hintersten Ecken vollgestopft hatten.

Die verwinkelten Flure waren um diese Zeit menschenleer. Vielleicht weil alle draußen waren, um das Nichts zu betrachten. Oder, und das war eindeutig wahrscheinlicher, ich war extrem spät dran. Unfassbar viel zu spät dran. Und das ohne vorherige

Abmeldung! Ich ahnte bereits, dass Madame Mafalda den augenscheinlichen Weltuntergang, der sich vor den Toren Notre-Dames vollzog, nicht als Entschuldigung durchgehen lassen würde. Rasch klemmte ich mir den Langstab fester unter den Arm und legte einen Zahn zu.

Das Geräusch, mit dem ich mir dreißig Sekunden später den Fuß an einem Biedermeiersekretär stieß, war in der Stille so lächerlich laut, dass ich mich gezwungen sah, es mit heftigem Fluchen zu übertönen. Verdammter Mist!

Ich rieb mir den pochenden Zeh, als sich direkt vor meiner Nase die Flügeltüren des Tiberischen Saales öffneten. Wie immer thronte Madame Mafalda, Schwester des Großmeisters und legendäre Kämpferin, auf ihrem storchenbeinigen Stuhl in der Mitte des Raumes. Ein zeltartiges Kleid umspielte ihre fleischigen Knöchel, ihr Haar hatte sie zu einem Dutt geknotet, der im Vergleich zu ihrer Körperfülle und dem teigigen Gesicht geradezu winzig wirkte. Eine Erbse, die an ihrem Hinterkopf klebte und sich als Frisur ausgab. Über verschränkte Arme hinweg funkelte die alte Dame mich an.

Langsam betrat ich den Übungssaal, dessen Boden von schmalen Wasserkanälen durchzogen wurde.

»So, so«, murmelte sie. »Beim Barte des Desiderius, die Prinzessin bequemt sich also doch noch zu uns.«

Natürlich war mir klar, dass ich bei Madame Mafalda nicht mit einer Sonderbehandlung rechnen konnte, nur weil ich zufällig die Tochter des Schattenfürsten war. »Ich –«, setzte ich dennoch zu einer Entschuldigung an.

»Habe mir nur das Nichts angesehen?«, sagte Madame Mafalda und es klang wie: Der Hund hat meine Hausaufgaben gefressen.

»Nein«, protestierte ich. »Es ist wegen …« Ich zögerte. Madame Mafalda wusste selbstverständlich darüber Bescheid, dass wir Wiebke und Linus bewachten und vor den Schattenreitern des Kanzlers beschützten. Ebenso wie der Großmeister und etwa ein Dutzend Kämpfer des Bundes. Doch das galt längst nicht für alle, die in Notre-Dame lebten und gerade mit Kampfstöcken um uns herumwirbelten. Die Angelegenheit war schließlich einigermaßen … delikat, wenn man bedachte, dass mein Vater dem Kanzler noch immer mehr vertraute als sonst einem Menschen, was wahnwitzig war, nur weil der Kanzler unsterblich war und seit Generationen meiner Familie diente. Dabei hatte er erst vor Kurzem versucht, den Weißen Löwen an sich zu bringen und ein Portal zwischen den Welten zu schaffen, um auch in der realen Welt Angst und Schrecken verbreiten zu können. Ich atmete tief durch. »Es ist wegen meiner Freunde«, erklärte ich.

Madame Mafalda spitzte die wulstigen Lippen. »Gab es irgendwelche *Vorkommnisse*?«

»Nein, das nicht. Aber –«

Die Schwester des Großmeisters schnaubte. »Dann, Herzchen, bist du zu spät. So etwas dulde ich nicht. Sollte das noch einmal vorkommen, wirst du vom Training ausgeschlossen. Und zwar auf unbestimmte Zeit. Habe ich mich deutlich ausgedrückt?«

»Aber es war nicht meine Schuld!«, rief ich. »Ich wurde nicht rechtzeitig abgelöst, okay? Ich habe nicht getrödelt oder so.« Madame Mafalda sah aus, als habe sie in eine Zitrone gebissen. »Und außerdem bin ich sonst noch nie zu spät gekommen. Es war ein Versehen! Kein Grund, so auszurasten«, ereiferte ich mich weiter. Madame Mafalda schwieg und erst da bemerkte ich die Empörung im Blick der alten Dame und die dunklen Flecken, die der Zorn auf ihre Doppelkinne malte. »Also, äh, es tut mir natürlich trotzdem sehr leid«, nuschelte ich.

Sie seufzte. »Und mir erst. Es ist ja nicht so, als hättest du kein Training nötig, nicht wahr? Na los, warm machen.«

Gehorsam trottete ich in eine Ecke und begann damit, mich zu dehnen. Neben mir fochten derweil der grobschlächtige Arkon und die schmale Amadé. Obwohl Amadé Arkon kaum bis zur Brust reichte, behielt sie die Oberhand und drängte ihren Gegner immer weiter in Richtung Wand. Ihre Bewegungen waren ein einziges Fließen, sie hielt den Langstab so mühelos, als sei er ein Zahnstocher.

Madame Mafalda hatte recht, so gut wie Amadé war ich noch lange nicht und vermutlich würde ich es niemals werden. Dennoch hatte ich in den letzten Wochen beachtliche Fortschritte gemacht. Mittlerweile beherrschte ich zumindest die einfachen Techniken der Verteidigung und auch den einen oder anderen Angriff. Nicht viele Kombinationen, aber dafür effektive. Genug jedenfalls, um jeden Schattenreiter in die Flucht zu schlagen, der sich erdreistete, in der Nähe der Zwillinge aufzutauchen.

Obwohl meine Gedanken immer noch um das Nichts und die weißliche Asche kreisten, die ich bei meinem Sturz gesehen hatte, beeilte ich mich mit den Aufwärmübungen. Anschließend begab ich mich auf die Suche nach einem Gegner, doch das Dämmerungstraining fand ein jähes Ende, noch bevor ich jemanden gefunden hatte.

Denn der Schattenfürst höchstpersönlich rauschte in den Saal. Augenblicklich wurden die Kämpfe eingestellt. Alle Köpfe wandten sich zur Tür.

Mein Vater trug einen Pelzmantel, der bis zum Boden reichte, und seine Kette aus Silberplatten, deren Gewicht ihn leicht vornübergebeugt stehen ließ. Fahrig wischte er sich über die Augen, unter denen dunkle Schatten lagen, die wie Tintenflecken auf seiner aschgrauen Haut klebten. War er in normalen Nächten schon müde, so wirkte er heute zu Tode erschöpft. Durchscheinend. Es sah aus, als habe er Mühe, sich auf den Beinen zu halten. Als wäre er kurz davor, sich auf Christabel oder einen der anderen beiden Kämpfer zu stützen, die seine Eskorte bildeten.

»Hoheit.« Madame Mafalda verneigte sich ächzend und die übrigen Anwesenden taten es ihr gleich. Nur ich hielt mich aufrecht, legte meinen Langstab zur Seite und trat einen Schritt auf meinen Vater zu. »Hallo, Papa. Geht es dir nicht gut?«

Der Schattenfürst sah mich aus wässrigen Augen an. »Doch, natürlich. Wir haben alles unter Kontrolle. Es gibt keinen Grund zur Besorgnis«, sagte er viel zu laut und in keine bestimmte Richtung. »Trotzdem wäre es besser, wenn du jetzt mit mir kommst, Flora.«

Unsicher sah ich zu Madame Mafalda hinüber. Die Schwester des Großmeisters nickte mit verkniffenem Gesicht. »Wenn der Fürst es wünscht«, sagte sie.

Ich konnte nicht verhindern, dass ein feines Lächeln über

meine Züge huschte. Erhobenen Hauptes durchquerte ich den Saal und erschrak, als ich meinen Vater erreichte. Von Nahem sah er noch viel ungesünder aus. Er drückte mich kurz an sich.

»Bist du in Ordnung?«, flüsterte ich.

»Nur gestresst«, murmelte er und schob mich zur Tür hinaus.

Schweigend führten seine Leibwächter uns zu der schmiedeeisernen Treppe am Giebel des Ostflügels. An ihrem Ende erwartete uns ein eleganter Zeppelin mit lackschwarzer Außenhaut. Kaum hatten wir die knarrende Treppe überwunden und die Passagiergondel erreicht, schnappte sich Christabel auch schon das Steuerrad und startete die Motoren. Sie gab so plötzlich Gas, dass ich beinahe das Gleichgewicht verloren hätte.

Ich klammerte mich an den Türrahmen und sah mich um. Was ich schon von außen vermutet hatte, bestätigte sich: Der Boden der Gondel war mit schwerem Teppich ausgelegt und die Sitze waren in der Form einer Ellipse angeordnet, sodass jeder Platz ein Fensterplatz war. Ich kannte diesen Zeppelin, natürlich. Schließlich hatte ich mich vor Wochen todesmutig aus eben dieser Gondel abgeseilt, um vor ihrem Besitzer zu fliehen. Rasch suchte ich die Sitze ab. Doch außer dem Schattenfürsten, seiner Eskorte und mir war niemand an Bord.

Wir wanderten in Richtung Bug.

»Wo ist denn –«, begann ich.

»Der Kanzler hatte anderweitige Verpflichtungen. Anscheinend gibt es Probleme mit ein paar außer Kontrolle geratenen Schattenreitern, die ein Auto angegriffen haben«, antwortete mein Vater, noch bevor ich meine Frage zu Ende stellen konnte.

Seufzend ließ er sich in einen der Sessel fallen. »Als gäbe es nicht schon genug, worum wir uns sorgen müssen.«

Ich setzte mich neben ihn und nahm seine große, dürre Hand in meine. »Was ist passiert?«, flüsterte ich. »Was soll das heißen? Probleme mit den Schattenreitern? Ich dachte, sie gehorchen dem Kanzler aufs Wort.«

»Normalerweise schon«, sagte mein Vater. »Doch ein paar von ihnen sind heute Nacht außer Rand und Band. Erst haben sie das Mobiliar eines Restaurants zu Kleinholz verarbeitet und dann sind sie raus auf die Straße und haben sich auf das nächstbeste Auto gestürzt. Der Fahrer ist noch an Ort und Stelle gestorben.«

»Das ist ja schrecklich.« Ich schlug mir die Hand vor den Mund. »Weiß man denn schon, warum –«

»Flora«, unterbrach mich mein Vater. »Das Ganze ist unschön, aber momentan wirklich nicht mein größtes Problem. Der Kanzler kümmert sich um diese Sache.«

»Verstehe«, sagte ich. »Dann reden wir also über das Nichts. Warum hat es sich bewegt?«

Mein Vater starrte einen Augenblick lang aus dem Fenster.

»Papa?«

»Wenn wir das nur wüssten. Es geschah ohne Vorwarnung und widerspricht allem, was wir bisher über das Nichts vermutet haben«, sagte er schließlich. »Und ich bin müde, Flora. So unendlich müde.«

»Ich weiß.«

Er schloss die Augen und ich sah hinaus in die Dunkelheit, wo Dächer und Finsternis an uns vorbeizogen. Die Verantwortung für die Schattenwelt hatte meinen Vater mit den Jahren zermürbt. Oft wirkte er wie eine leere Hülle, ein Mann, dem der Fürstenjob die Lebensenergie bis auf den letzten Tropfen ausgesaugt hatte. Und nun hatte ich den Eindruck, dass auch diese Hülle langsam Risse bekam.

»Wurden viele Seelen getö – « Ich räusperte mich. »Verletzt?«

»So wie es aussieht, haben wir noch einmal Glück gehabt. Es hat hauptsächlich leer stehende Gebäude erwischt«, sagte mein Vater. Noch immer hielt er die Lider geschlossen. »Allerdings ist es verdammt nah an die bewohnten Teile der Stadt herangekommen. Beim nächsten Mal könnte es übel werden, vor allem weil ...«

»Niemand weiß, wann das nächste Mal sein wird«, beendete ich den Satz für ihn, um im nächsten Moment aufzuspringen. »Ach du Kacke!«

Ich riss das Bullaugenfenster vor uns auf und starrte auf die grauweißen Flocken, die dahinter in die Tiefe rieselten. Ein merkwürdiges Gefühl machte sich in meiner Brust breit. Ein Ziehen, das mir seltsam bekannt vorkam. Als wäre da ein pulsierendes Loch in meinem Herzen, das ausgefüllt werden wollte. Das Ziehen verwandelte sich in ein schmerzhaftes Reißen, je mehr von dem Zeug vom Himmel schneite.

Ich biss mir auf die Lippe. Konnte es sein, dass ... nein, das war absurd. Oder? Wie ferngesteuert schob sich meine Hand durch das Fenster hinaus in die Kälte. Behutsam fing ich eine der Flocken auf, um sie genauer zu betrachten. Ich keuchte auf, so plötzlich nahm die Intensität des Schmerzes in meiner Brust zu, und ich erkannte, dass es der Weiße Löwe war, der nach mir rief. Nein, der schrie, als drohe ihm Unheil in seinem Versteck tief unter den Fundamenten Eisenheims.

Ich schüttelte den Kopf. Was hatte das zu bedeuten? Fast meinte ich, die scharfkantige Oberfläche des Steins unter meinen Fingerspitzen zu spüren. Dabei war es doch nur Asche. Eine winzige Flocke, die in meiner Hand zu Staub zerbröselte und vom Wind davongetragen wurde. Ascheregen über einer Stadt, in der es niemals regnete.

Mein Vater, der sich schwerfällig aus seinem Sessel erhoben hatte, taumelte neben mich. »Irgendetwas läuft hier schief«, sagte er, fing ebenfalls eine der Ascheflocken auf und zerrieb sie zwischen Daumen und Zeigefinger. Die Partikel rieselten zu Boden und bildeten einen Schmutzfilm auf dem dunkelschwarzen Flor des Teppichbodens.

Ich umschlang meinen Oberkörper mit beiden Armen, weil ich das Gefühl hatte, sonst auseinanderzubrechen. »Ja«, keuchte ich. »Und zwar so was von schief.« Der Schmerz nahm mir den Atem.

Entschlossenheit trat in den Blick meines Vaters. »Aber dir wird nichts passieren, Flora, das schwöre ich. Dieser Zeppelin bringt uns direkt zum Buckingham-Palast und dort wirst du die nächsten Wochen über bleiben. Dort kann dir nichts geschehen.«

»Was?«, entfuhr es mir.

»Der Palasthügel ist der sicherste Punkt der Stadt, er ist am weitesten vom Nichts entfernt«, erklärte der Schattenfürst mit Bestimmtheit. »Bis auf Weiteres wirst du dort bleiben.«

Ich starrte meinen Vater an. »Was soll das heißen?«

»Es heißt, dass ich meine Tochter beschütze.«

2
MARMORKUCHEN

Als mich das Weckerklingeln gegen 6.30 Uhr aus dem Schlaf riss, fühlte sich mein Körper an, als wäre er von einem Lkw überrollt worden. Jeder meiner Muskeln schmerzte. Meine Schultern brannten und mein Nacken war total verspannt. Am schlimmsten jedoch war das Hämmern in meinem Kopf, gleich hinter der Stirn, das heftiger wurde mit jedem Fiepen des Weckers. Schlaftrunken streckte ich meine Hand aus und tastete nach der Höllenmaschine auf meinem Nachttisch. Es polterte, als ich meine Leselampe herunterstieß. Lange, viel zu lange danach fand ich den Wecker und den dazugehörigen Aus-Knopf. Am liebsten hätte ich mich umgedreht und weitergeschlafen. Wahrscheinlich hätte ich es sogar getan, wenn das nicht bedeutet hätte, dass meine Seele gleichzeitig nach Eisenheim zurückgekehrt wäre, wo gerade die Welt unterging!

Es bedurfte all meiner Willenskraft, die Decke zurückzuschlagen und mich aufzusetzen. Wie ein Zombie schlurfte ich in Richtung Flur, wo mich das Licht der Deckenlampe blendete. Blinzelnd erreichte ich die Küche und stellte fest, dass der Kaffee bereits durchlief, während Christabel und mein Vater im Wohnzimmer flüsternd Kriegsrat hielten.

Weil ich in diesem Zustand wohl kaum zu einem klaren Gedanken fähig sein würde, steuerte ich zunächst das Bad an. Unter der Dusche ließ ich mir heißes Wasser in den Nacken prasseln, bis der Raum voller Dampf war und meine Haut sich rötete. Ohne im beschlagenen Spiegel etwas erkennen zu können, rubbelte ich mein schulterlanges Haar mit dem Handtuch durcheinander, um die braunen Strähnen anschließend wieder mühsam mit dem Kamm zu entwirren. Ich schloss die Augen, während der Föhn meinen Pony verwirbelte, dann schlüpfte ich in Jeans, Pullover und Wollsocken. In der Küche füllte ich mir einen Thermobecher Kaffee ab, dann war ich bereit.

Mein Vater saß in seinem Lehnsessel. Er trug noch immer seinen Goldfisch-Pyjama, seine Wangen wirkten matt und eingefallen und bildeten einen erschreckenden Kontrast zu Christabel, die ihr Gesicht bereits unter einer Schicht grellen Make-ups verborgen und sich die feuerrote Dauerwelle zu einer Tolle geföhnt hatte.

»Guten Morgen, Engelchen«, sagte Christabel und klopfte neben sich auf das Polster der Couch. »Setz dich zu uns.«

Erschöpft sank ich in die Kissen. Eine Weile lang sagte niemand etwas. Alle drei starrten wir in unsere Kaffeebecher, bis ich es schließlich nicht mehr aushielt. »Und?«, fragte ich. »Was sollen wir jetzt tun?«

Der Schattenfürst wiegte bedächtig den Kopf hin und her. »Wenn wir das nur wüssten.«

Wieder schwiegen wir, während mein Vater mit Daumen und Zeigefinger seine Nasenwurzel massierte und die Fische in den Aquarien an der Wand hinter ihm sich eine Balgerei um die Futterfitzelchen lieferten, die an der Oberfläche trieben.

»Ich werde mich so rasch wie möglich mit meinem Kanzler darüber beratschlagen.«

Abrupt stand ich auf. Natürlich, der Kanzler! Obwohl ich meinem Vater wieder und wieder zu erklären versucht hatte, was der Kanzler wirklich im Schilde führte, dass es ihm einzig und allein um den Weißen Löwen und sein Portal in die reale Welt ging … Mein Vater *wollte* es anscheinend nicht verstehen. Schon seit Monaten stieß ich auf taube Ohren, wann immer ich das Thema anschnitt. Also versuchte ich es gar nicht mehr. »Ich muss zur Schule«, sagte ich deshalb nur und überließ die beiden ihren Grübeleien.

In der Diele schnappte ich mir Schal, Jacke und Rucksack und trat kurz darauf in den nasskalten Morgen hinaus. Doch statt mich über die Blindheit meines Vaters zu ärgern, wanderten meine Gedanken, wie so oft in letzter Zeit und ohne dass ich es verhindern konnte, zu jemand anderem: Marian. Seit er sich eine eigene Wohnung gesucht und sein Biomedizinstudium angefangen hatte, sahen wir uns tagsüber kaum noch. Höchstens mal, wenn es um eine Wachablösung bei den Zwillingen ging, so wie gestern. Doch auch in den Nächten war es kaum besser. Zwar nahmen wir beide nach wie vor am Dämmerungstraining teil, doch selbst das versäumte Marian in letzter Zeit immer häufiger, um seine Schwester in den Minen zu besuchen oder vielleicht auch schlicht, weil er mir aus dem Weg gehen wollte …

Doch heute würde es anders sein, das hatte ich schon vor Wochen beschlossen. Ich hielt dem Busfahrer mein Ticket unter die Nase und ließ mich in einen der staubigen Sitze plumpsen.

In der Schule fehlte Wiebke noch immer wegen ihrer Windpocken. Die beiden Doppelstunden Mathe und Englisch brachte ich trotzdem irgendwie hinter mich. Nicht dass ich etwas vom Unterricht mitbekommen hätte, aber es gelang mir zumindest, den Anschein zu erwecken, ich würde zuhören, während ich in Wahrheit gegen meine bleierne Müdigkeit kämpfte. In der darauffolgenden Kunststunde wurde es dann schon kritischer. Tatsächlich döste ich einmal beinahe über meinen Acrylfarben ein und fand mich einen Augenblick später mit der Wange auf der frisch bepinselten roten Leinwand wieder. Meine linke Gesichtshälfte hatte glücklicherweise einen einigermaßen ansprechenden Abdruck hinterlassen, der meiner Kunstlehrerin so gut gefiel, dass ich so tat, als wäre es Absicht gewesen. Bis zum Mittag verlief der Tag also eigentlich ganz gut. Ich wurde für mein Bild gelobt! Ich, die sonst um jeden geraden Strich rang und nicht einmal die Grundregeln der Farbenlehre beherrschte.

Dann kam die Deutschstunde.

Und mit ihr das Desaster.

Herr Bachmann hatte es sich nämlich in den Kopf gesetzt, mal wieder eine seiner angestaubten Literaturverfilmungen zu zeigen. Welche, bekam ich leider schon nicht mehr mit, denn sobald er den Klassenraum verdunkelte, war es um meine Selbstbeherrschung geschehen. Mein Kopf sackte auf die Brust, dann war ich weg.

In der nächsten Sekunde erwachte ich in einem Himmelbett mit mottenzerfressenen Vorhängen unter einer Decke aus muffiger Spitze. Natürlich war auch mein Zimmer im Schattenpendant des Buckingham-Palastes vollkommen farblos. Graue Tapeten schälten sich von grauen Wänden, auf die das weißliche Licht des Kronleuchters hellgraue Muster zeichnete. Bis auf wenige Räume war das ehemals prunkvolle Gebäude eine Bruchbude. Schon lange hatte mein Vater es aufgegeben, sich um seinen Wohnsitz in Eisenheim zu kümmern. Überall hingen Spinnweben und Staub, an etlichen Stellen bröckelte das Mauerwerk.

Einmal in der Schattenwelt angekommen, war meine Müdigkeit wie weggeblasen. Mein Körper schlief schließlich, zwar im Unterricht von Herrn Bachmann (was suboptimal war), aber er ruhte sich aus. Das war alles, was zählte.

Rasch warf ich die stinkende Decke von mir und rappelte mich auf. Ich wollte gerade zur Tür hinübergehen, als jemand in der realen Welt an meiner Schulter rüttelte. Ich schlug die Augen auf und erkannte vor mir den Schnauzbart meines Deutschlehrers, der bedrohlich zitterte.

»Das darf doch wohl nicht wahr sein!«, rief Herr Bachmann. »Du schläfst schon wieder während meines Unterrichts?«

»N-nein«, stammelte ich. »Ich war nur kurz … Entschuldigung, ich hatte eine unruhige Nacht heute. Diesmal liegt es ganz bestimmt nicht am Film. Ehrlich nicht. Es tut mir leid. Jetzt bleibe ich wach.«

Herr Bachmann hob eine Augenbraue. Auch er schien unsere Diskussion im Zusammenhang mit den *Buddenbrooks* noch in lebhafter Erinnerung zu haben. »Na gut«, knurrte er schließlich und ließ den Film weiterlaufen.

Ich nahm mir tatsächlich vor, wach zu bleiben, denn ich wollte auf keinen Fall noch mehr Ärger riskieren. Notfalls würde ich meine Augen mit Daumen und Zeigefingern aufhalten müssen. Allerdings war ich zu müde, um meine Hände zu heben. Ich bekam gerade noch mit, wie ein junger Mann auf dem Bildschirm durch das Sankt Petersburg des 19. Jahrhunderts spazierte, dann war ich auch schon wieder eingepennt.

Durch Dunkelheit und Kälte wanderte meine Seele zurück in die Schattenwelt, wo ich auf dem Teppich in meinem staubigen Palastgemach landete und statt zur Tür doch lieber zum Fenster schlenderte (schließlich würde ich vermutlich schon sehr bald wieder aus dem Schlaf gerissen werden, da machte es wenig Sinn, *irgendwohin* zu gehen).

Also hockte ich mich auf die Fensterbank und wartete. Durch die verschmierten Scheiben spähte ich derweil hinunter in den Innenhof, in den gerade eine pechschwarze Kutsche einfuhr. Sie wurde von zwei mächtigen Schattenpferden gezogen, deren Schwingen von einer Art Zaumzeug auf ihrem Rücken zusammengehalten wurden. Das Gespann durchquerte den Hof, vollführte einen Halbkreis und kam schließlich vor dem Hauptportal zum Stehen.

Dann passierte eine Zeit lang überhaupt nichts. Die Schattenpferde stierten vor sich hin, während Vorhänge verhinderten, dass ich das Innere des Wagens und seine Passagiere erkennen konnte. Ich nagte an meiner Unterlippe und fragte mich, wer ausgerechnet jetzt etwas von meinem Vater wollte. Es war doch allgemein bekannt, aus welcher Zeitzone der Fürst stammte und dass er folglich um diese Uhrzeit kaum in der Schattenwelt anzutreffen sein würde …

»Also, nun reicht es mir aber!«, donnerte Herrn Bachmanns Stimme ungehalten zwischen meine Gedanken. Mit dröhnendem Kopf fand ich mich in der realen Welt wieder. Herrn Bachmanns Gesicht war von unzähligen roten Flecken überzogen und sein Atem ging schwer. »Eine Unverschämtheit ist das«, schimpfte er.

Ich rieb mir die Stirn, die sich verdächtig danach anfühlte, als sei sie kurz zuvor auf die Tischplatte vor mir geknallt. Ich ertastete sogar eine Einkerbung, die vermutlich von der Holzkante stammte. »'tschuldigung«, murmelte ich, während Herr Bachmann mich ins Klassenbuch eintrug. »Es war keine Absicht. Es ist nur …«

»So ein Verhalten dulde ich nicht.« Er fuchtelte mit seinem wulstigen Zeigefinger vor meiner Nase herum. »Das wird Konsequenzen haben.«

»Ich konnte heute Nacht wirklich kaum schlafen«, beteuerte ich. Doch Herr Bachmann würdigte mich keines weiteren Blickes mehr.

Der Film lief weiter, und ohne dass ich etwas dagegen ausrichten konnte, fielen mir erneut die Augen zu. Zum dritten Mal innerhalb von einer halben Stunde wanderte meine Seele in die Schattenwelt. Ich erreichte meinen Platz am Fenster gerade noch rechtzeitig, um zu sehen, wie jemand die Tür der Kutsche hinter sich zuzog. Jemand, der einen Dreispitz trug. Im nächsten Moment setzten sich die Schattenpferde in Bewegung. Der Wagen hatte den Eisernen Kanzler also abgeholt, überlegte ich. Und zwar eindeutig vom Palast und nicht von der Villa auf der anderen Seite des Parks, die der oberste Befehlshaber der Schattenreiter bewohnte. Die Frage, die sich stellte, war also, warum Alexander von Berg hier gewesen war.

Mitten am Tag. Ohne meinen Vater.

Die Kutsche rollte vom Hof und in die Dunkelheit der Stadt hinaus. Ich hingegen blieb in meinem heruntergekommenen Zimmer zurück und sah ihr nach, auch als sie schon längst aus meinem Blickfeld verschwunden war. Ich starrte vor mich hin und hing meinen Gedanken nach. Erst als ich Herrn Bachmanns Schnauzbart wenige Zentimeter von meinem Gesicht entdeckte, bemerkte ich, dass ich mich wieder in der realen Welt befand.

Diesmal schrie mein Deutschlehrer mich nicht an. Stattdessen schnappte er nach Luft, als fehlten ihm die Worte. »Raus« war alles, was er mir flüsternd entgegenschleuderte. »Raus aus meinem Unterricht! Sofort!«

»Oh nein, es tut mir –«, setzte ich zu einer weiteren Entschuldigung an. Allerdings hatte ich nicht damit gerechnet, wie schlecht einem vom Seelenwandern werden konnte, zumindest wenn man es so oft in so kurzer Zeit tat. Übelkeit stieg in mir auf und ließ meine Knie weich werden. Zittrig erhob ich mich und griff nach Rucksack und Jacke. »Ich glaube, ich bin krank oder so«, murmelte ich noch, dann begann ich zu würgen. Gerade noch rechtzeitig erreichte ich den Mülleimer, um mich zu übergeben.

»Es tut mir wirklich leid, Herr Bachmann«, sagte ich, sobald ich wieder dazu in der Lage war, mich zu erheben. »Aber ich bin wahrscheinlich nicht ganz gesund. Ich fühle mich schon den ganzen Tag über so fiebrig«, log ich. »Am besten, ich gehe nach Hause.«

Herr Bachmann nickte und tupfte sich mit einem Taschentuch die Schweißperlen von der Stirn.

So schnell ich konnte, verließ ich das Schulgelände.

Zu Hause ließ ich mich auf mein Bett fallen und schlief augenblicklich wieder ein. Etwa drei Stunden lang saß ich auf meiner Fensterbank in Eisenheim und hatte das Gefühl, die einzige Seele weit und breit zu sein. Dann erwachte ich davon, dass mein Handy Alarm schlug, um mich an mein Vorhaben zu erinnern. Rasch kämmte ich meine Haare, putzte mir die Zähne und trank einen halben Liter Wasser, um den bitteren Geschmack in meinem Mund loszuwerden. Dann verfrachtete ich den Marmorkuchen, den ich gestern gebacken hatte, in eine Transportbox.

Zehn Minuten später erreichte ich das Haus mit der klogrünen Fassade. Es lag nur wenige Straßen von unserer Wohnung entfernt und beherbergte oben unter dem Dach ein winziges Zweizimmerapartment, das Marian gemietet hatte. Ich klingelte und war erleichtert, als schon kurz darauf das Summen des Türöffners ertönte. Insgeheim hatte ich mir die ganze Zeit über Sorgen gemacht, Marian würde vielleicht überhaupt nicht zu Hause sein.

Das Treppenhaus war krumm und schief und hätte einen neuen Anstrich vertragen können. Pappkartons und Sperrmüll sammelten sich auf den Absätzen zwischen den Stockwerken. Kindergeschrei drang aus der Wohnung im Erdgeschoss, Technomusik aus der darüber. Ausgeblichene Fußmatten wellten sich dem geneigten Besucher entgegen, überall lagen Werbeprospekte von Supermärkten und Möbelhäusern, dazwischen alte Ausgaben des *Steeler Kuriers.*

Hastig stieg ich hinauf in die vierte Etage, wo Marian im Türrahmen lehnte. Er empfing mich in Jogginghose und T-Shirt. Sein Haar war noch feucht vom Duschen.

»Hey!«, begrüßte er mich überrascht. »Ist … alles in Ordnung?«

Zur Antwort streckte ich ihm die Kuchenbox entgegen. »Happy Birthday«, sagte ich. »Eigentlich wollte ich dir ja schon heute Nacht gratulieren, aber in dem ganzen Chaos ist es dann untergegangen.«

»Danke.« Zögerlich nahm Marian mir die Box aus der Hand, musterte erst ihren Inhalt und dann mich. »Willst du reinkommen? Ich habe eine Pizza im Ofen. Dazu gibt es Grünzeug.«

Ich nickte.

Nachdem ich mir Schuhe und Jacke abgestreift hatte, folgte ich ihm in das Innere seiner Studentenbude, die aus einem Schlafzimmer, in das kaum das Bett passte, und einem blau gefliesten Badezimmerchen sowie einer Wohnküche bestand. Ich war erst ein Mal hier gewesen, vor einigen Wochen, als Marian eingezogen war. Seither war es nicht ordentlicher geworden. Überall stapelten sich Bücher und Zeitschriften, selbst auf der Couch und dem Fernseher in der Ecke, dazwischen entdeckte ich Marians Gitarre und Teile seiner Eishockeyausrüstung. Am chaotischsten aber war sein Schreibtisch, der aussah, als hätte er seinen Papierkorb darüber ausgekippt. Blätter türmten sich über schmutzigen Kaffeetassen und dem Laptop, von dem lediglich eine Ecke hervorlugte.

Ich trat neben Marian, der an seiner Küchenzeile herumhantierte und eine Dose Mais in eine Schüssel kippte. »Ist es okay, dass ich vorbeigekommen bin? Ich dachte, so einen Abend will doch niemand allein verbringen, und weil deine Familie in Finnland ist und mein Vater und Christabel gerade Eisenheim retten müssen …«

»Ich freue mich, dass du da bist«, sagte Marian, ohne aufzublicken.

»Wirklich?«

»Natürlich, es ist nur … Ich bin bloß müde. War ein langer Tag. Zuerst hatte ich Vorlesung, dann noch Training. Aber es ist schön, dass du an meinen Geburtstag gedacht hast.«

Marian wusch Kopfsalat. Ich beobachtete ihn im Profil. Er sah wirklich erschöpft aus. Im Oktober hatte er als Spieler beim hiesigen Eishockeyteam angeheuert, den Essener Moskitos, und war für diese mittlerweile sozusagen unentbehrlich geworden. Denn anscheinend war er gut. Richtig gut. Sein jahrelanges Training in Finnland hatte ihm bereits etliche Anfragen aus höheren Ligen eingebracht, doch Marian wollte natürlich in Essen bei seinem Fürsten bleiben, weswegen er dort ein ziemlich großer Fisch in einem ziemlich kleinen Teich war. Christabel meinte, diese Regelung sei ideal, weil er sich bei den Moskitos etwas dazuverdiente, aber mit dem Trainer ausgehandelt hatte, nur an einem

Spiel pro Woche und nicht jeder Trainingseinheit teilzunehmen, damit er gleichzeitig studieren und weiterhin für meinen Vater tätig sein konnte.

Die Küchenuhr klingelte und Marian öffnete den Ofen. »Wir können dann essen«, sagte er.

Etwa eine Viertelstunde lang kauten wir schweigend. Jeder von uns hockte an einem Ende des Sofas, zwischen uns der Teller, auf dem Marian die Pizzastücke gestapelt hatte, und die Salatschüssel. Marian betrachtete abwechselnd das Muster der Polster, die Fransen des Teppichs, einen Fleck auf dem kleinen Couchtisch vor uns. Er sah überallhin, bloß nicht zu mir. Wir aßen gemeinsam und doch war da diese unsichtbare Wand, die uns voneinander trennte.

»Heute habe ich den Kanzler im Palast meines Vaters erwischt«, begann ich irgendwann, nur um die Stille zu übertönen. »Würde mich nicht wundern, wenn er wieder irgendetwas ausheckt.«

»Mhm«, machte Marian und nahm sich noch ein Stück Pizza. Es war das erste Mal seit einer gefühlten Ewigkeit, dass wir miteinander allein waren, und offensichtlich behagte es ihm nicht.

»Marian?«

»Ja?« Er betrachtete eine auf den Boden gefallene Olive.

Ich seufzte. »Soll ich lieber wieder gehen?«

Endlich hob er den Blick. »Nein!«, entfuhr es ihm. »Nein, bitte bleib noch. Es tut mir leid.« Sein ansonsten so kantiges Gesicht wirkte mit einem Mal weich im Licht der Stehlampe. »Ich sitze echt nicht gern so weit von dir entfernt auf diesem bescheuerten Sofa, glaub mir. Aber ich habe Angst, dir zu nah zu kommen.«

Wir sahen uns an. Lange. So lange, bis ich glaubte, durch das Grün seiner Iris bis auf den Grund seiner Seele schauen zu können.

»Ich weiß«, sagte ich schließlich und schloss die Augen. »Weil du mir nicht verzeihen kannst.«

Das war es jedenfalls, was Marian mir auf dem Ball im Palast meines Vaters erklärt hatte, als wir uns das letzte Mal unter vier Augen unterhalten hatten. Es würde ihm schwerfallen, mir jemals zu verzeihen, vielleicht gelänge es ihm nie, hatte er gesagt, nachdem ich den Weißen Löwen verborgen und so getan hatte, als hätte ich all meine Erinnerungen an das Versteck des magischen Steins aus meinem Gedächtnis gelöscht. Für Marian gab es damit nun keine Möglichkeit mehr, seine Schwester zu retten, deren Seele in Gestalt eines Monsters ein trauriges Leben in den Minen unter der Stadt fristete, gebunden an das Materiophon, das ihre Eltern einst erfunden hatten, um sie zu heilen. Ich hatte all seine Hoffnungen zunichtegemacht. Dabei stimmte das gar nicht. Ich wusste sogar noch sehr gut, wohin ich den Weißen Löwen gebracht hatte. Doch ich hatte alle deswegen belogen, auch Marian. Sogar jetzt belog ich ihn, weil ich es musste. Weil der Stein zu gefährlich war. Für beide Welten. Ich hatte mich für Eisenheim entschieden und gegen unsere Liebe. Ich hatte das Richtige getan und das Wichtigste verloren.

Marian schwieg. Stattdessen hörte ich, wie der Pizzateller mit einem Klirren auf dem Boden zerschellte. Ein schwieliger Daumen wischte mir eine Träne von der Wange. Ich hatte gar nicht bemerkt, dass sie unter meinem Augenlid hervorgekullert war. »Es geht einfach nicht«, murmelte Marian. Er war jetzt ganz nah. Sein

Atem streifte meine Halsbeuge und ich vergrub meine Hände in seinem seidigen Zottelhaar, barg mein Gesicht an seiner Schulter. Einen Atemzug lang klammerte ich mich an ihn, als würde ich ohne ihn auseinanderfallen. Ich sog seinen Duft ein, spürte seine Haut an meiner Wange, fühlte die Wärme seines Körpers und seine kräftigen Arme, die mich hielten.

Dann löste ich mich von ihm. Blinzelte. »Schon gut«, sagte ich und stand auf, um den Kuchen zu holen. »Nachtisch?«

»Ich liebe dich trotzdem, Flora. Das weißt du doch, oder? Möglicherweise brauche ich nur noch etwas mehr Zeit.«

»Vielleicht«, sagte ich, schnitt den Kuchen und schluckte meine Tränen herunter. Es tat weh, Marian so nah zu sein. Viel mehr, als ich erwartet hatte. Trotzdem konnte ich nicht anders.

So saßen wir also da, aßen krümeligen Marmorkuchen, fühlten uns elend, und doch genossen wir es, im selben Raum zu sein, den anderen zu sehen. Für ein paar Sekunden gelang es mir sogar, mir vorzustellen, wie es eigentlich sein sollte. Wie es hätte sein können, wenn wir beide ganz normale Menschen gewesen wären, die nichts von der Schattenwelt und alledem wussten.

Dennoch entschied ich mich, bald danach zu gehen. Marian brachte mich nach Hause. Schweigend trotteten wir nebeneinanderher. Erst als wir vor meiner Haustür angekommen waren, ließ ich meine Fingerspitzen vorsichtig über seine Handrücken gleiten, ganz kurz nur. »Ich liebe dich auch«, sagte ich.

Für den Bruchteil einer Sekunde schien Marian sich vorzuneigen, als wolle er mich küssen. Dann ließ er es aber doch bleiben.

»Das war ein schöner Geburtstag«, sagte er stattdessen. »Schlaf gut.«

»Du auch.«

Ich kramte meinen Schlüsselbund aus meiner Handtasche hervor. Dennoch machte keiner von uns beiden Anstalten zu gehen, während ein Auto an uns vorbeifuhr und ein Stück weiter einparkte. Die Fahrertür wurde zugeworfen. Ein Mann mit einem Dalmatiner an der Leine kam den Gehweg entlang und quetschte sich zwischen uns durch. Gegenüber öffnete jemand ein Fenster, die Stimmen eines Spielfilms krochen in die Häuserschlucht hinab. Da endlich setzte Marian sich in Bewegung und ich verbot mir, ihm nachzusehen.

3
MATERIENBEBEN

Sobald ich eingeschlafen war, verließ ich den Palast und machte mich auf den Weg nach Graldingen, wo die reichsten Wandernden in Villen und Stadtschlössern lebten. Graldingen lag so weit entfernt von den Grenzen Eisenheims, dass man sich hier wenig an der neuerlichen Bewegung des Nichts zu stören schien. Elegante Spaziergänger flanierten über die Rue Monsieur le Coq und die angrenzenden Boulevards, in denen es von Cafés und Restaurants, Boutiquen und Buchhandlungen nur so wimmelte. Man grüßte sich fröhlich, fuhr seinen glänzenden Oldtimer spazieren oder tauschte im Schatten von Eiffelturm und Kreml den neuesten Klatsch und Tratsch. Die Damen trugen Fellumhänge und wadenlange Tageskleider mit Stehkrägen und Zierknöpfen, die sich auch an Stiefelchen und Handschuhen wiederfanden. Die Herren schwangen Spazierstöcke und zogen an ansehnlichen Zigarren, während Zeppeline den Luftraum über der Stadt bevölkerten und sich der Qualm aus den Schornsteinen des Schlotbarons als Gewitterwolke an den Horizont heftete. In den Cafés nippte man an winzigen Tassen aus chinesischem Porzellan und diskutierte über Politik, Kunst und Literatur. Von dem Ausnahmezustand, von dem mein Vater gesprochen hatte, war nicht das Geringste zu erkennen.

Wie auch? Das Nichts bedrohte Graldingen und seine betuchten Bewohner nicht. So war es schon seit Jahrhunderten: Das Nichts verschlang Teile der Stadt, aber immer die der Armen. Ob es nun gestern oder erst in einem Vierteljahrhundert passierte, spielte da überhaupt keine Rolle. Es wurde in den Zeitungen vermeldet, bildete hier und da vielleicht den Aufhänger für eine Diskussion über die Fortschritte der Wissenschaft auf diesem Gebiet. Nur die am Bordstein zusammengefegten Aschehaufen, bei deren Anblick ich schon wieder ein ganz leichtes Ziehen in der Brust spürte, erinnerten an das, was gestern geschehen war. Doch das war's dann auch schon. In Graldingen ging das Leben weiter.

In Krummsen sah die Sache anders aus.

Ich wanderte durch die Straßen der Stadt, die nach und nach schäbiger und unbelebter wurden. Die Häuser wurden schmutziger, standen leer. Anscheinend hatten noch mehr Menschen den gefährdeten Stadtteil verlassen oder waren noch dabei, so wie die Frau, die mir mit einem Handkarren voller Habseligkeiten entgegenkam. Ich erkannte sie als die Wirtin einer Spelunke, vor der ich einmal einen Faustkampf beobachtet hatte. Als ich kurz darauf das Ladenlokal passierte, fand ich die Fenster mit Pappe verklebt, die Tür mit mehreren Balken verrammelt. Durch leere Gassen lief ich weiter, begegnete einem Mann mit einem Koffer, der an mir vorbeihastete, und erreichte schließlich Notre-Dame.

Bevor ich hineinging, umrundete ich die Kathedrale und blieb wie angewurzelt stehen, kaum dass ich an der Rückseite des Baus angekommen war. Noch immer überwältigte mich der Anblick des Nichts, die völlige Abwesenheit von allem. Das war etwas, was mein menschlicher Verstand nicht begreifen konnte. Es war so gewaltig! Kilometerhoch türmte sich das Nichts rund um die Schattenstadt auf. Eine undurchdringliche Wand und doch war da gleichzeitig gar nichts.

Ich schluckte. Das Nichts war in der vergangenen Nacht wirklich nah herangekommen; was ich gestern bei meinem Sturz bereits vermutet hatte, bestätigte sich: Es fehlten nur noch wenige Meter, dann würde es die Mauern Notre-Dames in die nebligen Klauen bekommen! Kein Wunder, dass die Menschen flohen; ich fragte mich eher, warum der Graue Bund es nicht tat. War der Großmeister zu betrunken, um eine Entscheidung zu treffen? Oder sahen die Kämpfer es als besonders mutig an, dennoch zu bleiben? Madame Mafalda jedenfalls schätzte ich als jemanden ein, der nicht tatenlos zusah und in einer Falle verharrte. Trotzdem hatte sie gestern ungerührt ihr Training abgehalten. Bedeutete das, dass sie glaubte, die Gefahr sei erst einmal gebannt? Schließlich konnten Jahre bis zur nächsten Aktivität des Nichts vergehen. Oder Minuten, dachte ich und erinnerte mich an das Ziehen in meiner Brust und die Ascheflocke, die ich aufgefangen hatte. Würde es wieder geschehen? Und wenn ja: Wann? Warum?

Meine Augen verengten sich zu Schlitzen. Es war ein bisschen so, als starrte ich einen Vulkan an. Es gab keine Logik in alledem, es machte keinen Sinn, sich den Kopf darüber zu zerbrechen.

Vielleicht hätte ich stattdessen besser einmal nach oben sehen sollen, doch ich tat es nicht. Mit einem Seufzen wandte ich mich ab und klopfte an die Flügeltüren des Hauptportals von Notre-Dame.

Es dauerte eine ganze Weile, bis auf der anderen Seite Schritte zu hören waren. Endlich schwang der linke der beiden Türflügel auf und gab den Blick auf die verspiegelte Eingangshalle frei. Die Spitzenhaube des Dienstmädchens, das mich einließ, wurde hundertfach von Wänden und Treppengeländern reflektiert.

»Gnädiges Fräulein.« Das Dienstmädchen knickste vor mir, dann verschwand es auch schon wieder. Gerade noch pünktlich schlüpfte ich in den Tiberischen Saal, was Madame Mafalda mit einem Naserümpfen quittierte.

Ich achtete gar nicht darauf. Stattdessen suchte mein Blick den Raum nach einem weißblonden Schopf ab, doch Marian war nirgends zu entdecken. Obwohl er heute keine Wache bei den Zwillingen halten musste, schwänzte er das Dämmerungstraining. Schon wieder. Ein Hauch von Enttäuschung machte sich in mir breit. Doch im Gegensatz zu mir würde er sich dafür kaum Ärger mit Madame Mafalda einhandeln. Er war ohnehin so viel besser als alle anderen, was machte es da schon, wenn er eine Stunde verpasste?

»Trödel nicht so herum. Wir wollen anfangen«, befahl Madame Mafalda.

Ich trottete in meine Ecke.

Als Übungspartnerin wurde mir heute Amadé zugeteilt. Selbstverständlich hatte ich nicht die geringste Chance gegen die

Tochter des Großmeisters. Doch sie war so rücksichtsvoll, mich das nicht allzu sehr merken zu lassen, indem sie sich quasi in Zeitlupe bewegte. So war es mir möglich, auch mal einen Schlag zu Ende zu führen und außerdem noch den einen oder anderen neuen Kniff zu lernen. Trotzdem war ich nach anderthalb Stunden vollkommen außer Atem. Keuchend bedankte ich mich bei Amadé, die leise vor sich hin lächelte und mir ihren Materienkiesel unter die Nase hielt.

Soll ich dir zeigen, wo ich arbeite?, stand darauf.

»Gern«, sagte ich. Seit der Eiserne Kanzler Amadé in diesem Jahr in die Finger bekommen und foltern lassen hatte, bis sie verriet, dass ich den Weißen Löwen gestohlen hatte, sprach sie nicht mehr. Sie ertrug den Klang ihrer eigenen Stimme nicht, weil er sie zu sehr an ihre Schreie erinnerte. Stattdessen spielte sie nächtelang auf ihrem Cello und kommunizierte über den faustgroßen Stein, den der Großmeister erfunden hatte.

Das Nichts ist eine Sache, aber dieser Regen …, flackerte darüber, als wir durch die Flure Notre-Dames huschten.

»Beunruhigt er dich mehr?«

Sagen wir mal so. Amadé verzog das narbige Gesicht zu einer Grimasse und drückte die Flügeltüren des Portals auf. Eisige Nachtluft schlug uns entgegen. *Wenn sich das Nichts früher geregt hat, ist dabei nie etwas vom Himmel gefallen.*

»Niemals?« Ich biss mir nachdenklich auf die Lippe. Vom Himmel gefallen …

Amadé schüttelte den Kopf und steckte den Materienkiesel in ihre Tasche.

Eingehüllt in die grauen Mäntel des Bundes, wanderten Amadé und ich durch die Straßen der Stadt. Wir zogen uns die Kapuzen tief in die Gesichter, um uns vor der beißenden Kälte und neugierigen Blicken zu schützen, und waren auf dem Weg in den Krawoster Grund, wo die Siedlung der Arbeiter lag. Dort war vor Kurzem eine neue Suppenküche eröffnet worden, in der Amadé hin und wieder aushalf.

Wir liefen einige Kilometer in Richtung Norden, wo wir schließlich den Hades überquerten, der die Stadt durchschnitt. Dann erreichten wir den Krawoster Grund. Auf der anderen Seite des Flusses duckten sich die Baracken der Arbeiter in einer Senke. Verschlag an Verschlag reihten sie sich aneinander bis zum Horizont, an dem sich das Nichts auftürmte. Ich ließ meinen Blick über die schmutzige Siedlung schweifen, die lehmigen Pfade, die offenen Abwassergräben. In meinem Nacken lag ein Prickeln, wie immer, wenn ich sah, wie die Seelen der Schlafenden ausgebeutet wurden.

Zwischen Baracken mit Wellblechdächern marschierten wir durch die schlammigen Gassen, vorbei an abgemagerten Männern und Frauen, die in Richtung des Industriegebiets im Schlotbaron schlurften. Für mich sah jeder Straßenzug gleich aus, doch Amadé kannte den Weg. Irgendwann blieb sie so unvermittelt stehen, dass ich beinahe in sie hineingelaufen wäre.

Hier ist es. Sie deutete auf einen Bretterverschlag, der ein wenig größer und länger war als die übrigen. Der Geruch von Gemüsesuppe (die in dieser Welt vermutlich ganz anders schmeckte) stieg in nebligen Schwaden aus den Ritzen des Daches empor.

Am anderen Ende des Gebäudes hatte sich bereits eine lange Schlange aus müden Arbeitern gebildet, Kinder, die grob geschnitzte Holzschüsseln umklammerten, und alte Männer, die sich zitternd auf dürre Krückstöcke stützten. Natürlich brauchten die Seelen in Eisenheim keine Nahrung, um zu überleben. Doch den Schlafenden schien sie Trost zu schenken.

Amadé betrachtete die Menschen einen Augenblick lang. *Es wird Zeit, dass wir öffnen.* Sie deutete auf eine niedrige Tür, die anscheinend eine Art Hintereingang darstellte.

Aber gerade als wir hindurchgehen wollten, entdeckte ich eine Gestalt, die um die Straßenecke hastete. Die breiten Schultern, der katzenhafte Gang und das weißblonde Haar – ich erkannte ihn sofort, ich hätte ihn unter Tausenden erkannt. Auch Marian hatte uns nun entdeckt. Mit raschen Schritten kam er auf uns zu.

»Was macht ihr beiden denn hier?«

»Hallo, Marian.«

Marian betrachtete uns misstrauisch. Der harte Zug um seine Lippen war heute Nacht noch eine Spur schärfer. »Wieso seid ihr hier?«, wiederholte er seine Frage.

Amadés Kinn ruckte in Richtung Suppenküche.

»Sie wollte mir zeigen, wo sie arbeitet«, erklärte ich. »Was machst du?« Natürlich wusste ich es bereits. Er war bei seiner Schwester gewesen, die ihm Nacht für Nacht vor Augen führte, was ich getan hatte. Marian ersparte mir die Antwort, indem er das Thema wechselte.

»Ihr wisst aber schon, dass es verrückt ist, sich ausgerechnet in so einer Nacht so nah an den Stadtgrenzen herumzutreiben?«, fragte er, ohne mich anzusehen. Eine Gänsehaut kroch mir über die Arme. Es waren diese Kleinigkeiten unserer verkorksten Beziehung, die mich am meisten schmerzten. Dass wir noch nicht einmal mehr normal miteinander sprechen konnten …

»Verrückt?«, fragte ich und starrte ebenfalls an ihm vorbei. Dabei hätte ich so gerne einen Schritt auf ihn zu gemacht.

Marian nickte und deutete nach oben. Ich legte den Kopf in den Nacken und hörte im gleichen Moment, wie Amadé neben mir scharf die Luft einsog. Auch ich hatte plötzlich Mühe zu atmen, denn am Himmel über uns prangte eine gigantische Wolke. Ein undurchdringlicher Koloss aus Qualm hatte sich dort oben zusammengeballt, ein rauchiges Gebirge, viel zu groß, um den Schornsteinen des Schlotbarons entsprungen sein zu können. Es schien den gesamten Himmel über Eisenheim auszufüllen. Und es bewegte sich. Nebelfetzen wirbelten durcheinander, bildeten Tornados im ausladenden Wolkenbauch.

»Was ist das?«, flüsterte ich.

In diesem Augenblick schwebte die erste Ascheflocke zu uns herab. Ich zuckte zurück, als sie nur wenige Millimeter an meinem Gesicht vorbeifiel und kurz darauf vor meinen Füßen im Schmutz landete. Sofort war das Ziehen in meiner Brust zurück. Ich presste die Kiefer aufeinander, um mir nichts anmerken zu lassen. »War es gestern genauso?«, stieß ich hervor.

Marian nickte. »Wir sollten von hier verschwinden. Kommt schnell.« Ganz Krieger und Leibwächter übernahm er die Führung. »Hier entlang.«

Zu dritt rannten wir los, stürzten durch die immer dichter fallenden Ascheflocken, die mich verbrannten, wo immer sie auf meine nackte Haut trafen. Schon bald waren mein Gesicht und meine Hände von Flecken überzogen. Im Laufen wickelte ich mich fester in meinen Mantel, um mich zu schützen. Amadé und Marian, denen die Asche nichts auszumachen schien, trieben mich an, während wir durch die matschigen Straßen des Krawoster Grunds jagten, wie so viele Menschen, die panisch aus ihren armseligen Behausungen strömten.

In diesem Moment zerriss ein mehrstimmiges Wiehern den Schleier aus Asche, der uns umfing. Im Rennen legte ich noch einmal den Kopf in den Nacken und blinzelte zwischen den Flocken hindurch. Zuerst glaubte ich, einer Sinnestäuschung zu unterliegen, als ich die beiden Schattenpferde über unseren Köpfen sah. Doch es bestand kein Zweifel: Die Wesen kämpften miteinander. Statt Seite an Seite ihre Kontrollrunde zu fliegen, hatten die beiden Reiter ihre Zylinder von sich geworfen und musterten einander mit glühenden Blicken. Ihre Peitschen züngelten, ihre Reittiere hatten sich ineinander verbissen.

Weil die Ascheflocken auf meinen Wangen zu sehr schmerzten, wandte ich für einige Sekunden das Gesicht ab. Ich stolperte ein paar Schritte hinter Marian und Amadé her, dann konnte ich nicht anders, legte mir die Hände auf Mund und Nase und sah wieder nach oben.

Inzwischen hatten auch die beiden Reiter begonnen, nacheinander zu schnappen wie tollwütige Hunde. Sie bleckten die Zähne, knurrten. Es hätte mich nicht gewundert, wenn sich im nächsten Moment ihre Backenbärte gesträubt hätten und Schaum zwischen ihren farblosen Lippen hervorgequollen wäre. Doch nun kam ein drittes Schattenpferd herangeprescht, auf dem ein junger Mann saß, der einen Dreispitz auf dem Kopf trug.

»Aufhören!«, schrie der Eiserne Kanzler und warf sich zwischen seine Männer, die inzwischen kaum noch etwas Menschliches an sich hatten. »Sofort! Ich befehle es!«

Die Schattenreiter zuckten beim Klang seiner Stimme zusammen, doch ansonsten machten sie keinerlei Anstalten, voneinander abzulassen. Dabei hieß es doch, dass die Armee der Reiter dem Kanzler blind gehorchte, sich sogar mit Freuden in einen Abgrund stürzen würde wie eine Horde Lemminge, wenn er es verlangte.

Mit einem Zischen zerschnitt die Peitsche des einen Reiters die Luft und wickelte sich um den Hals des anderen.

»Schluss!«, schrie der Kanzler und zertrennte die Peitschenschnur mit einem Streich seines Säbels. »Jetzt reicht es mir aber!«

»Und mir erst«, brüllte Marian mir ins Ohr. »Beweg dich endlich, wir müssen hier weg!«

Ich riss meinen Blick von den Wesen über meinem Kopf los. Vor mir erkannte ich Marian, der mich anscheinend schon seit geraumer Zeit an den Schultern hielt und schüttelte. Und hinter ihm war das Nichts. Unheilvoll ragte es am Horizont empor. Unheilvoll und tödlich. Machte es sich etwa bereit, den nächsten Teil der Stadt zu verschlingen?

Endlich setzte ich wieder einen Fuß vor den anderen. Der Ascheregen war jetzt so dicht, dass er mir die Sicht nahm. Er verschluckte die Schattenpferde und ihre Reiter genauso wie den

Rest von Eisenheim. Währenddessen steigerte sich das Ziehen in meiner Brust zu einem Stechen; ich hatte das Gefühl, mein Herz verkrampfe sich bei jedem Atemzug mehr. Doch Marian zog mich unerbittlich mit sich.

Wir rannten inzwischen den Hang zum Fluss hinab. Der Schmerz ließ die Straße vor meinen Augen verschwimmen. In der Luft lag ein Wispern. Da übersah ich einen Stein und stolperte. Auf Knien und Händen landete ich im gräulichen Schlamm und riss Marian mit mir zu Boden.

»Verdammt!«, fluchte er, rappelte sich auf und beugte sich über mich. »Was ist denn nur mit dir?«, schnaubte er. Für einen Augenblick ließ ihn die Sorge anscheinend seine Distanziertheit vergessen. Behutsam strichen seine Fingerspitzen über die brennende Stelle auf meiner linken Wange, wo mich eine der Ascheflocken gestreift hatte. »Du bist verletzt«, stellte er fest.

Ich schüttelte den Kopf und betrachtete meine Hände unter dem Soff meines Mantels. Die Flecken verblassten bereits wieder. »Unsinn«, keuchte ich und hoffte, er würde nicht bemerken, wie schwer mir das Sprechen fiel. Mein Brustkorb fühlte sich an, als läge ein zentnerschweres Gewicht darauf. Mein Herz zog sich bei jedem Schlag qualvoller zusammen. Warum reagierte ich derart heftig auf die Asche? Warum machte sie mir so zu schaffen, verbrannte mich und gab mir das Gefühl zu ersticken?

Amadé, die ein Stück abseits stand, blickte voller Verzweiflung auf die Baracken, die wir hinter uns gelassen hatten. Würde das Nichts sich bewegen und all die Schlafenden verschlingen, denen wir hatten helfen wollen?

»Wir müssen weiter, Flora«, sagte Marian und fuhr sich mit der Zunge über die Lippe. Seine Pupillen wanderten verzweifelt hin und her. »Hörst du? Kannst du gehen oder soll ich dich tragen?«

Ich antwortete nicht. Stattdessen schloss ich die Augen und konzentrierte mich auf die Stelle, an der Marian mich berührt hatte. Plötzlich war ich ganz ruhig. Obwohl die Welt um uns herum unterzugehen drohte, verschwendete ich keinen weiteren Gedanken daran. Wärme überströmte mein Gesicht dort, wo Marians Fingerkuppen gelegen hatten. Ganz sacht hatte seine schwielige Haut über meine gestrichen. Der schwache Geruch von Holz und Fichtennadeln legte sich über meine Sinne. Nach und nach fiel mir das Atmen leichter, das Ziehen in meiner Brust trat in den Hintergrund.

»Flora?«, fragte Marian. Er hatte seine Hand natürlich längst zurückgezogen.

Ich blinzelte. »Ja?«

»Kannst du gehen?«

Noch immer strömten die Menschen in Richtung Brücke. Ich schob die Kapuze zurück, um mich besser umsehen zu können. Der Ascheregen hatte so plötzlich aufgehört, wie er begonnen hatte. Nur die grauweißliche Schicht, die den Boden um uns herum bedeckte, erinnerte noch an ihn. Auch die Wolke über unseren Köpfen war dabei, sich aufzulösen. Vom Kanzler und seinen Männern fehlte jede Spur. Ich rappelte mich auf. »Schon«, sagte ich. »Aber ist es jetzt nicht vorbei? Dann könnten Amadé und ich doch …«

Marian und Amadé schüttelten den Kopf. Ich entdeckte Tränen in Amadés Augen. Hastig fuhr ich herum, mein Blick suchte den Horizont ab und heftete sich an das Nichts, das noch immer an Ort und Stelle zu hängen schien.

»Aber –«, begann ich noch einmal.

In diesem Moment bebte die Erde.

Der Untergrund erzitterte, als stünden wir auf dem Rücken eines erwachenden Ungeheuers. Menschen schrien, wurden von den Füßen gerissen. Ein Grollen lag in der Luft, Stein mahlte auf Stein, Fels auf Fels. Alles um mich herum vibrierte und knackte. Baracken fielen in sich zusammen. Mein erster Impuls war, mich flach auf den Boden zu werfen. Doch Marian zog mich auf die Beine, half auch Amadé auf. Gemeinsam stürzten wir den Stahlpfeilern der Brücke entgegen. Die Konstruktion schwankte beängstigend, schaukelte hin und her. Knarrte.

Sie ächzte noch mehr, als wir sie betraten. Die Erde zitterte und bebte, der Hades hatte sich in ein tobendes Brausen verwandelt. Wellen klatschten gegen das betonierte Ufer, durch das sich nun Risse zogen. Wir klammerten uns an den Handlauf, doch in der nächsten Sekunde scherte die Brücke so weit nach links aus, dass wir erneut das Gleichgewicht verloren. Auf allen vieren kroch ich hinter Marian und Amadé über das Gitter. Die Verstrebungen verbogen sich unter meinen Händen, zwischen ihnen spritzte Flusswasser empor und traf mich im Gesicht. Ich hustete und rieb mir die eiskalten Tropfen aus den Augen.

Plötzlich tauchte Amadé neben mir auf. Zitternd klammerte sie sich an meinen Ellbogen, die nackte Angst im Blick. Doch schon wurde ich wieder ein Stück in die entgegengesetzte Richtung geschleudert. Mit dem Rücken prallte ich gegen das Geländer und konnte einen Moment lang nicht atmen. Das Blut rauschte in meinen Ohren, während ein Straßenzug des Krawoster Grundes nach dem anderen einstürzte. Doch das dahinterliegende Nichts bewegte sich nicht! Es war nicht dabei, die Stadt zu verschlingen, wie ich gedacht hatte. Das hier war etwas anderes. Ein Erdbeben! Endlich strömte wieder frischer Sauerstoff in meine Lungen und ich krabbelte weiter.

Das Donnern der einstürzenden Häuser war ohrenbetäubend.

»Kommt endlich … verdammten … runter!«, schrie Marian Amadé und mir entgegen. Das Dröhnen der sich windenden Brückenpfeiler verschluckte seine Stimme. »Die macht … nicht mehr …«

Er hatte das andere Ufer bereits erreicht und stand, wie es aussah, auf einigermaßen festem Boden. Zumindest hielt er sich aufrecht. Und auch die Häuser hinter ihm hatten aufgehört, zu wackeln und zu zittern.

So rasch es der schwankende Stahl unter uns zuließ, robbten Amadé und ich voran. Ich heftete meinen Blick fest an Marians Gestalt. Da sackte die Brücke ein Stück unter uns weg, wir rutschten nach vorn, das Gitter schürfte mir den Arm auf. Nur ein paar Meter trennten uns noch vom Ufer. Ich klammerte mich an die Metallstreben.

»Flora! Verdammt!«, schrie Marian und setzte probehalber einen Fuß auf die Metallstreben vor sich. Doch die Brücke trug ihn nicht mehr.

Überall barsten nun die Stahlplatten und Amadé und ich waren die Einzigen, die sich noch an die wackelnde Konstruktion klammerten.

Meine Arme und Beine schmerzten. Ich biss die Zähne zusammen. Gemeinsam krabbelten wir weiter, zogen uns voran über scharfkantiges Metall.

Marian fuchtelte mit den Armen in der Luft herum und bewegte den Mund, doch ich konnte nicht verstehen, was er sagte, weil in diesem Augenblick einer der Pfeiler wegknickte.

Ich schob mich vorwärts, während sich die Brücke unter mir immer weiter in die Tiefe neigte. Dann waren da plötzlich Marians Hände, die Amadé und mich packten und ans Ufer zogen. Erschöpft fielen wir auf das anthrazitfarbene Kopfsteinpflaster, gerade als der Hauptträger der Brücke sich zur Seite drehte, umkippte und die ganze Konstruktion mit sich in die Fluten des Hades riss. Der Lärm war kaum auszuhalten, doch er hielt nur wenige Sekunden an. Dann war es vorbei.

Zu dritt blickten wir auf das Wasser hinaus, auf die Arbeitersiedlung dahinter und das Nichts am Horizont, das so zahm aussah, als habe es sich niemals von der Stelle gerührt.

4 EINE BLÖDE IDEE

Der Morgen begann mit Chaos. Gegen halb acht weckte mich das Klirren von zerbrechendem Glas. Ich tappte in die Küche und fand meinen Vater inmitten der Trümmer unserer Kaffeemaschine auf dem Fußboden hockend. Die Brille saß ihm schief auf der Nase, das Kaffeepulver hatte sich mit dem Wasser aus der kaputten Kanne zu einer krümeligen Matsche vermischt, die auf den Fliesen klebte. Mein Vater stützte das Kinn in die rechte Hand und betrachtete die Sauerei.

»Es sieht ein bisschen aus wie Südamerika, findest du nicht?« Mit dem Zeigefinger zog er die Umrisse der Kaffeepampe nach, nur um eine Sekunde später angeekelt auf seine Fingerspitze zu starren und sie an seiner Schlafanzugjacke abzuwischen.

»Äh«, sagte ich und klaubte rasch die scharfkantigsten Glasstücke aus seiner Reichweite. »Es ist Samstagmorgen. Warum bist du überhaupt schon auf?«

»Samstag?« Mein Vater blinzelte, als wüsste er nicht, was das Wort bedeutete. Mann, war der durch den Wind! Anscheinend hatte das Erdbeben ihm den Rest gegeben.

»Samstag«, bestätigte ich. »Teil des Wochenendes, ein Tag, an dem wir ausschlafen.« Ich steckte die Scherben und Plastikteile in einen Müllbeutel. Mein Vater verfolgte meine Bewegungen mit abwesendem Blick.

»Samstag«, murmelte er gedankenverloren vor sich hin, bis er schließlich (ich hatte inzwischen die meisten Scherben aufgesammelt und wischte gerade den Boden) die Verknüpfung in seinem Gedächtnis fand. »Unser Ausflug!« Er sprang so plötzlich auf, dass er beinahe auf den nassen Fliesen ausgerutscht wäre. »Ich ... ich kann nicht mit. Wegen Eisenheim. Wegen des Erdbebens. Ich ...«

»Ist schon okay«, sagte ich und lehnte den Mopp an die Küchenzeile. Seit einigen Wochen hatten mein Vater und Christabel es sich zur Aufgabe gemacht, mir Stück für Stück die Zusammenhänge zwischen realer und Schattenwelt beizubringen. Als Prinzessin und Thronerbin meines Vaters sollte ich ihrer Meinung nach nun, da ich eine Wandernde geworden war, umfassend ausgebildet werden. Dazu hatten die beiden mir etwa ihre Arbeit in der realen Welt erklärt (sie überwachten das Treiben der Wandernden auf der ganzen Welt), einen Physiker angeschleppt, der stundenlang über Schwarze Löcher und Dunkle Materie referierte, und mit mir geübt, meine Schattengestalt auch in der realen Welt anzunehmen (also meinen Körper irgendwo zurückzulassen und für die Schlafenden unsichtbar umherzufliegen). Tja, und heute stand ein Ausflug an, bei dem es um die Geschichte der Schattenwelt gehen sollte. Gähn. Das klang leider fast so langweilig wie der Vortrag des Physikers. »Ich verstehe natürlich, dass du gerade Wichtigeres zu tun hast. Wir können das ja auch ein andermal machen«, erklärte ich deshalb.

Mein Vater wiegte den Kopf hin und her. »Die Asche und all das … Ich … muss darüber nachdenken, was ich dagegen unternehme …« Er überlegte. »Aber Christabel wird sich um dich kümmern.«

Ich verdrehte die Augen. »Das ist echt nicht nötig. Wir verschieben es einfach, hm?«

Eine knappe Stunde später saß ich neben Christabel in unserem Kombi und tuckerte dem ödesten Samstagvormittag der Weltgeschichte entgegen. Anscheinend war es egal, dass mein Vater gerade einen Nervenzusammenbruch erlitt und Eisenheim von einer Naturkatastrophe nach der anderen heimgesucht wurde. Wir betrieben Sightseeing. Sightseeing in Oberhausen!

Mit verschränkten Armen lehnte ich mich in den Beifahrersitz. Mir steckte das Erdbeben ebenfalls noch in den Knochen, auch wenn ich meine Schürfwunden in der realen Welt natürlich nicht spürte. Doch meine Seele war aufgewühlt. Irgendetwas ging in der Schattenwelt vor sich. Und die Tatsache, dass ich diesen merkwürdigen Schmerz verspürte, wann immer der Ascheregen einsetzte, machte mich nervös. Hatte der Weiße Löwe etwas damit zu tun?

Ich hätte den Tag viel lieber dazu genutzt, meine Gedanken zu ordnen. Oder um vielleicht mal Wiebke zu besuchen und nach ihr zu sehen. Sie war meine beste Freundin und sie fehlte mir, immerhin hatten die Windpocken (die einzige Kinderkrankheit, die auch an mir vorübergegangen war) sie nun schon über eine

Woche außer Gefecht gesetzt. Mittlerweile war sie nicht mehr ansteckend, sodass ich mal wieder hätte vorbeischauen können. Doch heute würde daraus wohl nichts werden.

Christabel, die mit der Gangschaltung auch nach all den Jahren nicht klarkam, kutschierte mich mit röhrendem Motor durch Essen und hielt, kaum dass wir losgefahren waren, vor einem Haus mit klogrüner Fassade. Davor wartete eine bleiche Gestalt.

»Hi!« Marian quetschte sich auf die Rückbank.

»Morgen.« Ich seufzte. Mein Vater war also so besorgt um mich, dass ein Leibwächter für unseren Ausflug nicht ausreichte. Ich hatte es ja geahnt.

Christabel lenkte den Kombi auf die A40, die an manchen Stellen von Essen so nah an den Häusern vorbeiführte, dass man die verfrühte Weihnachtsdekoration auf einzelnen Balkonen erkennen konnte. Im hintersten Winkel von Mülheim fuhren wir ab, um kurz darauf auf der Bundesstraße das Zentrum von Oberhausen zu durchqueren. Christabel parkte am Straßenrand mitten in einer Wohnsiedlung. Alles in allem hatte die Fahrt nicht einmal eine halbe Stunde gedauert. Dank des Geplärres des Schlagersenders im Radio, den Christabel so gern hörte, gepaart mit dem Schweigen auf der Rückbank, war sie mir jedoch wie eine Ewigkeit vorgekommen.

Ich sprang auf die Straße, kaum dass unsere Haushälterin den Wagen in die Parklücke manövriert hatte. »Okay. Wo sind wir?«, fragte ich gedehnt, als Marian und Christabel auch ausgestiegen waren. »Was kann ich von diesen«, ich drehte mich mit ausgebreiteten Armen um die eigene Achse, »*Vorgärten* lernen?«

Christabel, die einen geblümten Kittel unter ihrem Mantel trug, der so kurz unter dem Knie endete, dass die Gummibänder ihrer Stützstrümpfe darunter hervorblitzten, zündete sich eine Zigarette an. »Oh, eine ganze Menge, Engelchen«, sagte sie zwischen zwei Zügen und führte uns tiefer in die Siedlung hinein.

Die Häuser waren alt und bestanden aus dunklem Backstein mit gemauerten Bögen über den Türen. In den Gärten duckten sich dazu passende Schuppen. Auf den Fensterbänken standen Kästen mit Kräutern und auf den Wiesen davor Gartenzwerge und niedrige Hecken. Es war … idyllisch. Eine typische Ruhrgebietssiedlung des 19. Jahrhunderts, schätzte ich. Hier und da lugte sogar noch ein ehemaliger Taubenschlag hervor.

»Man nennt diesen Stadtteil Eisenheim«, erklärte Christabel und sah mich bedeutungsvoll an.

Ich hob eine Augenbraue. »Was für ein Zufall.«

»Ganz und gar nicht. Diese Siedlung wurde 1846 auf Initiative von Wilhelm Fueg gegründet, dem damaligen Geschäftsführer der Hüttengewerkschaft und Handlung Jacobi, Haniel und Huyssen. Wilhelm Fueg war selbstverständlich ein Wandernder.«

Etwa eine Stunde lang führte Christabel uns durch das Wohngebiet, sprach über Industrialisierung, Bergbau und verschiedene Verfahren der Stahlgewinnung, schweißnahtlose Reifen und Kanonen und natürlich, wie das alles mit der Schattenwelt zusammenhing. Denn anscheinend hatten nicht wenige alteingesessene Ruhrgebietsfamilien sich beim Aufbau ihrer Unternehmen an den Technologien der Schattenwelt orientiert, indem sie diese auf die Eigenschaften der realen Materie übertrugen. Immer wieder wies unsere Haushälterin zudem auf architektonische Details an den Häusern hin, die an die Schattenwelt angelehnt waren. Hier ein Sims, dort ein Giebel oder ein in einen Stein geritztes Symbol. Es war zum Einschlafen langweilig.

Na gut, dann gab es eben eine Verbindung zwischen diesem und dem farblosen Eisenheim unserer Nächte. Es hätte mich auch eher gewundert, wenn die Wandernden der Vergangenheit keine Spuren in der realen Welt hinterlassen hätten. Ich trottete hinter Christabel her, die uns als Nächstes in ein winziges Museum zur Geschichte der Siedlung schleppte.

Marian hingegen schien tatsächlich so etwas wie Spaß an der ganzen Sache zu haben. Zumindest stellte er so viele Fragen, als könne er sich nichts Schöneres vorstellen, als eine weitere Stunde in diesem Wohngebiet zu verbringen: »Und die Puddelöfen wurden dann aber abgeschafft?«

»Genau, weil das Bessemerverfahren etwa zwanzigmal effektiver war.«

»Zwanzigmal? Wow!« Marian nickte anerkennend.

»Oh ja, wow. Ich raste aus!«, murmelte ich, ließ mich ein Stück hinter die beiden zurückfallen und war unendlich erleichtert, als wir gegen Mittag die sogenannte Coca-Cola-Oase des riesigen Einkaufszentrums betraten, das man in einem ehemaligen Oberhausener Industriegebiet errichtet hatte, das nun »Neue Mitte« hieß.

Christabel steuerte einen der Fast-Food-Stände an, die sich im Kreis um eine Fläche voller Tische mit Klappstühlen gruppierten. Es war voll. Überall saßen Familien mit Kindern, die durch ihre

Strohhalme schlürften. Dazwischen Leute mit prall gefüllten Einkaufstüten und müden Füßen. Über eine riesige Leinwand unter der Decke flackerten Musikvideos und Kinowerbung.

Marian und ich schoben uns zwischen Kinderwagen und Rucksäcken hindurch zu einem freien Tisch, auf dem eine alte Pommes klebte. Ich setzte mich so weit wie möglich von dem labberigen Ding entfernt hin, Marian ließ sich auf den Stuhl mir gegenüber fallen. Zum zweiten Mal innerhalb von vierundzwanzig Stunden waren wir allein. Keiner von uns beiden schien so recht zu wissen, was er sagen sollte.

Marian faltete eine Papierserviette zu einem Schiffchen, bis er irgendwann den Blick hob. »Geht es dir … gut?«, fragte er. Von der Ausgelassenheit, die er den Vormittag über an den Tag gelegt hatte, war nicht die geringste Spur geblieben. Stattdessen wirkte Marian erschöpft, die Bewegungen seiner Finger, die über die Serviettenkanten strichen, fahrig.

Mein Mund wurde trocken. Ob es mir gut ging? Nein! Natürlich nicht. Die Schattenwelt spielte verrückt, Ascheflocken verursachten mir Schmerzen und ich war gestern beinahe nicht mehr rechtzeitig von der einstürzenden Brücke heruntergekommen. Ich hätte wirklich gut eine Umarmung von dem Mann, den ich liebte, vertragen können. Da ich die aber wohl ohnehin nicht bekommen würde, beschränkte ich mich auf ein Achselzucken. »Es geht schon«, sagte ich und betrachtete die Tischplatte.

Marian schien mir nicht so recht zu glauben und senkte die Stimme. »Ich meinte wegen gestern Nacht, wegen des Erdbebens. Du hast dich verletzt, oder?«

»Unsinn.« Ich machte eine wegwerfende Handbewegung und hoffte, dass er nicht sah, dass ich zitterte.

»Hör mal, was ich eigentlich sagen will: Ich weiß, dass es gerade ziemlich schwierig ist mit Eisenheim und mit … uns. Deshalb wollte ich dich um Entschuldigung bitten. Es tut mir leid, dass ich im Moment nicht mehr für dich da sein kann, Flora.«

»Ist schon gut, ich verstehe das«, sagte ich, riss ihm das Serviettenschiffchen aus der Hand und benutzte es, um die Schrumpelpommes von unserem Tisch zu fegen. Sie landete auf dem Fußboden und zermatschte kurz darauf unter dem Rad des Einkaufskarrens einer Oma. Glühende Wut wallte in mir auf. Wut darüber, dass es Eisenheim, das Nichts und den Weißen Löwen gab, die uns daran hinderten, zusammen zu sein. Und auch ein bisschen Wut darüber, dass Marian sich zwar bei mir entschuldigte, dass das aber rein gar nichts ändern würde. Irgendetwas geschah in Eisenheim, was mit dem Weißen Löwen und mir zu tun hatte und mir eine Scheißangst machte. Was immer es war, ich ahnte schon jetzt, dass ich Marian an meiner Seite brauchen würde, um es durchzustehen. Doch vorerst war ich allein. Wir waren zusammen und doch getrennt. In meiner Brust verkrampfte sich etwas.

Marian betrachtete mich mit gerunzelter Stirn. »Ist wirklich alles okay?«

Ich schluckte den Kloß, der sich in meinem Hals gebildet hatte, herunter. Wenn ich schon ohne Marian herausfinden musste, was in Eisenheim vor sich ging und ob der Stein in Gefahr war, würde ich dazu in erster Linie einen klaren Kopf benötigen. Es war nicht gut, mich mit Gedanken an ein »Was wäre, wenn« zu foltern, die in mir aufwallten, wann immer ein gewisser weißblonder Schopf in mein Blickfeld trat. »Ich denke, es wäre besser, wenn wir uns vorerst überhaupt nicht mehr sehen«, sagte ich deshalb mit brüchiger Stimme und zerknüllte das Serviettenschiffchen zu einem Ball.

Wenn meine Worte Marian überrascht oder verletzt hatten, so ließ er es sich nicht anmerken. Er blinzelte nicht einmal, sondern nickte nur sehr langsam, presste die Kiefer aufeinander, betrachtete das zerstörte Schiffchen auf der Tischplatte zwischen uns. »Einverstanden«, sagte er schließlich und dieses einzelne Wort schnitt tief in mein Herz und besiegelte etwas. »Wenn es das ist, was du willst.«

Ich nickte, während Christabel mit zwei Tabletts, auf denen sich chinesisches Essen türmte, unseren Platz erreichte. Sie schob ihre Beute zwischen uns. »Na, wer will eine Frühlingsrolle?«

Nachdem wir Marian wieder bei sich zu Hause abgesetzt hatten, betraten Christabel und ich unsere Wohnung am frühen Nachmittag. Mein Vater saß noch in genau derselben Haltung an seinem Schreibtisch wie am Morgen, im Pyjama mit ungekämmtem Haar, den Kopf in die Hände gestützt. Er schlief tief und fest.

»Ein Schlafmittel, nehme ich an?« Ich deutete auf das halb volle Wasserglas und die Tablettenpackung neben seinem Ellbogen.

Christabel nickte. »Vermutlich wollte er die Dinge lieber vor Ort klären. Ich werde mal nachsehen, ob er Hilfe braucht.« Sie drückte sich ebenfalls eine Tablette aus dem Blisterstreifen und ließ sich auf das Klappbett fallen, das wir noch immer nicht weggeräumt hatten, obwohl Marian bereits vor Wochen ausgezogen war. Im nächsten Moment fielen ihr auch schon die Augen zu und ich blieb allein zurück. Endlich.

Die Tränen kamen, kaum dass meine Zimmertür hinter mir ins Schloss gefallen war. Ich warf mich auf mein Bett und konzentrierte mich darauf, wie die salzigen Tropfen meine Wangen hinunter bis zu meinen Ohrläppchen rannen. Wir liebten uns und dennoch konnten wir nicht zusammen sein. Anscheinend reichte es nicht aus. Dabei lernte man doch in jedem Disneyfilm, dass die Liebe stärker war als alles andere. Eine Lüge? Ein Gesetz, das nicht gelten konnte, wenn man, wie wir, die Schattenwelt am Hals hatte? Mein Magen zog sich zusammen. Oder waren unsere Gefühle füreinander schlicht nicht stark genug? Ich schloss die brennenden Augen und weigerte mich, weiter darüber nachzudenken.

Irgendwann rollte ich mich zur Seite und starrte die kleine Kommode an, in der ich meine Socken aufbewahrte. Mein Blick verfing sich an den bronzefarbenen Schubladenknäufen, ohne dass ich sie wirklich ansah. Ein dröhnender Kopfschmerz breitete sich hinter meiner Stirn aus, doch ich stand nicht auf, um ein Glas Wasser zu trinken oder eine Paracetamol aus meiner Handtasche zu kramen, sondern lag reglos da, lauschte meinem Herzschlag und dem Pochen in meinem Kopf. Die Zeit tröpfelte vor sich hin, es begann zu dämmern.

»Flora? Kommst du mal?«, rief mein Vater aus dem Wohnzimmer.

Ich zuckte zusammen. Meine Glieder fühlten sich steif an, als ich mir hastig mit einem Taschentuch über das Gesicht wischte und die Nase schnäuzte. Ich räusperte mich. »Was ist denn?«

»Dein Vater möchte etwas mit dir besprechen«, schaltete sich Christabel ein. »Es ist wichtig.«

Ich seufzte und schlurfte zu den beiden hinüber.

Mein Vater saß in seinem Ohrensessel und lächelte mir entgegen. Christabel hatte die Beine auf die Couch gelegt und strickte. Auch sie wirkte vergnügt. Hatten die beiden es etwa geschafft, innerhalb von anderthalb Stunden alle Probleme der Schattenwelt zu lösen? Das Nichts? Den Ascheregen? Das Erdbeben?

Ich runzelte die Stirn. »Was gibt's?«

»Ich habe den Tag genutzt, um in Ruhe nachzudenken, und ich glaube, ich weiß nun, was wir unternehmen können.« Das Lächeln meines Vaters wurde breiter. »Wir wissen nicht, warum all diese Dinge in den letzten Nächten geschehen sind. Richtig?«

Ich nickte.

»Und bis unsere Wissenschaftler es herausgefunden haben, wird vermutlich noch einige Zeit vergehen, stimmt's? Das Wichtigste ist damit also erst einmal, Panik in der Bevölkerung zu vermeiden.«

Ein mulmiges Gefühl beschlich mich. »Äh, wieso macht dich das so froh?«

»Weil mir eine grandiose Idee gekommen ist. Erinnerst du dich noch daran, wie du mich mal nach den Pyramiden von Giseh in der Schattenwelt gefragt hast und ich dir erklärt habe, sie stünden momentan leer?«

»Kann sein.« Ich zuckte mit den Achseln. Natürlich hatte ich unsere Unterhaltung darüber nicht vergessen. Immerhin war der See unter den Pyramiden der Ort, an dem ich den Weißen Löwen gefunden und dann wieder verborgen hatte. Doch davon wusste mein Vater nichts und ich hoffte sehr, dass es so blieb. »Was ist denn mit denen?«

»Ich habe mir überlegt, sie umzubauen und ganz neu zu gestalten.« Mein Vater strahlte mich an. »Ich werde dort ein riesiges Aquarium einrichten. Für Eisenheims Bewohner. Eine Attraktion, die signalisiert, dass ich alles unter Kontrolle habe.«

Oder dass du nicht mehr ganz dicht bist, dachte ich und stemmte die Hände in die Hüften, weil mir die Worte fehlten. Das war die Antwort des Fürsten auf all die schrecklichen Vorkommnisse in Eisenheim? Ein *Aquarium*? Irgendetwas ging in der Schattenwelt vor sich, eine namenlose Gefahr für alle, die in ihr lebten, und mein Vater widmete sich seinem liebsten Hobby – Fischen! Ging's noch? Was war denn heute los?

»Wir haben dich selten so sprachlos gesehen«, warf Christabel über ihr Strickzeug hinweg in den Raum. »Es ist simpel und doch genial, nicht wahr?«

»Bitte?« Meine Stimme überschlug sich und ich musste erst ein paarmal tief durchatmen, bevor ich weitersprechen konnte. Was dachten sich die beiden denn? Einfach ein Aquarium bauen und vor allem anderen die Augen verschließen wollen! »Es gibt doch sicher Hunderte von Dingen, die den Menschen jetzt mehr helfen als eine Freizeitattraktion, meint ihr nicht?«

»Also findest du es nicht so … gut?«, fragte mein Vater erstaunt.

Ich schüttelte den Kopf. »So ein Aquarium wäre bestimmt eine tolle Sache, aber es hilft uns doch nicht, das Problem mit dem Nichts zu lösen.«

Mein Vater und Christabel tauschten einen Blick. »Der Kanzler hält die Idee für fantastisch«, gab mein Vater zu bedenken.

Ich schnaubte. »Ja, *das* kann ich mir vorstellen. Ich hingegen denke, wir sollten lieber versuchen, so viele Seelen wie möglich in Sicherheit zu bringen.«

»Mhm«, machte Christabel und auch mein Vater schien darüber nachzudenken. »Vielleicht hast du recht«, gab er schließlich zu. Ich werde deinen Vorschlag mit dem Kanzler besprechen.«

»Tu das«, sagte ich. »Das Aquarium kannst du später immer noch bauen, wenn die Gefahr gebannt ist.«

»Ja«, sagte mein Vater. »Das stimmt natürlich.«

Ich seufzte und angelte nach dem Handy in meiner Hosentasche, denn es hatte gerade vibriert. Das Display zeigte mir eine SMS von Wiebke: *Hast du Lust vorbeizukommen? So gegen sechs?*

Ja, antwortete ich, ohne zu zögern. »Schön, dass wir drüber gesprochen haben«, sagte ich zu meinem Vater und Christabel. »Es tut mir leid, aber ich muss jetzt gehen. Wiebke geht es wieder besser.«

»Dann bestell ihr schöne Grüße von uns, Engelchen«, rief Christabel mir hinterher.

Ich war bereits im Flur und wickelte mir meinen Schal um den Hals. Die Jacke zog ich an, während ich die Treppe hinunterstieg. Dreißig Sekunden später stürzte ich hinaus auf die Straße. Es war schon zwanzig vor sechs, also beeilte ich mich, zur S-Bahn zu kommen. Es tat gut, draußen zu sein, den Herbst zu riechen, durch raschelndes Laub zu laufen. Ich fühlte mich gleich lebendiger, meine Kopfschmerzen ließen nach.

Allerdings beschlich mich dafür mehr und mehr ein anderes Gefühl, das Gefühl, beobachtet zu werden. Immer wieder legte ich den Kopf in den Nacken und suchte den Herbsthimmel nach den dunklen Schwingen der Schattenpferde ab, mit denen mich der Kanzler so gerne beschatten ließ. Doch ich entdeckte nirgendwo eine der flackernden Gestalten. Stattdessen hörte ich Schritte, die immer dann stoppten, wenn ich ebenfalls innehielt. Und da, war da nicht ein Schatten, der sich hinter meinem durch den Lichtkegel der Straßenlaterne schob, als ich zum Bahnhof hinaufging?

Der Umriss einer Person flackerte schräg hinter mir auf. Absätze klapperten auf dem Pflaster.

Ich wirbelte herum, aus dem Augenwinkel sah ich, wie jemand davonhuschte. Jemand, der sich in einem Hauseingang versteckte. Rasch lief ich einige Schritte zurück, doch als ich um den Mauervorsprung trat, war da nur eine alte Holztür, von der die Farbe abblätterte.

Ich sah mich um, doch der Kaiser-Otto-Platz, den ich gerade überquert hatte, lag vollkommen verlassen da. Die Geschäfte, die ihn umringten, hatten bereits vor Stunden geschlossen. Es war Samstag, da wurden hier schon mittags die Bürgersteige hochgeklappt. Selbst in den Cafés herrschte Flaute. Nur im Schaufenster einer der vielen Apotheken regte sich eine Werbetafel, die von einem kleinen Motor betrieben auf und ab fuhr, um die Aufmerksamkeit des geneigten Rentners auf ein Prostatamittel zu lenken.

Einen Moment lang lauschte ich noch auf das ferne Rauschen des Verkehrs, dann hastete ich weiter, denn ich wollte nicht die Bahn verpassen. Vermutlich hatte ich mir meinen Verfolger sowieso nur eingebildet. Bestimmt sogar. Irgendein Schatten hatte mich aufgeschreckt, weil alles, was mit Schatten zu tun hatte, mich nun mal hellhörig werden ließ, seit ich Eisenheim kannte. Das war ja auch nur logisch, oder nicht? Bloß wurde ich wohl langsam paranoid.

Ich schüttelte die seltsamen Gedanken ab und nahm die S-Bahn zum Hauptbahnhof, wo ich in die U-Bahn umstieg. Das mulmige Gefühl blieb, doch ich zwang mich, ihm keine weitere Beachtung zu schenken. Beinahe pünktlich erreichte ich die Neubausiedlung, in der die Zwillinge wohnten. Dem Krieger, der auf der anderen Straßenseite Wache hielt, nickte ich kurz zu, dann klingelte ich.

»Hallo, Flora! Ich warne dich schon mal vor: Ich sehe grässlich aus«, ertönte Wiebkes Stimme aus der Türsprechanlage.

»Hoffentlich erkenne ich dich noch«, sagte ich und trat ein.

Wiebke trug einen Anzug aus weichem Fleecestoff, der über und über mit rosaroten Katzen bedruckt war. Sie sah blass aus, ein wenig ausgemergelt. Außerdem war ihre Haut übersät von kleinen Krusten, das Gesicht, die Arme, der Hals … Verlegen versteckte sie die Hände hinter dem Rücken und sah mich über den Rand ihrer Brille an. »Nicht lachen, ja?«

»Quatsch«, sagte ich, grinste aber doch ein bisschen. »Du siehst sogar richtig süß aus, Pünktchen.«

»Es dauert noch ein paar Tage, bis sie abfallen. Laut Arzt bin ich im Grunde wieder gesund. Aber so kann ich mich ja nicht auf die Straße wagen.«

»Ach, warum denn nicht?«

»Irre komisch, Flora. Zum Ballett müsste ich nächste Woche aber auf jeden Fall mal wieder, sonst kann ich mir meine Rolle im Nussknacker abschminken. Hoffentlich sehe ich dann nicht mehr wie das Sams aus.«

»Aber das wolltest du doch immer.« Mein Grinsen wurde breiter. Unsere Grundschullehrerin hatte uns früher die Geschichten rund um das Sams vorgelesen. Wiebke und ich waren davon so begeistert gewesen, dass wir uns mit Filzstift gegenseitig Wunschpunkte ins Gesicht gemalt hatten. »Schön, dass es dir besser geht. Du hast mir gefehlt.«

»Ja, ich habe dich auch vermisst. Willst du was trinken? Kakao?«

Ich nickte und ließ mich von Wiebke in ihr Zimmer führen, wo ich es mir schon mal auf ihrer Schlafcouch gemütlich machte. Während meine beste Freundin in der Küche verschwand, betrachtete ich ihre Hello-Kitty-Sammlung auf der Fensterbank und freute mich, endlich wieder hier zu sein.

»Dann erzähl doch mal: Was habe ich denn in der Zwischenzeit alles verpasst?«, fragte Wiebke, als wir kurz darauf mit zwei dampfenden Tassen heißer Schokolade mit Marshmallow-Garnierung in einem Haufen Kissen lehnten. »Ich habe gehört, du bist mal wieder mit Herrn Bachmann aneinandergeraten?«

»Ach, das ist doch schon ewig her.«

»Linus meinte, es sei vorgestern gewesen.«

Ich runzelte die Stirn. Wiebke hatte natürlich recht. Doch seitdem war so viel geschehen. Ich berichtete ihr von dem, was momentan in Eisenheim vor sich ging.

Wiebke nippte unterdessen an ihrem Kakao. »Wie wollt ihr das Nichts denn aufhalten?«, fragte sie, als ich geendet hatte.

»Keine Ahnung. Das ist ja das Problem. Niemand weiß, ob das überhaupt möglich ist.«

»Mhm.«

Wir tranken eine Weile lang schweigend, bis Wiebke sich schließlich räusperte. »Also, wenn du als Einzige auf diese Asche reagierst und schon wieder das Gefühl hast, den Weißen Löwen zu hören, meinst du nicht, du solltest doch noch mal nach dieser Prophezeiung – «

»Ja, ich weiß, das habe ich auch schon überlegt«, gab ich widerwillig zu und vergrub das Gesicht in den Händen. Bei dem Ball, auf dem mich mein Vater seinen Untertanen vorgestellt hatte, hatte ich zufällig ein paar Gesprächsfetzen zwischen dem Eisernen Kanzler und der Dame belauscht. Anscheinend existierte eine Prophezeiung, in der es um mich, den Weißen Löwen und unsere Verbindung miteinander ging. Doch mehr als der Vers *Ein Stern und ein Mädchen, deren Seelen verbunden* war davon nicht bekannt. Ehrlich gesagt war ich auch noch nie ein Fan von Weissagungen und Horoskopen gewesen. Doch Wiebke war seither ganz begeistert von dem Gedanken an eine echte Prophezeiung. Sie hatte mich bereits vor einigen Monaten dazu genötigt, die Bibliotheken des Palastes und des Grauen Bundes nach dem genauen Wortlaut zu durchsuchen, doch bisher waren alle meine

Bemühungen vergeblich gewesen. Wiebke, die nun wieder Hoffnung zu schöpfen schien, legte mir die Hände auf die Schultern. »Du musst weitersuchen. Gerade jetzt könnte es wichtig sein«, beschwor sie mich.

Ich nickte. Allein wenn ich an das Ziehen in meiner Brust dachte, wurde mir ganz anders. Ich musste etwas unternehmen, so viel stand fest.

5

PHILISTERGASSE

Sieben sirrte über meinem Kopf durch die Flure Notre-Dames und glomm zwischendurch immer wieder ein bisschen heller auf, als es eigentlich notwendig gewesen wäre. Es war, als freute er sich, mal wieder nach draußen zu kommen, was absurd war, denn Sieben war eine Magmakugel und kein Lebewesen. Eher eine Taschenlampe als ein Haustier. Trotzdem erinnerte er mich an einen schwanzwedelnden Hund, der die Leine im Maul trug, so übermütig flog er Richtung Ausgang. Dabei waren es nur ein paar Tage gewesen, die er in meinem Zimmer verbracht hatte, weil ich ihn mal wieder dort vergessen hatte.

Sieben sauste vor mir her, schwebte mal ein Stück nach links, mal ein Stück nach rechts, zischte um eine Ecke und kehrte gleich darauf zu mir zurück. Andauernd musste er innehalten und auf mich warten. Dennoch verlangsamte er sein Tempo nicht. Auch nicht, als jemand aus einem niedrigen Torbogen mitten in seine Flugbahn trat.

»Vorsicht!«, rief ich noch, aber es war bereits zu spät.

Mit voller Wucht prallte Sieben gegen den Kopf der Dame.

Es zischte, Magma spritzte, die Dame stieß einen spitzen Schrei aus, als sie gegen die Wand geschleudert wurde. Innerhalb einer hundertstel Sekunde wirbelte Sieben durch den Gang und hinter meinen Rücken, während die Dame, die einen Arm in einer Schlinge trug, sich den Ruß von der Maske und eine angekohlte Haarsträhne aus der Stirn wischte. Weil die weiße Maske ihr gesamtes Gesicht bedeckte, schien sie zumindest keine Verbrennungen erlitten zu haben. Dennoch durchbohrte sie mich mit ihrem Blick.

»Uuups«, nuschelte ich. Hatte ich zumindest eine Sekunde lang mit dem Gedanken gespielt, die Dame nach der Prophezeiung zu fragen, so erschien mir diese Möglichkeit spätestens in diesem Moment als vollkommen absurd. Man fragte die Dame nichts. Eigentlich redete man nicht einmal mit ihr. Außer vielleicht, wenn der eigene Heliometer sie gerade angegriffen hatte. Obwohl sie nicht besonders groß war, stets ein schlichtes Kleid trug und kaum einmal ihre Gemächer verließ, die in einem Seitentrakt Notre-Dames lagen, hatte ich ziemlichen Respekt vor ihr. Vielleicht auch gerade deswegen. Niemand wusste, wer sie war oder woher sie kam, doch sie strahlte eine so natürliche Autorität aus, dass man gar nicht anders konnte, als sich in ihrer Gegenwart klein zu fühlen. Klein und schuldig.

»Tut … tut mir leid«, stammelte ich. Mein Blick blieb an der Schlinge hängen. »Ist Ihnen etwas passiert?« Hatte sie etwa einen Unfall gehabt? Hier? Sie ging schließlich so gut wie niemals vor die Tür, oder? Nun gut, die meisten Gefahren lauerten im Haushalt …

Ein Muskel in ihrem verletzten Arm zuckte leicht. »Schon möglich.«

»Ähm«, machte ich, weil ich nicht wusste, was ich darauf antworten sollte. Ich starrte auf den Verband aus gräulichem Tuch. Hand und Unterarm waren fest mit Mullbinden umwickelt worden, weswegen die Dame den rechten Ärmel ihres Kleides aufgekrempelt trug. Zwischen dem Ende des Verbandes und dem dunklen Stoff war ein Streifen blasser Haut zu erkennen, die irgendwie … schimmerte? Ich blinzelte, wollte genauer hinsehen, weil ich spürte, dass sich etwas im hintersten Winkel meines Bewusstseins anbahnte: eine Erinnerung an die Zeit, in der meine Seele als Schlafende in Eisenheim gelebt hatte. Mittlerweile waren diese Erinnerungen seltener geworden, mein Gedächtnis war in großen Teilen zurückgekehrt. Nur manchmal noch zogen Bilder von damals vor meinem inneren Auge auf. So wie jetzt, als ich plötzlich an den Turm denken musste, in dem mein Vater meine Seele so viele Jahre eingesperrt hatte. In dieser neuen Erinnerung war ich noch ein Kind und –

Doch in diesem Moment schob die Dame ihren Ärmel ein Stück herunter. »Du solltest dein Eigentum mal ein bisschen zur Räson bringen«, beschied sie mir und schritt erhobenen Hauptes den Gang hinunter.

Kaum waren ihre Schritte verklungen, fuhr ich zu einem schwach leuchtenden Sieben herum, der sich auf Höhe meiner Knie an die Wand presste. »Na los, gehen wir«, sagte ich. »Vielleicht finden wir ja bei den Gelehrten in der Philistergasse die Antworten, die wir suchen.«

Das Backand gehörte zu den Stadtteilen, die so weit entfernt von Notre-Dame lagen, dass ich unmöglich zu Fuß dorthin gehen konnte. Stattdessen erklomm ich unweit der Kathedrale einen der zahlreichen Sturmdorne, die sich in den Himmel über Eisenheim schraubten, und wartete auf den nächsten Zeppelin. Beim Kapitän kaufte ich für einen Silbergroschen eine Fahrkarte, dann setzte ich mich auf eine Bank im Innern der Gondel.

Das Luftschiff kreuzte die eiskalten Winde mit dröhnendem Motor. Durch das Fenster zu meiner Rechten erkannte ich das silberne Band des Flusses mit den Resten der zerstörten Brücke, die Türme des Kremls, in dem in dieser Welt ein Ministerium untergebracht war, und die Silhouette der Pyramiden von Giseh. Am Horizont erstreckte sich der Krawoster Grund mit den teilweise zerstörten Baracken der Schlafenden. Ich kniff die Augen zusammen und beugte mich ein wenig vor, um besser sehen zu können, denn etwas kam mir seltsam vor. Von hier oben sahen sie winzig aus, doch dort waren definitiv Menschen unterwegs. Viele Menschen, die sich durch die lehmigen Straßen des Arbeiterviertels drängten und nicht etwa in Richtung des Schlotbarons zu Fabriken und Bergwerken strömten, sondern geradewegs auf das Nichts zu. Außerdem zogen ungewöhnlich viele Schattenreiter ihre Kreise über dem Stadtteil. Ich stutzte.

»Die Schnarcher benehmen sich auch immer bekloppter«, sagte der Mann neben mir zu seiner Nachbarin, einer Frau mit einem Hut, der an ein welkes Salatblatt mit Schleife erinnerte.

Sie nickte eifrig. »Vielleicht sind sie mit ihrer Arbeit nicht ausgelastet.«

»Nicht ausgelastet?«, entfuhr es mir. Schließlich ließen wir die Schlafenden bis zur Erschöpfung im Schlotbaron für uns schuften. Nacht für Nacht, ohne Wochenende oder Urlaubstage. Nicht umsonst waren ihre Seelen verhärmt und abgemagert.

Zwei Köpfe fuhren zu mir herum. Die Frau mit dem Salathut schürzte verärgert die Lippen. Der Mann runzelte die Stirn.

»Ich glaube kaum, dass –«, setzte ich an, doch ich kam nicht weiter, weil sich der missbilligende Ausdruck auf dem Gesicht der Frau in ein falsches Lächeln verwandelte.

»Ich bin entzückt, Ihnen endlich einmal persönlich zu begegnen, Prinzessin. Mein Name ist Mariana Tassani und das ist mein Ehemann Eduardo.« Sie stieß ihren Mann in die Seite, der daraufhin eine Verbeugung andeutete und »Sehr erfreut« murmelte.

»Fahren Sie auch zum Varieté? Dürfen wir Sie begleiten?«, fragte die Frau und lächelte noch breiter. Die Schleife auf ihrem Hut hüpfte, als sie sich über ihren Mann zu mir beugte. »Die neue Show soll ja fantastisch sein.«

»Ich muss … äh, ehrlich gesagt, hier raus«, stammelte ich. So rasch ich konnte, schob ich mich an den beiden vorbei und verbrachte die letzten Minuten bis zur nächsten Haltestelle stehend in der Nähe der Tür.

Seit mein Vater mich auf dem Bankett vor ein paar Wochen offiziell seinen Untertanen vorgestellt hatte, war es mit meiner Anonymität vorbei. Leider vergaß ich das immer wieder. In allen Zeitungen der Schattenwelt hatte ein Foto von mir geprangt, ich hatte sogar ein kurzes Interview geben müssen, bei dem mich ein Reporter mit Füllfederhalter und edlem Notizbuch nach meinem

Lieblingsessen und dem Designer meiner Kleider gefragt hatte (Was für ein Designer? Die Dinger hingen einfach in meinem Schrank!). Es fiel mir schwer, mich an meine plötzliche Bekanntheit zu gewöhnen, und meistens vergaß ich sie vollkommen. Da ich draußen ohnehin andauernd meinen weiten grauen Mantel mit der Kapuze trug, konnte ich mich einigermaßen unbehelligt durch die Stadt bewegen. Es waren Situationen wie diese, die mich darauf aufmerksam machten, dass das nicht selbstverständlich war. Denn anscheinend gab es in der Schattenwelt tatsächlich Leute, die Salathüte trugen, die Klatschspalten lasen und sich für meine Schuhgröße interessierten!

Außer mir stieg niemand am Sturmdorn »Philistergasse« aus. Ich zog mir die Kapuze ins Gesicht, kaum dass ich die ausgetretenen Stufen des Haltestellenturms erreicht hatte, und machte mich an den Abstieg. Die Philistergasse selbst war weder besonders lang noch imposant oder … *irgendwie* auffällig. Im Grunde handelte es sich schlicht um eine Gasse, wie es sicher Hunderte, wenn nicht Tausende von ihnen in Eisenheim gab. Die Häuser wirkten altmodisch, teilweise etwas schäbig und alles in allem recht trostlos, aber das lag vermutlich an der allgegenwärtigen Farblosigkeit. Die Fassaden waren grau, ebenso das Kopfsteinpflaster. Vor einer schief in den Angeln hängenden Tür turmte sich Unrat, während Flecken die Fenster des Nachbarhauses zierten. Von der einen zur anderen Straßenseite hatten die Bewohner Wäscheleinen gespannt, an denen Nachthemden trockneten.

Dennoch hatte diese spezielle Gasse etwas Leuchtendes an sich. Zumindest in meinen Augen. Denn wenn man genauer hinsah, war sie doch nicht so gewöhnlich, wie sie auf den ersten Blick wirkte. Zum Beispiel stapelten sich überall Bücher und Papiere, unter Treppen, hinter Fensterscheiben und sogar in Dachrinnen und Eingangstüren. Folianten, Lexika und mehrbändige Nachschlagewerke bildeten kleine Mauern und dazwischen funkelten hier und da die wachen Augen ihrer Leserinnen und Leser. Zwei ältliche Chemikerinnen führten von Fenster zu Fenster eine gemurmelte Diskussion über Phosphate und klammerten Versuchsprotokolle an die Wäscheleine zwischen sich. Die Luft war durchdrungen von Wissen, schmeckte nach Papier und Tinte und wichtigen Gedanken. Beinahe greifbar lag die Aura der Wissenschaft über der Philistergasse, die in das Künstlerviertel Backand mündete.

Wenn es einen Ort in Eisenheim gab, an dem ich Antworten finden konnte, dann musste es doch dieser sein, oder?

Hoffnungsvoll wanderte ich an staubigen Fensterbänken und Tafeln vorbei, die überall an den Häuserwänden lehnten und mit Formeln, Jahreszahlen und Gedichtzeilen vollgeschrieben waren. Ein Mann mit wirrem Haar hantierte in einem Hinterhof mit Reagenzgläsern. Zwar wusste ich nicht genau, wen ich fragen sollte, doch meine Füße lenkten mich wie von selbst zu einem Haus in der Mitte der Gasse, das größer war als die übrigen. Es handelte sich um eine Villa aus dunklem Holz mit einer Veranda voller Bücherstapel und weit geöffneten Flügeltüren. Ein muffiger Geruch schlug mir aus ihrem Innern entgegen, als ich hineinspähte. Alles lag im Halbdunkel, weshalb ich nicht erkennen konnte, was auf der anderen Seite des Türrahmens auf mich wartete. Nach kurzem Zögern trat ich ein.

Die Dielen knarrten unter meinen Schritten, während Siebens Licht die Dunkelheit mit einem Glimmen durchsetzte. Ich befand mich in einer Eingangshalle, die mich entfernt an einen Tempel erinnerte. Nein, eigentlich war es keine Eingangshalle, es war der einzige Raum. Ähnlich wie die Pyramiden von Giseh war auch dieses Gebäude von innen vollkommen hohl. Es gab weder Zwischenwände noch weitere Geschosse oder Kammern. Über mir erahnte ich das Gebälk des Dachstuhls, das von runden Säulen getragen wurde. Sie bildeten eine Art Allee, die einmal durch das Haus führte bis zu einem rückwärtigen Ausgang. An den Wänden standen Sockel aus hellem Marmor, auf denen Büsten und Statuen ruhten, ansonsten war der Raum vollkommen leer.

Bis auf den Staub, der in der Luft tanzte, und den anderen Besucher.

Zuerst bemerkte ich nur aus dem Augenwinkel, wie sich etwas im Dunkel hinter der Säule zu meiner Linken bewegte. Es hätte auch eine Katze sein können oder mein eigener Schatten, als Sieben zur Decke hinaufschwebte. Doch es war eine Person. Ein junger Mann, der sein Haar zu einem Zopf gebunden hatte, einen selbst in dieser Welt längst aus der Mode gekommenen Dreispitz auf dem Kopf trug und ganz versunken war in die Betrachtung der Büste eines anderen jungen Mannes mit ähnlicher Frisur.

Obwohl er mir den Rücken zuwandte, erkannte ich ihn sofort. Denn es war der Mann, der gestern gut dreißig Meter über meinem Kopf mit seinen Leuten gerungen hatte. Der Mann, den ich um den Weißen Löwen gebracht und mir damit zum Todfeind gemacht hatte. Ich biss mir auf die Unterlippe und schlich sehr vorsichtig rückwärts in Richtung Ausgang. Vielleicht, so hoffte ich irrationalerweise, hatte er meine Schritte und Siebens Licht ja noch nicht bemerkt. Vielleicht blieben mir noch ein paar Sekunden, um wieder von hier zu verschwinden.

In diesem Moment drehte sich der Eiserne Kanzler zu mir um. Er tat es ohne Eile und mit einem wehmütigen Lächeln auf den Lippen. Es war das erste Mal, dass wir außerhalb des Palastes aufeinandertrafen, seit ich seine Träume zerstört hatte. Das erste Mal, ohne dass mein Vater oder seine Wachen oder Marian in der Nähe waren. Nur der Kanzler und ich, ganz allein in dieser merkwürdigen Halle.

»Hallo, Flora. Wie geht es Ihnen?« Wenn er überrascht war, mich zu sehen, so verbarg er es gut hinter seinen jungenhaften Zügen. Er trug ein Monokel, das mit einer silbernen Kette an seiner Westentasche befestigt war. Trotz der albernen Aufmachung sah er ... *gut* aus. Sexy auf eine altmodische Art und Weise. Doch ich ließ mich nicht täuschen von seinem unschuldigen, beinahe aufrichtig wirkenden Blick und den sinnlichen Lippen, denn auch wenn er ihn gut zu verstecken wusste, so entging mir der Schimmer der Unsterblichkeit in seinen Augen nicht. »Hallo«, sagte ich heiser, weil mein Mund plötzlich trocken geworden war, und schob mich weiter auf die Tür zu. Noch immer lächelte der Kanzler mich an, obwohl ich wusste, dass er niemanden so sehr hasste wie mich. Übelkeit stieg in mir auf. Hatte er mich hier etwa erwartet? Nein, das konnte nicht sein. Ich hatte die Existenz dieser Villa ja nicht einmal erahnt, bis ich unmittelbar davorgestanden hatte. War es also Zufall, dass wir uns hier trafen? Ich auf der

Suche nach meiner Prophezeiung und er beim … Ja, was tat er hier eigentlich?

»Es freut mich außerordentlich, Sie zu sehen«, sagte der Kanzler und deutete eine Verbeugung an. »Prinzessin.« Er war die Freundlichkeit in Person. Dennoch wich ich einen Schritt zurück und überlegte fieberhaft, ob ich etwas bei mir trug, was ich als Waffe einsetzen konnte. Leider hatte ich außer meiner Kleidung und einem kleinen Beutel voller Geld nichts dabei. Wenn ich den Kanzler nicht mit meinem Mantel ersticken wollte, blieb mir höchstens die Möglichkeit, Sieben auf ihn zu hetzen. Immerhin trug der oberste Befehlshaber der Schattenreiter im Gegensatz zur Dame keine Maske, die ihn vor Verbrennungen schützen konnte. Allerdings war Sieben irgendwo unter dem Dachfirst verschwunden und –

»Warum so schweigsam? Hat Ihnen die Freude über unser unverhofftes Treffen die Sprache verschlagen?«

»Ganz und gar nicht«, krächzte ich rasch. Obwohl meine Stimmlage meine Worte Lügen strafte, setzte ich so würdevoll wie möglich hinzu: »Ich frage mich nur gerade, ob dies der Moment ist, in dem Sie Rache an mir nehmen werden. Sicherheitshalber möchte ich mich deshalb nun verabschieden.«

Der Kanzler stieß ein trockenes Lachen hervor. »Aber, aber«, sagte er und stand im nächsten Augenblick so nah vor mir, als wolle er mich küssen. »Sie sollten mir doch nicht solch niedere Gelüste unterstellen.« Sein Haar streifte meine Wange, als er sich zu mir vorbeugte, um mir ins Ohr zu flüstern: »Ich bin hier, um einen alten Freund zu besuchen oder das, was von ihm übrig ist.

Das steinerne Abbild meines geliebten Bruders und Weggefährten. Wissen Sie, manchmal überkommt mich die Melancholie. Dann habe ich Sehnsucht nach denen, die ich einst liebte und schon vor so langer Zeit verlor.«

Ein Schaudern kroch über meinen Nacken, während seine warme Haut an meiner lag und ich mit dem Würgereiz kämpfte. Unwillkürlich wich ich zur Seite, bis ich mit dem Rücken gegen eine Säule stieß. Wenigstens gelang es mir so, einige Zentimeter Abstand zwischen uns zu bringen. Der Blick des Kanzlers hing noch immer an der Büste des jungen Mannes. »Dann … will ich Sie nicht weiter dabei stören«, murmelte ich.

Die Pupillen des Kanzlers schnellten eine Spur zu ruckartig zu mir zurück. »Das ist sehr rücksichtsvoll von Ihnen.«

»So bin ich«, entfuhr es mir überflüssigerweise. Warum um alles in der Welt stand ich überhaupt noch hier? Warum rannte ich nicht längst um mein Leben? Stattdessen blieb ich, wo ich war. Die Furcht legte sich um meine Kehle wie eine eiserne Klammer. Und so verpasste ich schließlich den Moment, in dem ich noch hätte fliehen können.

»Allerdings wäre es sehr unhöflich von mir, nicht wenigstens ein paar Worte mit der Tochter meines Fürsten zu wechseln«, erklärte der Kanzler und brachte sich mit einer fließenden Bewegung zwischen mich und den Ausgang.

Ich seufzte und verspürte den Drang, die Lider zu senken, um sein Gesicht nicht länger sehen zu müssen. Doch ich wagte es nicht. Stattdessen atmete ich flach und spielte mit dem Gedanken, dem Kanzler mein Knie in den Schritt zu rammen und abzuhauen.

Eigentlich keine schlechte Idee, oder? Kurz entschlossen holte ich aus und … traf ins Leere. Mist!

Möglicherweise erahnte der Eiserne Kanzler mein Vorhaben, vielleicht war es aber auch nur Zufall, dass er in diesem Moment beiläufig ein Stück zurücktrat, sich gegen den Türrahmen lehnte und Daumen und Zeigefinger der rechten Hand an sein Kinn legte. Nachdenklich musterte er mich. »Nun, was wäre ein geeignetes Thema für unsere Unterhaltung? Musik? Literatur? Oder klassisch: das Wetter?«

Ich verdrehte die Augen. Langsam gingen meine Nerven mit mir durch. »Kommen Sie, lassen Sie das Theater. Wir hassen einander, na und? Nehmen Sie Rache an mir oder lassen Sie mich gehen.«

Der Kanzler legte den Kopf schief und sah mich eindringlich an. »Ich hasse dich nicht. Nur das, was du mir angetan hast.«

»Das macht doch keinen Unterschied.«

Er zuckte mit den Achseln, als wolle er mir widersprechen. »Also gut, vergessen wir die Gesetze der Höflichkeit für einen Augenblick. Aber lassen Sie uns trotzdem über das Wetter sprechen.« Er hob die Brauen. »Merkwürdig, nicht wahr? Asche, die vom Himmel fällt, ein sich bewegendes Nichts … Das finde ich alles in höchstem Maße interessant.«

»Ach ja?« Plötzlich war ich ganz Ohr. Wusste der Kanzler etwa mehr darüber, was es mit alldem auf sich hatte?

»Allerdings. Und angesichts der Häufung dieser speziellen Ereignisse habe ich mich gefragt, ob Sie mir nicht eventuell etwas mitteilen möchten.«

Mein Herzschlag setzte aus. Ahnte der Kanzler etwa, dass ich nur geblufft hatte, was den Weißen Löwen betraf? Wollte er nun die Wahrheit aus mir herausquetschen? Du meine Güte! Würden die Menschen draußen meine Schreie hören? Ich war starr vor Angst, nicht einmal fähig zu blinzeln.

»Nun?«

Ich benötigte all meine Willenskraft, um meine Zunge vom Gaumen zu lösen. Sie fühlte sich an wie ein totes Tier in meinem Mund. »Äh, be-bezüglich des Wetters?«, stammelte ich.

Der Kanzler nickte, machte jedoch weiterhin keine Anstalten, sich auf mich zu stürzen, um mich mit Gewalt zum Reden zu bringen. »Mir wurde zugetragen, dass Sie sich in der vergangenen Nacht unmittelbar im Epizentrum des Erdbebens befanden.«

»Echt?« Das hatte ich bisher nicht gewusst. Es beunruhigte mich ein wenig, wog jedoch nicht die Erleichterung darüber auf, dass der Kanzler meine Lüge wohl doch nicht durchschaut hatte. Die Angst verflüchtigte sich auf ein erträgliches Maß in der Magengegend. Übelkeit statt Schockstarre. »Das war nur ein Zufall. Ich habe mit einer Freundin einen Spaziergang gemacht, sonst nichts.«

»Verstehe«, sagte der Kanzler. Es war unmöglich zu erkennen, ob er mir glaubte. »Natürlich ist der Krawoster Grund nicht gerade ein geeigneter Ort für eine junge Dame. Und er ist noch viel weniger ein Ort, den wir uns an das Nichts zu verlieren leisten könnten. Stellen Sie sich nur vor, was geschähe, wenn wir keine Minen mehr hätten! Wir müssten andere Stellen der Stadt aufreißen, um die Dunkle Materie abzubauen! Und was sollen wir tun, wenn es keine Arbeiter mehr gäbe, weil das Nichts sie getötet hat? Wie soll diese Welt dann überleben? Ich rate Ihnen daher dringend –«

Ich reckte das Kinn. »Was raten Sie mir?«, fragte ich herausfordernd. »Wissen Sie was? Sie sind nicht weniger verdächtig als ich, Sie waren doch auch dort. Mitten im Epizentrum. War das etwa ein Zufall? Oder Ihre Schnüffeleien im Palast? Und Ihre Männer gehorchen Ihnen nicht länger, nicht wahr?«

Der Kanzler machte eine wegwerfende Geste. »Unsinn. Es gab in letzter Zeit den einen oder anderen Zwischenfall, aber der Rest meiner Leute steht geschlossen hinter mir, seien Sie gewiss.«

»Wie beruhigend«, sagte ich. »Kann ich dann jetzt –« Ein Geräusch, das irgendwo aus den dichtesten Schatten am anderen Ende der Halle zu kommen schien, ließ mich innehalten. Eine Art Brummen. Es klang merkwürdig, wie ein Lachen. Doch der Kanzler schien es nicht zu bemerken, sondern sah mich weiterhin erwartungsvoll an, und so setzte ich noch einmal an: »Kann ich dann jetzt gehen?«

Der Kanzler verbeugte sich erneut. »Aber selbstverständlich«, sagte er und trat zur Seite. »Ich wünsche Ihnen noch eine angenehme Nacht.«

»Mhm«, machte ich noch, dann stürzte ich auch schon ins Freie, gefolgt von Sieben. Die ersten beiden Straßenzüge lang hörte ich nicht auf zu rennen. Auch wenn der Kanzler keinerlei Anstalten gemacht hatte, mich umzubringen, sicher war sicher. Erst als ich um die dritte Ecke bog, blieb ich plötzlich wie angewurzelt stehen. Denn da war schon wieder dieses Lachen gewesen, tief und grollend, dass es einem in der Magengrube vibrierte. Doch die Gasse, in der ich stand, war menschenleer. Ich ließ Sieben in Hauseingänge und leere Fensterhöhlen leuchten. Noch immer war niemand zu entdecken. »Ist da jemand?«, fragte ich schließlich vorsichtig.

»Nein«, antwortete die dunkle Stimme. »Niemand.«

Eine Gänsehaut schob sich über meinen Nacken, ich presste die Arme um meinen Oberkörper. »Wer …«, stammelte ich. »Wer hat dann da gelacht?«

»Ich«, antwortete die Stimme. »Oder warst du es? Es könnte jeder gewesen sein.«

Die Stimme wurde von den Häuserwänden zurück in die Gasse geworfen. Der Hall machte es unmöglich auszumachen, von wo sie kam. Noch einmal suchten meine Blicke Zentimeter für Zentimeter das Kopfsteinpflaster ab. »Wer bist du?«, fragte ich schließlich. »Kannst du dich zeigen?«

»Ich bin niemand und ja«, sagte die Stimme, während das Mauerwerk, auf das ich gerade noch gestarrt hatte, vor meinen Augen verschwamm, bis ich plötzlich eine riesige Katze erkannte, die direkt vor mir stand. Nein, es war keine Katze, sondern eigentlich eher ein Löwe mit bauschiger Mähne. Doch statt einer felligen Katzennase saß ein Menschengesicht inmitten des buschigen Haarkranzes. Jedenfalls waren es menschliche Züge, auch wenn ich nicht erkennen konnte, ob es sich um das Gesicht eines Mannes oder einer Frau oder gar eines Kindes handelte. Und auch der Schwanz des Wesens, dessen Schulter mir bis zum Bauchnabel reichte, war nicht der eines Löwen, sondern der eines gigantischen

Skorpions, glänzend und stachelbewehrt. Etwa anderthalb Meter lang wölbte er sich über dem Rücken des Wesens.

Unwillkürlich wich ich in einen Hauseingang zurück. »Was … wer … warum hast du über mich gelacht?«, fragte ich.

Das Wesen verzog das Gesicht zu einem Schmunzeln und entblößte dabei spitze Reißzähne zwischen den menschlichen Lippen. Wieder war das Brummen zu hören. »Nun«, sagte es. »Du warst auf der Suche nach deiner Prophezeiung und bist dabei deinem größten Feind in die Arme gelaufen.«

»Woher weißt du das alles?«

»Oh, ich weiß vieles. Ich bin der Mantikor.«

»Der Mantikor?«, fragte ich. »Was bedeutet das?«

»Es bedeutet, dass ich dir vielleicht helfen kann«, sagte der Mantikor und verblasste, ehe ich ihn fragen konnte, wie.

6
RUHESTÖRUNG

Am folgenden Tag wurde der schlimmste Albtraum meines Vaters wahr. Weil ich bei Wiebke übernachtet hatte, kam ich erst am späten Sonntagvormittag nach Hause. Genauso wie mein Vater und Christabel, die im Laden nach dem Rechten gesehen und Papas Schützlinge dort gefüttert hatten. Wir trafen im Treppenhaus aufeinander und zuerst schien alles wie immer. Christabels Pumps klackerten über die Fliesen, mein Vater schleppte sich vornübergebeugt die Treppe hinauf und ich trug eine Wanne voller Socken aus der Waschküche vor meinem Bauch. Wir diskutierten darüber, ob es Brokkoligratin oder Kartoffelsuppe zum Mittag geben sollte (ich war ja mehr für Brokkoligratin).

Dann erreichten wir die zweite Etage.

Lacksplitter übersäten den Boden. Unsere Wohnungstür stand offen. Aufgebrochen! Mein Vater wurde so totenblass, wie er es sonst nur in der Schattenwelt war. Er taumelte.

Sofort war ich bei ihm und fing ihn auf. Hinter mir polterte die Sockenwanne die Treppe hinunter. Behutsam zog ich meinen

Vater von der Tür weg, während Christabel mit ihrem Handy die Polizei rief, sich die Schuhe auszog und kampfbereit in unsere Diele sprang. Ich konnte sehen, wie sie sich an der Wand entlangdrückte, um schließlich mit einem lauten Schrei das Wohnzimmer zu stürmen. Obwohl sie statt ihres Karateanzugs einen Pelzmantel trug, unter dem ein geblümter Kittel hervorblitzte, wirkte sie Furcht einflößender als jeder Schattenreiter. Es dauerte fünf quälende Minuten, bis sie jeden einzelnen Raum überprüft hatte.

»Hier ist niemand mehr«, rief sie schließlich. »Ihr könnt reinkommen. Anscheinend hatten sie es nur auf ein einziges Zimmer abgesehen.«

»Meine Papiere«, flüsterte mein Vater. »Wie konnte das passieren? Wir hatten doch unser Sicherheitssystem. Warum ist die Alarmanlage nicht losgegangen?«

Ich zuckte mit den Achseln und versuchte mich an einem aufmunternden Lächeln. »Lass uns erst mal nachsehen. Vielleicht ist es ja gar nicht so schlimm.« Ich zog ihn auf die zitternden Knie. Gemeinsam betraten wir den Flur, wo uns Christabel mit ernster Miene empfing. »Sie waren nur bei Flora.«

»Was?«

Ich stürzte an ihr vorbei. Mit einem Mal war ich diejenige, die gestützt werden musste. Mein Zimmer war vollkommen verwüstet worden! Ich krallte mich in den Türrahmen. Der Inhalt meines Kleiderschrankes verteilte sich auf dem Teppich und dem Bett, aus dem jemand die Matratze herausgerissen hatte. Die Schubladen von Kommode und Schreibtisch waren ausgekippt worden, zwischen Schulheften und Unterwäsche lagen die Bücher aus meinem Regal mit zerrissenen Schutzumschlägen und verknickten Seiten. In einer Ecke entdeckte ich etwas Flauschiges. Es war Franz, mein Kuschelkissen in Form eines Schafes.

Wie ein Kleinkind rannte ich zu Franz hinüber und hob ihn auf, wiegte ihn in meinem Arm, während Tränen über meine Wangen kullerten. Ich war mir der Albernheit dieser Handlung natürlich bewusst, trotzdem konnte ich nicht anders. Schluchzend betrachtete ich die Trümmer meiner Privatsphäre. Jemand war hier gewesen. Jemand hatte mein Zimmer auf den Kopf gestellt, meine Unterhosen durchwühlt, meinen Kopfkissenbezug zerrissen. Kein einziges Teil meines Besitzes lag noch an seinem Platz. Es fühlte sich an, als hätte man mich gezwungen, einen Striptease hinzulegen. Die Polizei traf ein und ich zwang mich, mich zusammenzureißen. Vorsichtig bettete ich Franz auf einem Haufen Pullover, dann ging ich ins Wohnzimmer, wo mein Vater anscheinend endgültig zusammengebrochen war. Mit leerem Blick hing er in seinem Sessel, während Christabel seine Hand tätschelte und die beiden Polizisten das Ausmaß der Verwüstung begutachteten, den Fall aufnahmen und Fragen stellten. Zum Beispiel danach, was gestohlen worden war.

Ich schluckte. »Nichts, soweit ich es bisher sehen konnte.« Ich besaß ohnehin nicht viele Wertsachen, doch auch die waren liegen gelassen worden. Meinen iPod hatten die Einbrecher genauso verschmäht wie meinen Computer und die kleine Dose mit dem Silberschmuck meiner Mutter, die ich in meiner Sockenschublade aufbewahrte. Und die übrigen Räume schienen tatsächlich unangetastet geblieben zu sein. Jedenfalls fehlte weder etwas aus dem Büro meines Vaters noch einer seiner wertvollen Fische. Auch nach Spuren suchten die beiden Polizisten vergeblich. Den Tätern war es irgendwie gelungen, unser ausgeklügeltes Alarmsystem zu umgehen. Fest stand: Sie hatten in meinem Zimmer nach etwas gesucht. Bloß war nicht klar, wonach, und demnach auch nicht, ob sie es gefunden hatten. Die Polizei machte uns wenig Hoffnung auf eine Klärung des Falles, der immerhin nach einem Einbruch ohne Diebstahl aussah.

Als wir eine halbe Stunde später wieder unter uns waren und alle drei fertig mit den Nerven um eine Kanne Schwarztee hockten, äußerte ich endlich den Verdacht, der mir bereits seit dem ersten Blick in mein Zimmer im Kopf herumspukte. »Ich denke, es war der Kanzler. Er wollte mir eins auswischen.«

»Unsinn«, sagte Christabel. »Warum sollte er so etwas tun?«

»Na, wegen des Steins. Er hasst mich, das wisst ihr.«

Mein Vater seufzte und massierte sich die Nasenwurzel. »Flora, müssen wir denn immer und immer wieder darüber diskutieren? Der Eiserne Kanzler ist unserer Familie gegenüber absolut loyal. Außerdem kann er überhaupt nicht in diese Welt vordringen, das weißt du doch.«

»Er hat immer noch seine Schattenreiter. Und er führt etwas im Schilde. Ich habe gesehen, wie er tagsüber heimlich im Palast – «

»Schluss jetzt. Ich will das nicht mehr hören. Wir haben gerade genügend andere Probleme. Die Vorkommnisse in Eisenheim, ein paar Schattenreiter, die sich neuerdings nicht mehr kontrollieren lassen und sogar Autos angreifen, und jetzt auch noch dieses Fiasko. Unser System hat versagt, Christabel, wie konnte so etwas nur passieren?«, sagte er und klang von Satz zu Satz weinerlicher.

»Wir müssen uns noch stärker absichern, Kasimir. Vielleicht sollten wir doch mal über diese neuen Lichtschranken nachdenken, auch wenn sie sündhaft teuer sind.«

Mein Vater nickte. »Und wir müssen noch besser auf Flora aufpassen.« Er wandte sich wieder mir zu. »Von jetzt an gehst du in der realen Welt nirgendwo mehr ohne Christabels oder Marians Begleitung hin, verstanden? In der Schattenwelt wohnst du ab sofort wieder bei mir im Palast.«

Ich schnaubte angesichts dieser neuen Babysitterregelung, enthielt mich jedoch eines weiteren Kommentars. Ich war viel zu fertig, um mich zu streiten.

Den Rest des Tages verbrachten mein Vater und Christabel im Internet, wo sie sich über die neueste Technik in Sachen Laser- und Alarmanlagenequipment informierten. Währenddessen sammelte ich die bis in den Keller verstreuten Socken aus dem Treppenhaus und versuchte anschließend, mein Zimmer wieder einigermaßen in Ordnung zu bringen. Es dauerte allein eine ganze Stunde, meine Kleidung zu falten und in den Kleiderschrank einzuräumen. Noch schlimmer wurde es beim Schreibtisch. Die ganze Zeit über blieb dieses schreckliche Gefühl, nackt zu sein. Ich konnte einfach nicht aufhören, daran zu denken. Ein Fremder, vielleicht sogar mehrere, war hier gewesen und hatte all diese Dinge angefasst. Meine Jeans, meine alten Bilderbücher aus der Kiste unter meinem Bett. Immer wieder griff ich nach meinem Schafkissen, als müsste ich es beschützen.

Wer hatte das getan? Und vor allem: warum? Ich vermutete auch weiterhin, dass der Kanzler seine Finger im Spiel haben könnte, vor allem nach unserer Begegnung in der letzten Nacht. Doch was hatten seine Schattenreiter hier drinnen gesucht?

Das Aufräumen war anstrengend und trieb mir schon bald den Schweiß auf die Stirn. Gegen Nachmittag wurde ich hungrig, doch ich legte keine Pause ein. Fieberhaft sortierte ich mein Leben zurück in Schubladen und Regalbretter, als könnte ich damit alles ungeschehen machen.

Erst als ich bei meinen CDs angelangt war, hielt ich inne, weil ich zwischen einer alten Folge von Benjamin Blümchen und einem Album von Shakira (hey, ich war damals dreizehn) etwas fand, was definitiv nicht mir gehörte. Es war ein Stofffetzen von der Größe meiner Hand. Schwarze Spitze, an den Rändern ausgefranst, brüchig und alt. Ich strich sie auf meinem Oberschenkel glatt und war einen Moment lang versucht, ins Wohnzimmer zu laufen und sie meinem Vater und Christabel zu zeigen. Immerhin gab es nun doch so etwas wie eine Spur. Dann beschloss ich jedoch, zunächst einmal fertig aufzuräumen, verstaute den Stofffetzen in einem Fach meines Nachttischchens, stopfte mir die Kopfhörer meines iPods in die Ohren und machte mich daran, meine Bücher aufzusammeln.

Doch auch nachdem ich alles wieder penibel an seinen Platz befördert, durchgesaugt und gewischt hatte, fühlte ich mich nicht besser. Christabel hatte inzwischen den Zahlencode der Alarmanlage geändert und mehrere Schlösser ausgetauscht, während mein Vater die Lichtschranke aus seinem Arbeitszimmer im Flur montierte. Wir waren eingeschlossen wie in einer Burg. Trotzdem schlug mein Herz mit der Frequenz von Kolibriflügeln. Wild und flatternd pochte es in meiner Brust, als ich mich am späten Abend in mein Bett legte. An Schlaf war überhaupt nicht zu denken.

Unruhig wälzte ich mich von einer Seite auf die andere und wagte es nicht einmal, die Nachttischlampe auszuschalten. Alles erschien mir bedrohlich. Jedes Knacken des Hauses, der Wind, der über mein Fenster strich, die Schritte der Nachbarn über uns und die Schatten. Vor allem die Schatten. War das nicht der Flügel eines Schattenreiters, der sich an der Wand abzeichnete? Hatte sich in der Ecke dort nicht etwas bewegt? Der Gedanke, die Eindringlinge könnten noch einmal zurückkehren, fraß sich in mein Hirn wie ein giftiger Käfer. Natürlich redete ich mir ein, dass es unlogisch war. Denn wie hoch war die Wahrscheinlichkeit, dass an einem Tag zweimal in die gleiche Wohnung eingebrochen wurde? Andererseits: Die Fremden hatten augenscheinlich nach etwas gesucht. Was, wenn sie es nicht gefunden hatten und noch nicht aufgeben wollten? Bilder von maskierten Männern tauchten vor meinem inneren Auge auf, zusammen mit blutgetränkten Laken, weil sie mich als Zeugin natürlich beseitigen müssten. Oder waren es doch die Schattenreiter des Kanzlers gewesen? Würden sie heute Nacht zurückkommen und über mich herfallen?

Je mehr ich mich in meine Angst hineinsteigerte, umso stärker wuchs in mir der Eindruck, dass sich die Dunkelheit in den Winkeln meines Zimmers verdichtete. Fetzen von Finsternis, die an den Wänden hinaufkrochen und ihre Klauen nach mir ausstreckten. Verschwommene Umrisse, die sich zu Gestalten formten.

Ich hätte geschrien, doch die Furcht schnürte mir die Kehle zu. Denn plötzlich war dort tatsächlich jemand.

»Hey«, sagte Marians Schatten. Von einer Sekunde zur nächsten war er neben meinem Schreibtisch aus dem Boden gewachsen. Farblos stand er da, die Haut von einem schwarzgrauen Zittern überzogen.

Ich antwortete nicht, mein Körper war zu sehr damit beschäftigt weiterzuatmen. Stattdessen hing mein Blick an Marians Lippen, die immer wieder von Leichenblässe in tiefste Finsternis umschlugen. Es dauerte einen Moment, bis der Schock beiseitewich und anderen Gefühlen Platz machte, einer trüben Brühe aus Empfindungen, die auf mich einströmten. Zunächst war da die Erleichterung darüber, dass es keiner der Einbrecher war, der mit einem Messer auf mich losging. Und ja, ich freute mich auch, Marian zu sehen. Doch gleichzeitig war da auch dieser *Abstand*. Allein der Gedanke daran schmeckte bitter. Wir waren kein Paar mehr, ich durfte mich nicht in seine Arme werfen, und wenn ich es mir noch so sehr wünschte.

Marians Schatten betrachtete mich schweigend, während ich in meinem Bett nach oben rutschte, bis ich eine halbwegs sitzende Position erreichte. »Hey«, krächzte ich. »Wir wollten uns doch aus dem Weg gehen.«

Marian kam einen vorsichtigen Schritt näher. »Ich konnte nicht anders, nachdem ich erfahren hatte, was passiert ist. Natürlich respektiere ich deinen Wunsch, aber … es fällt mir nicht leicht.

Deshalb dachte ich, machen wir vielleicht heute eine Ausnahme.« Er sah mich an. »Wie geht es dir? So schlimm?« Ich erkannte die Sorge in seinem Blick. Die Sorge eines Leibwächters um seinen Schützling.

Ich zuckte mit den Achseln, räusperte mich und versuchte, das Zittern meiner Unterlippe unter Kontrolle zu bekommen. »Gut. Wieso?«

Er stieß ein trockenes Lachen hervor, kam noch ein Stück auf mich zu und stützte sich mit flimmernden Konturen auf den Pfosten des Fußendes. »Weil heute bei euch eingebrochen wurde? Weil du dich deshalb nun fürchtest? Komm schon, du bist dermaßen zusammengezuckt, als du mich vorhin entdeckt hast, ich hatte schon Angst, du bekommst einen Herzanfall.«

»Kein Wunder, wo du hier mitten in der Nacht wie ein Gespenst auftauchst, oder?« Ich versuchte ein Grinsen, doch es misslang kläglich.

Seine Hand fuhr über den Stoff meiner Decke. Mein Atem beschleunigte sich. »Und deine Augen sind total rot, weil du hier in deine Kissen heulst. Also, wenn du … wenn du willst, bleibe ich heute bei dir und passe auf dich auf.« Einen Wimpernschlag lang war da ein Funkeln in seinem Gesicht, seine Brauen zogen sich ganz leicht zusammen, als er mich betrachtete … Ich rang mit dem Bedürfnis, wieder aufzuspringen und ihn zu küssen. Mein Herz pochte bis in meinen Bauchnabel hinein. Du meine Güte, wir waren jung und wir liebten uns! Wäre doch bloß nicht dieser bescheuerte Riss in unserer Beziehung gewesen. Ich hätte ihn küssen und zu mir in die Kissen ziehen können. Ich hätte in seinem Arm liegen können! Doch so verflog der Moment, als Marian weitersprach: »Dein Vater möchte, dass Christabel und ich dich von jetzt an rund um die Uhr begleiten.«

Ich seufzte. »Diesen Blödsinn hat er mir auch schon eröffnet.«

»Ich könnte vor deiner Zimmertür Wache halten.«

»Äh, nein«, sagte ich und schob das Kinn vor. Mittlerweile reagierte ich ziemlich allergisch darauf, wenn Marian in seinen Kindermädchenmodus verfiel. »Das ist doch total unnötig. Christabel schläft auf der anderen Seite des Flurs. Außerdem komme ich allein sehr gut klar.«

Marians Mundwinkel zuckten zweifelnd. »Ja?«

»Sicher.« Ich gähnte demonstrativ. »Können wir unsere Unterhaltung vertagen? Ich bin echt müde.«

»Selbstverständlich.« Marian nickte und glitt hinüber zum Fenster. Schon tauchten seine Schattenhände durch das Glas, dann die Handgelenke, die Ellbogen. Kurz bevor seine Schultern an der Reihe waren, hielt er inne. »Du hast also kein Problem damit, in einem Zimmer zu schlafen, das gerade erst von Unbekannten verwüstet wurde?«, fragte er über die Schulter.

Doch, dachte ich, bemühte mich jedoch um einen festen Blick. »Ich habe aufgeräumt, Papa hat eine Lichtschranke in den Flur geschraubt und ich bin ein großes Mädchen, Marian.« Es tat ein bisschen weh, seinen Namen auszusprechen, weshalb ich beschloss, es in nächster Zeit möglichst zu vermeiden.

»Na dann. Ich wollte nur sichergehen«, sagte er und steckte den Kopf durch die Fensterscheibe in die Nacht hinaus. Kurz darauf war er verschwunden, ich konnte gerade noch sehen, wie sein

Schatten über das Dach der Nachbarn in Richtung seiner Wohnung davonschwebte.

Dann war ich wieder allein mit der Dunkelheit. Schattenklauen, die über Wände krochen. Ächzen im Gebälk des alten Hauses. Die Furcht ließ nicht lange auf sich warten.

Ich zog mir die Decke über den Kopf und zwang mich, an schöne Dinge zu denken. Einen leckeren Kakao mit Sahne obendrauf, einen Nachmittag mit Wiebke … Allerdings musste ich aufpassen, dass mein Bewusstsein keine zu schönen Erinnerungen streifte. Marian zum Beispiel, das warme Prickeln, das mich überzog, wenn seine Lippen auf meinen lagen. Gelegen hatten. Oder Kleinigkeiten, wie das Spiel der Sehnen auf seinen blassen Unterarmen, wenn er gestikulierte. Schon wieder löste sich eine Träne aus meinem Augenwinkel. Ich tastete nach dem Taschentuchpaket auf meinem Nachttisch und schnäuzte mir die Nase. Nein, das ging nicht. So würde ich mich bestimmt nicht beruhigen, sondern mich höchstens in den Schlaf heulen.

Ich stopfte das benutzte Taschentuch unter mein Kopfkissen, kniff die Augen zusammen und flüsterte: »Kakao, Kakao, Kakao!«

Leider half es nichts. Eine halbe Stunde später war ich nass geschwitzt. Mein Trägertop klebte an meinem Oberkörper, ich hatte Angst und ich fühlte mich einsam. Traurig.

Dass meine Seele meinen Körper verlassen hatte, bemerkte ich erst, als ich bereits auf dem Sims vor meinem Fenster stand. Der Nachtwind ließ meine Schlafanzughose flattern und brachte mich zum Frösteln. Ich betrachtete meine weißlichen Finger, deren Konturen sich kräuselten, wenn ich sie bewegte. Wie die

Wasseroberfläche eines Teiches, in den man einen Stein warf. Ich wandte mich um. Hinter der Scheibe erkannte ich mein Zimmer, wie ich es verlassen hatte. Halbwegs ordentlich und in das warme Licht des Leselämpchens getaucht. Im Bett lag mein Körper, noch immer komplett unter der Bettdecke und vollkommen reglos. Als wäre ich tot und meine Leiche zugedeckt worden. Ich schauderte und überlegte, warum ich überhaupt rausgegangen war. Wobei, nun ja, so wirklich viel zu überlegen gab es da eigentlich nicht, denn wenn ich in mich hineinhorchte, war da vor allem eines: Unvollständigkeit. Sehnsucht. Dämliche, dumme Sehnsucht, die meinen Stolz und all meine vernünftigen Gedanken mit Leichtigkeit niederrang.

Ich wollte nicht mehr allein sein. Ich ertrug es nicht länger. Es konnte doch nicht schaden, wenigstens kurz vorbeizuschauen, oder? Ich würde ja sofort wieder gehen. Hatte Marian nicht selbst gesagt, dass wir heute Nacht eine Ausnahme machen könnten?

Meine Füße schoben sich über den Abgrund der Straßenschlucht hinaus. Inzwischen beherrschte ich das Fliegen in meiner Schattengestalt. Es war wie beim Ballett: Wenn man die Sprungkombination einmal verinnerlicht hatte, ging es ganz leicht. Ich brauchte mir bloß vorzustellen, die Luft wäre massiv, und im nächsten Augenblick war sie es tatsächlich.

Unsichtbar für die Augen der Schlafenden schwebte ich über die Dächer von Steele. Meine nackten Füße glitten über Schindeln und Dachrinnen, Blitzableiter und Satellitenschüsseln und die Luft dazwischen bis zu Marians Haus. Über den Dachfirst balancierte ich zu seinem in die Schräge eingelassenen Schlafzimmerfenster und lugte vorsichtig um die Ecke.

Marian schlief tief und fest.

Arme und Beine von sich gestreckt, nahm er fast die gesamte Breite seines Riesenbetts ein. Schemenhaft sah ich seine kantigen Wangenknochen und den Schimmer seiner Bartstoppeln darauf, aber der Rest …

Ohne es bewusst entschieden zu haben, tauchte ich zum zweiten Mal in dieser Nacht durch eine Glasscheibe hindurch und trat an die Kante des Bettes. Einzig ein schmaler Streifen Mondlicht erhellte den Raum und malte silbrige Muster auf Marians Haut. Wie immer schlief er mit nacktem Oberkörper. Bei jedem Atemzug hoben und senkten sich die Muskelstränge auf seiner Brust, während sich die Sommersprossen dunkel auf seinem Nasenrücken abzeichneten. Seine Wimpern warfen sichelförmige Schatten auf das feine Adergeflecht unter seinen Augen. Er sah müde aus. Erschöpft, aber friedlich. Was tat seine Seele in Eisenheim wohl gerade? Trainierte er? Sah er nach seiner Schwester in den Minen? Oder suchte er vielleicht sogar nach mir? Genau in diesem Augenblick? Mein Herz flatterte ein wenig, beruhigte sich aber sofort wieder. Nein, warum sollte er das tun?

Fest stand allerdings, dass ich nicht die geringste Ahnung hatte, wo in der Schattenwelt er sich gerade aufhielt und warum. Mein Mund wurde trocken. Ich hatte es mir bisher noch nicht eingestehen können, aber eigentlich wusste ich so gut wie nie, was in Marian vorging. Was er sich wünschte, wovon er träumte, was ihn traurig machte. Sicher, da waren die Sache mit seiner

Schwester und die Vorwürfe, die er sich wegen des Todes seiner Eltern machte, aber sonst? Ein Krieger des Grauen Bundes, Student, Eishockeyspieler, der Mann, der mich liebte, und doch … Was für ein Mensch war Marian wirklich? Weshalb, verdammt, konnten wir nicht zusammen und glücklich sein?

Ich streckte meine Fingerspitzen aus, um ihm das weißblonde Haar aus der Stirn zu streichen. Kurz bevor ich ihn berührte, schlug Marian die Augen auf. Erschrocken machte ich einen Satz zurück und tauchte versehentlich mit dem Kopf in die Fensterbank. Einen Augenblick lang sah ich nur Holz und Lack, dann war ich wieder frei, gerade als Marians Hand zu einem länglichen Gegenstand auf dem Fußboden neben ihm zuckte, einer Art Schüreisen oder so etwas. Dann erkannte er mich und Alarmiertheit wich Belustigung. »Doch ein bisschen Schiss, was?« Er grinste mich an, fast schon gelöst. Anscheinend hatte er für einen Moment vergessen, dass er mir nicht vergeben konnte.

»Quatsch«, sagte ich schnell. »Mir geht es bestens.«

»Okay«, sagte Marian. »Darf ich dann fragen, was du mitten in der Nacht in meiner Wohnung zu suchen hast?«

»Ich … äh …. ich … wollte … als ich an deinem Geburtstag hier war, habe ich wohl mein Mathebuch bei dir vergessen. Das brauche ich morgen.«

»Du hast dein Mathebuch in meinem Schlafzimmer vergessen?« Er musterte mich anzüglich. »Interessant.«

Ich spürte, wie ich rot wurde. Zum Glück befand ich mich in meiner farblosen Schattengestalt und es war zudem so finster, dass Marian den dunklen Schimmer auf meinen Wangen wohl nicht bemerken würde. »N-nein. Ich glaube, es liegt irgendwo im Wohnzimmer«, stotterte ich.

Marian hob die Augenbrauen, sein Grinsen wurde spöttischer. »Und nun stehst du also hier in meinem Schlafzimmer und beugst dich über mich, weil …?«

»Verlaufen?«

»Verstehe.« Er lachte in sich hinein. »Das ist ja auch ein richtiges Labyrinth hier. Vielleicht sollte ich für Gäste lieber eine Karte zeichnen. Nicht dass sich noch jemand verirrt und seine Leiche dann niemals gefunden wird in den unendlichen Weiten dieser Wohnung.« Er traf mich mit einem Blick, der mich erbeben ließ. Sollte ich ihn doch küssen? Nur heute Nacht. Nur ausnahmsweise. Doch ich fürchtete mich zu sehr vor dem Schmerz, vor dem Moment, in dem wir beide wieder in der Realität ankommen würden. Darum verschränkte ich stattdessen mit gespielter Empörung die Arme vor der Brust. »Außerdem habe ich mich überhaupt nicht über dich gebeugt«, sagte ich. »Und jetzt muss ich gehen.« Ich wandte mich dem Fenster zu.

»Ohne das Mathebuch?« Er lachte noch immer.

»Gute Nacht«, sagte ich so würdevoll wie möglich, dann schwebte mein Körper ins Freie. Ich hörte gerade noch, wie Marian mir ein vergnügtes »Gute Nacht, Prinzessin« hinterherrief, und zum ersten Mal war mir mein Schattentitel nicht unangenehm. Aus Marians Mund klang er, als wäre ich seine Prinzessin. Oder war das nur das, was ich mir wünschte?

7
DER KÖNIG DES BACKANDS

Das Aquaristikgeschäft meines Vaters lag in einer wenig belebten Seitenstraße der Steeler Fußgängerzone und war nichts als ein kleines Ladenlokal voller Aquarien. Als Kind hatte ich hier oft gespielt, Fische gefüttert und Regale eingeräumt. Dennoch war ich zittrig, als ich es am darauffolgenden Nachmittag betrat. Zum einen, weil mich Marian schon den ganzen Tag über so auffällig unauffällig verfolgte, dass es mir kaum mehr gelang, einen klaren Gedanken zu fassen. Zum anderen, weil mein Vater mir eine SMS geschickt hatte. Hallo? Mein Vater, der einen Zettel im Portemonnaie hatte, auf dem stand, mit welchem Knopf das Handy anging?

Ich trug einen schwarz glänzenden Body unter meiner Jacke und den Rucksack mit meinen Schulbüchern auf dem Rücken, denn ich war vom Unterricht aus zum Ballett und von dort aus sofort hierhergefahren, nachdem ich in der Umkleide die Nachricht entdeckt hatte.

Komm bitte zum Laden. Es ist wichtig. Papa

Wie hatte er das geschafft? Was war so wichtig, dass er dermaßen über seinen Schatten sprang?

Das Glöckchen über der Tür verkündete mein Eintreten. Der Laden empfing mich mit seinen vertrauten Geräuschen und Gerüchen. Das Plätschern der Wasserfilter und das durchdringende Aroma von Fischfutter hingen in der Luft. Die Wände bestanden aus übereinandergeschichteten Aquarien voller Salz- und Süßwasserbewohner. In der Mitte des Raumes gab es außerdem noch einige Wannen, in denen mein Vater seine Wasserpflanzen aufbewahrte, und Regale mit Vitamintabletten, Flockenfutter und winzigen Dekotauchern. Das Schaufenster wurde von Wasserschildkröten bevölkert und ein Schwarm Neonfische gleich neben der Tür schwamm neugierig zur Scheibe, als ich an ihnen vorüberging. Ich schob mich an dem riesigen Meerwasseraquarium zu meiner Linken vorbei.

»Hallo?«, versuchte ich es, erhielt jedoch keine Antwort. Mein Blick strich über die Theke mit der altmodischen Registrierkasse darauf. Es sah meinem Vater ganz und gar nicht ähnlich, den Laden offen und unbeaufsichtigt zu lassen. Selbst wenn er sich nur einen Kaffee aus einer der Eisdielen auf dem nahe gelegenen Kaiser-Otto-Platz genehmigte, schloss er ab. Er musste also hier sein. Hockte er vielleicht zwischen irgendwelchen Regalen? Versunken in einen Bildband oder die Beschreibung der Inhaltsstoffe eines neuen Anti-Algen-Mittels?

»Papa? Wo bist du?« Ich schritt Gang für Gang ab, vergeblich. Wo steckte mein Vater nur? Der Einbruch von gestern war nicht spurlos an mir vorbeigegangen. Kein Wunder, dass mich schon wieder ein ungutes Gefühl beschlich, zumindest, bis mir wieder die kleine Abstellkammer im rückwärtigen Teil des Gebäudes einfiel, die ich schon fast vergessen hatte. Vom Verkaufsraum aus war sie nicht zu sehen, weil eine Wand aus Pumpen und Säcken mit farbigem Kies sie verbarg. Und eigentlich benutzte mein Vater sie höchstens einmal, um dort einen Regenschirm zum Trocknen aufzuspannen. Doch heute …

Mit ein paar langen Schritten war ich dort. Die Tür der Kammer stand einen Spaltbreit offen und ich zögerte nicht, sie ganz aufzustoßen.

»Da bist du ja!« Ich seufzte erleichtert auf.

Mein Vater kauerte auf einem Stuhl und war tatsächlich ganz vertieft in seine Gedanken.

»Hallo? Ist jemand zu Hause?« Ich schnippte vor seinem Gesicht herum.

Mein Vater zuckte zusammen. Von einer Sekunde zur nächsten wich alle Farbe aus seinem Gesicht. Dann erkannte er mich. »Ah«, sagte er und drückte den Rücken durch, als habe er stundenlang so gebeugt dagesessen. »Da bist du ja endlich.« Zu meiner Verwunderung klang er ein wenig ärgerlich.

»Schneller ging es nicht.« Abgesehen davon, dass ich mich sofort nachdem ich seine Nachricht gelesen hatte auf den Weg gemacht hatte: Erwartete er etwa, dass ich die Schule und das Training schwänzte? Nur weil er gelernt hatte zu simsen? »Was gibt es denn?«

Mein Vater blinzelte durch die runden Gläser seiner Brille und verzog die Mundwinkel. »Da ich die ganze nächste Woche über auf Vortragsreise sein werde, wollte ich vorher noch ein paar Dinge mit dir besprechen«, erklärte mein Vater und deutete auf den fertig gepackten Koffer zu seinen Füßen. »Mein Zug geht in einer Dreiviertelstunde, deshalb mache ich es kurz: Was die reale Welt betrifft, habe ich mit Christabel und Marian besprochen, dass ab sofort immer einer von beiden in deiner Nähe bleiben wird. In der Schattenwelt wünsche ich, dass du im Palast einziehst. Du warst heute Nacht schon wieder nicht dort.«

Ich öffnete den Mund, um ihm zu sagen, dass ich mich auf gar keinen Fall Nacht für Nacht in diesem staubigen Kasten verstecken würde, doch mein Vater ließ mich nicht zu Wort kommen.

»Außerdem habe ich noch einmal mit dem Kanzler über unsere Ideen gesprochen. Dein Einwurf erscheint uns ebenfalls sinnvoll. Dennoch haben wir beschlossen, zunächst mit dem Bau des Aquariums zu beginnen.«

Ich verdrehte die Augen. »Das ist doch wohl nicht dein Ernst!«, rief ich. »Du kannst dir doch nicht wieder und immer wieder vom Kanzler sagen lassen, was du tun sollst. Du bist Fürst der Schattenwelt. Du allein!« Ich schnaubte vor Wut.

In den Augen meines Vaters flackerte die alte Angst vor allem und jedem auf, doch heute beunruhigte sie mich noch mehr als sonst. Denn neuerdings war ein glimmender Funken dazugekommen und verlieh meinem Vater etwas Verzweifeltes. Furcht erfüllte ihn wie eh und je, doch mittlerweile war es eine Furcht, die gefährlich nahe an Wahnsinn grenzte. »Nun, die Argumente des Kanzlers waren –«

»Ich will nichts davon hören«, beschied ich ihm und wandte mich zum Gehen. »Ich hoffe, du hast eine schöne Vortragsreise, mach es gut.«

»Schade«, rief mein Vater mir hinterher. »Ich dachte, die Schattenwelt würde dir auch am Herzen liegen. Deshalb habe ich nämlich schon überall verkünden lassen, dass du die Eröffnungsrede für das neue Aquarium halten wirst.«

Als ich in der darauffolgenden Nacht in meinem Zimmer in Notre-Dame die Augen aufschlug, machte ich mich nicht wie gewohnt auf den Weg zum Dämmerungstraining. Etwas hielt mich davon ab, etwas, das ich schon in der realen Welt auf der Grenze zwischen Wachen und Schlaf gehört hatte: ein Lachen. Das grollende Schnurren des Mantikors. Zu sehen war der Löwe mit dem Menschengesicht allerdings nicht. Auch nicht, als ich aus dem Bett stieg und darunter nachsah.

»Hallo?«, fragte ich in das leere Zimmer hinein.

Eine Antwort erhielt ich nicht. Dafür klappten die Türen meines Kleiderschrankes auf und ein Abendkleid aus weißem Glitzerstoff sowie dazu passende silberne Ballerinas schwebten heraus. Die Ärmel des Kleides bestanden aus durchscheinender Seide, der Ausschnitt war über und über mit perlmuttglänzenden Pailletten bestickt. Wie ein Gespenst flog es durch mein Zimmer und landete auf meiner linken Schulter. Skeptisch drehte ich es in meinen Händen hin und her und befühlte die den Stoff durchziehenden silbrigen Fäden zwischen Daumen und Zeigefinger. Dies war eines der Kleider, die meiner Seele gehört haben mussten, als ich noch eine Schlafende gewesen war.

»Niemand?«, rief ich. »Was soll das?«

Der Mantikor lachte erneut. Oder war es ein Knurren?

Unsicher drehte ich mich um die eigene Achse, versuchte auszumachen, aus welcher Ecke des Raumes seine Stimme kam. Doch das war ein hoffnungsloses Unterfangen. »Das ist echt gruselig, weißt du das? Bitte zeig dich, wenn du mit mir sprichst.«

»Bedaure«, sagte der Mantikor. »Und jetzt beeil dich mal ein bisschen mit dem Umziehen. Wir sind spät dran. Ich warte vor dem Südportal auf dich.«

»Weshalb?«

»Dies ist Eisenheim«, antwortete der Mantikor leise, als wäre er mit einem Mal weit entfernt. Noch während er sprach, senkte sich seine Stimme zu einem Flüstern. »Manchmal sollte man auf den Mantikor hören.«

Ich seufzte. Dieses merkwürdige Wesen machte mir definitiv Angst. Was wollte es von mir? Warum zeigte es sich nicht? Weshalb konnte es sich nicht verständlich ausdrücken? Ich trat ans Fenster und sah in die nächtliche Stadt hinaus. Schwärzliche Hausdächer, die sich aneinanderreihten, Qualm und Schornsteine in der Ferne, dahinter das Nichts. Und unten, vor dem Südportal der Kathedrale, schien tatsächlich ein Wesen, halb Löwe, halb Mensch, auf und ab zu schleichen.

Kurz entschlossen streifte ich Hose und Pullover ab, zog mir den glitzernden Hauch von Nichts über den Kopf, schlüpfte in die dazugehörigen Schühchen und trat vor den Spiegel. Was mir entgegenblickte, ließ mich schlucken. Nicht nur, dass ich wie eine Braut aussah, das Kleid hatte auch noch den gleichen Ton wie meine weiß schimmernde Schattenhaut! Einzig meine Augen und mein dunkles Haar, das sich in einzelnen Locken in meinem Nacken und über meine Schultern wand, standen im Kontrast zur puren Helligkeit. Rasch klemmte ich mir meinen grauen Mantel unter den Arm und trat auf den dämmrigen Flur hinaus.

Unter den dünnen Sohlen der Ballerinas fühlten sich die Teppiche noch eine Spur flauschiger an, als ich darüber in Richtung Ausgang lief. Ich war noch nicht weit gekommen, als sich hinter mir Schritte näherten. Eine bleiche Gestalt trat neben mich. Ich spürte, wie Marians Blick von der Seite einmal an mir hinunter- und wieder heraufglitt.

»Nettes Kleid.«

»Danke.« Wir stiegen nebeneinander die Treppe hinab.

»Gehst du zu einer Party?«

Ich zuckte mit den Achseln. »Vielleicht. Kannst du mich bei Madame Mafalda entschuldigen?«

»Nein. Das Dämmerungstraining schwänze ich heute. Ich habe etwas zu erledigen im – «

»Krawoster Grund?«

Er schwieg, was ich als Zustimmung deutete. Wir durchquerten die Eingangshalle. Marians Sohlen klapperten auf dem verspiegelten Boden. »Mir gefällt dein Kleid wirklich«, sagte er und hielt mir eine der schweren Flügeltüren auf. »Du siehst darin aus wie eine Elfe.«

Die eisige Nachtluft schlug uns entgegen. Hastig schlüpfte ich in meinen Mantel und zog ihn mir fest über der Brust zusammen. »Ich finde es scheußlich.«

»Wirklich?«

Marian trat unmerklich auf mich zu. Sein Daumen fuhr über den glitzernden Saum des Ärmels, der aus dem Mantel hervorlugte, und strich dabei ganz leicht über meinen Handrücken. Ich erschauderte und plötzlich war da wieder eine der immer seltener werdenden Erinnerungen an das Leben meines anderen Ichs.

Marian und ich tanzten miteinander. Wir befanden uns in einem Saal voller Menschen. Kerzen flackerten auf Kandelabern unter der Decke, Musik schlängelte sich wie Rauchschwaden durch die Menge und es roch nach teuren Parfums und Zigarren. Marian trug einen Frack und ich war tatsächlich in das funkelnde Abendkleid voller Pailletten gehüllt. Mit der einen Hand hielt er meine Taille, mit der anderen meine behandschuhten Finger. Es war brechend voll, doch wir sahen nur einander, unsere Blicke ineinander verhakt. Die Musik ließ uns schweben.

Mein Bewusstsein kehrte ins Jetzt zurück, wo Marian wieder von mir abgerückt war und mich gedankenverloren betrachtete. »Weißt du es wieder?«

Ich nickte.

»So war es einmal. Es kommt mir vor, als wäre diese Nacht schon ewig her.«

»Es war in einem anderen Leben«, sagte ich und trat nun meinerseits auch einen Schritt von ihm zurück. Dann noch einen.

Noch lächelte Marian mich an, doch dieses Lächeln würde ersterben, sobald er sich von mir abwandte und auf den Weg in die Siedlung der Arbeiter machte. Er würde heute Nacht wieder zu ihr gehen, wie immer. Zu dem Monster in den Minen, das seine

Schwester war. Ohne ihr helfen zu können. Nacht für Nacht. Er sah, wie sie litt, und konnte nichts mehr für sie tun.

Ich hatte ihm das angetan.

»Warte«, sagte Marian, doch ich hatte ihm bereits den Rücken gekehrt. Mit raschen Schritten umrundete ich die Kathedrale und traf schließlich auf den Mantikor, der mich mit einem Schnurren begrüßte. »Na endlich«, murmelte er und schüttelte die Löwenmähne. Die Straßen empfingen uns mit schützenden Armen wie die Dunkelheit einen Dieb.

Wir wanderten lange durch das Gewirr der Gassen, legten schließlich sogar ein Stück in einem fliegenden Taxi zurück. Die Fahrt dauerte nicht lange und ich verbrachte die meiste Zeit damit zu beobachten, was sich bei den Pyramiden von Giseh abspielte. Überall um die monumentalen Bauwerke herum wuselten Arbeiter, die Baumaterialien trugen oder Kräne und Bagger bedienten. Darüber kreisten Schattenreiter, um die Schlafenden zu beaufsichtigen. Mein Vater setzte seinen wahnwitzigen Plan also in die Tat um: Er ließ ein riesiges Aquarium errichten. Die Frage, ob dabei wohl die Grotte mit dem lackschwarzen See entdeckt oder gar zugeschüttet werden würde, nagte an mir. Obwohl es mir natürlich egal sein konnte. Der Weiße Löwe würde für immer in seinem Versteck bleiben, das hatte ich mir geschworen. Er musste dort bleiben. Und doch …

Irgendwann war da ein Flirren am Rande meines Gesichtsfeldes, kaum wahrnehmbar. Oder irrte ich mich? Ich hatte das Gefühl, eine Spannung würde in der Luft liegen, die stets verschwand, sobald ich mich auf sie konzentrierte. Die Härchen auf meinen Unterarmen stellten sich auf, als wir kurz darauf die Philistergasse hinunterliefen. Die Erinnerung an das Erdbeben in der vergangenen Woche ließ mich erschaudern. Unwillkürlich legte ich den Kopf in den Nacken und suchte den Himmel nach Wolkengebirgen ab, doch er war so dunkel und klar wie in den letzten Nächten.

»Spürst du es auch?«, fragte der Mantikor, der sich noch immer weigerte, mir zu sagen, wer er war und wo wir denn nun hingingen.

Ich nickte. »Ja. Was ist das?«

Der Mantikor rollte seinen Skorpionsschwanz aus und ließ ihn klackernd durch die Luft peitschen. »Wir müssen uns beeilen.«

Die Philistergasse endete an einem Torbogen aus steinernen Kuben. Ein bisschen sah das Ding aus, als hätte ein Riesenbaby mit Bauklötzen aus Fels gespielt und dabei zufällig den gewölbten Eingang des Backands errichtet. Ich war bereits einmal hier gewesen, doch damals hatte mich der Kanzler mit seinem Zeppelin hergebracht. Den Fußweg kannte ich ebenso wenig wie das wahre Künstlerviertel, das begriff ich erst jetzt.

Hatte das Moulin Rouge die Atmosphäre eines altehrwürdigen Theaters ausgestrahlt, so zeigte sich das Backand hinter dem steinernen Bogen schmutzig, verfallen, und doch zog es mich an. Der Stadtteil bestand aus einem einzigen Gebäude von solch monströsen Ausmaßen, dass man es nicht mit einem Blick erfassen konnte. Ein bisschen erinnerte es mich an ein Korallenriff, über die Jahre gewachsen zu einem skurrilen Gebilde. Es war unmöglich zu sagen, welcher der vielen Türme und Erker wohl zuerst da gewesen war.

Wir betraten die Eingeweide eines Ungeheuers, Wege über Treppen und Dächer, die sich verworren und ohne Plan von dem Torbogen aus in alle Richtungen wanden, gesäumt von Baracken und Villen, die wie Beulen auf dem uralten Leib hockten. Dazwischen klebten Lehmhütten. Überall blätterte Farbe ab, zogen sich Risse durch Gemäuer. Verbogene Stahlträger ragten aus Wänden, Treppengeländer rosteten.

Trotzdem wirkte das Backand lebendiger als der Rest der Stadt, denn alles schien in Bewegung zu sein, angefangen bei den unzähligen Heliometern, die herumschwirrten und mit Lampions um die Wette leuchteten. Jeder noch so armselige Verschlag war hell erleuchtet. Lachen lag in der Luft, genauso wie das Wehklagen der gequälten Künstlerseelen auf der Suche nach Inspiration, dazwischen mischte sich Geigenmusik. Und in den Gängen und Treppenhäusern wuselten Menschen umher: Damen in glitzernden Roben wie meiner, Kinder mit geschminkten Gesichtern, Männer mit Zeichenmappen und Augen voller Weltschmerz. Auf einem Flachdach diskutierte eine Gruppe von Greisinnen. Der Absinth hatte ihre Zungen schwer und ihre Pupillen trüb gemacht.

Ich hätte mich niemals allein in diesem Komplex zurechtgefunden, es gab so viele Ebenen! Flure, die als Garküchen dienten, Zimmer, in denen Droschken hielten. Treppenhäuser voller Zeitungskioske. Dächer, die zum Flanieren einluden. Ich kam kaum aus dem Staunen heraus. Hunderte von Menschen lebten hier gemeinsam in nur einem Haus. Einem Haus, das einer Stadt für sich glich.

Der Mantikor führte mich immer tiefer in das Gewirr hinein; anscheinend kannte er sich bestens aus in diesem Durcheinander. Auffällig war, dass wir uns stetig aufwärtsbewegten. Hier eine Treppe, dort eine Schräge. Es dauerte eine Weile, doch schließlich erreichten wir eine Plattform hoch über den übrigen Dächern. Ein gewelltes Gebilde thronte darauf, dessen Perlmuttpanzerung unter unzähligen Lämpchen schimmerte. Die eine Seite, dort, wo das Gebäude wie eine Muschel auseinanderklaffte, war verglast, sodass man auch von drinnen den Ausblick auf die Stadt und das dahinterliegende Nichts genießen konnte.

Wir traten durch eine Flügeltür aus funkelndem Silber ein und fanden uns in einem Saal voller Menschen wieder. Fremde Gerüche lagen in der Luft, Gewürze vielleicht. Auch von innen schimmerte und glänzte die Muschel unter Tausenden von Lichtpunkten, sodass man das Gefühl hatte, zu einem Sternenhimmel hinaufzublicken. Am auffälligsten war jedoch das altmodische Karussell in der Mitte des Raumes. Holzpferde mit glitzernden Schweifen und aufgemalten Wimpern trugen Gäste in Abendgarderobe, während andere Besucher sich darum herumgruppiert hatten und zusahen. Dazwischen balancierten Kellner Tabletts voller Champagnergläser.

Doch dies war nicht einfach nur ein rauschendes Fest mit Harfenmusik, Tanz und Gesprächen. Zwischen den feinen Damen und Herren entdeckte ich auch Männer und Frauen in Kitteln, die mit Pailletten und Farben hinter Staffeleien herumwerkelten. Tänzerinnen drehten sich auf kleinen Podesten und da, war das nicht eine Fotografin? Die junge Frau im hochgeschlossenen Kleid hantierte mit einem altertümlichen Apparat und einem schwarzen Tuch herum. Ich beneidete sie um ihr Outfit. Und ich entdeckte ihr Motiv: ein Mädchen, das sich auf einem Diwan rekelte. Nackt.

Der Mantikor schien sich für all das jedoch nicht im Geringsten zu interessieren. Er schlängelte sich mit dem gleichen Tempo durch den Saal, mit dem er mich auch hierhergeführt hatte. Erst jetzt fiel mir auf, dass keiner der Gäste ihn auch nur eines Blickes würdigte. War das furchterregende Wesen am Ende doch nur ein Produkt meiner überreizten Fantasie? Die Spannung, die ich bereits vorhin gespürt hatte, lag noch immer in jedem Atemzug, den ich tat. Selbst hier drinnen sorgte sie dafür, dass ein feines Flirren meinen Nacken überzog.

Endlich schien der Mantikor sein Ziel erreicht zu haben: Mit sich kringelndem Schwanz strich er um einen unsagbar fetten Mann herum, der in einem bestickten Kaftan auf einem Thron saß. Die Geste, mit der er einen der Kellner zu sich heranwinkte, ließ mich vermuten, dass es sich bei ihm um den Gastgeber handelte. Vorsichtig trat auch ich näher.

»Das ist Arif«, sagte der Mantikor. Von einer Sekunde zur nächsten hatte er sich wieder unsichtbar gemacht. Geblieben war nur seine Stimme direkt neben meinem Ohr. »Frag ihn.«

»Wonach?«

Der Mantikor antwortete nicht. Inzwischen hatte mich auch der Gastgeber im Kaftan entdeckt und strahlte mich an. »Prinzessin!«, rief er. »Was für eine Überraschung! Welche Ehre, Sie heute Abend begrüßen zu dürfen!«

Ich öffnete den Mund, um etwas zu erwidern. Doch in diesem Moment fiel mein Blick auf eine zierliche Frau mit einer Gipsmaske, die am Fenster stand und dort scheinbar gedankenverloren das sich in der Ferne auftürmende Nichts betrachtete. Die Dame war also auch hier. Irgendwie beunruhigte mich der Gedanke, aber ich wusste nicht so recht, warum.

Noch immer sah mich Arif erwartungsvoll an. Ich zwang mich zu einem Lächeln. »Hallo«, sagte ich. »Ich, äh … bin nicht eingeladen oder so, aber …«, stammelte ich.

»Aber Hoheit, Sie sind natürlich immer eingeladen. Ich würde mir Sorgen machen, wenn Sie sich mein berühmtes Atelierfest entgehen lassen würden. Darf ich Ihnen etwas zu trinken anbieten?«

»Nein danke«, sagte ich. »Allerdings würde ich mich gerne mit Ihnen unterhalten.«

Arif hob seine wulstigen Augenbrauen. »Worüber denn?«

»Nun, mir sind gewisse Gerüchte zu Ohren gekommen und –« Ich biss mir auf die Lippe. Was sagte mir, dass ich diesem Mann trauen konnte? Ich musste vorsichtig sein, was ich preisgab.

»Gerüchte?«, fragte Arif und beugte sich zu mir vor. »Über mich?«

»Nein, nein, nicht über Sie. Es geht um … Sagen Sie, haben Sie je von einem Wesen gehört, das sich Mantikor nennt?«

»Ja, natürlich«, raunte Arif und versicherte sich mit einem Seitenblick, dass wir nicht belauscht wurden. »Es war ein seltsames Tier, das sich für die innere Stimme der Wandernden hielt.«

»War?«

»Er ist niemals von der Seite des alten Desiderius gewichen, auch nicht, als der sich vollkommen in seinen Prophezeiungen vergrub.«

Die Erwähnung von *Prophezeiungen* ließ meinen Mund trocken werden. »Dieser Desiderius hat also etwas geweissagt?«, fragte ich und tat so, als bewundere ich das Kleid einer älteren Dame, die ein paar Meter von uns entfernt stand.

»Aber ja! Kennen Sie etwa nicht die Zeile: *Ein Stein und ein Mädchen, deren Seelen verbunden?*«

»Nie gehört«, log ich. »Wie geht es denn weiter?«

»Keine Ahnung.« Arif leerte sein Glas mit einem einzigen Zug. »Er war zum Schluss nicht mehr ganz dicht, dieser Desiderius, hat von Löchern im Nichts geredet, in denen angeblich wieder Materie entstehen würde, und so einen Schwachsinn.«

»Verstehe.« Ich nickte und wollte ihn danach fragen, wo ich diesen Desiderius wohl finden könnte, doch in diesem Augenblick ertönte erneut die Stimme des Mantikors direkt neben meinem Ohr: »Gut! Und jetzt sollten wir mal zum eigentlichen Thema kommen: die Transportation.«

»Transportation?«, wisperte ich mit zusammengebissenen Zähnen. »Was soll das sein? Und warum erzählst du mir nicht einfach selbst, was du weißt? Anscheinend kennst du diesen Gelehrten ja sogar persönlich.«

»Ich bin der Mantikor. Ich greife niemals in das Geschehen in Eisenheim ein.« Die Stimme wurde zu einem Flüstern und verklang.

»Ach nein? Und was ist das hier?«

»Was denn?«, fragte Arif und musterte mich mit einem Stirnrunzeln. »Verzeihung, Hoheit, wie meinen?«

» Ich … äh … habe nur laut nachgedacht.« Ich zuckte mit den Achseln. »Wissen Sie, das ist ja alles sehr … interessant, aber das Gerücht, das mir zu Ohren gekommen ist … hat gar nichts mit diesem Prophezeiungskram zu tun … Wissen Sie, neulich war ich in der Philistergasse unterwegs und …«, stammelte ich und griff mir nun doch ein Sektglas von einem der Tabletts. Während ich trank, überlegte ich fieberhaft, was ich als Nächstes sagen sollte. Der herbe Geschmack legte sich an meinen Gaumen und ich verschluckte mich.

Unterdessen schenkte Arif mir einen triumphierenden Blick. »Aha, dann haben Sie also von meinen neuesten Forschungen zur Transportation gehört? Und nun wollen Sie wissen, ob es stimmt, was man sich erzählt?«

»Richtig«, hustete ich.

Arif lehnte sich noch weiter vor und legte seine fleischigen Lippen an mein Ohr. »Es ist tatsächlich wahr!«, flüsterte er. »Noch ist meine Studie nicht abgeschlossen, aber bisher waren die Experimente erfolgreich: Es sieht ganz danach aus, als könne man Gegenstände aus der Realität nach Eisenheim transportieren, wenn man sie sich vor dem Einschlafen unter die Zunge legt! Stellen Sie sich das vor, Hoheit! Echte Kaffeebohnen, Gold, Mikrochips! Meine Erkenntnisse werden die Schattenwelt revolutionieren!«

»Oh, das … wäre wirklich fantastisch«, sagte ich, strich mir das

Haar aus der Stirn und suchte den Raum nach dem Mantikor ab. Wollte mich dieses Wesen veräppeln?

»Vielleicht haben wir in Eisenheim schon bald Computer und Handys und – «

»Sehr schön.« Ich versuchte zu lächeln. Vom Mantikor fehlte weiterhin jede Spur. Aber vielleicht war das auch besser so. Transportation! Was interessierte mich das? Ich hatte gerade wirklich andere Probleme. »Vielen Dank für Ihre Zeit«, sagte ich deshalb rasch zu Arif, der nun überschwänglich darum bat, ich möge doch bei meinem Vater ein gutes Wort für seine Forschung einlegen. Ich nickte, doch mit den Gedanken war ich längst woanders. Irgendetwas stimmte hier doch nicht … Wieso hatte die Musik ausgesetzt? Und weshalb sahen die übrigen Gäste plötzlich so besorgt aus?

Mir fiel auf, dass die Dame noch immer vom Fenster aus zu uns herübersah und uns beobachtete. Die reglosen Züge ihrer Maske verrieten nicht, was sie empfand. Allerdings versteiften sich mit einem Mal ihre Schultern und in meinem Nacken steigerte sich das Flirren, das mich schon den ganzen Abend über begleitete, nun zum Stechen unzähliger Nadeln. Der Schmerz in meiner Brust überkam mich so jäh, dass die Welt vor meinen Augen flackerte. Was Arif sagte, drang nur noch in Fetzen an mein Ohr. Ich wollte mich an seinem Thron abstützen, verfehlte ihn aber. Das Sektglas in meiner Hand zerbrach, ich blickte auf die Lichter unter der Decke – dann nichts mehr.

Als ich ein paar Sekunden später wieder zu mir kam, lag ich auf dem Boden. Etwas in meinem Innern hatte sich um mein Herz gelegt, um es zu zerquetschen. Ich keuchte und dachte an den Weißen Löwen, dessen Brüllen in meinen Gedanken tobte. Ich musste zu ihm. Musste den Stein retten, in Sicherheit bringen, zu mir holen und an mich drücken. Menschen rannten an mir vorbei zur Glasfront, durch die sich ein klaffender Riss zog. Nur ich blieb, wo ich war, konnte nicht den kleinsten Muskel rühren. Nicht einmal meine Pupillen gehorchten mir noch. Ich spürte, dass mein Mund offen stand, ein dünner Speichelfaden über meine rechte Wange rann. Doch ich war nicht in der Lage, ihn mir abzuwischen.

»Desiderius«, flüsterte der Mantikor irgendwo außerhalb meines Sichtfeldes. Der Name des Gelehrten hallte in meinem Innern nach.

Dann erreichte der Schmerz in meiner Brust seinen Höhepunkt. Ich hörte mich selbst schreien. Menschen stürzten wild durcheinander. Ein gewaltiges Donnern ließ alles um mich herum erzittern.

Eisenheim bebte.

Und die Schattenwelt zersplitterte in Abermillionen von Scherben.

8
DAS ENDE

Die Dunkelheit war ein Tier, eine gereizte Bestie, die sich auf mich stürzte und mich verschlang. Sie wälzte sich auf meine Brust und schnürte mir die Luft ab. Doch es machte mir nichts aus, fast genoss ich ihre düstere Schwere. Die Schwärze fühlte sich angenehm auf der Haut an. Friedlich drang sie durch die Poren meines Körpers und brachte den Strudel meiner Gedanken und Gefühle zum Schweigen, bis ich ruhig dahintrieb. Zeit wurde bedeutungslos, verwandelte sich in einen Strom aus Finsternis und Vergessen. Und mein Kopf war leer und gleichzeitig so schwer wie ein Mühlstein, der mich in die Tiefe zog. In wattige Finsternis.

Ich weiß nicht, wie lange ich bewusstlos war. Vielleicht nur Minuten, vielleicht Stunden? Als ich die Augen aufschlug, erkannte ich über mir den Himmel. Rauchschwaden brodelten dort oben wie in einem Hexenkessel. Mein Atem stieg in zarten Wölkchen vor mir auf, als wolle er sich dazugesellen. Doch ich fror nicht. Vorsichtig bewegte ich die Fingerspitzen und stellte fest, dass ich auf etwas Weichem lag. Meinem Mantel vielleicht? Aber nein, den hatte jemand über mich gebreitet. Um mich herum hörte ich Schritte. Menschen, die herbeigerannt kamen und scharf die Luft einsogen. Es mussten viele sein. Keiner von ihnen sprach ein Wort. Sie liefen einfach schräg hinter mir entlang und blieben ein paar Meter weiter stehen.

Ein spitzer Schmerz schoss durch meinen Kopf, als ich versuchte, ihn anzuheben, und sammelte sich glühend hinter meinen Augen. Für einen Moment schloss ich die Lider, dann warf ich entschlossen den Mantel von mir und setzte mich auf. Der Schmerz traf mich mit einer solchen Wucht, beinahe wäre ich erneut ohnmächtig geworden. Übelkeit breitete sich in meiner Magengrube aus. Ich würgte und krallte mich in den zweiten grauen Mantel, auf den man mich gebettet hatte. Es dauerte ein paar Minuten, bis sich das Stechen zu einem halbwegs erträglichen Pochen hinter meiner Stirn zurückzog. Dann erst fühlte ich mich dazu in der Lage, mich blinzelnd umzusehen.

Ich befand mich auf einem Platz aus schmutzigem Kopfsteinpflaster und eines erkannte ich gleich: Das hier war nicht das Backand. Keine Spur von dem muschelförmigen Palast. Stattdessen hatten sich etwa hundert Menschen rechts von mir versammelt und starrten auf eine Wand aus … Nichts! Eine Wand aus Nichts, aus der etwas herausragte. Mauerstücke und … Du meine Güte! Es war ein Teil Notre-Dames!

Taumelnd kam ich auf die Beine. Meine Knie fühlten sich wie Pudding an und meine Füße gehorchten mir nicht. Dennoch stolperte ich zu den Leuten hinüber. Was ist passiert?, wollte ich eine Frau mit einem Kind an der Hand fragen, doch die Worte fanden nicht den Weg über meine Lippen. Stattdessen schwieg ich mit all den anderen, weil Starren und Schweigen alles war, wozu wir im Moment fähig waren. Das Nichts türmte sich vor uns auf, dunkel, bedrohlich. Es machte einen wahnsinnig. Ich kannte das Nichts, ich hatte schon sehr viel näher davorgestanden. Aber das hier war hundertmal schlimmer!

Denn es war geschehen: Das Nichts hatte sich bewegt. Es hatte zugebissen, ein weiteres Stück der Schattenwelt zerfetzt, verschlungen und dabei die Hälfte der ehrwürdigen Mauern Notre-Dames dem Erdboden gleichgemacht! Wie ein Gerippe ragten die beiden Türme der Kathedrale und ein Teil des Hauptschiffs aus der Finsternis des Nichts hervor. Der Rest war verschwunden. Tot.

Ich zuckte zusammen, als mich jemand am Ellbogen berührte.

»Man kann es nicht begreifen«, murmelte Madame Mafalda hinter mir. Ihre Stimme drang wie aus weiter Ferne an mein Ohr.

Tränen traten mir in die Augen. »Nein«, hauchte ich, ohne meinen Blick vom Nichts und den Überresten des Hauptquartiers des Grauen Bundes zu lösen. Unsere Worte zerschnitten die Stille, die über dem Platz gelegen hatte. Als hätten sie einen Bann gebrochen, begannen nun auch die umstehenden Leute damit, sich tuschelnd zu unterhalten und das Unfassbare in Sätze zu kleiden.

»Es ist geschehen«, sagte jemand.

»Wie soll es nun weitergehen?«, fragte ein anderer.

Ja, dachte ich und presste die Kiefer aufeinander, wie? Das Pochen meines Kopfschmerzes intensivierte sich. Abseits von den anderen hockte eine bleiche Gestalt auf dem Boden, hielt sich die Hände vor Mund und Nase und starrte den ausgefransten

Sandstein an. Marian. Auf wackligen Beinen trat ich neben ihn und schob meine Hand auf seine Schulter. Er regte sich nicht. Das Haar hing ihm schmutzig und wirr in die Stirn, die linke Braue war aufgeplatzt, die Haut darunter geschwollen und von einem Bluterguss dunkel verfärbt. Sein Blick klebte an den Überresten der Kathedrale.

Eine Weile betrachteten wir gemeinsam den Rest eines Simses, bis ich es irgendwann doch nicht mehr aushielt. »Sind … Was ist mit den anderen?«, fragte ich tonlos. Marian senkte den Kopf und verbarg das Gesicht einen Augenblick lang vollständig in seinen Handflächen. Ich hörte ihn ausatmen. Dann stand er auf und kehrte der Ruine Notre-Dames den Rücken zu. »Wie viele Opfer es in der ganzen Stadt gibt, wissen wir noch nicht. Wir hier haben das Nichts kommen sehen und das Gebäude versucht zu evakuieren. Doch einige haben es nicht geschafft. Arkon und seine Leute …« Er sah an mir vorbei. »Sie sind im falschen Moment eingeschlafen. Wir konnten nichts tun.«

Ich schluckte. Der Gedanke an den großen, schweigsamen Krieger und seine Freunde, die uns dabei geholfen hatten, die Zwillinge zu bewachen, schnürte mir die Kehle zu. »Was ist passiert, Marian?«, flüsterte ich.

Er zuckte mit den Achseln. »Ich war gerade zurückgekommen, als sich der Himmel plötzlich veränderte. Da war so eine Spannung in der Luft, ich weiß auch nicht, aber …«

Ich nickte.

»Wir haben alle herausgeholt und dort drüben versammelt.« Mit einem Schulterrucken deutete er zum Eingangsportal, wo tatsächlich eine Gruppe Menschen in grauen Mänteln stand. »Es war schrecklich und Amadé – « Die Erinnerung schien ihm einen Schauder über den Rücken zu jagen. »Amadé hat *geschrien.* Sie war … vollkommen kopflos, nicht sie selbst, und ist an uns allen vorbei in Richtung des Krawoster Grunds davongestürzt. Du weißt doch, sie hat einen kleinen Sohn, dessen Seele irgendwo dort verschollen ist. Ich wollte ihr nach, doch dann kam das Nichts und ich konnte nicht anders, ich bin zum Backand gerannt, um nach dir zu suchen.«

»Aber du wusstest doch gar nicht, dass ich dort war«, warf ich ein.

Marian machte eine wegwerfende Bewegung. »Wo bitte hättest du sonst in diesem Kleid hingehen sollen? Ich fand dich bewusstlos in Arifs Palast und brachte dich her. Es grenzt an ein Wunder, dass dich die Scherben der zersprungenen Panoramawand nicht verletzt haben. Alles um dich herum war von Glassplittern bedeckt.«

»Aber du hast einen abgekriegt?« Ich deutete auf seine Augenbraue.

»Kann sein. Vielleicht war es aber auch einer der herabstürzenden Balken der Dachkonstruktion. Ich –« Er schnaubte. Ohne Vorwarnung zog er mich an sich und hielt mich so fest, dass ich kaum Luft bekam. Aber das machte nichts. Ich schmiegte mich in seine Arme. »Danke«, nuschelte ich an seine Brust. »Fürs Retten.«

»Immer.«

Der Geruch von Wald und Erde hüllte mich ein. Marians Hände lagen warm auf meinem Rücken und einige Minuten lang lauschte ich seinen Atemzügen. Es tat gut, beruhigte mich. Dennoch löste ich mich schließlich wieder von ihm, sah ihm in die Augen. Ich biss mir auf die Unterlippe. Wir waren vielleicht nicht unbedingt so etwas wie ein Paar, dafür stand zu viel zwischen uns. Aber reichte es nicht zumindest für Freundschaft?

»Was ist?«, fragte Marian. Hinter ihm ragten das Nichts und die verschonte Hälfte Notre-Dames in den Himmel Eisenheims. Ja, wir waren Freunde. Wenigstens das. Freunde, die einander beistanden.

»Ich muss dir etwas sagen«, begann ich deshalb.

Marian zog die Stirn kraus.

Mit einem Seitenblick musterte ich die Kämpfer des Grauen Bundes, die sich noch immer um das Hauptportal drängten, und die Menschenmenge, die sich nun langsam näher an das Nichts heranwagte. »Nicht hier«, sagte ich. »Irgendwo, wo wir ungestört sind.«

»Ungestört?«, fragte Marian. Dann nickte er. »Also gut, komm mit.« Er streckte mir die Hand entgegen. Wie selbstverständlich flochten sich meine Finger in seine und ich ließ mich von ihm in einem weiten Bogen um den Platz bis zur anderen Seite der Kathedrale führen. Durch einen der Seiteneingänge betraten wir das Gemäuer.

Vor uns lagen ausgestorbene Flure und unzählige leere Zimmer. Ein Knarren und Mahlen hing in der Luft, als würde das Gebäude jeden Augenblick einstürzen, und am Ende eines Ganges begann das Nichts. »Ist das nicht zu gefährlich?«, fragte ich.

»Wahrscheinlich.«

»Dann sollten wir lieber nicht hier drinnen sein.«

Wir stiegen eine Treppe hinauf.

»Nein.«

Kurz darauf erreichten wir den Trakt mit den Schlafzimmern der Kämpfer. Ich wollte wie gewohnt links abbiegen, um zu meinem zu gelangen, doch dort, wo der Flur einen Knick hätte machen sollen, war nichts mehr, nur noch ein klaffendes Loch. Teppichboden, der plötzlich aufhörte und sich in einzelnen Fäden verlor, verheddert an zerbrochenem Stein. Erst nach einem etwa zwei Meter breiten Abgrund ging es weiter. Ich konnte meine Zimmertür von hier aus sehen, doch mir war schleierhaft, wie ich jemals wieder zu ihr hinübergelangen sollte.

Ehe ich eine Lösung für dieses Problem finden konnte, zog Marian mich weiter. Ich war noch nie in seinem Zimmer gewesen, jedenfalls nicht, seit ich eine Wandernde geworden war. Als wir es jedoch betraten, erinnerte ich mich wieder dunkel daran, wie es ausgesehen hatte, als ich noch eine Schlafende gewesen war. Bevor das Nichts über diesen Raum hergefallen war.

Zum Beispiel hatte es eindeutig vier Wände besessen, nicht bloß drei. Es hatte einen Kleiderschrank gegeben, der nun verschwunden war. Und eine Sammlung von Kampfstöcken, die danebengelehnt hatten. Nun war dort allerdings überhaupt nichts mehr. Die Dielen des Fußbodens waren geborsten und hingen in der Luft, wo sich eigentlich die linke Seite des Zimmers erstrecken sollte.

Marian presste die Lippen aufeinander und führte mich nach rechts zu einem mit Samt bezogenen Sofa, das ihm anscheinend als Bett diente. Hastig wischte er eine Decke herunter und wir setzten uns. Noch immer hielten wir uns bei den Händen, den Blick direkt auf die fehlende Wand und die fehlende Welt dahinter gerichtet. Man konnte diese gänzliche Abwesenheit von allem nicht begreifen. Es hatte etwas Hypnotisches an sich, man schaffte es nicht wegzusehen. Und auch nicht, vernünftig nachzudenken. Deshalb dauerte es einen Augenblick, bis ich meine Grübeleien so weit sortiert hatte, dass ich zu sprechen begann.

»Es geht um das Nichts«, sagte ich langsam. »Und den Ascheregen. Und die Erdbeben. Ich glaube, sie haben etwas mit mir zu tun.«

Marians Kopf schnellte zu mir herum. Ich fuhr mit der Zunge über meine Lippen. »Es ist seltsam, ich habe jedes Mal ein komisches Gefühl, wenn was passiert. Da ist ein Schmerz in meiner Brust, manchmal auch auf meiner Haut und – « Ich stockte.

Marian musterte mich eindringlich. »Wie meinst du das?«

»Na ja, ich muss andauernd an den Stein denken«, murmelte ich. »Also immer wenn die Erde bebt oder es regnet, verstehst du? Deshalb habe ich mich gefragt, ob er vielleicht für diese Dinge verantwortlich sein könnte.« Oder ich selbst, dachte ich. Bin ich schuld an dem, was hier geschieht?

Marians Blick verfinsterte sich. Er ließ meine Hand so unvermittelt los, als habe er sich daran verbrannt. »Wir waren uns einig, dass wir nicht mehr über dieses Thema reden.«

Ich schluckte. Wir hatten niemals etwas Derartiges beschlossen. Es war einfach so gekommen, dass keiner von uns den Weißen Löwen noch einmal erwähnt hatte. Ich nicht, weil ich ein schlechtes Gewissen und ein Geheimnis zu hüten hatte, und Marian nicht, weil es ihn zu sehr schmerzte. Doch nun …

Er stand auf. »Du musst also an den Weißen Löwen denken, Flora?«

Ich nickte und erntete einen wütenden Blick, der mich bis ans äußerste Ende des Sofas zurückweichen ließ.

»Was glaubst du, woran ich seit Monaten denke, Tag und Nacht? Wie kannst du nur jetzt davon anfangen? Ausgerechnet heute Nacht!«

»Nein!«, rief ich. »Du verstehst mich nicht. Es ist immer dann, wenn –«

»Es reicht«, schnitt er mir das Wort ab und hob abwehrend die Hände vor das Gesicht. »Ich ertrage das nicht, okay? Ich dachte, das wüsstest du.«

»Mir ist klar, wie schwer das alles für dich ist. Aber du hast auch gesagt, du wärst erleichtert, dass der Stein nun verloren ist und du nicht mehr gezwungen bist, dich zwischen deiner Schwester und der Schattenwelt zu entscheiden«, erinnerte ich ihn an unser Gespräch im Palast. War er nicht im Grunde seines Herzens froh gewesen, dass ich den Stein fortgeschafft hatte?

»Ja, ja, das habe ich gesagt«, knurrte er. Mit einem Satz war er an der Tür, wo er mit gesenktem Blick hinzufügte: »Aber anscheinend habe ich mich geirrt.«

Er stürzte auf den Flur hinaus, ich hastete ihm hinterher. »Ich wollte dich nicht verletzen«, rief ich. »Es ist wirklich etwas Merkwürdiges im Gange, das vielleicht mit dem Weißen Löwen zusammen –«

»Ich will es nicht hören, Flora. Bitte respektiere das.« Er sprang die Treppe hinab.

»Und wenn es wichtig ist?« Ich stolperte ihm nach. »Wenn ich vielleicht deine Hilfe brauche?«

»Dann musst du in diesem Fall leider darauf verzichten.«

Ich seufzte. Es war aussichtslos, ihn einholen zu wollen. Stattdessen trottete ich langsam und ein wenig unschlüssig die Stufen hinunter, als mich wenige Augenblicke später ein dröhnendes Geräusch aufhorchen ließ. Zuerst glaubte ich, das Gebäude würde nun endgültig einstürzen, doch dann erkannte ich die Gestalt des Großmeisters in einem Gang zu meiner Linken. Er lief gebeugt und schien nur langsam voranzukommen. Um seinen Körper hatte er sich mehrere Seile geschlungen. Vielleicht um sich zu sichern? »Komm schon, meine Kleine«, murmelte er vor sich hin. »Komm schon.«

»Meister?«, rief ich über das Schaben und Tosen hinweg. »Kann ich Ihnen helfen?«

Fluvius Grindeaut zuckte zusammen und blieb mitten in der Bewegung stehen. Die merkwürdigen Geräusche verstummten. »F-flora«, lallte er. »Geh nach draußen. Hier ist es zu gefährlich.«

Ich trat näher und spähte um die Ecke. »Sind Sie sicher, dass Sie keine Unterstützung brauchen mit Ihrem … Metall?« Der Großmeister hatte sich ein riesiges Maschinenteil an den Rücken gebunden. Es passte kaum durch den Gang, durch den er es zu ziehen versuchte, und bestand aus unzähligen Rohren, Platten und Nieten. »Wo wollen Sie überhaupt damit hin?«

»Ein Teil meiner Labore ist verwüstet worden. Ich räume nur auf«, erklärte der alte Mann. Sein Blick huschte hektisch von mir zu seiner Fracht und wieder zurück. Es passt ihm nicht, dass ich das hier sehe, schoss es mir durch den Kopf.

»Aber – «

Er wedelte mit dem Arm, als wolle er mich wie ein Insekt verscheuchen. »Geh nur, Flora. Ich habe alles im Griff.«

Zur Schule zu gehen, kam mir in den nächsten Tagen immer merkwürdiger vor. Im Unterricht zu sitzen und den Lehrern zu lauschen, fühlte sich irgendwie überholt an. Es passte nicht mehr zu mir und dem, was in meinem Leben sonst noch vor sich ging. Zwar war Wiebke endlich wieder gesund und ich genoss es, die Vormittage mit ihr zu verbringen, doch ich konnte mich kaum noch auf den Stoff konzentrieren. Möglicherweise lag es daran, dass ich langsam paranoid wurde. Das Gefühl, verfolgt zu werden, intensivierte sich. Immer öfter hörte ich hinter mir Schritte, die verstummten, sobald ich stehen blieb. Schatten, die in Hauseingänge huschten. Bewegungen, die ich nur aus dem Augenwinkel wahrnahm.

Was mich jedoch am meisten verwirrte, war, dass niemand über Tote sprach. Nachdem das Nichts in der Schattenwelt mehrere Hundert Seelen einfach so ausgelöscht hatte, verfolgte ich in den nächsten Tagen gebannt die Nachrichten im Fernsehen, denn schließlich konnte kein Mensch ohne seine Seele leben. Wann immer ich zu Hause war, ließ ich den Newsticker von N24 laufen. Doch nirgendwo wurden die plötzlich Verstorbenen erwähnt.

Ich unternahm mehrmals den Versuch, Christabel darauf anzusprechen, doch die speiste mich meist mit einem »Ich habe gerade Wichtigeres zu bedenken« ab. Und das Handy meines Vaters, der noch immer auf Dienstreise war, war dauerbesetzt.

Am Freitagmorgen dann schwebte zum ersten Mal seit Wochen wieder ein Schattenreiter am Himmel. Er zog über dem Hauptbahnhof seine Kreise und tauchte auch am Abend, als ich vor Wiebkes Haus Wache hielt, noch einmal auf. Zuerst befürchtete ich, er würde mich oder die Zwillinge angreifen. Doch so war es nicht. Der Schattenreiter blieb hoch oben in den Lüften und beobachtete mich nur.

Kurzum, gegenüber dem, was sich in meinen Nächten in Eisenheim abspielte, ging es in der realen Welt dieser Tage geradezu beschaulich zu. Um es auf den Punkt zu bringen: In der Schattenwelt regierte das Chaos. Noch nie hatte es eine so starke Nichtsbewegung gegeben, die Leute standen noch immer fassungslos vor den sich auftürmenden Bergen. Manche meinten gar schemenhafte Gestalten darin zu erkennen. Vermutlich wurde man verrückt, wenn man das Ungeheuerliche zu lange betrachtete.

Unzählige Wandernde hatten ihre Häuser an das Nichts verloren und streiften auf der Suche nach neuen Wohnungen durch die Straßen der Stadt. Zwar war der Krawoster Grund dieses Mal verschont geblieben, doch auch die Schlafenden verhielten sich … anders als sonst. Es war mir schon zuvor aufgefallen, doch nun wurde es schlimmer. Sie arbeiteten nicht mehr so anstandslos wie früher. Es brauchte immer mehr Schattenreiter, um sie zu beaufsichtigen und in Reih und Glied zu halten. Mittlerweile konnte man fast den Eindruck gewinnen, dass mehr Schattenreiter als Schlafende in die Bauarbeiten an den Pyramiden involviert waren.

Auch an Notre-Dame wurde gebaut. Der Großmeister hatte beschlossen, das Hauptquartier nicht aufzugeben, sondern das Gebäude, so gut es ging, zu reparieren – oder wenigstens die Hälfte, die noch von ihm übrig geblieben war. Deshalb wurden nun in etwa einem Meter Abstand zum Nichts neue Wände hochgezogen. Viele hielten das für Wahnsinn, denn so nah am Nichts zu wohnen, war gefährlich. Dennoch fand sich unter den Kämpfern niemand, der die Kathedrale verlassen wollte. Wir hatten schon vorher mit der Gefahr gelebt und würden es auch weiter tun. So einfach war das.

Mir fiel es erstaunlich leicht, wieder einen Fuß in das Hauptquartier zu setzen. Die neue Treppe zu meinem Zimmer bestand zwar vorläufig nur aus einer schmiedeeisernen Leiter, doch das störte mich nicht. Die meiste Zeit verbrachte ich ohnehin in der Bibliothek, auf der Suche nach einem Wort: Desiderius. Von irgendwoher kam es mir bekannt vor, ich vermutete, den Namen des Gelehrten schon einmal irgendwo gelesen zu haben. Nur wo, daran konnte ich mich nicht mehr erinnern.

Als das Wochenende kam, war ich noch immer keinen Schritt vorangekommen, und auch der Mantikor, den ich hätte fragen können, war nicht noch einmal aufgetaucht. Außerdem stand mir nun schlagartig weniger Zeit für meine Nachforschungen zur Verfügung, denn das Dämmerungstraining wurde wieder aufgenommen. Da ein Teil des Tiberischen Saals dem Nichts zum

Opfer gefallen war, drängten wir uns in der Nacht von Freitag auf Samstag in einem Raum, dessen Ausmaße zwar an unseren früheren Trainingsplatz herankamen, der jedoch in den Katakomben lag. Hier unten war es ziemlich finster, der Putz bröckelte von den Wänden und ein durchdringender Schimmelgeruch hing in der Luft.

Madame Mafalda thronte wie eh und je auf ihrem storchenbeinigen Stuhl in der Mitte des Saals. Ihre Fettmassen wogten, als sie uns begrüßte und zu Paaren zusammenstellte. Amadé, mit der ich sonst trainierte, war noch nicht aus dem Krawoster Grund zurückgekehrt. Vermutlich suchte sie dort noch immer verzweifelt nach ihrem kleinen Sohn. Es musste schrecklich sein, nicht zu wissen, wo seine Seele steckte. Ich hätte ihr gerne dabei geholfen, wenn ich gewusst hätte, wo genau sie steckte. Doch so blieb mir nichts anderes übrig, als hier auf sie zu warten.

Fast hoffte ich, Madame Mafalda würde mich heute mit Marian kämpfen lassen. Auch wenn ich ihm natürlich hoffnungslos unterlegen gewesen wäre, reizte es mich, gegen ihn anzutreten, mich mit ihm zu messen. Doch Mafalda Grindeaut hatte anderes im Sinn. Statt Marian wurde Katharina meine Gegnerin.

Die folgenden zwei Stunden wurden hart. Katharina war kräftig und noch dazu hinterhältig. Ihre Finten waren gemein, ihre Schläge brutal. Allerdings hatte ich in den letzten Wochen dazugelernt. Wahrscheinlich würde ich nie an die angeblichen Künste meiner Seele heranreichen, aber in den meisten Fällen erkannte ich, was Katharina vorhatte, und hielt dagegen. Schon nach kurzer Zeit lief mir der Schweiß die Schläfen hinunter. Wir beide legten all unsere Kraft in die Auseinandersetzung, die eigentlich aus angetäuschten Hieben bestehen sollte. Während die anderen um uns herumtänzelten, krachten unsere Kampfstöcke wieder und wieder aufeinander. Der Lärm war ohrenbetäubend und es dauerte eine Weile, bis wir registrierten, dass Madame Mafalda uns zur Räson rief.

»Flora! Katharina! Schluss jetzt, habe ich gesagt«, donnerte sie. Gehorsam ließ ich meinen Stab sinken und wappnete mich für die anstehende Strafpredigt. »Was soll das?«, begann die Schwester des Großmeisters. »Beim Barte des – Katharina!«

Ich schaffte es gerade noch, mich unter einem weiteren Schlag wegzuducken, der voll auf mein rechtes Schlüsselbein gezielt hatte. Katharina gehörte zu den Menschen, die stets das letzte Wort haben mussten, und anscheinend verhielt es sich im Kampf ähnlich. Sie konnte mir noch immer nicht verzeihen, dass meine Seele ihr Marian weggenommen hatte. Miststück, dachte ich und hatte im selben Augenblick einen Geistesblitz.

Plötzlich wusste ich, woher ich den Namen Desiderius kannte. Ich hatte ihn nicht in einem Buch gelesen, sondern gehört, und zwar recht häufig. Beim Dämmerungstraining. *Beim Barte des Desiderius!* Genau das sagte Madame Mafalda, wenn sie wütend wurde.

Schweigend ließen wir ihre Ansprache über uns ergehen. Sie tadelte uns für unsere mangelnde Disziplin, unsere schlechten Leistungen, meine häufige Unpünktlichkeit und Katharinas unordentlichen Kampfanzug. Du meine Güte, die Frau besaß Ausdauer. Aber die hatte ich auch. Als ihr Redeschwall schließlich ein

Ende fand, wartete ich, bis Katharina und die übrigen Kämpfer den Raum verlassen hatten. Ich tat so, als poliere ich meinen hölzernen Kampfstab mit einem Zipfel meines Shirts.

»Was ist, Flora? Hast du vor, hier Wurzeln zu schlagen?«, fragte Mafalda, sobald wir allein waren.

»Nein. Ich bin auf der Suche nach jemandem«, sagte ich.

»Ach ja?« Madame Mafalda erhob sich schwerfällig von ihrem Stuhl. Der Speck an ihren Armen schlackerte, als sie mit den Achseln zuckte. »Dann viel Glück.« Sie wandte sich zum Gehen.

Mit zwei raschen Schritten trat ich ihr in den Weg. »Ich hatte gehofft, Sie könnten mir weiterhelfen. Es geht um jemanden namens Desiderius.«

Madame Mafalda musterte mich über den Rand ihrer Brille. »Mhm«, schnaubte sie und wollte sich an mir vorbeidrängen.

»Bitte! Kennen Sie ihn?«

Sie hielt inne. »Möglicherweise. Warum?«

»Weil … ich ihn finden muss«, sagte ich und senkte die Stimme zu einem Flüstern. »Es ist wegen des Steins.«

Der genervte Ausdruck verschwand von ihrem teigigen Gesicht und machte ehrlichem Interesse Platz. »Nun«, sagte sie. »Ich kannte den alten Desiderius gut.«

»Kannte?« Ich biss mir auf die Lippe. So ein Mist! Hatte Arif nicht auch in der Vergangenheit von ihm gesprochen? »Heißt das, er ist –«

»Papperlapapp.« Sie wischte meinen Gedanken mit einer unwirschen Handbewegung fort.

»Dann verraten Sie mir, wo ich ihn finden kann.«

Madame Mafaldas grell geschminkte Mundwinkel zuckten, als sie sich endgültig an mir vorbeischob. »Das kann ich nicht«, sagte sie und stemmte die fleischigen Hände gegen die Tür. »Allerdings würde ich an deiner Stelle, wenn ich auf der Suche nach einem Wandernden wäre, zuerst im Rathaus nachfragen.«

Im Rathaus? »Danke!«, rief ich ihr hinterher. Mir war nie der Gedanke gekommen, dass es so etwas wie eine Einwohnermeldekartei für Wandernde in Eisenheim geben könnte. Doch die Sache klang logisch. Jetzt musste ich bloß noch herausfinden, wo sich dieses Rathaus befand. Und ob man mir dort Auskunft erteilen würde.

9 NACHFORSCHUNGEN

Der Himmel über Eisenheim war schwarz. Klar und dunkel wie eh und je spannte er sich über der Stadt, als ich in der folgenden Nacht durch die Straßen von Graldingen lief. Zeppeline zogen ihre Bahnen. Wandernde flanierten über die Rue Monsieur le Coq. Man hätte meinen können, dass sich das Nichts niemals bewegt hatte. Genauso unvorstellbar erschien mir, dass es je Asche regnen oder die Erde beben könnte. Doch ich wusste es besser.

Vom Fluss zog eine feuchte Kälte herauf, die mir in die Kleidung kroch, Nebelschwaden, die den Stoff klamm und meine Finger taub werden ließen. Eine Weile wanderte ich am Ufer des Hades entlang und trotz meines grauen Mantels fror ich schon bald so sehr, dass meine Zähne aufeinanderschlugen. Vorsichtig streckte ich die Finger nach Sieben aus, der über mir schwebte, um mich zu wärmen. Leider brachte es so gut wie nichts, obwohl unter seiner Magmakruste Backofentemperaturen herrschen mussten, nach außen gab er jedoch keinerlei Hitze ab.

Kurz bevor ich erfror, erreichte ich endlich die Pyramiden von Giseh. Erleichterung machte sich in mir breit. Laut einer der Karten im Arbeitszimmer meines Vaters befand sich das Rathaus in einem schottischen Jagdschloss irgendwo hier in der Nähe.

Ich sah mich um.

Die Pyramiden und der davorliegende Platz waren nicht wiederzuerkennen. Überall stapelten sich Baumaterialien, Löcher waren in den Boden gerissen worden, Leitungen wurden verlegt. Hämmer dröhnten, Dampfmaschinen stampften. Dazwischen wuselten die ausgemergelten Gestalten der Arbeiter umher. Fünf von ihnen versuchten mit einer Art Rollbrett, eine gigantische Glaswand zu bewegen. Und über der Spitze der Cheopspyramide zogen Schattenreiter mit ruckenden Köpfen ihre Bahnen.

Aus dem Augenwinkel erkannte ich gar nicht weit entfernt einen trutzigen Schlossturm. Das musste das Jagdschloss sein! Ich wandte mich zum Gehen, doch in diesem Moment wurde man auf mich aufmerksam. Einer der Schattenreiter rief etwas Unverständliches und zeigte mit dem Finger auf mich. Ein anderer erhob sich augenblicklich in die Lüfte und flog davon. Und ein dritter hielt direkt auf mich zu.

Mist! Seit Tagen lag Christabel mir damit in den Ohren, dass mein Vater und der Kanzler einen Baustellenbesuch meinerseits wünschten, damit ich mir einen Überblick über die Arbeiten verschaffen und der *Nachtanzeiger* einen Artikel über mich und das fürstliche Projekt bringen konnte. Bislang hatte ich alles getan, Christabels Drängen zu ignorieren. Doch nun … Ich ärgerte mich über meine eigene Dummheit. Warum hatte ich mir nicht die Kapuze tiefer ins Gesicht gezogen? Warum war ich überhaupt so offen auf den Platz hinausgetreten?

Ich betrachtete das Jagdschloss. Es lagen nur etwa fünfzig Meter zwischen mir und dem Eingang. Fünfzig Meter zu viel. Das riesige Schattenpferd landete so nah vor mir, dass ich unwillkürlich zurückwich. Das tiefschwarze Fell glänzte in der Dunkelheit und ein herber Geruch stieg mir in die Nase. Wölkchen quollen aus den Nüstern des Tieres empor, als es die Flügel anlegte und schnaubte, während der Reiter ruckend den Kopf schief legte.

»Prinzessin«, zischte er und lüpfte den seidenen Zylinder. »Da sind Sie ja endlich. Wir haben Sie erwartet.«

»Hallo.« Ich verdrehte die Augen, trat aber sicherheitshalber doch noch einen Schritt zurück. Dieser zuckende Kerl auf seinem gigantischen Reittier verursachte ein mulmiges Gefühl in meiner Magengegend. Zwar hatte ich mittlerweile gelernt, wie ich mich gegen diese Wesen zur Wehr setzen konnte, allerdings war ich schon seit Wochen keinem von ihnen mehr so nahe gekommen. In meinem Kopf spukte außerdem die Erinnerung daran herum, wie die außer Kontrolle geratenen Schattenreiter im Krawoster Grund sich neulich ineinander verbissen hatten.

Mit zusammengekniffenen Augen taxierte ich die finstere Gestalt vor mir. Der Typ sah eigentlich nicht aus, als wäre er wahnsinnig und würde sich im nächsten Augenblick auf mich stürzen. Sein Gesicht wirkte ruhig, genau wie die Hand, mit der er die Zügel seines Pferdes führte. Andererseits konnte man nie wissen.

»Bitte folgen Sie mir«, forderte der Schattenreiter mich mit schnarrender Stimme auf.

Ich seufzte und dachte einen Herzschlag lang darüber nach, mich zu weigern. Schließlich gab es gerade Dringenderes zu erledigen als diese blöde Baustellenbesichtigung. Und immerhin war ich die Prinzessin, da konnte ich mir doch sicher das eine oder andere herausnehmen, oder?

Nun ja, ich tat es nicht. Obwohl ich das ganze Aquariumsvorhaben nach wie vor total lächerlich fand, trottete ich folgsam dem Furcht einflößenden Wesen hinterher.

In diesem Moment landete ein weiteres Schattenpferd direkt neben mir. Seine Hufe wirbelten Staub auf, es wieherte durchdringend.

»Guten Abend«, säuselte der Eiserne Kanzler, der höchstpersönlich auf seinem Rücken thronte, und schwang sich zu mir hinab. »Wie schön, dass Sie es doch noch geschafft haben.« Er bot mir seinen Arm, den ich ignorierte.

Stattdessen seufzte ich und verschränkte die Arme vor der Brust. »Ja«, sagte ich mit einem Kopfrucken in Richtung Pyramide. »Sieht super aus.«

»Nicht wahr?« Er lächelte, doch seine Augen blieben eisig. Der Kanzler führte mich zwischen den hohlwangigen Arbeitern hindurch, die in Lumpen gekleidet und mit leerem Blick vor sich hin schufteten. Wie immer fühlte ich mich bei ihrem Anblick unbehaglich und fragte mich, wo Linus und Wiebke und all die anderen Schlafenden, die ich kannte, sich wohl heute Nacht plagten.

Ehe ich mir jedoch weiter den Kopf darüber zerbrechen konnte, betraten wir die Pyramide durch das große Haupttor, das nun durch eine gläserne Drehtür ersetzt worden war. Auch der Innenraum hatte sich verändert. Es roch durchdringend nach Farbe. Die Marmorfliesen waren zwar geblieben, doch die Schreibtische und Aktenschränke waren verschwunden. Dafür gab es nun überall Wände aus so dickem Glas, dass mir bei der Vorstellung, welchem Wasserdruck die einzelnen Becken ausgesetzt werden sollten, angst und bange wurde. Die zukünftigen Aquarien bildeten eine Art Labyrinth. Überall flackerten schemenhafte Gestalten auf, Spiegelbilder eines kurz geratenen Mädchens im grauen Mantel und eines gut aussehenden jungen Mannes, der auf seinem Kopf einen nagelneuen Dreispitz balancierte. Und dahinter ein Schattenreiter, der eine große schwarze Kamera mit sich trug und mich unablässig für diesen bescheuerten Zeitungsartikel fotografierte! Das Blitzlicht tauchte den gigantischen Raum immer wieder für Sekundenbruchteile in ein Gleißen. Es war unheimlich.

Wir drehten eine Runde durch die Pyramide und genau wie meine eigenen glitten die Blicke des Kanzlers andauernd zu der Stelle ganz hinten an der rückwärtigen Wand, wo eine Falltür die Treppe verbarg, die hinunter in die Grotte mit dem lackschwarzen See führte. Doch keiner von uns erwähnte den Weißen Löwen. Wir schwiegen, gerade so, als habe es jene Nacht dort unten niemals gegeben. Allerdings war es keine friedliche Stille, die zwischen uns lag.

Ich presste die Zähne aufeinander. Eher würde ich mir die Zunge abbeißen, als den Kanzler merken zu lassen, wie unwohl ich mich fühlte.

Seite an Seite wanderten wir durch das Labyrinth, weil mein Vater es befohlen hatte. Dennoch kam es mir fast so vor, als genieße der Kanzler die kleine Führung, bei der er sich nicht die Mühe machte, mir irgendetwas zu erklären (was mich ohnehin nicht interessiert hätte), sondern mich immer wieder aus dem Augenwinkel betrachtete. Schließlich stiegen wir eine Wendeltreppe hinauf, die ebenfalls neu eingebaut worden sein musste. Sie führte leicht schräg an der Pyramidenwand hinauf und ins Freie zu einem Balkon, der wie ein Schwalbennest über dem Drehtüreneingang klebte.

Hastig sog ich die eisige Nachtluft ein und natürlich begann ich beinahe augenblicklich, erneut zu frieren, doch das war mir egal. Ein paar Sekunden lang war ich einfach nur froh, dem gespenstischen Innenraum der Pyramide entkommen zu sein. Ich schlang die Arme um meinen Oberkörper und konzentrierte mich darauf, tief ein- und auszuatmen, während der Kanzler neben mich trat. Der Schattenreiter fotografierte uns, wie wir auf den Platz hinausblickten.

»Von hier aus werden Sie Ihre Rede halten«, informierte mich der Kanzler.

Ich quittierte es mit einem Nicken. Diese lächerliche Rede! Wenn ich nur daran dachte, wurde mir schon übel. »Kann ich dann –« Gehen?, wollte ich fragen. Doch in diesem Moment rieselte eine Ascheflocke vom Himmel herab und landete auf meiner Nasenspitze. Ich zuckte zusammen. Es zischte leise, als sie mir die Haut versengte. Hastig wischte ich die Flocke fort und wandte mich um. Schon segelten die nächsten Aschefitzelchen auf das

Geländer des Balkons und ich spürte bereits einen Anflug des Ziehens in meiner Brust. Sicher würde der Schauer rasch stärker werden. Deshalb –

Der Kanzler versperrte mir den Weg. »Warum so eilig, Prinzessin?«

»Ich dachte, wir wären fertig«, stieß ich hervor und wollte mich an ihm vorbeischieben, aber er ließ mich nicht durch. »Was ist denn noch?« Ein Glühen breitete sich in meinem Brustkorb aus. Ich keuchte.

»Nichts«, sagte der Kanzler und trat so plötzlich auf mich zu, dass ich nach hinten stolperte. Mit dem Po stieß ich gegen die Balkonbrüstung. »Ich habe mich nur gefragt«, sagte er direkt vor meinem Gesicht, »ob Sie sich au … gut auf …ftritt …ereitet haben?« Seine Stimme verschwamm im Pulsieren des Schmerzes. Er legte seine Hände links und rechts neben mich auf das Geländer, sodass ich in der Falle saß. Hatte er gerade etwas Wichtiges gesagt? Was wollte er von mir?

»Wie bitte?«, nuschelte ich und klammerte mich an die Brüstung, um aufrecht stehen zu bleiben. »Warum interessieren Sie sich … überhaupt so sehr für dieses alberne Aquarium? Sie … wollen meinen Vater mit dieser Sache doch sowieso nur beschäftigt halten.« Ich biss mir auf die Zunge. Lallte ich etwa? Zum Glück flaute der Schmerz nun langsam wieder ab. »Dennoch möchte ich, dass die Eröffnungsfeier für ganz Eisenheim ein Ereignis wird, das man in Erinnerung behalten wird.« Ein amüsiertes Funkeln huschte durch seinen Blick. Er war nun noch näher gekommen und hatte sich zu mir heruntergebeugt, sodass seine Stirn beinahe meine berührte. Was sollte das? Machte er sich einen Spaß daraus, mir Angst einzujagen? Der Ascheregen hatte aufgehört, doch meine Knie fühlten sich noch immer weich an. Ich beschloss, mich nicht länger auf die Spielchen des Kanzlers einzulassen.

»Das wird es. Wenn Sie mich jetzt entschuldigen würden? Ich habe noch zu tun«, sagte ich, tauchte so würdevoll wie möglich unter seinem Arm hindurch und stürzte davon.

Das Jagdschloss, in dem man das Rathaus untergebracht hatte, war vollgestopft mit Karteikarten. Sie steckten in meterlangen Schubladen, die aus den Wänden herausragten. Im Foyer. Im Speisesaal. Im Ballsaal, in den Schlafzimmern, in den Badezimmern, in der Küche und in den Stallungen. Im Weinkeller ruhten riesige Fässer voller Daten. Auf dem Dachboden hingen sie fein säuberlich an Wäscheleinen. Es wirkte, als habe man das alte Gemäuer zwar umgenutzt, sich jedoch nicht die Mühe gemacht, angemessenes Mobiliar zu besorgen. Man sammelte, aber von Ordnung herrschte keine Spur. So als wäre es überhaupt nicht wichtig, Dinge wiederfinden zu können …

Ich betrat das Schloss durch einen schmalen Seiteneingang, hinter dem eine hutzelige alte Frau in einem Schaukelstuhl hockte. Sie stierte aus müden Augen vor sich hin, die Hände im Schoß gefaltet. Obwohl die Tür knarrte und ich mich nicht gerade geräuschlos näherte, bemerkte sie mich erst, als ich unmittelbar vor ihr stand und mich vorsichtig räusperte. Genauer gesagt erschreckte sie sich fast zu Tode. Sie stieß einen spitzen Schrei aus und richtete sich so kerzengerade in ihrem Stuhl auf, wie ich es ihrer gebeugten Gestalt überhaupt nicht mehr zugetraut hätte. Aus weit aufgerissenen Augen sah sie mich an.

»Tut … tut mir leid«, stammelte ich und betrachtete den Teppich aus Karteikarten, der sich zu Füßen der Frau ausbreitete. »Ist das hier das Rathaus? Bin ich richtig?«

Darüber musste die Alte anscheinend einen Augenblick nachdenken, bevor sie sich zu einem bedächtigen Nicken durchrang. »Wie kann ich Ihnen weiterhelfen?«, krächzte sie mit einer Stimme so brüchig wie angeschlagenes Porzellan.

»Ich bin auf der Suche nach einem Wandernden«, sagte ich. »Es ist ein Mann namens Desiderius, ein Gelehrter. Mehr weiß ich leider nicht über ihn. Können Sie herausfinden, wo in Eisenheim er wohnt?«

»Hmpf«, machte sie und musterte mich so empört, als hätte ich sie gefragt, ob sie denn wohl noch am Leben sei. Ihre Mundwinkel zuckten. »Selbstverständlich kann ich das.«

In mir machte sich Erleichterung breit. Gleich würde ich mehr wissen. Schon bald könnte ich diesen merkwürdigen Mann aufsuchen und ihn zur Rede stellen, was er da für eine Weissagung in die Welt gesetzt und wie er das alles überhaupt gemeint hatte. Das hieß … »Würden Sie es denn auch tun?«, fragte ich, weil die Frau keinerlei Anstalten machte, sich zu erheben.

»Natürlich. Immer mit der Ruhe, junges Fräulein.« Sie legte erneut die Hände in den Schoß und starrte vor sich hin. Es dauerte etwa zwei Minuten, in denen sie nicht einmal blinzelte. Ich wollte schon überprüfen, ob sie noch atmete, da stand sie so plötzlich auf, dass es nun an mir war zusammenzuzucken.

»Wenn Sie mir bitte folgen wollen«, forderte sie mich auf. Mit schlurfenden Schritten führte sie mich durch Flure voller Daten bis zu einer Kammer im rückwärtigen Teil des Gebäudes, in der sich nichts weiter befand als ein Drehkreuz vor einer weiteren Tür und ein Tisch mit einer alten Registrierkasse darauf. Mit ihren knorrigen Fingern tippte die Frau auf Letzterer herum. Das Klacken der Tasten erfüllte den winzigen Raum unnatürlich laut. Dann gab die Kasse ein Klingeln von sich und eine Schublade sprang auf.

»Diese Information kostet Sie einen Silbergroschen Verwaltungsgebühr«, verkündete die Alte.

»Welche Information? Ich meine, wollen Sie denn nicht erst nachsehen und …« Ich runzelte die Stirn und erntete ein zahnloses Lächeln.

»Fotografisches Gedächtnis«, sagte sie und deutete mit dem Zeigefinger auf ihre Schläfe. »Alles ist hier drin abgespeichert.«

»Äh, wow!«, murmelte ich, kramte die gewünschte Silbermünze hervor und reichte sie ihr. »Das nennt man wohl Inselbegabung.«

Die Alte grinste noch immer vor sich hin, während sie die Kasse schloss. Dann wurde ihr Gesicht von einer Sekunde zur nachsten vollkommen ausdruckslos. »Miller, Desiderius, geboren am 12.4.1927 in Essex, Beruf: Grundschullehrer und Gelehrter, Wohnort in der realen Welt: unbekannt, Wohnort in Eisenheim: unbekannt. Status: vermisst. Vermutungen: möglicherweise Opfer der vorletzten Nichtsbewegung. Anhaltspunkte: Letzte Zeugen berichten von Absicht, Löcher im Nichts aufzusuchen«, ratterte sie herunter und wies auf das Drehkreuz. »Die Stadt Eisenheim dankt für Ihren Besuch.«

Na toll. Seufzend trat ich durch die Tür ins Freie und fand mich auf einem unbefestigten Weg am Ufer des Hades wieder, wo ich in eine Pfütze trat. Sofort drang Eiswasser in meinen Schuh. Ich fluchte. Wenigstens hatte es aufgehört, Asche zu schneien. Aber trotzdem. Was war das nur für eine Nacht? Erst lief ich dem Kanzler in die untoten Arme, dann erfuhr ich, dass dieser mysteriöse Desiderius vermisst wurde und höchstwahrscheinlich längst tot war. Und jetzt erfror auch noch mein rechter Fuß! Kann es noch schlimmer kommen?

Da bog eine Gestalt um die Ecke, deren Gang mir vertraut vorkam. Zwar versuchte sie hastig, sich die Kapuze über das vernarbte Gesicht zu ziehen, doch ich hatte Amadé bereits erkannt.

»Da bist du ja!«, rief ich. »Wir haben uns alle schon Sorgen gemacht!«

Amadé machte keinerlei Anstalten, ihren Materienkiesel hervorzukramen. Wegen der Kapuze konnte ich nicht ausmachen, ob sie mich ansah oder was sie dachte. Viel Zeit blieb mir dazu ohnehin nicht, denn sie machte auf dem Absatz kehrt und stürzte los.

»Hey!«, rief ich und rannte hinter ihr her. »Was hast du denn? Habe ich dir irgendwas getan?«

Sie antwortete nicht, sondern hastete blindlings in eine der Gassen, die vom Flussufer fort und tiefer in den Leib der Stadt führten. Normalerweise war ich schneller als sie. Ich rechnete also fest damit, sie einzuholen. Doch was immer Amadé dazu trieb, vor mir wegzulaufen, es schien ihr ungeahnte Kräfte zu verleihen. Wieder und wieder huschte sie um Häuserecken, durch winzige Sträßchen und über abgelegene Plätze. Diesen Teil Eisenheims kannte ich überhaupt nicht. Der Zustand der Häuser verriet jedoch, dass es sich um eines der besseren Viertel handeln musste. Befanden wir uns vielleicht irgendwo im Dickicht hinter der Rue Monsieur le Coq? Ich hatte keine Zeit, darüber nachzudenken, denn ich benötigte all meine Konzentration dafür, Amadé in der Dunkelheit nicht zu verlieren.

Was war nur mit ihr los? Fürchtete sie sich vor mir?

Unsere Schritte klapperten auf dem Kopfsteinpflaster und wurden bald vom Rasseln meines Atems übertönt. Schlug mir der Ascheregen etwa auf die Lungen? Japsend hielt ich inne, denn die Straße vor mir gabelte sich und ich vermochte beim besten Willen nicht zu sagen, wo Amadé entlanggelaufen war.

Mist! Ich stützte die Hände auf die Oberschenkel und wartete darauf, dass das Rauschen des Blutes in meinen Ohren leiser wurde, als plötzlich etwas über meinen Kopf hinwegsauste. Eine leuchtende Kugel. Sieben!

Ohne zu zögern, bog er links ab und ich folgte ihm. Oh Mann, ich musste ihn beim Rathaus vergessen haben! Doch er schien zu wissen, wem ich auf den Fersen gewesen war. Zielsicher führte er mich durch ein Labyrinth aus Hinterhöfen, bis er schließlich einer ebenfalls keuchenden Gestalt den Weg abschnitt.

Als Amadé den Heliometer vor sich erblickte, wirbelte sie in der engen Gasse herum und erstarrte, als sie mich unmittelbar hinter sich entdeckte. Die Kapuze war ihr beim Laufen heruntergerutscht und ihre Pupillen zuckten in dem trübweißen Lichtschein, in den Sieben uns hüllte. Der weite Umhang schien ihr ein paar Nummern zu groß zu sein, ihr rechter Mundwinkel zitterte.

»Hast du deinen Sohn gefunden?«, fragte ich.

Sie starrte mich an.

»Was ist passiert? Hast du deinen Kiesel verloren?« Ich streckte eine Hand aus, um sie zu berühren, doch Amadé wich zurück, bis sie mit dem Rücken gegen eine Häuserwand stieß. Was um alles in der Welt hatte sie dermaßen verstört? »Hör zu, vielleicht kann ich dir Fragen stellen und du nickst einfach oder schüttelst den Kopf, okay?«

Sie regte sich nicht.

»Oder ich bringe dich erst mal nach Hause. Nach Notre-Dame. Ins Warme, ja?«

»Nein!«, sagte sie und ich zuckte zusammen. Ihre Stimme klang tief und voll, ganz anders, als ich es bei ihrer zarten Gestalt vermutet hätte, und auch ganz anders als in den Erinnerungen meiner Seele.

Ich runzelte die Stirn. »Du … du sprichst wieder?« Ich dachte daran, wie Marian von Amadés Schreien gesprochen hatte. War der alte Schock durch einen neuen aufgehoben worden? »Sag mir, was passiert ist«, forderte ich. »Warum fliehst du vor mir? Lass uns doch zusammen nach Hause gehen.«

Amadé senkte die Lider. Sehr langsam schüttelte sie schließlich den Kopf. »Nein«, wiederholte sie. »Das geht nicht.«

»Wieso –«

»Bitte lass mich allein«, sagte sie heiser und schob sich an mir vorbei. »Ich muss nachdenken, okay?« Ein vertrauter Geruch von Holz und Erde stieg mir in die Nase, dann war Amadé auch schon am Ende der Gasse verschwunden. Ich gab Sieben ein Zeichen, dass wir ihr nicht mehr folgen würden. Keine Ahnung, was das alles sollte. Allerdings wusste ich nun, warum ihr der graue Mantel viel zu weit gewesen war: Es war Marians.

10 YLVA

Am nächsten Morgen duschte ich erst einmal ausgiebig. Das half mir immer am besten dabei, mich zu beruhigen. Über eine halbe Stunde lang ließ ich mir heißes Wasser auf Kopf und Nacken plätschern. Es war Sonntag, ich hatte keine Schule und auch sonst keinen Grund zur Eile. Seelenruhig suchte ich mir ein Shirt, Jeans und meine Lieblingsstrickjacke aus dem Schrank, flocht mir die Haare zu einem Zopf und schnappte mir Jacke und Umhängetasche. Die letzte Nacht hatte mehr Fragen aufgeworfen als beantwortet. Was ich brauchte, war ein Spaziergang. Ruhe und frische Luft, um meine Gedanken zu sortieren.

Draußen empfing mich gleißendes Sonnenlicht, das die Stuckfassaden der Häuser in unserer Straße in ihrer vollen Pracht erstrahlen ließ. Fensterscheiben funkelten über verschnörkelten Simsen und es lag eine Klarheit in der Luft, die jede Einzelheit der Verzierungen hervorhob. Genau für solches Wetter mussten die Architekten vergangener Tage Gebäude wie diese erbaut haben. Ich zog den Reißverschluss meiner Jacke auf. Für November war es mit einem Mal ungewöhnlich mild, fast noch ein wenig spätsommerlich. Es war ruhig, kaum mal hörte man ein Auto von der viel befahrenen Querstraße. Einzig die geplatzten Früchte des Ginkgobaums an der Ecke trübten das Idyll, indem sie das durchdringende Aroma von Hundehaufen verströmten. Ich setzte mich in Bewegung, ohne zu wissen, wohin ich eigentlich wollte. Meine Schritte lenkten mich in die Steeler Fußgängerzone, wo bis auf einen Bäcker alles geschlossen hatte. Zwei ältere Damen saßen davor, tranken Kaffee und aßen Brötchen mit Mett und Zwiebeln. Ich kaufte mir ein Schokocroissant und schlenderte kauend an den Schaufenstern entlang, betrachtete die Dekoration des Buchladens und eine vereinzelte kleine Schäfchenwolke, die über meinen Kopf hinwegzog. Zur Abwechslung hatte ich heute sogar das Gefühl, einmal nicht verfolgt zu werden, weder von einer mysteriösen Schattengestalt noch von den Schergen des Kanzlers.

Dieser ominöse Desiderius, meine einzige Spur zur Prophezeiung bisher, war also vermutlich längst tot. Das Nichts bewegte sich noch immer aus unerklärlichen Gründen, der Kanzler hatte mir Angst eingejagt und entschieden zu gute Laune gehabt. Amadé fürchtete sich plötzlich vor mir und lief in Marians Mantel herum. Das alles brachte mich kein bisschen weiter. Überhaupt hatte ich keine Ahnung, was ich als Nächstes tun sollte. Während ich so vor mich hin grübelte und der Schokoladenkern des Croissants auf meiner Zunge schmolz, wurde ich unvorsichtig, ließ mich treiben. Ich achtete gar nicht mehr darauf, wo ich hinlief. Und so bemerkte ich schließlich erst, als ich schon vor seiner Tür stand und die Klingelschilder las, dass ich zu Marians Haus gelaufen war. Ich beobachtete, wie sich mein rechter Zeigefinger dem Knopf für die Mansardenwohnung näherte, und versuchte gar nicht erst, ihn daran zu hindern.

Da räusperte sich jemand hinter mir so plötzlich, dass ich zusammenschrak und einen Aufschrei nicht unterdrücken konnte. Ich fuhr herum und blickte in große grüne Augen, die in einem schmalen Gesicht saßen. Das Mädchen trug das flachsblonde Haar in zwei Knoten rechts und links am Kopf, einen Pullover aus buntem Webstoff, der irgendwie indianisch aussah, und einen dicken Schal. Sie war einen halben Kopf größer als ich und ich schätzte sie in etwa auf mein Alter. Sie wirkte erschöpft, als habe sie seit Wochen nicht mehr richtig geschlafen. Ich blinzelte, weil mir das Offensichtlichste erst ganz zum Schluss auffiel: Neben ihr stand ein Rollkoffer und daneben stand Marian. Marian, der sehr interessiert am Unkraut in den Fugen der Gehwegplatten zu sein schien.

»Entschuldigung«, sagte das Mädchen mit finnischem Akzent.

Ich starrte sie an. Sie und Marian und den Koffer. »Kein Problem«, sagte ich. »Du musst Ylva sein. Ich heiße Flora und – « Ich brach ab.

Ein Strahlen breitete sich auf ihrem bleichen Gesicht aus und füllte es mit Leben. »Echt? Ich habe schon so viel von dir gehört. Marian redet im Grunde von niemand anderem als von dir.« Wie ihr Bruder sprach auch sie dank ihrer Pflegeeltern nahezu perfekt Deutsch.

Ich hob eine Augenbraue. »Tatsächlich?«

Sie musterte Marian, der noch immer nicht aufsah, und nickte grinsend. »Klar. Er ist verrückt nach dir.«

Wie es aussah, hatte Marian ihr unsere Trennung verschwiegen. Sie wusste anscheinend nicht, dass wir kein richtiges Paar mehr waren, seit ich zur Wandernden geworden war. Ich biss mir auf die Unterlippe. »Das wage ich ehrlich gesagt zu bezweifeln.«

»Unsinn.« Ylva sah von mir zu ihrem Bruder und wieder zurück. »Können wir reingehen? Mir ist kalt.«

Sofort trat ich zur Seite. Kalt? Bei diesem Wetter? Ich runzelte die Stirn und registrierte am Rande, wie mein Mundwerk die Regeln der Höflichkeit missachtete. »Ehrlich? Von Finnland musst du doch sicher ganz andere Temperaturen gewöhnt sein.«

Ylva lächelte traurig. Allein dieser Anblick ließ das schlechte Gewissen, das auf meinen Schultern lastete, zu einem gigantischen Felsbrocken anwachsen. Dieses Mädchen also war –

»Lass uns drinnen weiterreden, ja?«, unterbrach sie meine Gedanken. Sie deutete auf die Tür, die Marian inzwischen aufgeschlossen hatte.

»Oh, ach so, äh«, stammelte ich. »Eigentlich wollte ich nicht, ich meine …«

»Keine Sorge, du störst doch nicht. Bitte, Flora. Ich habe mich schon so gefreut, dich endlich kennenzulernen.«

Ihre Einladung hatte mich überrumpelt. Mein Blick schnellte zu Marian, der mit den Achseln zuckte und anscheinend versuchte, so etwas wie ein einladendes Gesicht aufzusetzen.

Mit hängenden Schultern trottete ich in den Hausflur.

Ylvas Koffer enthielt noch eine ganze Reihe weiterer Indianerpullover, das fand ich heraus, als ich wenig später zusammen mit ihr auf Marians Bett saß und ihr beim Auspacken half. Während

Marian im Wohnzimmer Nudeln für uns kochte, beförderte sie ein polarkreistaugliches Kleidungsstück nach dem anderen zutage: Wollsocken, Handschuhe, Mützen, Skiunterwäsche. Alles war viel zu warm und auch viel zu viel für die nächsten zwei Wochen, die sie hierbleiben würde.

»Ich friere schnell«, sagte sie, als sie einen Fleeceschlafanzug mit Eisbären darauf unter das Kopfkissen stopfte und meinen irritierten Blick bemerkte.

»Danach sieht deine Garderobe aus«, sagte ich.

Ylva grinste. »Ansonsten bin ich ganz normal, keine Sorge.« Ihr Lächeln erstarb. »Tagsüber jedenfalls.«

»Natürlich«, beeilte ich mich zu sagen. Eine leichte Übelkeit stieg in mir auf. »Ich weiß. Ich dachte auch nicht, dass –«

Mit einer Handbewegung schnitt Ylva mir das Wort ab. »Schon gut, blödes Thema. Erzähl mir lieber, wie es Marian hier so geht. Aus ihm bekomme ich nämlich seit Wochen kaum ein Wort heraus.«

»Oh, ihm gefällt es hier sehr … gut. Manchmal vielleicht auch ein bisschen mittelmäßig … aber … sonst«, druckste ich herum. Mann, war das peinlich! »Entschuldige. Normalerweise kann ich auch in ganzen Sätzen sprechen«, fügte ich deshalb schnell hinzu.

Ylva lachte, rutschte im Schneidersitz näher an den Koffer heran und hockte schließlich auf ihren untergeschlagenen Fersen. Mit ausgestrecktem Arm angelte sie etwas aus den Tiefen eines der Seitenfächer hervor. Mein Gehirn weigerte sich, dieses zierliche Mädchen mit dem Monster, das Amadé und mich angegriffen hatte, in Einklang zu bringen.

»Jedenfalls habe ich ihm das hier mitgebracht. Glaubst du, er freut sich?« Sie hielt einen daumengroßen Bären aus Gummi in die Luft. Er trug mittelalterliche Kleidung und machte ein mürrisches Gesicht. Dazu sang sie auf Finnisch.

»Äh«, machte ich. Die Melodie kam mir bekannt vor, genauso wie die Figur. Doch es dauerte einen Augenblick, bis ich das Ding als den griesgrämigen Graffy aus der Gummibärenbande erkannte, einer Zeichentrickserie, die ich als Kind häufig geschaut hatte. »Passen tut der Kleine zu ihm. Allerdings weiß ich nicht, ob Marian so ein Hardcore-Fan ist«, gab ich zu bedenken und begann, mich ein bisschen zu entspannen. Meine Mundwinkel zuckten, als Ylva mich mit einem verschwörerischen Zwinkern bedachte.

»Vertrau mir«, sagte sie und sprang auf.

Ich folgte ihr ins Wohnzimmer, wo sie bereits wieder den finnischen Gummibären-Song anstimmte.

Marian, der die Nudeln längst aufgesetzt und es sich inzwischen mit einer Zeitschrift auf der Couch bequem gemacht hatte, runzelte die Stirn und ließ seine Eishockeynews sinken.

»Hier, der hat mich an dich erinnert. Weißt du noch?«, sagte sie und fügte etwas auf Finnisch hinzu. Anscheinend eine Anekdote aus ihrer Kindheit. Jedenfalls zauberte sie für einen winzigen Augenblick so etwas wie ein Strahlen auf Marians Züge. Er wirkte damit seltsam fremd. So fröhlich hatte ich ihn seit Wochen nicht mehr gesehen.

Seine Augen glänzten, als er die Gummifigur vorsichtig in den Händen drehte und von allen Seiten betrachtete. »Danke«, sagte er und umarmte seine Schwester so lang und so fest, dass ich am liebsten den Raum verlassen hätte, um den intimen Augenblick nicht zu stören.

Tatsächlich hatte ich mich schon rückwärts ein paar unauffällige Schritte in Richtung Tür geschoben, da wandte sich Ylva über Marians Schulter hinweg so unvermittelt an mich, dass ich zusammenfuhr. »Siehst du«, sagte sie. »Ich kenne meinen Bruder doch noch. Auch wenn ich ihn seit Monaten nicht gesehen habe, weil der Herr sich weder in der Schattenwelt noch in dieser bei mir hat blicken lassen.« Sie zwickte Marian ins Ohr. »Aber ein Anruf pro Woche reicht nicht, mein Lieber. Da brauchst du dich nicht zu wundern, wenn ich mich in ein Flugzeug setze und bei dir aufkreuze.« Sie löste sich aus seiner Umarmung. »Mal sehen, wo wir den Kleinen hinstellen können«, verkündete sie, schnappte sich den Gummibären und inspizierte Marians chaotischen Schreibtisch, während ihr Bruder die Nudeln abschüttete.

Keiner von beiden bekam mit, wie mir der Mund auf- und wieder zuklappte. Hatte ich das gerade richtig gehört? Marian war seit Monaten nicht mehr bei seiner Schwester gewesen? Nicht einmal in der Schattenwelt, wo er die Bergwerke sogar zu Fuß erreichen konnte? Das war nicht nur traurig, es war … beunruhigend. In meinem Kopf wirbelten schwarz-weiße Gedankenfetzen durcheinander. Mein Mund wurde trocken, die Wohnung um mich herum begann sich zu drehen. Wenn Marian nicht Nacht für Nacht im Krawoster Grund verschwand, um Ylva zu besuchen, welche Erklärung gab es dann für seine zahlreichen Ausflüge?

»Flora? Käsesoße?«, fragte mich Marian.

Ich schüttelte den Kopf und taumelte gegen den Türrahmen. Marian ließ die Kelle sinken. Einen Atemzug später war er bei mir. »Was ist mit dir? Du bist ja ganz blass.«

Mein Blick schnellte zu Ylva hinüber, die gerade die Papiere in einem der Regalfächer des Schreibtisches umschichtete, um Platz für die Figur zu schaffen. Dann krallte sich meine Hand in Marians Pullover. Ich zog ihn stolpernd mit mir in die Diele.

»Flora?«

Ich schnaubte. »Stimmt es, was Ylva gesagt hat? Dass du sie schon länger nicht mehr in den Minen besucht hast?«

Er senkte die Lider. »Ja, es ist wahr. Seit der Sache mit dem … Stein habe ich es nicht mehr über mich gebracht. Das war blöd, ich weiß.«

Ich sog scharf die Luft ein. »Ich fasse es nicht!«

Marian blinzelte. »Allerdings ist mir nicht ganz klar, warum dich diese Tatsache so aus der Bahn wirft«, sagte er.

Meine Verwirrung bekam den Beigeschmack des Zorns. Ich spürte, wie sich meine Mimik in eine verkniffene Maske verwandelte, als hätte ich in eine Zitrone gebissen. »Tja, dreimal darfst du raten«, zischte ich.

Ein Runzeln zog sich über Marians Stirn. »Weil du Ylva magst?«

Am liebsten hätte ich ihn geschüttelt. Kaum zu fassen, wie er den Unschuldigen markierte! »Nein«, sagte ich gefährlich leise. »Weil ich gerne wüsste, was du stattdessen auf deinen Ausflügen in die Arbeitersiedlung treibst. Was ist los mit dir, Marian? Was tust du in der Schattenwelt? Ich weiß, dass du mir irgendetwas verheimlichst«, fauchte ich. »Und lüg mich bloß nicht an.«

Marian, der nun endlich verstanden hatte, verschränkte die Arme vor der Brust. »Ich bin dir keine Rechenschaft schuldig. Davon abgesehen habe ich nie behauptet, ich würde zu meiner Schwester gehen«, sagte er. »Das hast du dir alles selbst zusammengereimt.«

Damit hatte er zwar nicht ganz unrecht, aber ich zuckte dennoch mit den Achseln. »Na und? Dann kannst du mir ja wenigstens jetzt die Wahrheit sagen«, forderte ich und funkelte ihn an.

Marians Augen blitzten zurück, doch er schwieg. Natürlich!

»Marian!«, rief ich. Ein drohender Unterton hatte sich in meine Stimme geschlichen.

»Ist alles in Ordnung bei euch?«, fragte Ylva aus dem Wohnzimmer.

»Ja, klar«, sagte Marian. »Wir diskutieren nur über das Essen.«

Ich presste meine Kiefer mit aller Kraft aufeinander, um nicht vor lauter Wut aufzuschreien. Wieso war Marian so? Wieso konnten wir einander nicht vertrauen? In diesem Augenblick hasste ich die Schattenwelt aus tiefster Seele. Dafür, dass sie mein Leben zerstört hatte. Dafür, dass sie ein Problem nach dem anderen mit sich brachte. Und dafür, dass sie mich daran hinderte, mit dem Mann zusammen zu sein, den ich trotz allem noch immer liebte. Ich schlug mit der flachen Hand gegen die Wand, weil ich das alles so satthatte. All diese Geheimnisse! Irgendwie konnte ich sogar verstehen, dass Marian mir Dinge verschwieg, ich war schließlich auch nicht ehrlich zu ihm gewesen, als es um den Weißen Löwen ging. Sogar jetzt belog ich ihn, was das betraf. Trotzdem! Es war zum Verrücktwerden!

Ohne ein weiteres Wort schnappte ich meine Jacke und meine Handtasche und stürzte aus der Wohnung. Es dauerte mehrere Straßenzüge, bis sich meine Wut einigermaßen gelegt hatte und in Erschöpfung überging. Kurz spielte ich mit dem Gedanken, nach Hause zu gehen und mich in meinem Zimmer einzuschließen, verwarf ihn jedoch gleich wieder. Das war mir dann doch zu armselig. Stattdessen zückte ich mein Handy und schrieb eine SMS an Wiebke, ob ich bei ihr vorbeikommen könne. Nach kaum zwei Minuten kam die Antwort: *Ja, freue mich schon.*

Dann bin ich gleich bei dir, antwortete ich und schlug den Weg zum Bahnhof ein. Eine halbe Stunde später erreichte ich die Reihenhaussiedlung der Zwillinge.

Es war Linus, der mir die Tür öffnete. Er trug eine tief sitzende Jeans und ein Shirt mit einem wirklich ekelig aussehenden Totenkopf darauf, dessen Augäpfel an den Sehnen aus ihren Höhlen baumelten. »Hey«, sagte Linus und schob dabei einen giftgrünen Lolly in seinem Mund herum. Aus dem Wohnzimmer dröhnte so lauter Metal in den Flur, dass kein Zweifel an der Abwesenheit seiner Eltern bestand.

»Hi.« Ohne ein weiteres Wort schob ich mich an Linus vorbei ins Innere der Wohnung und klopfte an Wiebkes Zimmertür. Weil es bei dem Lärm allerdings unmöglich war zu hören, ob jemand »Herein« sagte, trat ich nach kurzem Zögern ein. Doch der Raum war leer.

»Wiebke ist bei der Nussknacker-Probe«, erklärte Linus hinter mir. »Die kommt erst in drei Stunden.«

»Aber wir waren verabredet«, sagte ich und wandte mich zu ihm um.

Linus grinste und hielt einen pinkfarbenen Gegenstand in die Höhe, den ich unschwer als Wiebkes Telefon identifizierte. »Eigentlich sind *wir* verabredet«, sagte er. »Sie hat es heute Morgen liegen lassen. Was soll ich denn machen, wenn es klingelt? Nicht reagieren?« Er schüttelte den Kopf. »Das wäre ja wohl superunhöflich.«

Ich seufzte, weil mir nach dem Tag heute die Kraft dazu fehlte, mich schon wieder aufzuregen. »Du liest also die Privatnachrichten deiner Schwester?«, fragte ich lahm, woraufhin Linus nur mit den Achseln zuckte. »Ich kenne auch das Passwort für ihren Facebook-Account, na und? Es bleibt ja in der Familie.« Wie selbstverständlich ergriff er meine Hand und zog mich mit sich in die Küche. »Hast du Hunger? Ich koche gerade italienisch.«

Ich betrachtete die Pappschachtel der Tiefkühlpizza auf der Arbeitsplatte und nickte, während sich im Wohnzimmer irgendein Sänger die Seele aus dem Leib shoutete. Irgendwie hatte die Aussicht auf eine warme Mahlzeit in Gesellschaft von Linus etwas Tröstliches. »Aber die Musik geht gar nicht.«

11
RACHE

In dieser Nacht glitt ich in einen unruhigen Schlaf und eine noch viel unruhigere Schattenwelt hinüber. Denn in dieser Nacht erschienen Schattenreiter vor den Toren Notre-Dames und verlangten nach mir.

Ich war gerade beim Dämmerungstraining, als man mich auf den Platz vor der Kathedrale hinausrief, wo vier der geflügelten Monster samt Reitern mich erwarteten. Ohne mit der Wimper zu zucken, trat ich ihnen entgegen.

»Sie hatten nach mir gefragt?«

»Ihr Vater schickt uns, Hoheit. Wir müssen los, sonst kommen Sie noch zu spät zu Ihrer eigenen Rede«, erklärte einer der Reiter mit zuckendem Gesicht. Seine Kollegen ruckten zustimmend die Köpfe. Anscheinend litt die gesamte Brut unter dem gleichen nervösen Tick.

Ich seufzte. Ich hatte gar nicht mehr an die Eröffnungsfeier des Aquariums und meine alberne Ansprache gedacht. Aber natürlich, das war für heute geplant gewesen. Mist! Ich schloss die Augen und atmete tief durch. »Richten Sie meinem Vater aus, dass ich –«

Leider verhindert bin, hatte ich sagen wollen, doch dazu kam ich nicht mehr, weil sich in diesem Moment zwei der Schattenreiter auf mich stürzten und nach meinen Armen und Beinen grapschten.

Ich schrie auf, verpasste dem einen Angreifer einen deftigen Tritt in den Schritt und schaffte es, mich loszureißen. Dann ging ich in Kampfposition und verwandelte mich binnen Sekunden in ein wirbelndes Knäuel aus Fäusten und Stiefeln. In den vergangenen Monaten hatte ich tatsächlich so einiges dazugelernt. Mühelos gelang es mir, die beiden Schattenreiter in Schach zu halten. Fast fand ich es ein bisschen schade, dass Madame Mafalda nicht sah, wie ich mich verteidigte. Sie wäre stolz auf mich gewesen. Zumindest bis zu dem Punkt, an dem sich der dritte und vierte Schattenreiter ins Kampfgetümmel stürzten. Auch da wünschte ich mir die Schwester des Großmeisters noch sehnlichst herbei, allerdings nicht als Zuschauerin, sondern damit sie mich rettete. Mafalda Grindeaut oder *irgendjemand*, ganz egal.

Noch einmal schrie ich, dieses Mal jedoch um Hilfe. Gegen alle vier zusammen hatte ich keine Chance. Es überraschte mich daher nicht, dass die Reiter mich mit vereinten Kräften binnen weniger Sekunden überwältigten. Zwar zeigten meine Schreie Wirkung und mehrere Kämpfer strömten kurz darauf auf den Platz hinaus, allerdings erst, als mich die Schattenreiter bereits jeweils an einem Arm oder Bein festhielten und mit sich in schwindelerregende Höhe nahmen.

Mit kräftigen Flügelschlägen zerschnitten die Pferde den schwarzen Himmel. Eisiger Wind zerrte an meinen Kleidern und

Haaren und noch immer kreischte ich. Nur zu zappeln traute ich mich nicht mehr, aus Angst, in die Tiefe zu stürzen.

Die Männer des Eisernen Kanzlers brachten mich auf direktem Weg zum Buckingham-Palast, in dessen Innenhof sie wenige Minuten später landeten. Ohne Umschweife warfen sie mich in eine bereitstehende Kutsche, deren Bock das fürstliche Wappen zierte, und verriegelten die Tür. In der nächsten Sekunde setzte sich das pferdelose Gefährt von allein in Bewegung und holperte den Grind hinab in Richtung Graldingen, während ich in seinem Innern hockte, die Arme vor der Brust verschränkt und schäumend vor Wut. Ich schnaubte, als mein Blick auf den gegenüberliegenden Sitz fiel, wo man mir ein Abendkleid voller Rüschen und eine glitzernde Tiara bereitgelegt hatte. Ich ignorierte diese eindeutige Aufforderung und harrte stattdessen in meiner Trainingskleidung der Dinge, die da kamen.

Die Kutschfahrt dauerte etwa eine halbe Stunde. Weil der Wagen keine Fenster hatte, konnte ich allerdings kaum ausmachen, wo ich mich befand. Einmal hörte ich das Rauschen des Flusses. Das Geräusch ging jedoch kurz darauf im Jubeln und Klatschen einer Menschenmenge unter, das immer weiter anschwoll, bis die Kutsche schließlich stehen blieb.

»Ihre Hoheit, Prinzessin Flora«, verkündete ein Hofmarschall und rief damit erneute Beifallsstürme hervor.

Dann wurde die Tür geöffnet und die behandschuhte Hand meines Vaters streckte sich mir entgegen. »Na endlich«, flüsterte er. »Wieso bist du nicht zum Palast gekommen? Wir waren doch verabredet. Und was soll dieser Aufzug?« Er deutete auf meine dunkle Hose und das verschwitzte Oberteil. Ich nahm an, dass meine Frisur nach meinem Kampf mit den Schattenreitern auch nicht gerade perfekt saß. Ich seufzte und nuschelte ein halbherziges: »Bitte entschuldige.«

Mein Vater quittierte es mit einem Nicken.

Vor den Pyramiden war ein schwarz glänzender Teppich ausgerollt worden, zu dessen beiden Seiten sich gut betuchte Wandernde mit Sektgläsern in den Händen versammelt hatten. Ganz so viele, wie ich dem Jubel nach angenommen hatte, waren es allerdings doch nicht. Vermutlich hatten die meisten Leute ohnehin gerade Besseres zu tun, als zu einer Aquariumseröffnung zu gehen. Einen sicheren Wohnplatz fernab vom Nichts zu finden zum Beispiel. Ich grollte noch immer vor mich hin, während mein Vater mich vorbei an den Zuschauern bis zum neu gestalteten Eingang der Pyramiden führte, wo er eine Schere aus seiner Manteltasche zückte und ein seidenes Band durchtrennte.

Das Publikum applaudierte, eine kleine Kapelle, die erstaunlicherweise vom Eisernen Kanzler höchstselbst dirigiert wurde, spielte auf. Ich schüttelte den Kopf. Als musikalisch hatte ich meinen Erzfeind nun wirklich nicht eingeschätzt. Was für ein Theater! Vor allem tat mir leid, was man den Pyramiden angetan hatte, denn die altehrwürdigen Gebäude waren kaum wiederzuerkennen. Man hatte den Sandstein mit einer glänzenden Schicht überzogen, von der ich nicht sagen konnte, ob es sich um Plexiglas oder Lack handelte. Zwar hoben sich die dreieckigen Bauten noch immer scharfkantig vor dem Himmel Eisenheims ab, doch wirkten sie heute eher futuristisch als altertümlich. *Unter dem*

Meer, stand in schillernden Lettern auf einer der Seitenflächen geschrieben und noch einmal auf einem Schild über der Tür, durch die wir nun schritten.

Auch drinnen hatte sich einiges verändert. Inzwischen waren die Aquarien, die ich bei meinem Besuch vor einigen Nächten noch im Rohzustand gesehen hatte, mit Wasser gefüllt, bepflanzt und bevölkert worden. Der gesamte Innenraum war von einem diffusen Licht erfüllt, das an Sonnenstrahlen auf einer sich bewegenden Wasseroberfläche erinnerte. Am faszinierendsten allerdings waren die Bewohner der gläsernen Becken selbst, denn es waren Wesen, die ich niemals zuvor gesehen hatte. Fische mit glitzernden Schuppen und menschlichen Gesichtern, durchsichtige Kraken, die aus einer gallertartigen Masse zu bestehen schienen und alle paar Sekunden ihre Form änderten. Und Meerjungfrauen mit Mäulern voller Reißzähne. Ich vermutete, dass die realen Pendants dieser Wesen im Laden meines Vaters lebten.

»Fantastisch, nicht wahr«, sagte mein Vater und strahlte mich an. Anscheinend hatte er seinen Ärger über meine Verspätung bereits wieder vergessen.

Ich konnte nicht anders, als zu nicken. Am liebsten wäre ich in Ruhe zwischen den Aquarien umhergewandelt und hätte mir all diese fremdartigen Lebewesen angesehen. Ob ich wollte oder nicht, in einem Punkt musste ich meinem Vater recht geben: Dies war ein Ort, an dem man seine Sorgen vergessen konnte. Die Frage war bloß, ob das die Lösung war.

Mein Blick hing am schillernden Panzer eines Schalentiers, das mich entfernt an eine lebende Halskette erinnerte. Gerne hätte ich meinen Vater danach gefragt, aber das ging natürlich nicht. Erst einmal war da diese blöde Rede, die ich halten sollte und auf die ich mich überhaupt nicht vorbereitet hatte.

Wir stiegen die neue Wendeltreppe hinauf und traten auf den Balkon über dem Eingang, mein Vater, der Eiserne Kanzler und ich. Wieder spielte die Kapelle auf, kaum dass wir einen Fuß ins Freie gesetzt hatten. Dieses Mal wurde sie jedoch von einem anderen Dirigenten geleitet, einem Wandernden, der mich entfernt an Mick Jagger erinnerte.

»Lächeln und winken«, raunte der Kanzler mir zu. Er hatte sich zu meiner Linken positioniert und tat ebendies, während mein Vater zu meiner Rechten dem Volk huldvoll zunickte. Mir fiel auf, wie fröhlich beide Männer heute wirkten. Bei meinem Vater war das verständlich, er bekam sein heiß geliebtes Aquarium. Aber was versetzte den Kanzler in eine derartige Hochstimmung, dass er neben mir sogar leicht auf den Zehen auf und ab wippte? Er war schon bei unserer letzten Begegnung so auffällig gut gelaunt gewesen.

Widerwillig hob ich einen Arm und winkte so, wie ich es bei der Queen im Fernsehen gesehen hatte: sehr sparsam und mit der Handfläche zu mir, sodass sich die Zuschauer aussuchen konnten, ob ich sie mit dieser Geste grüßte oder ihnen einen Hinweis auf ihren Geisteszustand lieferte. Dabei ließ ich den Blick über die Menge schweifen. Wie ich bereits vorhin vermutet hatte, waren nur die reichsten Bürger der Stadt gekommen, diejenigen, für die die Nichtsbewegungen lediglich ein interessantes Gesprächsthema beim Abendessen waren und die nun schon wieder nach einer neuen Sensation gierten. Die Damen trugen Pelzmäntel und elegante Hüte, die Männer Seidenschals und Zylinder, in den Mündern Pfeifen, aus denen würziger Qualm in die Dunkelheit hinaufstieg.

»Meine verehrten Untertanen«, begann mein Vater in diesem Moment und strahlte dabei wie ein kleiner Junge. »Es freut mich ungemein, Ihnen heute mit dem *Unter-dem-Meer*-Aquarium einen wunderbaren neuen Ort in unserer geliebten Schattenstadt vorstellen zu dürfen. Doch hören wir zunächst einige Grußworte der Prinzessin.«

Der Ellbogen des Eisernen Kanzlers traf mich in der Seite und ich stolperte unsicher einen Schritt nach vorne. Bloß, was sollte ich sagen? Ich biss mir auf die Unterlippe.

Das Publikum sah erwartungsvoll zu mir herauf.

»Äh, hallo«, sagte ich deshalb erst einmal, weil so etwas ja wohl nie verkehrt war.

Ein Raunen ging durch die Menge.

»Äh, ich freue mich auch, zumindest ein bisschen …«

Die Leute tuschelten miteinander.

»Man versteht Sie dort unten nicht. Sie müssten schon ein wenig lauter sprechen, Prinzessin«, flötete der Kanzler mir ins Ohr.

Ich räusperte mich. »Hallo zusammen«, versuchte ich es erneut und tatsächlich wurden die Zuschauer still. »Ich freue mich auch, dass wir nun dieses tolle Aquarium haben. Es ist wirklich … ziemlich, äh, schön. Mein Vater hier hatte die Idee dazu, weil schöne Dinge einen ja bekanntlich von den blöden ablenken.« Meine Schultern strafften sich und meine Stimme wurde mit jedem Wort lauter, die Wandernden auf dem Platz hingen förmlich an meinen Lippen, als ich weitersprach. »Ich meine, ich bin mir ziemlich sicher, dass so was nur in einem gewissen Maße funktioniert. Das Nichts hat in den vergangenen Wochen einiges angerichtet, was Eisenheim in seinen Grundfesten erschüttert hat. Auch wenn viele von Ihnen nicht unmittelbar von den Auswirkungen betroffen waren, so haben wir doch alle gespürt, in welcher Gefahr sich die Schattenwelt befindet, und spüren es noch. Der Ascheregen, die Erdbeben, diese Dinge sind nicht nur höchst ungewöhnlich, sie sind bisher nie da gewesen und deshalb so beunruhigend. Ich finde, wir sollten nicht länger tatenlos zusehen, sondern – «

»Komm zum Aquarium zurück, Flora. Sofort!«, raunte mein Vater mir ins andere Ohr. Ein drohender Unterton hatte sich in seine Stimme geschlichen.

Ich nickte unmerklich. »Ich finde, dieses Aquarium kann ein Zeichen dafür sein, dass wir uns nicht unterkriegen lassen, auch wenn unsere Welt verrücktspielt. Allerdings sollten wir nicht den Fehler machen zu glauben, dass dieses Gebäude hier all unsere Probleme lösen kann. Es kann uns ablenken, aber es wird das Nichts nicht aufhalten. Es wird nichts und niemanden aufhalten und deshalb – «

Ich wollte noch weitersprechen, doch in diesem Augenblick legte sich eine Hand auf meinen Rücken. Dürre Finger bohrten sich schmerzhaft zwischen meine Rippen.

»Was ist denn nun schon wieder?«, zischte ich und fuhr herum.

Der Kanzler sah mir direkt in die Augen. Ich erschrak, weil ich nicht damit gerechnet hatte, sein Gesicht so nah vor meinem vorzufinden. Ein feines Lächeln umspielte seine Lippen, doch er sagte nichts. Er versenkte seinen Blick in meinen, gerade lange genug, um eine schreckliche Ahnung in mir aufkommen zu lassen. Ich hatte keinen Schimmer, was er plante, aber eines war plötzlich glasklar: Er hatte etwas vor. Etwas, das ihn in Hochstimmung versetzte und für mich wohl eher das Gegenteil bedeutete …

Der Druck seiner Fingerspitzen verstärkte sich. Er versetzte mir einen Stoß, sodass ich auf die Brüstung zutaumelte. Wollte der Kanzler mich etwa vom Balkon stürzen? Hier, vor all diesen Menschen und in Anwesenheit meines Vaters? Andererseits hatte wohl kaum jemand die Hand des Kanzlers in meinem Rücken bemerkt, vielleicht nicht einmal der Fürst, der mir einen zornigen, aber vor allem ungeduldigen Blick zuwarf, weil ich nicht weitersprach. Es würde wie ein Unfall aussehen.

Ich seufzte, es gelang mir, einen Sturz in die Tiefe zu verhindern. Stattdessen prallte ich lediglich gegen das Geländer, an dem ich mich instinktiv festhielt. »Deshalb müssen wir – «, wollte ich meinen begonnenen Satz aufgreifen. Doch auch dieses Mal schaffte ich es nicht, ihn zu beenden.

Denn in diesem Augenblick brach die Hölle los.

Es begann mit einem ohrenbetäubenden Donnern, das direkt aus dem Innern der Erde zu kommen und die Fundamente der Pyramide zu zerfetzen schien. So fühlte es sich jedenfalls an: als bräche etwas in der Tiefe unter uns weg. Der Balkon erzitterte, hinter mir erklang das Geräusch von Sandstein, der auf Sandstein mahlte. Rauchschwaden stiegen zu uns herauf, zusammen mit dem Geruch von Schwefel, der mir in die Nase biss.

Dann folgte ein weiteres Grollen, näher dieses Mal und so laut, dass ich befürchtete, es würde mir die Trommelfelle zerreißen. Gesteinsbrocken wirbelten durch die Luft, Staub drang mir in die Lungen. Ich fuhr herum, erkannte aus dem Augenwinkel, wie sich der Eiserne Kanzler schützend vor meinen Vater warf. Gerade noch rechtzeitig, bevor die Spitze der Pyramide zersplitterte wie gefrorenes Glas.

Auf dem Platz ertönten Schreie.

Ein weiterer Donner.

Die Druckwelle riss mich von den Füßen und schleuderte mich nun tatsächlich über die Balkonbrüstung hinaus. Kopfüber stürzte ich einen Herzschlag lang in die Tiefe, bis sich mein Fuß in den Streben der Brüstung verhakte. Es regnete Mörtel und Steine, ein scharfkantiger Brocken prallte auf mein Jochbein und ließ meine Haut aufplatzen. Blut rann mir in die Augen, während ich mit den Armen rudernd versuchte, Halt zu finden. Es gelang mir nicht und weder der Kanzler noch mein Vater machten Anstalten, mich heraufzuziehen. Ersterer nicht, weil ihm mein Tod vermutlich den Abend versüßen würde, Letzterer, weil er mit dem Rücken zu mir am Boden lag, bis ein dritter Donnerschlag das Gebäude erschütterte und meinen Vater panisch aufspringen ließ.

»Flora?«, rief er durch eine neuerlich aufwallende Staubwolke in meine Richtung. »Wo bist du?«

»Hier!«, antwortete ich, aber der Staub in meinem Hals verwandelte meine Stimme in ein heiseres Flüstern, das er unmöglich wahrnehmen würde in all dem Lärm.

»Sie ist davongerannt, Hoheit«, log der Kanzler, packte meinen Vater bei den Schultern und drängte ihn in Richtung der Wendeltreppe. »Wir müssen hier raus, bevor alles in sich zusammenstürzt.«

Im nächsten Moment waren die beiden Männer verschwunden, während ich noch immer alles daransetzte, mich wieder auf den Balkon zu ziehen. »Hilfe!«, krächzte ich. Wenn ich doch nur eine der Streben zu fassen bekäme! Einmal gelang es mir beinahe, doch meine Finger rutschten im letzten Moment ab. Ich hustete. Allmählich ging mir die Kraft aus, es wurde immer schwerer, den Kopf hochzuhalten. Meine Beine schmerzten, der Staub um mich herum nahm mir die Sicht. Mit jedem Versuch wurde mein Vorhaben aussichtsloser, es gelang mir immer weniger, meinen Körper in die Höhe zu schwingen.

Erschöpft baumelte ich schließlich in schwindelerregender Höhe und langsam senkte sich Stille über die Szenerie. Das Grollen verstummte, vereinzelt waren davonhastende Schritte zu hören. Schließlich blieb nur noch das Rauschen meines eigenen Blutes in meinen Ohren. Der Druck in meinem Schädel nahm zu, mir schwanden die Sinne. »Helft mir«, murmelte ich. Um mich herum knackte und knarrte es. Meine Lider flackerten und zuerst dachte ich, jemand hatte mich entdeckt und meinen Fuß aus der Balkonbrüstung gelöst. Aber damit lag ich falsch. Nicht mein Fuß hatte sich bewegt, sondern das Bauwerk, in dem er sich verhakt hatte.

Anscheinend hatte das Unglück nur neuen Atem geschöpft, um kurze Zeit später mit noch größerer Wucht erneut zuzuschlagen. Dieses Mal erzitterte der Balkon nicht, er zerbrach. Wie durch eine Wand aus Watte drang ein Knallen zu mir durch, es kam mir so vor, als drehe sich der mächtige Bauch der Pyramide um die eigene Achse. Ich hörte Aquarienscheiben platzen und Wassermassen sich ergießen, während sich der Balkon in Richtung Erdboden neigte und Mauern einstürzten wie Kartenhäuser.

»Hilfe«, flüsterte ich noch einmal, dann verlor ich auch den letzten Halt. Trotz der veränderten Schwerkraft Eisenheims raste mein Körper der Tiefe entgegen. Doch der Tod fühlte sich seltsam dumpf an. Vielleicht hatte ich Glück und verlor endgültig das Bewusstsein, bevor mein Kopf auf dem Straßenpflaster aufschlug und dabei wie eine Wassermelone zerplatzte. Oder zu sterben war gar nicht so schlimm, wie ich es mir immer vorgestellt hatte. Jedenfalls merkte ich kaum, wie meine Knochen barsten. Stattdessen hatte ich eher das Gefühl, in zwei ausgestreckten Armen zu landen. Anscheinend trug der Tod einen Dreispitz, als er mich in Empfang nahm, oder irrte ich mich?

Ich blinzelte.

Meine Welt versank in Dunkelheit.

Als ich die Augen wieder aufschlug, hatten sich die Staubwolken kaum gelegt und noch immer rieselten hier und da Steinsplitter zu Boden. Ich konnte also nicht allzu lange ohnmächtig gewesen sein, schlussfolgerte ich und setzte mich auf. Mir war ein wenig schwindelig und die Wunde auf meiner Wange brannte, aber ansonsten schien ich unverletzt zu sein. Ich hustete und sah mich um.

Die Pyramiden waren einem Schutthaufen gewichen, der an alte Fotografien aus der Zeit des Zweiten Weltkriegs erinnerte. Als hätte jemand eine Bombe hineingeworfen. Ich runzelte die Stirn. Hatte jemand –?

Auch der Platz war vollkommen verwüstet worden. Überall lagen Trümmer und Scherben und Dreck. Ich verzog das Gesicht, als ich wenige Meter von mir entfernt den juwelenbesetzten Panzer eines Schalentieres entdeckte. Von Menschen fehlte allerdings jede Spur, sie waren allesamt geflohen. Reflexartig legte ich den Kopf in den Nacken und suchte den Himmel nach Wolkengebirgen ab, doch er war dunkel und klar wie sonst. Auch das Nichts war nirgendwo zu erkennen. Gut, ein Ascheregen wäre mir bei dem ganzen Staub und Dreck vermutlich nicht aufgefallen. Was mich allerdings sicher machte, dass diese Sache hier nicht auf das Konto der Naturgewalten ging, war die Tatsache, dass ich die ganze Zeit über keinerlei Schmerzen in der Brust gehabt hatte.

Schwerfällig stand ich auf. Meine Arme und Beine fühlten sich an, als wäre ich von einem Auto überfahren worden, doch sie funktionierten. Mit steifen Schritten näherte ich mich der Ruine des Aquariums. Hatte sich der Weiße Löwe am Ende selbst einen Weg in die Freiheit gesucht? Ich dachte einen Augenblick lang über diese Möglichkeit nach, verwarf sie dann jedoch wieder. Hätte der Stein seine Kräfte entfacht, hätte ich es gespürt. Ebenso, wenn er in Gefahr geraten wäre. Nein, ich horchte in mich hinein und empfand auch jetzt nichts dergleichen, weshalb ich davon ausging, dass er noch immer in seinem Versteck ruhte.

Aber was war dann geschehen?

Ein vielstimmiges Kreischen zerriss die Finsternis über mir und mein Blick schnellte in die Höhe. Ich taumelte, denn so etwas hatte ich noch nicht gesehen. Unzählige Schattenreiter durchkreuzten den Himmel, eine ganze Armee von ihnen, die sich wie Zugvögel zu einer Art Triangel formiert hatte und nun im Schwarm auf den Platz zuhielt. Mit einem schrecklichen Gefühl erinnerte ich mich.

Ich werde den Weißen Löwen finden, und wenn ich hier jeden Stein einzeln auseinandersprengen muss! Waren das nicht die Worte des Kanzlers gewesen, damals in der Grotte? Hatte er –

»Ergreift sie!«, befahl jemand irgendwo über mir.

Ich rannte los.

Doch wohin sollte ich fliehen? Ich stürzte blindlings auf das Dickicht der Häuserschluchten zu. Am wichtigsten war es, dass ich den Platz hinter mir ließ, denn hier war ich ein zu leichtes Ziel. Keuchend stolperte ich in die nächstbeste Gasse. Doch die Reiter waren mir sofort auf den Fersen. Hunderte von Hufen trampelten durch die Luft und die dazugehörigen Flügel erschufen mit ihren Schlägen einen staubigen Sturm, der hinter mir herfegte und das Atmen bald schon unmöglich machte.

Ich drückte mir meinen Ärmel vor Mund und Nase, um mich zu schützen, aber viel brachte das nicht. Ein Hustenanfall zwang mich innezuhalten. Ich keuchte, versuchte dringend Sauerstoff in meine Lungen zu pumpen. Doch in der Luft fand ich keinen. Nur Dreck, der sich in meine Nase und meine Augen setzte wie feine Nadeln. Ich lehnte mich in einen Hauseingang und stemmte meine Hände auf die Oberschenkel. Nur einen kurzen Moment.

Ich brauchte nicht lange, ich wollte nur ein paarmal tief durchatmen, damit ich das Bewusstsein nicht schon wieder verlor.

Gab es nicht irgendwo ein Versteck? Eine Treppe, unter die ich mich werfen konnte, so wie damals, als ich das erste Mal vor den Reitern geflohen war? Meine getrübten Augen entdeckten nichts dergleichen, doch dafür war nun das erste Schattenpferd bei mir.

Ein dunkel glänzender Leib, der aus dem Himmel brach.

Glühende Augen, zitternde Nüstern.

Hufe, die mich beinahe zermalmten, so nah schlugen sie neben meinem Gesicht in das Mauerwerk ein.

Der Reiter lächelte.

Dieses Mal brachte man mich nicht zum Palast. Wir flogen weit über das Stadtgebiet. Hausdächer, Türme, Plätze, Denkmäler glitten unter mir hinweg, während ich bäuchlings auf dem Hals des Pferdes lag, verschnürt wie ein Paket und unfähig, mich zu rühren. Zuerst befürchtete ich, die Biester würden mich mit sich in ihren Horst in Dunsterrost nehmen, doch allmählich erkannte ich, dass auch dies nicht die Richtung war, die meine Entführer einschlugen.

Stattdessen hielt die geflügelte Armee auf einen der südöstlichen Stadtteile zu, dessen Name mir entfallen war. Ich konnte mich nicht erinnern, jemals dort gewesen zu sein. Dennoch kamen mir die Bauwerke bekannt vor. Zum Beispiel waren da die geduckten Hütten eines Nomadendorfes und ein Wolkenkratzer, der verdächtige Ähnlichkeit mit dem Empire State Building hatte. Dazwischen standen Einfamilienhäuser mit Vorgärtchen.

Das Viertel kam mir merkwürdig vor. Zwar wirkte es auf den ersten Blick unbelebt, genauso wie viele Teile Eisenheims, dennoch strahlte es gleichzeitig etwas weitaus Lebendigeres aus. Die Gebäude wirkten gepflegter, nicht so prunkvoll wie die der reichen Leute an der Rue Monsieur le Coq, aber ordentlich und einladend. Hinter den Fenstern hingen Gardinen, auf einer Dachterrasse bildeten farblose Palmen einen kleinen Dschungel und hinter einem lang gezogenen Bau, der mich an ein Krankenhaus erinnerte, gab es sogar einen Kinderspielplatz!

Je mehr ich von diesem Stadtteil sah, umso verwirrter wurde ich. Was hatten die Schattenreiter vor? Warum hatte der Kanzler sie geschickt und wohin sollten sie mich nun bringen? Wieder und wieder kehrten meine Gedanken zu den zerstörten Pyramiden zurück. Noch immer konnte ich mir keinen Reim auf das Geschehene machen. Doch inzwischen war ich fest davon überzeugt, dass der Kanzler seine Finger im Spiel hatte.

Ich stockte, als unmittelbar vor uns zwei Türme aus der Finsternis ragten, über und über bedeckt mit gotischen Verzierungen. Sie gehörten zu einem schattenhaften Abbild des Kölner Doms, doch das war nicht der Grund, warum ihr Anblick mich erschaudern ließ. Dafür sorgte eine Erinnerung, die mich durchzuckte. Die Erinnerung an viele, viele Jahre, die meine Seele hier verbracht hatte. Es wunderte mich plötzlich nicht mehr im Geringsten, dass wir unmittelbar auf den linken der beiden Türme zuhielten, denn dies war der Ort der Kindheit meines anderen Ichs. Dies war der Turm, in dem meine Eltern meine Seele vor der Schattenwelt verborgen gehalten hatten, und beinahe freute ich mich, ihn wiederzusehen, auch wenn er mehr ein Gefängnis als ein Heim gewesen sein musste. Wäre da bloß nicht dieses ungute Gefühl gewesen, das an mir nagte, und die Tatsache, dass es die Schergen des Eisernen Kanzlers waren, die mich herbrachten.

Das Schattenpferd landete für die Dauer eines Wimpernschlags auf einem der Fenstersimse, gerade lang genug, dass der zuckende Reiter mich packen und durch das Fenster ins Innere des Turms werfen konnte. Unsanft prallte ich auf den Fußboden. Da ich noch immer gefesselt war, hatte ich keine Möglichkeit, mich mit den Armen abzufangen. Stattdessen schürfte ich mir die Nase an dem rauen Stein auf. Ein brennender Schmerz breitete sich in meinem Gesicht aus und trieb mir die Tränen in die Augen. Na toll! Hoffentlich hatte ich mir nichts gebrochen! Ich unterdrückte ein Schluchzen und rollte mich auf den Rücken. Für einen kurzen Augenblick schloss ich die Augen und atmete tief durch. Fast hätte ich dem Bedürfnis loszuheulen nachgegeben, dann riss ich mich aber doch noch zusammen. Die alte Flora wäre vielleicht verzagt liegen geblieben, doch diese alte Flora aus Verantwortungsbewusstsein und der Angst, etwas falsch zu machen, hatte ich schon vor Wochen begonnen abzustreifen wie eine zu klein gewordene Schlangenhaut.

Mit gefesselten Händen und Füßen robbte ich wie eine Raupe so lange rückwärts, bis ich mit dem Kopf gegen etwas stieß, was sich wie eine Wand anfühlte. Langsam schob ich mich Zentimeter für Zentimeter in die Höhe. Schließlich erreichte ich eine halbwegs sitzende Position, in der ich verharrte, um mich zu orientieren.

Ich befand mich in meinem alten Kinderzimmer. In der einen Ecke des Raumes erkannte ich mein Himmelbett, auf dessen Bezüge graue und schwarze von Silberfäden durchzogene Krönchen gestickt waren. Außerdem gab es einen Schreibtisch voller Bücher, eine Truhe, in der ich, so erinnerte ich mich, meine Puppen und Stofftiere aufbewahrt hatte, und einen Kleiderschrank mit glänzenden Intarsien. In der Mitte des Zimmers stand außerdem ein Tisch mit zwei Stühlen. Durch einen Vorhang abgeteilt in einer Ecke befand sich das Badezimmer, in der Wand dahinter die eckige Klappe, die den winzigen Aufzug verbarg, über den man mich mit Kleidung, Spielzeug und Lesestoff versorgt hatte. Schließlich gab es im Innern des Turms weder Türen noch Treppen. Früher hatte es neben meinem Bett noch ein weiteres gegeben, in dem meine Kinderfrau geschlafen hatte. Doch als ich älter geworden war, hatte man wohl beschlossen, dass ich auch allein zurechtkommen würde, und sie entlassen. Weder ihr Gesicht noch ihr Name wollten mir einfallen.

Ich blinzelte, weil ich mich dafür an etwas anderes erinnerte: jene Nacht, in der ich geflohen war! In einer halsbrecherischen Kletterpartie hatte ich mich damals durch eines der beiden Fenster davongestohlen, die man nun wohlweislich vergittert hatte. Anscheinend hatte der Schattenreiter das Fenster, durch das er seine Fracht abgeworfen hatte, anschließend vorbildlich verschlossen.

Ich nagte an meiner Unterlippe, als sich erneut Flügelschläge näherten und ein Schatten kurz darauf das vordere der beiden Fenster verdunkelte.

»Na, habt ihr was vergessen?«, rief ich dem Reiter zu, der sich an den Gitterstäben zu schaffen machte. Ich konnte sein Gesicht nicht erkennen, doch je länger ich in die Dunkelheit starrte, umso weniger kam es mir so vor, als würden seine Züge zucken und rucken. »Wer sind Sie?«, fragte ich deshalb und bemühte mich, an der Wand entlang so weit wie möglich in die entgegengesetzte Richtung zu rutschen.

Ein Bein schob sich durch die Öffnung, gefolgt von einem schmächtigen Körper und einem Kopf, der im Vergleich dazu viel zu groß wirkte und an manchen Stellen kahl war, als hätte der Mann sich selbst büschelweise die borstigen Haare ausgerissen, was er vermutlich auch getan hatte. Darunter ein Gesicht, das einer zerknitterten Kohlezeichnung glich.

Ich hielt die Luft an und war mir einen Augenblick lang nicht sicher, ob ich mich trauen würde weiterzuatmen.

Denn es war Barnabas, der da zu mir in den Turm kletterte. Barnabas, der Bettler. Barnabas, der ergebenste Diener des Eisernen Kanzlers. Barnabas, der Folterknecht, dem es Freude bereitete, sich und anderen Schmerz zuzufügen.

Der einbeinige Bettler ließ sich schwerfällig in den Raum gleiten, dann verriegelte er das Fenster und drehte das Licht der Gaslampe höher.

»Guten Abend, Prinzessin«, begrüßte er mich. Genau wie ich war er über und über mit feinem Staub bedeckt. Mehrere Schnitte durchzogen sein Gesicht, doch auch sie waren von Dreck verkrustet. Anscheinend war er ebenfalls bei der Eröffnungsfeier gewesen.

Ich presste die Kiefer aufeinander.

Humpelnd kam Barnabas auf mich zu. Seine Krücke schabte über den steinernen Fußboden.

Jeder Muskel in meinem Körper verkrampfte sich. »Was wollen Sie?«, rief ich und wich vor ihm zurück. Panik wallte in mir auf, als der Bettler mir ein zahnloses Lächeln schenkte.

»Nicht viel«, sagte er, was freilich alles bedeuten konnte. Bilder von Amadés Narbengeflecht zogen vor meinem inneren Auge auf. Ich nahm all meine Kraft zusammen und versuchte, trotz meiner zusammengebundenen Beine aufzustehen. Es gelang mir nicht, dafür prallte mein Hinterkopf so heftig gegen die Wand, dass ich einen Moment lang befürchtete, mir den Schädel eingeschlagen zu haben.

»Aber, aber, Hoheit«, sagte der Bettler. »Man hat mich lediglich hergeschickt, um Ihre Fesseln zu lösen, das ist alles.«

Ich blähte die Nasenflügel. Wirklich?

Tatsächlich sackte der Bettler neben mir auf den Boden und machte sich mit schmutzigen Fingern an den Stricken zu schaffen, die meine Handgelenke zusammenhielten und mir bereits ins Fleisch geschnitten hatten. Schweigend befreite er anschließend auch meine Füße.

Sofort sprang ich auf und stolperte von ihm fort in die andere Ecke des Raumes. Erst als genügend Möbel zwischen uns standen, gestattete ich es mir, meine schmerzenden Gelenke zu massieren. Dabei ließ ich Barnabas nicht aus den Augen.

Doch der Bettler machte keinerlei Anstalten, sich wieder zu erheben. Seelenruhig zog er mit seinem knorrigen Zeigefinger die

Fugen des Mauerwerks nach und lutschte dann den an seiner Fingerkuppe hängen gebliebenen Dreck ab. »Köstlich«, murmelte er, die wulstigen Lippen verzückt geschürzt. Insgesamt fünf Mal wiederholte er die Prozedur, dann räusperte ich mich.

»Da Sie mir die Fesseln nun schon abgenommen haben, hätten Sie da eventuell auch die Güte, mir zu verraten, warum man mir die Dinger überhaupt angelegt hatte?«

Die buschigen Brauen des Bettlers krochen seine Stirn hinauf. »Weil«, sagte er, »Sie gerade eines der bedeutendsten Bauwerke der Schattenwelt in die Luft gejagt haben. Mit Verlaub, Prinzessin, da ist es doch wohl nicht verwunderlich, dass man Sie in Gewahrsam nimmt.«

Ich schnappte nach Luft. *»Ich?«* Meine Stimme überschlug sich. »Ich soll das getan haben?«

Barnabas nickte und gönnte sich noch eine Portion Staub mit Spinnweben. »Die Untersuchungen an der Ruine haben zwar gerade erst begonnen, doch sie werden zweifelsohne ergeben, dass sich der Auslöser für den Sprengsatz unmittelbar an der Stelle befand, an der Sie heute Abend gegen die Balkonbrüstung gestolpert sind«, schmatzte er. »Sehr überzeugend übrigens, man hätte meinen können, es sei Zufall.«

Meine Augen verengten sich zu Schlitzen. »Der Kanzler hat mich geschubst«, sagte ich tonlos.

Der Bettler nickte. »Das würde der Fürst Ihnen vielleicht sogar glauben. Allerdings«, er lächelte, »gibt es da noch eine ganze Reihe von Fotos, die erst vorige Nacht aufgenommen wurden und die Sie an zahlreichen Stellen im Innern der Pyramiden zeigen, an denen Sprengladungen angebracht wurden. Und natürlich gibt es auch eines, auf dem Sie den Balkon präparieren.«

Ich starrte ihn an. »Der Zeitungsartikel«, entfuhr es mir. Natürlich, hatte der Kanzler nicht auch bei meinem ersten Besuch in den Pyramiden dafür gesorgt, dass ich gegen das Geländer prallte?

»Welcher Zeitungsartikel?«, fragte Barnabas und tat überrascht. »Bisher ist nichts Derartiges erschienen. Ihr Vater war allerdings ziemlich enttäuscht, dass Sie sich nicht einmal zu einer Stippvisite bei seinem Herzensprojekt haben hinreißen lassen.«

Meine Hände krallten sich in die Stuhllehne vor mir. »Wieso sollte ich so etwas tun? Das wird Ihnen niemand glauben!«

Barnabas zuckte mit den Achseln. »Doch, natürlich. Mein Herr war gerade beim Fürsten, um ihm das Beweismaterial zu zeigen.«

Der glühende Zorn ballte sich in meiner Brust zu einem Feuerball zusammen, der über meinen Nacken in meinen Kopf hinaufstieg und dort eine Sicherung zum Durchbrennen brachte. Ich schleuderte den Stuhl und den Tisch und noch einen Stuhl beiseite. Das Geräusch von berstendem Holz ging im Rauschen meines Blutes unter. Mit einem Satz war ich bei Barnabas und packte ihn am staubigen Kragen seines Mantels. Vergessen war die Angst, die ich gerade noch vor ihm empfunden hatte. Blitzschnell drehte ich ihm die Arme auf den Rücken, trat ihn vor das vorhandene Schienbein und presste anschließend meinen Ellbogen so fest vor seine Kehle, wie ich konnte.

Mit einem Seitenblick versicherte ich mich, dass das Schattenpferd noch immer vor dem Fenster wartete. »Ich werde jetzt gehen und meinem Vater die Wahrheit erzählen«, zischte ich.

Der Bettler röchelte. »Das bezweifle ich. Doch selbst wenn es Ihnen gelänge: Der Kanzler hat ihm bereits vor einer halben Stunde die Geschichte über die arme Prinzessin erzählt, die es nicht verkraftet, eine Wandernde zu sein. Die überfordert ist von den Geschehnissen, sich vor alldem so sehr fürchtet und ihrem Vater die Schuld an ihrem ruinierten Leben gibt. Das hat die Prinzessin mittlerweile blind vor Zorn werden lassen, und nachdem schon der Verlust des Weißen Löwen auf ihr Konto ging, hat sich ihre kriminelle Energie nun einen neuen Kanal gesucht. Sie konnte ihrem Vater nicht einmal die Freude über ein in ihren Augen so sinnloses Aquarium gönnen!« Mittlerweile bekam der Bettler kaum noch Luft, die letzten Worte waren nur mehr ein Röcheln gewesen, seine Wangen wurden noch eine Spur grauer, seine Pupillen verdrehten sich nach innen.

»Was für eine Scheiße!«, fauchte ich. »Damit wird der Kanzler niemals durchkommen!«

Barnabas stand kurz davor, das Bewusstsein zu verlieren. Ich wollte ihn schon loslassen und endlich fliehen, als der zusammengesunkene Körper plötzlich zuckte. Scheinbar mühelos richtete sich der Einbeinige wieder auf und befreite mit einem Ruck seine Arme. Ehe ich mich versah, hatte er ausgeholt. Seine linke Faust traf mich hart im Gesicht und schleuderte mich von ihm. Ich krachte mit dem Rücken auf einen der zerbrochenen Stühle. Sofort war Barnabas, der sich lächelnd den Adamsapfel rieb, über mir. Mit der Rechten verpasste er mir einen Haken in die Magengrube.

Ich keuchte auf.

Der Bettler beugte sich weiter über mich. »Der Fürst wird außer sich sein, über Ihre Tat und darüber, wie leichtsinnig Sie waren, Prinzessin. Den Kanzler, Ihren Vater und sogar sich selbst haben Sie mit Ihrem Anschlag in Gefahr gebracht. Ganz zu schweigen von all den Menschen auf dem Platz. So viele hätten verletzt werden können.«

Er seufzte, während ich mich unter ihm krümmte. Beiläufig griff er mit Daumen und Zeigefinger um mein Schlüsselbein. In meiner Schulter explodierte ein alles übertönender Schmerz. Gegen meinen Willen schluchzte ich laut auf.

»Genug jetzt«, ertönte in diesem Moment eine andere Stimme. Verschwommen erkannte ich, wie sich eine Gestalt mit einem Picknickkorb unter dem Arm durch das Fenster schob.

»Prinzessin!«, begrüßte mich der Eiserne Kanzler. Mit einem Wink bedeutete er Barnabas, uns allein zu lassen. Er trug eine bestickte Jacke, unter der blütenweiße Manschetten hervorlugten, das Haar wurde von einer dunklen Seidenschleife zusammengehalten. Dass er gerade meinen Vater aus einem einstürzenden Gebäude gerettet hatte, sah man ihm nicht im Geringsten an.

Er wartete, bis der Bettler den Raum verlassen hatte, dann öffnete er den Korb und entnahm ihm eine karierte Decke, die er auf dem Fußboden ausbreitete und mit seinen schlanken Jungenhänden glatt strich. Ein Funkeln lag in seinen Augen.

»Ich habe mir erlaubt, eine Kleinigkeit für uns vorzubereiten«, erklärte er und ließ sich in einen Schneidersitz gleiten. Das grauweiße Muster der Decke passte hervorragend zur Farbgebung seiner Kniebundhosen. »Gerade habe ich Ihrem Vater erläutert, was Sie getan haben, und nun wollte ich noch rasch nach Ihnen sehen.« Er klopfte auf den Stoff neben sich. »Bitte, setzen Sie sich doch.«

Ich blieb, wo ich war, rieb vorsichtig über mein schmerzendes Schlüsselbein und musterte ihn mit zusammengekniffenen Augen. Kälte erfüllte jede Faser meines Körpers.

Der Kanzler lächelte. Ohne den Blick von mir zu wenden, förderte er eine Flasche Champagner, zwei Gläser, eine Schale mit gräulichen Weintrauben und eine Platte mit gammelig aussehenden Häppchen aus den Tiefen des Korbs zutage. »Ich weiß, wir sind beide nicht gerade gut aufeinander zu sprechen. Aber bitte, trinken Sie einen Schluck mit mir.«

Das Knallen des Korkens ließ das Eis in meinem Innern explodieren. Der Kanzler war gerade dabei, das erste der beiden Gläser zu füllen, da war ich schon bei ihm, holte aus und schlug ihm die Flasche aus der Hand. Sie zerschellte auf dem Fußboden. Glassplitter flogen durch die Luft. Champagner spritzte und besprenkelte unsere Kleidung.

Der Kanzler lachte. »Temperamentvoll wie eh und je.« Er leckte eine Champagnerperle von seinem Handrücken.

»Sind Sie gekommen, um Ihren Triumph zu feiern?«

Er nickte. »Nein«, sagte er, griff sich eine farblose Pastete von der Platte und biss hinein. Die graue Masse, die mich an verrottete Leberwurst erinnerte, quoll über seine Lippen. In aller Ruhe fuhr er mit der Zunge über die Bröckchen in seinem Mundwinkel.

Eine Gänsehaut kroch über meinen Nacken und ich wusste nicht so recht, ob es daran lag, dass der Kanzler freiwillig Schattenweltnahrung zu sich nahm, obwohl diese nach Schimmel und Vergorenem schmeckte, oder schlicht an dem traurigen Lächeln, mit dem er mich nun bedachte. Noch immer hockte er im Schneidersitz auf seiner Picknickdecke, ab und an wippte er mit den Zehen, wie ein Teenager, dem es schwerfiel, ruhig sitzen zu bleiben. Überhaupt wirkte er heute so jung wie seit Wochen nicht mehr. Da war sogar eine Locke, die sich aus seinem Zopf gelöst haben musste: Er hatte sie nachlässig hinter sein Ohr geklemmt.

Ich durchquerte den Raum mit langen Schritten und stellte mich ans Fenster. »Was wollen Sie dann?«, warf ich ihm über die Schulter zu. Mittlerweile war ich so zornig, dass meine zu Fäusten geballten Hände zitterten. Der Kanzler trat neben mich. »Nun seien Sie doch nicht so! Ich habe sicherheitshalber eine zweite Flasche mitgebracht«, säuselte er in mein Ohr. »So ist das nun mal. Als Sie den Weißen Löwen verbargen, haben Sie gewonnen, und nun kann ich einen Sieg für mich verbuchen. Wissen Sie, als ich neulich im Palast die Blaupausen der Pyramiden einsah und Ihrem Vater den Umbau vorschlug, habe ich gleich geahnt, dass sich das Projekt lohnen würde. In vielerlei Hinsicht. Zum einen, weil ich nun in aller Ruhe das Fundament durchkämmen kann. Zum anderen, weil Sie hier fürs Erste festsitzen und ich mir überlegen kann, was als Nächstes mit Ihnen geschehen soll.«

Ich erinnerte mich daran, wie ich ihn im Palast beobachtet hatte, als ich im Unterricht eingenickt war. Anscheinend hatte er seine Rache da schon in die Wege geleitet und meinem Vater diesen Floh ins Ohr gesetzt! Ich konnte ein Schnauben nicht unterdrücken.

»Kommen Sie, Flora, so muss es zwischen uns nicht sein. Ich will nicht Ihr Feind sein.«

»Dann hätten Sie sich heute Nacht anders verhalten müssen!« Der Frost kroch durch die Windungen meines Gehirns und brachte mein Denken nach und nach zum Erstarren. Der Kanzler nicht mein Feind? Von seinen Worten wurde mir übel. Leider machte er keinerlei Anstalten, endlich die Klappe zu halten.

»Schließ dich mir an und ich bringe deinen Vater dazu, dir zu verzeihen«, flüsterte er. »Gemeinsam können wir das Nichts vielleicht aufhalten. Triff nicht wieder die falsche Entscheidung.«

Ich blinzelte. »Was wissen Sie über das Nichts?«

»Nicht viel«, sagte er. »Aber wir stellen Nachforschungen an, wenn du es wünschst. Ich bin ein mächtiger Mann.« Seine Finger glitten wie Spinnenbeine über meinen Rücken. »Was ist? Kämpfen wir Seite an Seite für die Zukunft Eisenheims?«

Irgendwo tief in meinem Innern regte sich ein Funke des Zweifels, denn obwohl ich die Methoden des Kanzlers verabscheute … Was wäre, wenn er mir wirklich half? Was, wenn doch er es war, der die richtigen Ziele verfolgte? Ich konnte ihm nicht vertrauen, aber … wäre alles nicht viel einfacher mit einem mächtigen Verbündeten? Hier war jemand, der mir helfen wollte, die Schattenwelt zu retten! Die rechte Hand meines Vaters, der Oberbefehlshaber der Schattenreiter! Aber leider wünschte sich ausgerechnet er nichts mehr als den Weißen Löwen, um Eisenheim damit in ein anderes Verderben zu stürzen. Ich war die Einzige, die zwischen ihm und dem Stein stand. Nein, es wäre gefährlich, dem Kanzler zu nahe zu kommen …

Ich entzog mich seiner Berührung. »Es geht nicht.«

»Das hatte ich befürchtet«, sagte er. Wir blickten gemeinsam in die Nacht hinaus. »Früher sind mir die Dinge gelungen, wissen Sie? Doch in den letzten Jahren bin ich nachlässig geworden. Es stimmt, was man sich über mich erzählt: Ich habe kein Leben mehr. Schon so lange habe ich die Sonne nicht mehr gesehen. Ich weiß gar nicht mehr, was Farben sind. Und vielleicht werde ich niemals wieder etwas empfinden können.« Er lehnte die Stirn an das Gitter des Fensters. Seine Schultern zitterten. »Ihnen kommt das wahrscheinlich lächerlich vor, so lebendig, wie Sie sind.«

Ich legte den Kopf schief. »Nein«, sagte ich. »Nein, das tut es nicht. Ich kann nur nicht verstehen, dass Ihnen jeder Preis recht ist, um ein Portal in die reale Welt zu schaffen. Wir dürfen den Weißen Löwen nicht einsetzen. Niemand von uns.«

»Nun, wir werden sehen.« Der Kanzler schenkte mir ein trauriges Lächeln und schob sich auf das Fenstersims hinaus. »Das heißt: Sie bleiben ja vorerst hier gefangen. Aber vielleicht sende ich irgendwann mal einen meiner Männer vorbei, um Sie über meine Grabungen auf dem Laufenden zu halten.«

12
REGEN

Als ich erwachte, stellte ich erleichtert fest, dass es Morgen und ich in die reale Welt zurückgekehrt war. Zwar fühlte ich mich hier eindeutig fitter als zuvor in Eisenheim, dennoch lag ein bitterer Geschmack auf meiner Zunge und erinnerte mich daran, was geschehen war.

Ich linste auf den Wecker auf meinem Nachttisch und schrak hoch. Es war bereits nach neun Uhr, ich würde viel zu spät zur Schule kommen. Hastig schwang ich die Beine aus dem Bett und wollte ins Bad stürzen, doch meine Zimmertür hinderte mich daran.

Sie war verschlossen.

Na super! Also hielten mich mein Vater und Christabel tatsächlich für die wahnsinnige Attentäterin, als die der Kanzler mich hingestellt hatte! Wollten sie mich nun wirklich auch in dieser Welt wegsperren wie eine Schwerverbrecherin? Das durfte doch echt nicht wahr sein. Ich rüttelte, so fest ich konnte, an der Tür und hämmerte mit den Fäusten dagegen. »Christabel? Lass mich raus. Ich kann das alles erklären. Der Kanzler spielt ein falsches

Spiel, er hat mich und euch ausgetrickst! Hörst du mich? Er will sich doch nur an mir rächen!«

Mein Redeschwall ebbte ab. In der Wohnung blieb es still und ich musste ernsthaft nach Luft schnappen. Das war Freiheitsberaubung! Und es war lächerlich.

Zornig warf ich mich mit meinem gesamten Gewicht gegen die Tür. »Ich muss mal pinkeln, Mann!«, brüllte ich, denn meine Blase war wirklich ziemlich voll, und der Regen, der gegen das Fenster prasselte, machte es nicht gerade besser.

»Christabel kommt gleich zurück, sie ist nur einkaufen gegangen«, drang Marians Stimme aus dem Flur zu mir herein.

Ich schnaubte. »Und so lange hat sie dich dagelassen, um mich zu bewachen? Das ist alles ein Missverständnis, Marian, der Kanzler hat das inszeniert. Du kennst ihn doch! Du weißt, wozu er fähig ist. Es ist wegen …« Ich brach ab. Das letzte Mal, als ich den Weißen Löwen in Marians Gegenwart erwähnt hatte, war das gründlich nach hinten losgegangen.

»Dein Vater hat heute Morgen angerufen und dir Hausarrest verordnet. Ich muss seinen Befehlen gehorchen«, sagte er nur und kurz darauf: »Willst du aufs Klo?«

»Nein danke«, rief ich in dem verzweifelten Versuch, mir einen Rest Würde zu bewahren, und schnappte mir stattdessen meine Handtasche von der Kommode. Fahrig kramte ich nach meinem Handy, denn anscheinend war ich nur von Verrückten umgeben. Besser, ich rief Wiebke an. Oder gleich die Polizei. Nein, ich musste mich beruhigen. Wenn schon alle um mich herum ausflippten, dann sollte wenigstens ich einen kühlen Kopf bewahren.

Ich atmete tief durch und schickte Wiebke eine SMS, dass ich heute wohl nicht zur Schule kommen würde.

Inzwischen war das Geräusch der Wohnungstür zu hören, dann Christabels Absätze auf dem Laminat.

»Kommt schon, Leute! Ich bin kein Kind mehr. Lasst uns darüber reden«, startete ich einen neuen Versuch. Tatsächlich erklang kurz darauf das Klicken eines Schlüssels im Schloss, meine Tür schwang auf und eine verkniffen dreinblickende Christabel kam dahinter zum Vorschein.

»Dein Vater ist stinksauer«, sagte sie.

Der Tag zog sich wie Kaugummi. Nachdem ich Christabel und Marian meine Version der Geschichte erzählt und sie davon überzeugt hatte, dass mein Vater mal wieder den Einflüsterungen des Kanzlers erlegen war, war es bereits viel zu spät, um noch zur Schule zu gehen. Abgesehen davon hätten sie mich vermutlich auch nicht dorthin gelassen. Zwar schienen die beiden mir zu glauben und sperrten mich nicht länger in meinem Zimmer ein. Allerdings war beiden anzusehen, wie unangenehm es ihnen war, entgegen den Wünschen meines Vaters zu handeln. Ich beschloss daher, vorerst in der Wohnung zu bleiben. Zu dumm, dass mein Vater erst in ein paar Tagen von seiner Vortragsreise zurückkehren würde. Ich hätte auch ihm gerne alles erklärt.

Während Christabel im Wohnzimmer fernsah, hockte ich also in meinem Zimmer und haderte mit meinem Schicksal.

Was war das nur für ein Chaos, in das ich geraten war? Während ich bis vor einigen Tagen zumindest noch das Gefühl gehabt hatte, alles einigermaßen unter Kontrolle zu haben, kam es mir nun so vor, als hätte sich mein Leben in einen tosenden Mahlstrom verwandelt, der mich auf seinem Weg der Zerstörung mit sich riss. Als müsste ich hilflos dabei zusehen, wie alles unter meinen Füßen wegbröckelte, meine Familie, meine Beziehung zu Marian, mein Leben in der Schattenwelt und vielleicht bald auch noch meine reale Existenz. Wer wusste schon, was als Nächstes geschehen würde? Was, wenn das Nichts Eisenheim endgültig verschlang?

Gegen fünf Uhr kehrte Marian klatschnass aus der Uni zurück. Der Regen hatte sich mittlerweile in ein handfestes Gewitter verwandelt. Blitze zuckten über den Himmel und die gegenüberliegenden Fassaden. Donnergrollen mischte sich mit dem Rauschen des Wasserkochers in der Küche. Zu dritt saßen wir wenig später um den Küchentisch und starrten in Tassen mit heißem Tee. Keiner von uns sagte etwas. Es gab nichts zu sagen. Mein Vater war verrückt, baute Aquarien und befand sich vollkommen in den Fängen des Eisernen Kanzlers. Ich selbst war in der Schattenwelt zu einer Aussätzigen geworden, weil der Kanzler Lügen über mich verbreitete. Und das Schlimmste an allem war, dass sich das Nichts derweil in aller Ruhe in die Schattenstadt und unsere Köpfe hineinfressen konnte. Niemand stellte sich ihm entgegen. Dabei sollte es jemand tun. Unbedingt.

Marian wirkte erschöpft, unter seinen Augen lagen dunkle Ringe. Christabel hatte ihr Haar nachlässig zu einem Knoten gebunden. Ich selbst sah vermutlich nicht besser aus. Wie sollten wir in diesem Zustand die Kraft finden, etwas zu unternehmen?

Ich blinzelte. Wie giftige Dämpfe schlängelte sich die Mutlosigkeit durch die Küche und in unsere Gedanken, trübte die Luft, die wir atmeten. Plötzlich kam ich mir so unglaublich winzig vor. Ein winziger Mensch in einer noch winzigeren Wohnung. Die Wände so nah. Die Möbel viel zu riesig. Selbst meine Kleidung engte mich ein, meine Brust zog sich zusammen. Wie sollte ich das Nichts nur aufhalten? Was sollte ich nur tun? Was konnte ich überhaupt ausrichten? Ich wurde das Gefühl nicht los, langsam zu ersticken.

Irgendwann hielt ich es nicht mehr aus.

Es war keine bewusste Entscheidung, eher so etwas wie Notwehr, als ich kurz darauf meinen Körper verließ. Als wäre es das Natürlichste auf der Welt, schlüpfte ich in meine flackernde Schattengestalt und ließ mein reales Selbst auf dem Küchenstuhl zurück. Jeder Muskel in meinem Schattenkörper schmerzte von der letzten Nacht, ich hatte es geahnt. Dennoch fühlte ich mich gleich viel besser. Freier. Leichter. Christabel blickte nicht einmal auf, als meine Finger, die nun die Farbe eines schlecht eingestellten Fernsehsignals hatten, in das Glas der Fensterscheibe eintauchten. Nur Marian hob verwundert eine Augenbraue, machte jedoch keinerlei Anstalten, mich aufzuhalten.

Ich zuckte entschuldigend mit den Achseln und spürte im nächsten Moment, wie meine Gestalt ins Negativ umschlug. Glas perlte über mein Gesicht und meine Schultern, dann war ich draußen. Wind peitschte mir entgegen und durch mich hindurch. Gierig sog ich die frische Luft ein. Regentropfen überzogen meine Haut mit einem feinen Kitzeln, wo sie in meinen Schattenkörper eindrangen oder wieder austraten. Ich fragte mich, ob man wohl sah, wie sich die Wasserperlen ihren Weg durch mein Gesicht und meine Knochen bahnten.

Rasch schwebte ich parallel zur Hauswand in die Höhe, bis ich das Dach erreichte. Ohne die Schindeln zu berühren, marschierte ich die Schräge hinauf bis zum Schornstein und legte den Kopf in den Nacken. Für einen Sekundenbruchteil erhellte ein Blitz die Finsternis, die über dem Stadtteil hing. Ich zuckte nicht einmal zusammen. Fasziniert betrachtete ich die düsteren Wolken, die sich über mir am Himmel türmten. Die wattigen Gebilde wirkten bedrohlich und zugleich wunderschön. Wie der Dunst einer fernen Welt.

Aus dem Augenwinkel erkannte ich das Flackern einer weiteren Schattengestalt, gerade als ich mich mit aller Kraft vom Dachfirst abstieß. Regenschleier vernebelten meinen Blick, während ich emporschoss, höher und höher. Die Stadt unter mir schrumpfte auf Modellgröße zusammen. Ein bisschen war es, als würde ich umgekehrt wandern, nicht auf Eisenheim zustürzen, sondern von der realen Welt weg. Hinauf in eine neue Dimension!

Der Wind blies mir durch die Stirn und meine Gedanken. Er spülte meine Angst fort, genauso wie meinen Zorn, meine Hilflosigkeit, bis nur noch Freiheit blieb, die keine Grenzen kannte. Ich war mir nicht sicher, ob ich gerade den Verstand verlor, aber eigentlich war es mir auch egal.

Endlich erreichte mein Kopf die finsteren Schwaden, anschließend meine Brust, meine Hüften, meine Knie. Die Wolke nahm mich in sich auf. Dunkle Watte umtoste mich. Ich schloss die Augen und rollte mich in der Schwerelosigkeit zusammen. Selbst durch meine Lider hindurch erkannte ich die Blitze, die um mich herumzuckten, doch ich fürchtete mich nicht, sondern ließ mich treiben und hoffte zu vergessen. Fernab von der Welt in meinem eigenen tiefschwarzen Ozean.

Irgendwann, ich hatte keine Ahnung, wie viel Zeit vergangen war, berührte mich etwas an der Hand. Nur widerwillig blinzelte ich und entdeckte Marians Züge vor mir in der Dunkelheit.

»Spinnst du?«, rief er. Doch seine Worte klangen dumpf inmitten der Schwaden. »Weißt du, wie gefährlich das ist? Du könntest jeden Augenblick gegrillt werden.«

»Mir geht es gut«, entgegnete ich und wollte mich abwenden. Doch Marian hielt mein Handgelenk mit eisernem Griff. »Wir müssen hier weg.« Er versuchte, mich aus der Wolke zu zerren, aber ich entwand mich ihm.

»Flora!« Marian setzte mir nach. »Bitte, wir müssen miteinander reden. Sieh mich an.«

Ich hob den Blick. Marian musterte mich. Die Schattengestalt kräuselte die Konturen seines Gesichts. Dennoch erkannte ich die Sorge, die darauf lag. Oder war es Angst?

»Worüber?«

Er presste die Lippen aufeinander. »Ich … helfe dir«, sagte er so leise, dass ich es zwischen Regen und Donner kaum verstand.

Ich verschränkte die Arme vor der Brust. »Wirklich?«

»Christabel und ich glauben dir«, versicherte er.

»Gut«, sagte ich. »Aber dir ist schon klar, dass es hier um mehr geht, oder? Das Nichts wird Eisenheim zerstören, wenn ich nicht bald etwas unternehme.«

Marian nickte und stieß mich gerade noch rechtzeitig zur Seite, bevor ein Blitz die Wolke an der Stelle durchzuckte, an der wir geschwebt waren. Ich schrie vor Schreck auf, doch Marian sprach weiter, als wäre nichts gewesen. »Christabel wird sich nicht weiter überreden lassen, die Befehle deines Vaters zu missachten. Aber ich habe beschlossen, es zu tun. Du kannst nicht in diesem dämlichen Turm bleiben.« Er fuhr sich mit der Hand über die Augen. »So kann es doch nicht weitergehen, oder? Wir können die Schattenwelt nicht einfach so untergehen lassen, nur weil etwas zwischen uns steht, Flora!« Er atmete aus. »Wir müssen uns zusammenraufen.«

Ich strich mir das nasse Haar aus dem Gesicht und probierte ein Lächeln. »Klingt nach einem Plan.«

Marian nickte.

Ohne darüber nachzudenken, nahm ich seine schwärzlich flackernden Schattenhände in meine. Sie fühlten sich genauso warm und schwielig an wie seine menschlichen. »Danke«, sagte ich. »Aber was ist, wenn ich wieder von dem Stein anfange? Das könnte passieren, weißt du? Rennst du dann wieder weg?«

Marians Mundwinkel zuckten, während seine Finger sich in meine flochten. Der Regen strömte durch unsere Schattenhände hindurch. »Ich frage mich schon länger, ob es so wichtig ist, dass wir einander nicht trauen. Müsste das nicht eigentlich egal sein, weil wir –« Er wollte mich an sich ziehen, doch ich schüttelte den Kopf.

»Wenn unsere Gefühle stärker wären, dann wäre es nicht so schwer, oder? Dann könntest du mir vergeben und ich –«

»Na gut, dann kann ich dir eben noch nicht alles verzeihen«, unterbrach er mich, seine Stimme wurde rau. »Aber … ehrlich gesagt ist mir das gerade egal. Es ist genauso schwer für mich, in deiner Nähe zu sein, wie es nicht zu sein, okay?«

»Okay«, flüsterte ich.

Wir hingen mitten im Himmel. Zwei flackernde Seelen in der Dunkelheit, umringt von tanzenden Blitzen. Donnergrollen fraß sich durch unsere Gedanken, ein Regentropfen, der zuerst durch meinen und dann durch Marians Daumen stürzte, ließ uns für einen Herzschlag miteinander verschmelzen.

»Ich lasse nicht zu, dass der Kanzler dir noch mal zu nahe kommt«, murmelte Marian.

Ich senkte den Kopf zu einem Nicken, doch als ich mein Kinn wieder hob, flog mein Körper wie von selbst mit in die Höhe, ein kleines Stück nur, hinauf zu Marians Mund. Vorsichtig legte ich meine Lippen auf seine. Sie waren kühl, er schmeckte nach dem Sturm um uns herum. Auf meiner Zungenspitze prickelte das Gewitter. Ich drängte mich an ihn, schloss die Augen und küsste ihn, weder zärtlich noch vorsichtig. Marian wurde zu meinem Anker, an den ich mich klammerte, und er ließ es geschehen. Zuerst stand er nur da, vielleicht, weil es ihn überraschte. Vielleicht, weil er fürchtete, den Moment zu zerstören, wenn er sich regte? Meine Handfläche glitt über seine Wange, fühlte die Bartstoppeln darauf und das Lächeln, das auf seinem Gesicht lag, als er sich schließlich doch rührte und den Kuss erwiderte.

Das Gleißen eines Blitzes erhellte das Innere der Wolke, den Himmel darunter und die Welt, die in der Tiefe lag.

Marian legte seine Arme um mich, hielt mich fest. »Wir machen es gemeinsam, Flora«, raunte er. »Wir finden heraus, was vor sich geht, und wir helfen Ylva.«

Ich hinderte ihn daran weiterzusprechen, indem ich seinen Mund erneut in Beschlag nahm. Jetzt war nicht der richtige Zeitpunkt für Marian, sich daran zu erinnern, was ich ihm angetan hatte. Sobald wir zu viel grübelten, würden wir neue Hindernisse finden, die gegen das sprachen, was wir hier taten. Meine Finger glitten durch sein Haar, seine Hände wanderten wie von selbst über meinen tropfnassen Schattenkörper, streiften meine Taille, den Ansatz meiner Brüste.

»Ich hole dich aus diesem verdammten Turm raus«, murmelte er weiter. »Und dann …«

»Dann müssen wir zum Nichts«, flüsterte mein Mund von ganz allein, ohne dass ich es vorgehabt oder nur daran gedacht hatte. Dort verlor sich schließlich die Spur dieses Desiderius, wenn ich die Frau im Rathaus richtig verstanden hatte. Konnte man jemanden *im* Nichts wiederfinden?

Marian blinzelte, seine Hände hielten inne. »Zum Nichts?«

»Ich erkläre es dir später.«

Marian schüttelte den Kopf. »Warum willst du zum N–«

Doch da lagen meine Lippen bereits wieder auf seinen und verhinderten, dass er weitersprach. Wieder küssten wir uns und das war alles, was zählte, während Wolkenfetzen um unsere Köpfe wirbelten und unsere Sorgen und Zweifel davontrugen.

Das Donnergrollen entfernte sich, die Blitze wurden seltener. Irgendwann verwandelte sich der Regen in kleine Kugeln aus Eis, die als Hagel auf uns niederprasselten.

Marian zog mich aus der Wolke.

Ich folgte ihm.

Hand in Hand schwebten wir durch die Dunkelheit dem Erdboden entgegen. Die Dächer wurden wieder größer, das Licht der Straßenlaternen schwoll an. Autos malten leuchtende Spuren in den Straßen. Lautlos schlüpften Marian und ich durch das Mauerwerk hinein in die Küche, die verlassen und dunkel dalag. Auf den Stühlen erkannte ich schemenhaft unsere Körper, Marians und meinen, reglos, wie tot. Aus dem Wohnzimmer war wieder einer von Christabels Actionfilmen zu hören.

Einen Augenblick lang betrachteten wir unsere müden Gestalten.

»Von jetzt an stehen wir das zusammen durch«, versprach er noch einmal.

»Ja«, sagte ich, aber es klang noch immer wie eine Frage. Es wollte mir nicht in den Kopf, dass er mich nicht länger auf Abstand hielt.

Marian betrachtete mich mit zusammengeschobenen Brauen. »Komm«, sagte er schließlich und deutete auf unsere realen Erscheinungen.

Wir fuhren zurück in unsere Körper. Es war ein merkwürdiges Gefühl, als kehrte man heim und gleichzeitig in ein Gefängnis zurück. Stück für Stück verband sich meine Seele mit dem dazugehörigen Fleisch und Blut, von den Zehenspitzen bis zum

Haaransatz kroch ich in mich selbst hinein, eroberte Muskeln und Sehnen und Nerven zurück. Ich hatte es schon so oft getan, dennoch war es für mich jedes Mal ein kleines Wunder, wieder zum Menschen zu werden.

Wir blieben vorerst sitzen. Meine Finger strichen über die Kante des Sitzkissens unter mir, Marian starrte in seinen inzwischen eiskalten Pfefferminztee.

»Und?«, fragte ich nach einer Weile. »Willst du Christabel nicht Bescheid geben, dass du die flüchtige Gefangene wieder eingekerkert hast?«

Marian antwortete nicht, sondern sah mich nur an. Mit Daumen und Zeigefinger griff er nach einer Strähne meines Haares und zwirbelte sie zu einer Locke. »Du bist keine Gefangene«, sagte er.

Ich zuckte mit den Achseln. »In der Schattenwelt schon.«

»Wen interessiert schon die Schattenwelt?«, seufzte Marian. Ich hatte den Eindruck, als wolle er noch etwas hinzufügen, doch er tat es nicht. Stattdessen rückte er näher an mich heran und küsste mich schon wieder. Seine Lippen umspielten die meinen, wärmer dieses Mal. Vielleicht lag es daran, dass wir uns nicht mehr als Schatten in einer Gewitterwolke befanden. Vielleicht auch nicht. Was scherte es mich? Meine Hand bahnte sich ihren Weg unter Marians Pullover, strich über seine Brust. Unter den Fingerkuppen spürte ich seinen kräftigen Herzschlag, als Marian plötzlich zurückfuhr und mein Handgelenk festhielt.

»Was ist?«, fragte ich außer Atem.

Sein Blick schnellte zur Tür und ich verstand, denn nun hörte ich es auch: Dort waren Schritte auf dem Flur. Leichtfüßige, schnelle Schritte, die nicht nach Christabel klangen!

Mit einem Hechtsprung war Marian bei der Tür und riss sie auf. Doch die Diele lag vollkommen still. Dort war niemand. Oder? Das Licht, das unter der Wohnzimmertür durchdrang, malte ein gezacktes Muster auf die Garderobe und die Kommode mit der Schale, in der wir unsere Schlüssel aufbewahrten. Aber sonst?

Wir durchsuchten die Wohnung, aber sie war leer, bis auf uns und Christabel, die auf der Couch eingeschlafen war. Und auch im Treppenhaus konnten wir niemanden finden.

»Vielleicht haben wir es uns nur eingebildet«, sagte ich und merkte selbst, wie wenig überzeugend das klang.

Marian schüttelte den Kopf. Er war noch bleicher als sonst, an seiner Schläfe pulsierte eine Ader. »Es reicht jetzt wirklich«, erklärte er. »Du und ich, wir werden etwas unternehmen. Heute Nacht.«

»In Ordnung«, murmelte ich. »Wir müssen bloß zuerst ein paar Dinge herausfinden.«

Marian presste die Lippen aufeinander, dann holte er tief Luft. »Flora«, sagte er. »Es gibt vielleicht eine andere Möglichkeit, die Seele meiner Schwester zu befreien.«

Es war merkwürdig, an was man sich alles erinnerte, wenn man an den Ort seiner Kindheit zurückkehrte, das erkannte ich in dieser Nacht. So viele Jahre über war dieses Turmzimmer im Südosten Eisenheims die ganze Welt für meine schlafende Seele gewesen. Das Zimmer, die Hausdächer und das bisschen Himmel, das man durch die beiden kleinen Fenster erkennen konnte. Wohin mein Blick auch glitt, andauernd schälten sich Gedanken an längst Vergangenes aus dem Dickicht meines Bewusstseins. Es begann, kaum dass ich die Augen aufgeschlagen hatte. Ich lag in meinem Himmelbett und das Erste, was ich sah, waren die gestickten Sterne im Stoff über mir.

Ich betrachtete die silbrigen Fäden, die etwas darstellten, was ich noch niemals gesehen hatte. Denn der Himmel der Schattenwelt war immer schwarz und leer, bis auf die herabstürzenden Seelen natürlich. Ich streckte die Hände nach den merkwürdigen Gebilden über mir aus.

»Sterne, Flora«, sagte jemand irgendwo außerhalb meines Blickfeldes. Eine Frau, deren Stimme mir vertraut war.

»Terne«, wiederholte ich.

»In der echten Welt hängen sie am Himmel. Es ist das Licht von Milliarden Kilometern entfernten Sonnen, viele von ihnen existieren gar nicht mehr, wenn ihr Licht bei uns ankommt. Was wir sehen, ist längst tot.«

Ich verstand nicht, was man mir da erklärte, aber ich wollte so gerne einen der glitzernden Sterne haben! Mit meinen winzigen Fäusten versuchte ich, die Bilder unter der Decke zu umschließen. Doch es gelang mir nicht, sie waren viel zu weit weg.

Ich fing an zu weinen und schlug mit den Händen nach der Luft zwischen mir und dem bestickten Samt.

»Ist ja gut«, sagte die Frau und beugte sich über mich. Ihre Augen blitzten, als sie mich hochnahm und an sich drückte. »Auch wenn die Sterne tot sind, ihr Licht ist doch noch bei uns.«

Ich presste mein Gesicht an die Schulter der Frau und krallte mich in den Ärmel ihres Kleides.

Auch heute erfüllte mich der Anblick des Stoffhimmels mit einem Hauch von Wehmut. Obwohl man mich in diesen Mauern gefangen gehalten hatte, waren sie doch lange Zeit mein Zuhause gewesen, in dem sich meine Kinderseele sicher und geborgen gefühlt hatte. Eine Geborgenheit, die in meiner Welt nicht mehr existierte, vielleicht niemals da gewesen war?

Sterne gab es in dieser Welt jedenfalls keine, dafür jedoch ein schreckliches Nichts, das immer weiter auf Eisenheim zukroch und irgendwie mit mir und dem Weißen Löwen zusammenzuhängen schien. Ich hatte bloß noch immer keine Ahnung, wie. Zwar wusste ich inzwischen, dass es ein Gelehrter namens Desiderius gewesen war, der vor Jahren die Prophezeiung über mich und den Stein ausgesprochen hatte. Doch dieser war im Nichts verschwunden. Ob er ihm zum Opfer gefallen oder freiwillig hineingegangen war, weil er glaubte, dort Löcher zu finden, in denen wieder etwas existierte, war unklar. Konnte es überhaupt Löcher im Nichts geben? Nun gut, angenommen, das Nichts würde nicht wachsen, sondern sich auf die Stadt zubewegen … Was befand sich dann an den Stellen, von denen es sich wegbewegte? Was, wenn an diesen Orten tatsächlich wieder Leben möglich wäre? Vielleicht waren all die Menschen, die das Nichts bisher verschlungen hatte, überhaupt nicht tot, überlegte ich. Das würde zumindest die fehlenden Fernsehnachrichten in der realen Welt erklären. Oder wurde ich gerade verrückt?

Ich stützte die Ellbogen auf das Fenstersims, starrte in die Dunkelheit hinaus und grübelte über Desiderius und das Nichts.

Die Zeit verging, und obwohl Geduld nicht gerade zu meinen Stärken gehörte, wartete ich wie Rapunzel auf meinen Prinzen, der mich rettete. Marian kam erst, als ich schon befürchtete, jeden Augenblick aufzuwachen. Und wie sich herausstellte, gehörte ein wenig mehr dazu, mich zu befreien, als nur ein dämliches Gitterfenster aufzubrechen. Ich erkannte es an dem Lärm, der losbrach, kaum dass eine grau gewandete Gestalt den Platz vor dem Dom betrat. Obwohl er seine Kapuze tief ins Gesicht gezogen hatte, war es ohne Zweifel Marian, der dort über das Kopfsteinpflaster hastete, seine Statur und sein Gang verrieten ihn. Anscheinend hatte der Eiserne Kanzler mein Verlies nicht unbewacht zurückgelassen. Es war mir bisher gar nicht aufgefallen, doch im Grunde hätte ich es mir denken müssen: Seine Reiter waren stets in meiner Nähe! Zuerst hörte ich das Schaben von Hufen auf dem Dach, dann das Kreischen eines Schattenpferdes, das anscheinend auf der Spitze des Turms postiert gewesen war und nun in die Tiefe rauschte.

Marian beschleunigte seinen Schritt und ich verlor ihn für einen Moment aus den Augen, weil mir dunkel gefiederte Schwingen die Sicht nahmen. Dann krachten mächtige Hufe auf den Boden, die Wucht des Aufpralls ließ das Pflaster bersten. Zischend schnellte die Peitsche des Reiters nach vorn, doch Marian tauchte geschickt zur Seite weg. Ich presste mein Gesicht zwischen die Gitterstäbe.

Reiter und Pferd wirbelten herum, wieder knallte die Peitsche durch die Luft. Marian hatte allerdings bereits einige Meter zwischen sich und seine Angreifer gebracht, nahm nun Anlauf und sprang in die Höhe. Mit einer fließenden Bewegung schlug er dem Schattenreiter auf die rechte Schulter, sodass dieser aufschrie und seine Faust öffnete. Die Peitsche fiel zu Boden.

Als Marian krachend wieder auf dem Kopfsteinpflaster landete, taumelte er ein paar Schritte rückwärts, dann schnappte er sich die Waffe und ließ sie vor den Flanken des Pferdes züngeln, bis es ängstlich zurückwich. Der Reiter, der sich den Arm hielt, zischte etwas Unverständliches und riss die Zügel herum. Das Schattenpferd entfaltete die Flügel und stieß sich in die Höhe. Einen Augenblick später stob es durch den nächtlichen Himmel davon. Vermutlich, um Verstärkung zu holen. Marian stürzte auf den Dom zu, als würde dieser mit mir im Erdboden versinken, wenn er auch nur eine Sekunde zögerte. Er hangelte sich an der Fassade empor. Wie ich es schon öfter bei ihm gesehen hatte, nutzte er die veränderte Schwerkraft Eisenheims und sprang immer wieder ein Stück in die Höhe. Es war eine gewagte Kletterpartie, er brauchte schließlich nur einen der gotischen Bögen zu verfehlen, um in die Tiefe zu stürzen. Aber er schaffte es. Schon kurz darauf schob sich sein verschwitzter Schopf über das Fensterbrett.

»Hi!«, keuchte er und grinste mich an.

Ich war so erleichtert, ihn wieder bei mir zu haben, dass ich gar nicht anders konnte, als ihm zwischen den Gitterstäben hindurch einen Kuss auf den Mund zu drücken. Und Marians Lippen hießen mich bereitwillig willkommen. Allerdings nur für die Dauer eines Gedankens, dann löste er sich wieder von mir.

»Wir müssen zusehen, dass wir wegkommen. Es wird hier bald

von Schattenreitern wimmeln«, keuchte er. Aus einer Tasche seines Mantels zog er eine kurze Eisenstange hervor, die er als Hebel zwischen Gitter und Mauerwerk ansetzte.

Ich trat einen Schritt zurück. »Schön, dass du es geschafft hast vorbeizuschauen«, sagte ich.

»Ich hatte eh nichts Besseres vor«, ächzte Marian, der sich nun mit seinem gesamten Gewicht auf die Eisenstange stützte. Endlich gab der Sandstein nach, es krachte, das Schloss brach heraus. Schon sprang ich auf das Fenstersims, Marian half mir, mit den Füßen Halt an der Fassade zu finden. Ich klammerte mich an einen Mauervorsprung und ließ meinen Körper vorsichtig in die Tiefe gleiten. Der Wind trug das Geräusch unzähliger Flügelpaare heran. In der Ferne überzogen Hunderte von dunklen Punkten den Himmel, die sich rasch näherten. Anscheinend war die ganze Brut aus ihrem Horst im Dunsterrost ausgerückt.

»Das geht zu langsam«, raunte Marian. »Wir müssen in den Straßen untertauchen, bevor die Biester hier sind, sonst haben wir keine Chance.«

Ich wollte mich weiterhangeln, doch ehe ich wusste, wie mir geschah, umschlang Marian plötzlich meine Taille und sprang.

Wir rasten dem Erdboden entgegen, ich kreischte.

»Schhhhh«, machte Marian. »Sonst hören sie dich. Einer von denen ist kein Problem, Flora«, erklärte er, während wir fielen und er uns nur dann und wann ein wenig abbremste, indem er mit der freien Hand nach einem Sims griff. »Aber eine ganze Armee kannst du vergessen. Die würden wir niemals abhängen.«

Mein Haar und meine Kleidung flatterten in der eisigen Luft. Ich spürte Marians Körper an meinem Rücken, seinen Arm, der mich hielt. Noch immer raste der Boden auf uns zu. Ich hatte Angst, ja. Aber nicht mehr so wie früher. Den näher kommenden Platz zu betrachten, war ein bisschen so, wie vor dem Nichts zu stehen. Die Furcht schrumpfte allein dadurch, dass man sie aushielt.

Die letzten Meter rauschten an mir vorbei, Marian fing unseren Sturz ab, wir kugelten über die Steine. Dann zog er mich schon auf die Beine und wir rannten los. Mir fiel auf, dass Marian ein wenig hinkte, doch er zog mich unaufhaltsam mit sich. Endlich erreichten wir das Dickicht der Gassen, einen Moment später malten dunkle Schwingen hinter uns Schatten auf das Kopfsteinpflaster.

»Bist du verletzt?«, keuchte ich.

Marian schüttelte den Kopf. »Ist nicht der Rede wert.« Schon drängte er mich weiter. »Sie haben uns nicht gesehen. Aber das heißt nicht, dass wir in Sicherheit sind.«

Ich nickte, und so hasteten wir weiter durch die Straßen dieses Viertels, das mir so fremd und vertraut zugleich war. Gebäude und Denkmäler glitten an uns vorbei, Geschäfte, Parkbänke, Laternen. Menschen, die spazieren gingen oder zum Einkaufen eilten. Spielende Kinder. Oldtimer, die hupten, wenn Marian und ich zu plötzlich um eine Ecke bogen und ihnen vor die Räder liefen. Und der Himmel war überzogen von Schattenreitern, die Ausschau hielten, uns in unseren Mänteln in der Dunkelheit jedoch kaum würden ausmachen können. Das hoffte ich jedenfalls.

Irgendwann bekam ich Seitenstechen. Ich brauchte dringend eine Pause und einen Schluck Wasser. »Warte«, krächzte ich und versuchte, Marian zum Anhalten zu bewegen. »Lass uns kurz … warten, ja?«

Marian zog mich mit sich in den schmalen Spalt zwischen zwei Häusern. Ich stützte die Arme auf die Oberschenkel und keuchte.

»Aber nur kurz«, sagte Marian und verzog das Gesicht, als er seinen linken Knöchel betastete.

»Wohin wollen wir eigentlich?«, schnaufte ich nach ein paar Minuten. »Ich schätze, ich sollte mich irgendwo verstecken, bevor mein Vater mich wieder einfangen lässt.«

»Madame Mafalda hat das für uns gedeichselt«, sagte Marian. »Deshalb bin ich heute Nacht auch so spät dran, ich habe sie dazu überredet, uns zu helfen. Sie hat mit dem Großmeister alles besprochen.«

Ich hob eine Augenbraue. »Heißt das …«

»Es heißt, dass ich dich erst einmal nach Notre-Dame bringe. Dort gilt Asylrecht. Selbst der Fürst kann dich nicht dort herausholen, wenn der Bund dich nicht ausliefert oder du nicht freiwillig vor die Tore trittst.«

Ich biss mir auf die Unterlippe, weil ich genau das erst gestern gemacht und mich damit den Schattenreitern und dem Plan des Kanzlers preisgegeben hatte. Obwohl es mir nicht behagte, ein Gefängnis gegen das nächste zu tauschen, nickte ich.

»Geht es wieder? Wir sollten machen, dass wir weiterkommen. Die Nacht ist bald vorüber und bis Notre-Dame liegt noch ein ziemlicher Weg vor uns. Ich würde ja sagen, wir nehmen einen

Zeppelin, aber da man uns in der Luft verfolgt, wäre das vermutlich keine gute Idee.«

»Okay«, murmelte ich langsam und strich mit den Fingerspitzen über Marians Haaransatz, dann hauchte ich ihm einen Kuss in den Mundwinkel. »Danke«, flüsterte ich.

13 EISHOCKEY

Kasimir hat mich angewiesen, sie rund um die Uhr zu bewachen«, drang Christabels Stimme aus dem Arbeitszimmer nebenan an mein Ohr, als ich am nächsten Morgen die Augen aufschlug. »Er wird ohnehin außer sich sein, wenn er bei seinem nächsten Nickerchen herausfindet, dass sie wieder beim Bund ist.«

»Ja«, sagte eine zweite Stimme, die zweifellos Marian gehörte. »Aber sie *würde* ja auch bewacht werden. Nur eben von mir. Ich folge ihr als Schatten in die Schule und, wenn es sein muss, auch zum Ballett und abends nehme ich sie eben mit zu meinem Spiel.«

»Der Fürst will, dass sie in der Wohnung bleibt.«

Marian seufzte. »Christabel, wir wissen doch beide, welche Masche der Kanzler hier abzieht, Fürst hin oder her. Kasimir weiß im Moment doch gar nicht, was er sagt.«

»Nun … er ist immer noch – «

»Willst du dem Kanzler seinen Triumph gönnen?«

Ein Schnauben ertönte. »Natürlich nicht. Trotzdem. Hast du mir nicht letztens erst gestanden, wie schwer es dir fällt, Flora zu vertrauen, seit das Nichts verrücktspielt?«

Schweigen.

Ich setzte mich auf. Also stimmte es doch, was Marian mir gegenüber nie ausgesprochen hatte: Auch er brachte mich und den Stein mit den Geschehnissen in Eisenheim in Verbindung, genauso, wie der Kanzler es bereits bei unserem Treffen in der Philistergasse angedeutet hatte. Mir selbst war dieser Gedanke natürlich auch schon gekommen …

»Siehst du«, sagte Christabel schließlich, weil Marian darauf anscheinend nichts zu antworten wusste. »Na schön, Marian, ich mache dir einen Vorschlag: Kasimir wird noch bis zum Wochenende weg sein. In dieser Zeit machen wir es so, du begleitest sie überallhin. Und damit meine ich *überallhin*. Vielleicht gelingt es euch in dieser Zeit ja zu beweisen, was der Kanzler getan hat. Wenn nicht, wird Flora wieder unter Hausarrest stehen, sobald ihr Vater zurück ist.«

Marians noch immer leicht hinkende Schattengestalt wurde zu meinem ständigen Begleiter, was, nun ja, irgendwie gar nicht so schlimm war, wie ich befürchtet hatte. In der Schule postierte er sich hinter Wiebkes und meinem Tisch und sah mir bei der Mathearbeit über die Schulter. Das machte mich zwar einerseits nervös, half mir aber auch, weil er mir die eine oder andere Lösung ins Ohr raunte. Auch meine Ballettstunde am Nachmittag ließ Marian sich nicht entgehen. Für alle anderen unsichtbar stellte er sich zwischen Wiebke und mich an die Stange und machte so witzige Pliés und Frappés, dass mich unsere Lehrerin mehrmals beim Kichern erwischte.

Wiebke, der ich natürlich berichtet hatte, was sich in den letzten Tagen und Nächten abgespielt hatte, teilte meine gute Laune nicht. »Wir sollten zur Polizei gehen«, flüsterte sie mir nach dem Training im Umkleideraum zu (Marian hatte sich Gott sei Dank dazu bewegen lassen, vor der Tür auf uns zu warten). »Dein Vater darf dich nicht einfach einsperren, Schattenfürst hin oder her. Das hier ist die reale Welt, und was immer in Eisenheim passiert, darf doch nicht dein normales Leben beeinflussen.« Sie stopfte ihr Trikot in ihre Tasche. »Das ist nicht richtig.«

Ich verdrehte die Augen. »Seit dem Tag, an dem ich zur Wandernden wurde, habe ich kein normales Leben mehr«, seufzte ich. »Wenn du also danach gehst …«

Wiebke funkelte mich an. »Du weißt genau, was ich meine. Das geht so nicht. Linus und ich helfen dir, dich da rauszuboxen.«

»Das ist nett«, sagte ich. »Aber die Polizei kann vermutlich nicht viel machen. Die Geschichte mit der Schattenwelt würde mir ja sowieso keiner glauben.«

Wiebke nickte und ballte die Fäuste. »Trotzdem. Wir sind auf deiner Seite.«

Ich lächelte. »Danke, das ist schön zu wissen. Aber vielleicht finden Marian und ich ja auch bald heraus, was vor sich geht.«

Tatsächlich war uns das Glück sogar noch an diesem Nachmittag hold, als ich zumindest auf eine meiner geschätzten hunderttausend Fragen endlich eine Antwort fand.

Es geschah gegen halb fünf. Marians Eishockeymannschaft hatte in knapp zwei Stunden ein Spiel und ich würde es mir ansehen. Genauso wie Ylva, die sich natürlich anschauen wollte, womit ihr Bruder sein Geld verdiente, und Wiebke, die darauf bestand, mit mir mitzukommen.

Bevor wir uns allerdings auf den Weg zur Eishalle in Essen-West machten, musste Marian seinen Körper, seine Ausrüstung und seine Schwester aus seiner Wohnung abholen, weshalb wir nach dem Ballett erst einmal wieder nach Steele fuhren.

Während Marians Schatten nach oben schwebte, warteten Wiebke und ich im Hausflur. Ich lehnte mich mit dem Rücken an den Rauputz, Wiebke polierte ihre Brillengläser mit einem Tuch. Wir hörten schon Marians und Ylvas Schritte auf der Treppe über uns, als ich aus dem Augenwinkel etwas vorbeihuschen sah. Schon wieder! Ich wirbelte herum. Ein Schatten sauste in Richtung der Kellertür und tauchte, ohne zu zögern, durch das Holz.

»Verdammt«, zischte ich und war mit einem Satz ebenfalls bei der Tür.

»Was ist denn los?«, fragte Wiebke.

»Pass mal kurz auf meinen Körper auf, ja?«, sagte ich, statt zu antworten. Dann glitt ich auch schon aus mir selbst heraus. Ich hörte noch, wie Marian um die Ecke bog und etwas wie »Da ist man mal dreißig Sekunden weg!« rief, dann war meine Seele bereits auf der anderen Seite der Kellertür.

»Stehen bleiben!«, rief ich der Gestalt zu, die vor mir durch einen Gang aus Waschbeton rauschte. »Wer sind Sie? Warum verfolgen Sie mich?«

Wie zu erwarten ließ sich der Schatten nicht auf eine Plauderei mit mir ein, sondern flog unbeirrt weiter, durch eine Mauer und in einen Keller voller Fahrräder. Ich blieb ihm dennoch dicht auf den Fersen. Immerhin erkannte ich nun, dass es sich um eine zierliche kleine Frau handelte, die ein Kleid aus schwarzer Spitze trug und sich das dunkle Haar zu einem Knoten am Hinterkopf zusammengesteckt hatte. War diese Frau diejenige, die bereits seit Tagen hinter mir herschlich und sich gestern Abend sogar in unsere Wohnung gewagt hatte?

Ich senkte den Kopf und legte einen Zahn zu. So schnell ich konnte, rannte ich durch die Luft über den Fahrrädern und folgte der Wandernden durch die nächste Wand hinein in einen Raum, in dem ein betagter Heizungskessel bullerte. Die Luft war stickig und roch nach Öl. Die Frau vor mir keuchte auf, vielleicht erschreckte sie der riesige Kessel. Jedenfalls hielt sie für einen Augenblick inne, was mir die Chance gab aufzuholen. Mit einem Hechtsprung überbrückte ich den letzten Meter zwischen uns, dann packte ich die Schattengestalt am Oberarm, riss sie zu mir herum und …

… blickte auf die Maske der Dame. Ihre Augen, die in dieser Welt strahlend blau waren, blitzten mir entgegen.

»Was … Wieso –? Sie?«, stammelte ich und zwang mich, eine Frage nach der anderen zu stellen. »Weshalb verfolgen Sie mich?«

Die Dame blinzelte. Es war natürlich nicht zu erkennen, ob sie den Mund öffnete, um mir zu antworten. »Was wollen Sie von mir?«, zischte ich.

Die Dame antwortete nicht. Sie hielt sich aufrecht wie eh und je.

»Warum verfolgen Sie mich? Was soll das?«

»Es wird wieder passieren, Flora«, wisperte sie. »Das Nichts, der Ascheregen …«

Schlagartig ließ ich sie los. »Woher wollen Sie das wissen?«, fragte ich. Vielleicht hätte die Dame es mir erklären können. Doch selbst wenn sie es gewollt hätte, ich hätte es ohnehin nicht mehr erfahren, weil in diesem Moment eine weitere Schattengestalt in den Heizungskeller schoss und sich auf mich stürzte.

Marian.

Mit einem Schrei riss er mich zu Boden und drehte mir die Arme auf den Rücken. »Was soll das?«, rief er. »Ich dachte, wir halten jetzt zusammen. Willst du dich etwa davonmachen?« Er kniete auf meiner Wirbelsäule.

»Nein«, ächzte ich. »Ich bin bloß ihr gefolgt.« Mit dem Kopf nickte ich in Richtung der Stelle, wo bis vor wenigen Sekunden noch die Frau mit der Maske gestanden hatte. Nun war sie allerdings fort.

»Ich weiß jetzt, wer mich die ganze Zeit verfolgt und wen wir gestern im Flur gehört haben«, keuchte ich.

Der Druck auf meinem Rücken verschwand. »Ja?«

Ich nickte und ergriff dankbar die Hand, mit der Marian mich auf die Füße zog. »Es ist die Dame.«

Marian runzelte die Stirn, anscheinend verwirrte ihn diese Erkenntnis genauso sehr wie mich. »Und was will sie?«

Ich stemmte die Hände in die Seiten. »Keine Ahnung. Vermutlich hätte ich es herausgefunden, wenn du dich nicht wie ein bekloppter Ringer auf mich gestürzt hättest.«

»Entschuldige.« Marian senkte den Blick. »Auch dass ich dachte, du wolltest abhauen. Das war … dämlich.«

»Schon gut«, sagte ich. »Gehen wir zurück.«

Eishockeyspiele waren ja nicht gerade das, was mich in meiner Freizeit interessierte. Wenn ich mir Sport im Fernsehen ansah, dann eher so etwas wie Eiskunstlauf, manchmal auch Springreiten, weil Wiebke eine verkappte kleine Pferdenärrin war. Fußball hatte mich noch nie interessiert, Handball erst recht nicht. Und Eishockey? Ich wusste nur, dass man mit den Schlägern eine kleine schwarze Scheibe, die Puck genannt wurde, aber rein gar nichts mit Shakespeare zu tun hatte, in das gegnerische Tor befördern musste. Reicht das aus, um nicht einzuschlafen?, fragte ich mich, als wir die Halle am Westbahnhof betraten.

Eisige Luft schlug uns entgegen. Während Marian sich auf den Weg in die Spielerumkleide machte, schoben Ylva, Wiebke und ich uns durch das Gedränge der Fans. Die meisten Leute trugen Trikots in Violett und Grün, auf denen ein Moskito mit glühend roten Augen abgebildet war, dazu gab es passende Schals, Mützen und riesige Schaumstoffhände, mit denen man winken konnte. Aus den Lautsprechern unter der Hallendecke plärrte eine Männerstimme: »Heeeeeeeey, heeey Baby! Uh! Ah! I want to knooooooow if you be my girl!«

»Mhmpf«, machte ich, nachdem wir die Kasse passiert hatten und nun unschlüssig im Eingangsbereich standen. Bis zum Anpfiff hatten wir noch fast eine Stunde Zeit. Was sollten wir bloß so lange machen?

»Mach dir keine Sorgen, Flora, bevor wir einschlafen, erfrieren wir vermutlich«, sagte Wiebke. Während sie und ich unsere Winterdaunenjacken herausgekramt hatten, schien Ylva alles zu tragen, was sie dabeihatte. Über ihre Jeans hatte sie einen Strickrock gezogen, ich erkannte an ihrem Hals mehrere Lagen von Pullovern und Jacken, darüber hatte sie vier Schals geknotet. Auf ihrem Kopf saßen drei Mützen, unter deren dicken Bommeln ihr Gesicht noch schmaler wirkte. Auch sie zitterte.

»Holen wir uns erst mal Kakao«, schlug sie vor.

»Sehr gute Idee«, lobte Wiebke.

Ich hob die Brauen. Bisher hatte ich nur Bierstände gesehen, doch Ylva, die sich mit derlei Freizeitaktivitäten besser auszukennen schien, zog uns schon mit sich. Zwischen Männern mit Bierbechern und bunt geschminkten Gesichtern schoben wir uns hindurch zu einem Stand, an dem neben Pommes und Currywurst auch antialkoholische Getränke und Kakao verkauft wurden.

Eine Viertelstunde später erreichten wir unsere Plätze auf der Tribüne. Stehplätze, wie sich herausstellte. Aber gut, wer sich setzte, würde sich ohnehin nur eine Blasenentzündung einfangen, vermutete ich. Wir wärmten uns die Hände an unseren Kakao-Bechern, auf denen ebenfalls Moskitos mit roten Augen prangten.

»Du warst bestimmt schon oft beim Eishockey, oder?«, fragte ich Ylva nach einer Weile.

Sie nickte. »Familienschicksal.«

Wiebke seufzte und erinnerte sich vermutlich gerade an Linus' aktive Taekwondo-Zeit zurück. »Das kenne ich«, sagte sie und nahm noch einen Schluck Kakao.

Ich kicherte. Wiebke hatte es wirklich gehasst, bei seinen Wettkämpfen zuzusehen. Erst als ihre ersten Ballettaufführungen anstanden, hatte er aufgehört, auf der Anwesenheit seiner Schwester zu bestehen.

Ylva zuckte mit den Achseln und lehnte sich an eine der metallenen Brüstungen. »Ich komme eigentlich gerne, wenn Marian spielt. Er ist ziemlich gut, wisst ihr?«

Wir nickten, denn auch Wiebke und ich hatten mitbekommen, wie Marian vor einigen Wochen mit den Moskitos Essen verhandelt hatte.

»Klar«, sagte ich und zuckte im nächsten Moment so heftig zusammen, dass ich meinen Kakao fallen ließ. Ein Mann mit einer Trommel hatte sich etwa einen halben Meter neben uns aufgebaut und begonnen, einen Takt darauf zu schlagen. Ein heiserer Fan sang dazu in ein Megafon, die Menschen um uns herum stimmten ein, während Wiebke und Ylva in schallendes Gelächter ausbrachen. »Gut, dass wir so früh da waren«, brüllte ich. »Jetzt haben wir die besten Plätze.«

»Und sogar noch Zeit, um neuen Kakao zu kaufen«, brüllte Wiebke zurück.

Eigentlich war es gar nicht so schlecht in der Eishalle. Nachdem wir uns mit frischen Heißgetränken und einem Standort etwas weiter östlich der Trommel versorgt hatten, bewegten sich die Scheinwerfer unter der Decke und verfolgten einen Mann, der in einem ultrapeinlichen Plüschmoskitokostüm über das Eis fuhr. Dann wurde ein Teppich ausgerollt und eine Gruppe Cheerleader in kurzen grünen Röcken tanzte zu einer weiteren Ausgabe von »Heeeeeeeey, heeey Baby! Uh! Ah!« Wiebke wiegte sich im Takt, Ylva hüpfte aufgeregt auf und ab, um sich warm zu halten, und ich genoss es nach dem Chaos der letzten Tage und Nächte, einen Abend mit zwei guten Freundinnen zu verbringen. Denn obwohl ich Ylva erst so kurz kannte, war sie mir bereits ans Herz gewachsen. Beinahe kam es mir so vor, als wäre sie auch meine Schwester.

Als Nächstes betraten die Spieler das Eis, eingepackt in Schulterpolster und Helme. Zum Glück trugen sie unterschiedliche Nummern auf den Rücken, damit man sie auseinanderhalten konnte (Marian hatte die Sieben). Der Stadionsprecher rief jeden Einzelnen auf, wobei er stets nur den Vornamen nannte und das Publikum den Nachnamen grölen ließ. Mann, die Leute um uns herum kannten echt jeden Spieler.

Als Marian an der Reihe war, begann eine Gruppe Teeniemädels links von uns zu kreischen. »Immmmmooooneeeen«, schrien sie und hüpften wild. Erst jetzt fiel mir auf, dass auf ihren Fantrikots dicke, fette Siebenen prangten.

Die gegnerische Mannschaft wurde weit liebloser hereingewunken, die Namen nur kurz heruntergerattert. Schließlich startete das Spiel. Die Titelmusik von *Fluch der Karibik* ertönte, die Spieler sausten über die Eisfläche. Marian war Verteidiger, und wann immer er den Puck hatte, geriet man neben uns in regelrechte Verzückung.

Zuerst verdrehte ich die Augen, als eines der Mädchen, vielleicht fünfzehn und mit mausblondem Pferdeschwanz, ein rotes Pappherz in die Luft hielt. Doch dann beobachtete ich, wie Marian mit dem Schläger hantierte, und ertappte mich bei dem albernen Gedanken, am liebsten ebenfalls ein Plakat für ihn zu halten.

»Go, Marian! Go, Marian!«, feuerte Ylva ihren Bruder an und ich konnte nicht anders, als mit einzustimmen.

Im Vorbeifahren checkte ihn ein anderer Spieler gegen die Bande, aber Marian ließ sich nicht beirren, er blieb in Puckbesitz, sauste schon auf das gegnerische Tor zu. Mir war nicht klar gewesen, dass Eishockey so ein schnelles Spiel war. Es dauerte nicht wie beim Fußball eine halbe Ewigkeit, bis das erste Tor fiel, sondern alles ging Schlag auf Schlag. Schon nach fünf Minuten beförderte Marians Mannschaft den Puck zum ersten Mal in den Kasten.

Die Halle tobte. Wie sich herausstellte, war es Brauch, den Fanschal abzunehmen und an dieser Stelle wie wild über seinem Kopf zu schwenken. Marian glitt derweil schon wieder über die Eisfläche, grinste jedoch einmal kurz zu uns herauf. Die Mädels neben uns flippten aus. »Er hat mich angesehen!«, kreischte die Herzträgerin. Eine ihrer Freundinnen musste sie stützen. Ich lächelte in meinen Kakaobecher hinein.

Das Spiel bestand aus Dritteln, und während die Moskitos im ersten klar mit vier zu null in Führung gingen, kämpften sich ihre Kontrahenten im zweiten wieder heran. Marian und seine Kollegen hatten alle Hände voll zu tun, um vorn zu bleiben, und gegen Mitte des letzten Drittels stand es schließlich fünf zu vier für die Heimmannschaft. Noch blieben zehn Minuten zu spielen.

Neben mir krallte Ylva ihre Fingernägel in ihre Wangen und intensivierte ihre »Go, Marian«-Rufe, Wiebke und ich taten es ihr nach. Tatsächlich spielte Marian sich schon kurz darauf eine Chance heraus, indem er zwei Gegner austrickste, den Puck geschickt zwischen seinen Füßen hindurchlenkte und schließlich ganz allein mit der Scheibe auf das Tor zustürmte. Die Mädels neben uns hielten den Atem an und mit ihnen die gesamte Halle.

Marian rauschte über die Eisfläche, den Puck am Schläger, nun war er nahe genug heran, holte aus und –

In diesem Moment zerriss ein vielstimmiges Wiehern die Luft über unseren Köpfen. Konnten das etwa …? Ich blinzelte, doch es waren wirklich die Spitzen dunkler Schwingen, die durch das Hallendach hindurchbrachen, gefolgt von glänzenden Pferdeleibern, geblähten Nüstern, Zylindern und ruckenden Gestalten in den Sätteln.

Mindestens zwanzig Monster drehten ihre Runden unter der Decke und spähten ins Publikum, zweifellos auf der Suche nach uns.

Ach du Scheiße!

Sofort verließ Marian seinen Körper, der daraufhin ungebremst weiterraste und in die Bande prallte, bis er mit einem hässlichen Geräusch auf dem Eis zum Liegen kam. Sanitäter eilten herbei, um den »bewusstlos« gewordenen Marian vom Feld zu tragen.

Der Schatten-Marian unterdessen schoss über die Köpfe der Fans hinweg und war einen Augenblick später bei uns.

»Was wollen die?«, stammelte Ylva. Sie zitterte am ganzen Körper und klammerte sich an mich.

»Ich schätze, jemand ist ziemlich sauer darüber, dass Flora aus einem gewissen Turm entkommen ist«, antwortete Marian und senkte grimmig den Kopf.

Wiebke wandte sich zu mir um. Als Einzige von uns sah sie nicht, was vor sich ging, weil der Kanzler dieses Mal keine durch den Splitter des Weißen Löwen manipulierten Reiter geschickt hatte, die auch die Schlafenden angreifen konnten. Der Schock über Marians Unfall auf dem Eis stand ihr ins Gesicht geschrieben. »Irgendwas passiert gerade, oder?«

Ich nickte. »Schattenpferde! Sie sind überall. Dir können sie in diesem Zustand nichts anhaben, aber uns …« Ich deutete auf Ylva, Marian und mich.

Wiebke verstand sofort. »Dann nichts wie weg hier.«

Unsere Unterhaltung hatte nicht einmal fünf Sekunden gedauert, doch es war bereits zu spät. Die ersten Hufe donnerten geisterhaft durch die Körper der Fans, eine Peitsche züngelte vor meinem Gesicht. Marian warf sich vor mich. Ich wollte mich schon aus meinem Körper lösen, doch er schüttelte den Kopf. »Bring Ylva hier weg«, rief er mir über die Schulter zu, dann schnellte er in die Luft und stellte sich drei Schattenreitern gleichzeitig in den Weg.

»Aber es sind so viele«, keuchte ich. »Bist du sicher, dass du allein –«

»Bring Ylva hier weg!«, wiederholte Marian. Dieses Mal brüllte er es, während er einem Tritt in sein Gesicht auswich und zum Gegenangriff überging. »Mach schon, Flora!«

»Okay«, sagte ich. »Okay.« Ohne nachzudenken, griff ich nach Ylvas Hand und zog sie mit mir durch die Menge. Wir rempelten uns zwischen den Teeniemädchen hindurch; Wiebke, die uns begleitete, schubste den Trommler gegen eine Brüstung, damit wir vorbeikonnten. »Sorry!«, rief sie. »Meiner Freundin hier ist schlecht.« Endlich erreichten wir die Rückseite der Tribüne und rannten los. Unsere Füße flogen über den gräulichen, von alten Kaugummis übersäten Boden.

Doch schon nach ein paar Metern versperrten uns zwei der Reiter den Weg. Wie angewurzelt blieben Ylva und ich stehen, Wiebke hielt ich an ihrer Kapuze zurück.

»Na sieh mal einer an«, zischte einer der beiden Schattenreiter. Seine Züge ruckten und zuckten, als habe er mehrere nervöse Ticks gleichzeitig. »Wenn das nicht die flüchtige Prinzessin ist.« Er lüpfte seinen Zylinder und zeigte ein eisiges Grinsen.

»Die Prinzessin und das Monster«, ergänzte sein Kumpel mit schnarrender Stimme und nickte in Ylvas Richtung.

»Lassen Sie uns durch!«, rief ich und machte mich kampfbereit.

Die Reiter lächelten, ihre Pferde senkten die Köpfe und scharrten mit den Hufen.

Ein Betrunkener taumelte an uns vorbei. »Geister?«, lallte er.

Wiebke und ich nickten.

Ylva stand wie erstarrt zwischen uns, die Augen weit aufgerissen, die Hände in unsere Oberarme verkrallt. Sie war totenblass geworden und zugleich lag da etwas auf ihrer Haut, das ich erst beim zweiten Hinsehen erkannte. Ein dunkles Flimmern, ihre Schattengestalt, die sich bereit machte. Die Wildheit des Monsters glomm in ihren Augen.

Verdammt! Nicht auch das noch!

»Halte sie fest!«, wies ich Wiebke an und löste Ylvas verkrampfte Finger von meinem Arm. Ohne Fragen zu stellen, umschlang Wiebke sie und presste ihr die Hände an den Körper, während ich nach vorn stürzte. Ich sprang in die Höhe und drehte mich in der Luft. Mit einer Präzision, die Madame Mafalda die Tränen in die Augen getrieben hätte, verpasste ich dem ersten Reiter einen

Schlag in die Magengrube. Keuchend sackte er auf den Hals seines Pferdes, das erschrocken stieg und mit den mächtigen Hufen beinahe meinen Kopf getroffen hätte. Im letzten Moment duckte ich mich unter ihnen weg, umrundete meinen Gegner und wandte mich dem zweiten Angreifer zu.

Ein Eishockeyfan, der anscheinend gerade vom Klo kam, war entgeistert stehen geblieben und beobachtete, wie ich mich vom Boden abstieß, der Peitsche des zweiten Reiters auswich und mich an eine der schwarz gefiederten Schwingen klammerte, was auch dieses Pferd zum Scheuen brachte. Für den Fan musste es aussehen wie ein bizarrer Schattenkampf, er hatte schließlich keinen Schimmer, wer oder was mein Gegner war. Für den Reiter ergab sich hingegen das Problem, dass ich mich nun unter der Schwinge und damit außerhalb seiner Reichweite befand. Er schnaubte zornig, das Ungeheuer schlug mit den Flügeln, um den ungebetenen Gast loszuwerden, doch ich hielt mich so fest, dass meine Knöchel weiß hervortraten. Das Pferd wieherte durchdringend, galoppierte ein Stück durch die Luft, wand sich und buckelte.

Noch immer züngelte und zischte die Peitsche, jedoch ohne auch nur in meine Nähe zu gelangen. Ich krallte mich fester in das Gefieder. Das Pferd hatte mittlerweile Schlagseite, weil es sich so nicht richtig in der Luft halten konnte, seine Bewegungen wurden immer unkontrollierter. Schließlich verlor der Schattenreiter die Geduld und beugte sich weiter vor, lehnte sich kopfüber aus dem Sattel und versuchte, mich mit bloßen Händen zu erreichen.

Das war der Augenblick, in dem ich die Schwinge losließ und wieder zu Boden sprang. Mit beiden Füßen landete ich auf dem Beton, das erschrockene Schattenpferd preschte samt Reiter durch das Hallendach davon. Der Aufprall ließ ein Kribbeln durch meine Fußsohlen meine Beine hinaufwandern.

»Wie … haben Sie das gemacht?«, stammelte der Eishockeyfan, doch ich hatte keine Zeit, mir eine glaubhafte Erklärung für ihn einfallen zu lassen. Mit zwei Schritten war ich bei Wiebke und Ylva, die den Blick nach innen gekehrt hatte, sodass ihre Pupillen nicht mehr zu sehen waren. Noch immer leckte ihre Schattengestalt an ihren Zügen, bucklige Stacheln, Fangzähne, Hornplatten waren zu erahnen. Ein Grollen drang aus ihrer Kehle, während Tränen über ihre Wangen liefen. Sie war dabei, die Kontrolle zu verlieren.

Wiebke warf mir einen panischen Blick zu.

Ich packte Ylva bei den Schultern und schüttelte sie. »Komm zu dir, ja?«

Ylvas Lippen bebten, wurden von narbigen Wülsten überlagert.

»Mist!«, rief ich. Das nächste Schattenpferd hatte bereits Kurs auf uns genommen. »Weg hier!«

Wiebke und ich packten Ylva bei den Handgelenken und stürzten los, hinter den Tribünen entlang, die Treppe hinab. Beinahe wären wir gestürzt, als wir uns zu dritt und viel zu schnell durch das Drehkreuz an der Kasse drängten. Dann erreichten wir den Parkplatz, was leider nicht bedeutete, dass wir in Sicherheit waren.

Schon brach hinter uns ein weiterer Schatten durch die Wand der Eishalle und schnitt uns den Weg ab. Ich wollte mich gerade auf ihn stürzen, als ich erkannte, dass es Marian war. Er war vollkommen außer Atem, sein Shirt hing in Fetzen an seiner Schattenbrust. Wortlos trat er zu Ylva und legte ihr die Hände über die Augen, streichelte ihr Haar, murmelte etwas auf Finnisch vor sich hin. Nach und nach entspannte sie sich, ihre Schultern begannen zu beben, das Flackern zog sich von ihrer Haut zurück. Marian atmete erleichtert auf, dann warf er mir seinen Autoschlüssel zu.

»Hier«, sagte er. »In meine Wohnung wagen sie sich nicht. Da sind wir in Sicherheit. Ich muss nur noch meinen Körper holen.«

Entferntes Wiehern drang an mein Ohr. Ich nickte und schüttelte gleich darauf den Kopf. »Willst du etwa, dass ich fahre?«, brüllte ich Marian hinterher.

Wiebke riss mir den Schlüssel aus der Hand. »Ausparken kriegen wir wohl gerade noch hin«, rief sie. »Führerschein mit siebzehn, schon vergessen?«

Zwei Minuten später saßen Ylva und ich auf der Rückbank von Marians klapprigem VW Polo. Sie zitterte. Ich drückte sie an mich und redete beruhigend auf sie ein, im selben Tonfall, wie Marian es gerade getan hatte. Wiebke stellte sich Sitz und Rückspiegel ein und startete den Motor, als wäre es das Selbstverständlichste auf der Welt.

Wir fuhren zum Hinterausgang der Halle, aus dem Marian kurz darauf stürzte. Er trug noch seinen Helm und die Schoner an Armen und Beinen, die seinen Körper beim Sturz auf das Eis anscheinend vor dem Schlimmsten bewahrt hatten. Nur die Schlittschuhe hatte er abgestreift. Auf Socken rannte er um das Auto herum und ließ sich in den Beifahrersitz fallen. Ohne mit der Wimper zu zucken, gab Wiebke Gas.

Viel zu schnell brauste sie um die nächste Kurve. Einige Minuten lang schwiegen wir, bis sich Marian irgendwann räusperte. »Wir haben den Kanzler letzte Nacht sehr wütend gemacht, Flora«, sagte er, während Wiebke auf die Autobahnauffahrt zusteuerte.

»Sieht ganz so aus«, stimmte ich ihm zu.

Ylva, die nun wieder ruhiger atmete, verbarg ihr Gesicht an meiner Schulter und schluchzte leise.

14

AUFBRUCH INS UNGEWISSE

In Notre-Dame war der Aufruhr darüber, dass der Großmeister mir Asyl gewährte, groß. Viele Kämpfer standen der Sache skeptisch gegenüber, allen voran Katharina, die mich am liebsten gepackt und persönlich vor die Tür gesetzt hätte. Ich fühlte mich unwohl unter den missbilligenden Blicken. Draußen umkreisten unterdessen Hunderte von Schattenreitern die Kathedrale. Der Fürst tobe in seinem Palast, so hieß es. Man erzählte sich auch, dass mein Vater darüber nachdenke, die angestammten Rechte des Ordens zu verletzen und den Soldaten des Kanzlers den Befehl zum Stürmen zu geben.

Mich beunruhigte das alles jedoch überraschend wenig. Mich erfüllte eine Stille, die wohl mit der Gewissheit zusammenhing, dass wir bald etwas unternehmen würden. Zwar war mir schleierhaft, was genau das sein würde, aber diese Tatsache hielt mich nicht davon ab, so zu empfinden. Vielleicht hatte es damit zu tun, dass Marian mir gestern, nachdem wir Wiebke nach Hause gebracht hatten und Ylva eingeschlafen war, von einem Schiff erzählt hatte, das dem Nichts widerstehen konnte. Der Großmeister baute angeblich schon seit Jahren in einem seiner Labore daran. Ich erinnerte mich an das riesige Metallteil, mit dem ich ihn neulich gesehen hatte. Inzwischen stünde dieses Schiff kurz vor der Vollendung, hatte Marian behauptet, und dass er es nutzen wolle, um seine Schwester zu befreien …

Ich lag auf dem Bett in meinem Zimmer und starrte die Decke an, unter der Sieben seine Bahnen zog. Hyperaktiv kreiselte er um die Lampe und von einer Ecke in die andere. Vermutlich sollte ich öfter mit ihm rausgehen. Bei dem Theater, das er in letzter Zeit veranstaltete, sobald ich auch nur ein Fenster öffnete, wurde immer offensichtlicher, wie sehr er nach Frischluft und Bewegung lechzte. »Es geht leider nicht«, murmelte ich. Obwohl Sieben kein Lebewesen war, tat mir die Magmakugel leid. In den vergangenen Wochen hatte ich ihn viel zu oft allein hier in Notre-Dame zurückgelassen. Ich konnte mich einfach nicht daran gewöhnen, ständig eine Lichtquelle über meinem Kopf herumfliegen zu haben. Gerade sirrte Sieben zum dritten Mal innerhalb von fünf Minuten gegen die Scheibe. »Wenn wir rausgehen, verhaften sie mich«, erklärte ich ihm. »Wir könnten höchstens eine Runde durch die Kathedrale drehen«, schlug ich halbherzig vor. Vor Begeisterung glomm Siebens Licht auf. Er sauste zur Tür.

Ich seufzte. »Das willst du? Na schön.«

Kurz darauf wanderten wir gemeinsam durch die Flure Notre-Dames. Sieben stürmte um Ecken und tobte um meine Beine wie ein junger Hund. Das letzte Mal, als er sich so benommen hatte, war dabei fast die Dame verletzt worden. Die Dame, die mich in der realen Welt zu verfolgen schien, wie ich erst vor einigen

Stunden herausgefunden hatte. Durch den Angriff der Schattenreiter und Ylvas Beinaheverwandlung hatte ich überhaupt nicht mehr daran gedacht. Doch jetzt …

»Hier entlang«, rief ich Sieben von einem Treppenaufgang zurück. Wir bogen links ab und folgten einem ausgetretenen Teppich, der an verwitterten Türen und Erkern voller Gerümpel vorbeiführte.

Die Gemächer der Dame befanden sich in einem abgelegenen Teil des Gebäudes, der zudem fast vollständig dem Nichts anheimgefallen war. Es war den Mitgliedern des Bundes strengstens untersagt, die Dame dort zu stören, aber ehrlich gesagt interessierte mich diese Regel momentan nicht die Bohne. Die Dame schlich in der realen Welt hinter mir her, sie sollte mir gefälligst ins Gesicht sagen, was sie von mir wollte.

Schließlich erreichten wir eine breite Flügeltür mit verschnörkeltem Rahmen. Die Lackierung war gesplittert, darunter zeigten sich gräuliche Rillen wie Kratzspuren. Ich klopfte, rechnete allerdings nicht mit einer Antwort und erhielt auch keine. Sieben, dem das Ganze nicht geheuer zu sein schien, versteckte sich hinter meiner Schulter und dimmte seine Helligkeit so stark, dass ich kaum noch etwas sehen konnte. Weit und breit brannte keine Lampe.

Vorsichtig legte ich die Fingerspitzen an das Holz, fühlte die brüchige Farbe und den Wind, der dahinter heulte, vermutlich weil das Nichts die Wände eingerissen hatte. »Hallo«, rief ich und klopfte noch einmal. Ein Brummen war zu hören, doch ansonsten geschah nichts. Meine Hand strich über den Lack und näherte sich der Klinke, umschloss das eiskalte Metall. Kurz entschlossen drückte ich sie herunter. Mit einem Knarren schwang der rechte der beiden Türflügel nach innen in pechschwarze Dunkelheit.

»Sei nicht so ein Schisser«, raunte ich Sieben zu. »Wir brauchen Licht. Komm schon.«

Der Heliometer schwebte neben mein Gesicht und flammte so plötzlich auf, dass ich zusammenfuhr.

Blinzelnd erkannte ich etwas, das früher einmal ein Wohnzimmer gewesen sein musste. Parkettboden mit einem geknüpften Läufer darauf, Seidentapeten und die Hälfte einer Ottomane kündeten davon. Der Rest des Raumes bestand aus tosendem Nichts. Hier und da lagen ein paar Werkzeuge herum, ein Haufen Ziegelsteine, eine Maurerkelle. Anscheinend waren die Schlafenden, die Notre-Dame nach jener schrecklichen Nacht wieder in Schuss bringen sollten, noch nicht fertig mit ihrer Arbeit. Nichtsfetzen wirbelten über den ausgefransten Fußboden und nagten an einem Sack Mörtel.

Ich seufzte. Von der Dame selbst fehlte jede Spur. Dafür saß jemand anderes inmitten des Chaos, ließ seinen Skorpionschwanz über die Bruchkanten des Parketts klackern und starrte in das Unfassbare.

»Hallo!«, sagte ich.

Doch der Mantikor antwortete nicht, sondern sah weiterhin reglos das Nichts an. Langsam trat ich näher heran und setzte mich schließlich neben ihn. Gemeinsam schwiegen wir eine Weile.

»Was ist mit dir?«, fragte er irgendwann. »Fürchtest du dich?«

»Ja«, sagte ich und dachte einen Moment nach. »Aber nicht vor dem Nichts, sondern davor, dass ich vielleicht nichts tun kann, um es aufzuhalten.«

Der Mantikor wiegte den Löwenkopf hin und her. »Das ist weise von dir.«

»Das Nichts schleicht sich immer weiter heran«, erklärte ich. »Was hat das zu bedeuten?«

»Mhm«, machte der Mantikor. »Wer weiß?«

Ich nagte an meiner Unterlippe. »Warum sollte ich Arif nach dieser Transportation fragen? Kennst du den Rest der Prophezeiung? Und wenn Desiderius dein Freund war: Weißt du, ob er noch irgendwo dort draußen ist?«

Der Mantikor schloss die Augen. »Ich bin nur ein Niemand, der einen alten Freund vermisst. Ich weiß alles und nichts. Und es ist mir verboten, in das Geschehen einzugreifen. Vielleicht existiere ich auch nur in deinem Kopf? Ich kann nichts für dich tun.«

Seine mächtigen Pranken fuhren über das Parkett, das Geräusch von Krallen, die auf Holz kratzten, mischte sich in das Tosen des Nichts.

»Bitte«, sagte ich. »Wir können Eisenheim doch nicht untergehen lassen. Außerdem habe ich Angst, dass der Weiße Löwe und ich etwas mit alledem zu tun haben könnten.«

»Wirklich?« Der Mantikor sah mich aufmerksam an. »Weißt du, genau das befürchtet auch Marian. Er fragt sich schon länger, ob du wohl diejenige bist, die das Unglück über Eisenheim gebracht hat.«

»Ja, das habe ich auch schon vermutet«, sagte ich und stutzte. »Aber warum befürchtet er das eigentlich?«

»Nun, das solltest du nicht mich fragen«, murmelte der Mantikor und begann zu verblassen. »Du weißt doch: Ich kann dir nicht helfen.«

Ich hob die Hand. »Bitte, kannst du mir nicht wenigstens einen Hinweis geben?« Doch im nächsten Moment war der Mantikor bereits verschwunden. Ich unterdrückte einen Fluch und begann, auf und ab zu gehen. Irgendetwas musste es doch geben, was wir tun konnten! Irgendeinen Hinweis auf eine Lösung … Mein Blick fiel auf die Kratzer im Parkett, wo der Mantikor gesessen hatte. Tiefe, unregelmäßige Furchen, die die Löwenkrallen in das Holz gegraben hatten, Linien und Bogen und – Zahlen … Ich wischte die Späne beiseite, sah genauer hin und erkannte in Siebens flackerndem Licht: Dies waren keine Kratzer. Es waren Koordinaten!

Einen Moment später rannte ich bereits. Gefolgt von Sieben stürzte ich die Flure entlang, Treppen und Leitern hinunter, weitere Flure, Felsgänge. Rasch drang ich in die Tiefen der Katakomben vor, bis sich diese schließlich zu Fluvius Grindeauts Gläserwald öffneten. Sieben und ich hetzten zwischen Baumstämmen, in denen Flüssigkeiten blubberten, Pilzen, die als Ventile dienten, und klirrendem Farn hindurch. Den Großmeister fanden wir in der hintersten Ecke der riesigen Grotte, wo er an einem gigantischen Metallteil schraubte. Ich erkannte die Maschine, die er durch Notre-Dame gezogen hatte.

Mir klappte der Mund auf, als ich versuchte, die Ausmaße der gesamten Apparatur zu erfassen, die insgesamt so groß wie unser Wohnhaus in Steele sein musste. Es gelang mir nicht, mein Geist vermochte lediglich, verschiedene Einzelheiten wahrzunehmen. Zum Beispiel war da die nietenbesetzte Außenhaut, auf der ein flirrender Schimmer lag, als wäre sie in Bewegung. Und die Schornsteine, so dick, dass man ein Bett hineinstellen konnte. Und die sich drehenden Kugeln an einer Brüstung, die ich für die Reling hielt. Und der scharf geschnittene Bug, ganz vorn so schmal wie eine Rasierklinge.

»Das Schiff«, flüsterte ich.

Der Großmeister, der mich erst jetzt bemerkte, fuhr herum. Er trug eine merkwürdige Brille mit mehreren voreinandergeschalteten Linsen und einer Lampe an der Stirn. Seine Augen wirkten durch die Gläser riesig, wie die eines Insekts.

»F-flora«, stotterte er und hätte beinahe sein Werkzeug fallen lassen. »Was tust du denn hier?«

»Ich muss mit Ihnen reden«, sagte ich.

Der Großmeister blinzelte überdeutlich. »Worüber?«

»Darüber, wann das Ding hier startklar sein wird.« Ich schnappte mir einen seiner Notizzettel und einen Füller und kritzelte die Koordinaten, die der Mantikor mir gegeben hatte, darauf. Dann drückte ich dem Großmeister das Stück Papier in die Hand. »Es gibt da einen Gelehrten im Nichts, den wir finden müssen.«

Der Großmeister betrachtete den Zettel und wiegte einen Augenblick lang den Kopf hin und her. »Nicht hier«, sagte er schließlich, streifte seine Brille ab und wischte sich die Ölspritzer aus dem Bart. »Trinken wir doch einen Tee.«

Am nächsten Tag berichtete ich Marian auf dem Weg zur Schule, was der Großmeister und ich besprochen hatten.

»Was soll das heißen: schon morgen?«, fragte Marian. Wir warteten gerade auf den Bus, beide in unseren realen Gestalten. Ich hatte mich warm eingemummelt mit einem Schal vor dem Gesicht, weil der plötzliche Temperatursturz der letzten Nacht mir zu schaffen machte und die kalte Luft meine Nase zum Laufen brachte.

Ich zuckte mit den Achseln. »Was es eben heißt: Das Schiff ist so gut wie fertig. Morgen Nacht können wir los.« Ich hustete. Schon seit ein paar Tagen fühlte sich mein Hals rau und trocken an.

Marian sah mich ungläubig an. »Aber … wie hast du den Großmeister dazu überredet … und warum … und –« Seine Mundwinkel zuckten. »Weißt du, wie oft ich ihn darum gebeten habe, mir und Ylva zu helfen, die Verbindung zwischen ihrer Seele und dem Materiophon mithilfe des Schiffes zu trennen?«

»Nein«, sagte ich. »Deine Idee habe ich aber auch gar nicht erwähnt. Ich habe ihm stattdessen von meiner Vermutung erzählt, dass dieser Desiderius vielleicht noch immer irgendwo dort draußen lebt.«

»Wie das?«, fragte Marian.

»Na, in den Löchern im Nichts, verstehst du? Vielleicht finden wir ihn. Und wenn er sich dann ein bisschen deutlicher ausdrückt, gelingt es uns vielleicht sogar, das Nichts aufzuhalten«, sprudelte es aus mir hervor. Seit meinem Gespräch mit dem Großmeister war ich wie elektrisiert. Der alte Mann mochte ein Trinker sein und seine Absichten den Weißen Löwen betreffend hielt ich noch immer für fragwürdig. Aber er hatte mich verstanden und er würde mir helfen. Er, Marian und ich würden zusammenarbeiten, das Nichts erkunden, den Gelehrten finden, Ylva retten, meinen Vater von meiner Unschuld überzeugen … Bald wäre alles wieder gut!

Marian, der meine Euphorie nicht zu teilen schien, runzelte die Stirn. »Du hoffst, durch Desiderius mehr über die Prophezeiung herauszufinden?«

Ich nickte.

»Okay, nehmen wir mal an, wir schaffen es tatsächlich, die Löcher und diesen Typen zu finden … Was ist, wenn dir nicht gefällt, was er zu sagen hat?«

»Wie meinst du das? Glaubst du, er könnte – «

»Ach, schon gut. Das war nur so ein Gedanke. Wir haben also noch eine Nacht Zeit für die nötigen Vorbereitungen?«

»Ist das ein Problem?«

»Nicht unbedingt«, sagte Marian. Nun stahl sich doch so etwas wie ein Lächeln auf seine Lippen, das bald zu einem Grinsen anwuchs. Ohne Vorwarnung schlang er seine Arme um meine Taille und wirbelte mich im Kreis herum. Ich kreischte auf. Eine Oma neben uns rümpfte die Nase.

Kurz darauf saßen wir nebeneinander im Bus, ich schmiegte mich an Marians Brust, er streichelte mir über das Haar. »Tut es sehr weh?« Ich deutete auf die aufgeplatzte Augenbraue, die er von seinem Sturz auf die Eisfläche davongetragen hatte.

»Nein, eigentlich gar nicht«, sagte Marian.

»Echt nicht?« Ich schielte von unten in sein Gesicht hinauf. »Lügst du mich an?«

»Klar.« Er seufzte.

Im Grunde war »Schiff« die falsche Bezeichnung für Fluvius Grindeauts Meisterwerk. Als ich es in der vergangenen Nacht gesehen hatte, war mein erster Eindruck der eines U-Bootes gewesen. Vielleicht auch, weil ich mir eine Expedition ins Nichts immer wie eine Fahrt durch die Tiefsee vorgestellt hatte. Wenn ich mir derlei Dinge überhaupt vorgestellt hatte, denn schließlich war es unmöglich, das Nichts zu betreten. Das hatte ich jedenfalls angenommen, bis mir Marian von den Tüfteleien des Großmeisters erzählt hatte.

Dieser beschäftigte sich wohl schon seit Jahren mit der Thematik. Anders konnte ich mir die gigantische Maschine in den Tiefen seines Labors nicht erklären. Ein Gefährt wie dieses baute man nicht mal eben innerhalb von ein paar Wochen. Zumal, wenn man ein massives Alkoholproblem hatte. So wie ich den alten Mann bisher kennengelernt hatte, erstaunte es mich ohnehin, dass er ein solches Wunder vollbracht hatte. Ich konnte kaum meinen Blick davon wenden, als ich dem Großmeister in dieser Nacht dabei half, es zu beladen. Nur dann und wann schaute ich für einen Sekundenbruchteil zum Eingang der Felsengrotte, immer in der Hoffnung, dort einen weißblonden Schopf zu erkennen.

»Wissen Sie, woran mich Ihr Schiff erinnert?«, fragte ich. Wir schleppten gerade die letzten Kisten voller Laborutensilien an Bord.

»Sicher an einen Zeppelin«, ächzte der Großmeister unter einem Stapel Kartons. »Wegen der Zigarrenform, oder?«

»An eine Kirche«, sagte ich.

Fluvius Grindeaut runzelte die buschigen Brauen. »Wirklich?«

Ich wischte mir die staubigen Finger an der Hose ab und nickte, obwohl dieser Vergleich tatsächlich merkwürdig war. Denn eigentlich war die Nebelkönigin, wie der Großmeister seine Erfindung getauft hatte, ein Sammelsurium modernster Technik, die die NASA vor Neid blass werden lassen würde. Allein die sich ständig bewegende und selbst erneuernde Außenhaut des Schiffs war ein Geniestreich. Weil es keine Materialien gab, die dem Nichts trotzen konnten, hatte Fluvius Grindeaut aus der Not eine Tugend gemacht und eine fließende, gallertartige Masse entwickelt, die nachwuchs, sobald das Nichts an ihr fraß. Selbstverständlich waren die Energiekosten dafür immens. Deshalb bestand das Schiff auch zu neun Zehnteln aus gigantischen Tanks voller Dunkler Energie. Der Rest aber, sowohl der Lagerraum als auch die Brücke, die Schlafplatz, Aufenthaltsraum, Forschungslabor, Küche und Steuerungszentrale zugleich darstellte, kam mir vor wie ein uraltes Kirchenschiff. Überall schwangen sich gotische Bogen und Holzschnitzereien. Die wabenartigen Kojen an den Wänden der Brücke erinnerten mich an prunkvolle Grabesaltäre und das Schaltpult im Bug wirkte, wenn man die blinkenden Knöpfe außer Acht ließ, mit seinen Tasten und Säulen eher wie eine barocke Orgel als ein Computer. Sogar die Scheiben der Bullaugen bestanden aus Bleiglas, in unterschiedlichen Grauschattierungen gemustert. »Mir gefällt es.«

Der alte Großmeister lächelte. »Das sollte es auch. Für die Dauer unserer Reise müssen wir nämlich unsere Seelen mit der Nebelkönigin verbinden, damit gewährleistet ist, dass wir beim

Wandern zwischen den Welten nicht versehentlich im Nichts landen, weil sich das Schiff in der Zwischenzeit bewegt hat.« Er zog eine kleine Schatulle aus der Tasche seines Gewandes und zeigte mir die chipbesetzten Armbänder darin.

»Oh!«, sagte ich. Dieser Gedanke war mir bisher noch gar nicht gekommen. »Heißt das, die Nebelkönigin wird ein Teil von uns, so wie das Materiophon und Ylva miteinander verknüpft sind?«

Beim Gedanken an Ylva biss ich mir auf die Lippe. Marian war spät dran. Eigentlich hatten wir verabredet, dass er seine Schwester schon vor einer Stunde herbringen sollte. Gemeinsam wollten wir den Großmeister … überreden, sie mit an Bord zu nehmen. Doch bisher fehlte jede Spur von den beiden und die Vorbereitungen waren fast beendet.

»Nicht ganz«, sagte der Großmeister, während wir über eine Leiter ins Freie kletterten. »Schließlich haben wir keinen Weißen Löwen, der danach notwendig wäre, um die Verbindung zu kappen. Es funktioniert eher wie ein GPS-Sender, würde ich sagen. Na ja, im weitesteten Sinne.« Er tastete nach dem Flachmann in der Innentasche seines Gewandes, zog ihn heraus und wog ihn in den Händen, um ihn kurz darauf enttäuscht wieder wegzustecken. Er seufzte. »Genug für heute«, sagte er und zückte eine Fernbedienung, um die Nebelkönigin abzuriegeln.

Das ging zu schnell. Wir durften noch nicht wieder in die Kathedrale zurückkehren. »Und wie lange wird unsere Fahrt dauern?«, fragte ich deshalb.

Der Großmeister zuckte mit den Achseln. »Schwer zu sagen. Wir halten uns an die Koordinaten, aber wie brauchbar die sein werden, können wir nicht wissen.« Plötzlich lag seine faltige Hand auf meiner Schulter. »Du musst nicht mitkommen, Flora«, sagte er. In seinen trüben Augen war so viel Mitgefühl, dass ich Marians Verehrung für den Großmeister mit einem Mal verstand. Auch wenn er ein Trunkenbold war, er hatte Marian nach dem Tod seiner Eltern aufgenommen. Er versteckte mich vor den Häschern des Kanzlers. Und er half mir, die Prophezeiung zu ergründen. Ein bitterer Geschmack legte sich auf meine Zunge. Das musste das schlechte Gewissen sein. »Wenn es dir zu viel ist, dann –«, begann er.

»Doch, doch«, rief ich. »Ich will mit, unbedingt! Es ist nur …« In der Ferne ertönte ein Brüllen. Vor Erleichterung entfuhr mir ein Seufzen. Na endlich! »Es ist nur so, dass wir noch einen weiteren Passagier haben werden. Einen von der eher ungemütlichen Sorte«, erklärte ich rasch.

Die Augen des Großmeisters weiteten sich, als er begriff.

Ich nickte kaum merklich, löste die Fernbedienung aus seinen knochigen Fingern und hasste mich dafür, dass wir ihn so überrumpelten. Aber uns blieb nun mal keine andere Wahl.

Zwischen den gläsernen Stämmen erschien Marian. Gefolgt von einer pferdelosen Kutsche bahnte er sich einen Weg durch das Dickicht der alchimistischen Gerätschaften.

»Das …«, stammelte Fluvius Grindeaut, »das … das geht nicht.«

»Es muss aber gehen«, sagte ich. »Wir können Ylva doch nicht auf ewig diesem Schicksal überlassen. Marian glaubt, mithilfe des Nichts die Verbindung zwischen ihr und dem kosmologischen Materiophon kappen zu können.«

Der alte Mann strich sich über den Bart. »Ja, ich weiß, dass er das glaubt. Und möglicherweise könnte es sogar funktionieren, wenn wir tatsächlich ein Loch im Nichts finden und das Materiophon dort lassen können. Vielleicht zersetzt das Nichts dann die Verbindung. Aber vielleicht tötet das Ylva auch. Es ist zu gefährlich.«

Marian hatte uns nun erreicht. Die Kutsche neben ihm erzitterte unter den wütenden Tritten ihrer Insassin. Die Maschine, mit der Ylvas Seele verbunden war, schepperte gegen die verschlossene Tür.

Ich zuckte mit den Achseln. »Es ist unsere einzige Chance«, rief ich und hatte Mühe, das Grollen des Ungeheuers zu übertönen.

Schwankend rollte das Gefährt die schmale Rampe zum Laderaum hinauf. Marian hatte beide Hände an eine der stählernen Wände gelegt und redete wieder einmal in diesem finnischen Singsang. Tatsächlich schienen seine Worte Ylvas Seele zu beruhigen, jedenfalls bildete ich mir ein, dass ihr Brüllen leiser wurde. Aber vielleicht lag es auch nur an den massiven Wänden der Nebelkönigin, die die Geräusche verschluckte.

Unter Marians Augen lagen Schatten, als er kurz darauf die Rampe herunterstapfte. Ich betätigte die Fernbedienung. Schweigend beobachteten Fluvius Grindeaut und ich, wie sich die hydraulischen Klappen schlossen und das Schiff luftdicht abriegelten.

»Es tut mir leid«, keuchte Marian. »Aber wir müssen meine Schwester mitnehmen.«

Der Großmeister presste die runzligen Lippen aufeinander. Einverstanden war er mit dieser Entscheidung ganz und gar nicht, doch er unternahm auch keinen Versuch, uns davon abzubringen.

Stattdessen seufzte er nur, schnappte sich die Fernbedienung aus meiner Hand und wandte sich zum Gehen. »Morgen Nacht um Punkt zwölf starten wir unsere Expedition. Seid pünktlich!«, rief er noch, ohne uns anzusehen, dann verschwand er in den Tiefen seines Labors. Vermutlich auf der Suche nach einer Flasche Hochprozentigem.

Marian und ich blieben zurück. Seite an Seite standen wir da. Unsere Blicke hingen noch immer an der gigantischen Nebelkönigin, deren fließende Außenhaut uns verheißungsvoll entgegenschimmerte. Von Ylva war nichts mehr zu hören.

»Krasses Teil, was?«, stieß ich hervor, um die Stille zu übertönen.

Marian schwieg.

Ich hätte gern seine Hand genommen, doch etwas, eine unbestimmte Ahnung, hielt mich zurück. »Hast du … Angst?«, fragte ich. Aus dem Augenwinkel sah ich, wie sich sein Kinn zu einem ruckartigen Nicken senkte. »Ich auch. Aber ich hoffe, dass alles gut werden wird. Das muss es, denkst du nicht?« Ich drehte mich zu ihm um. »Wir finden Desiderius, retten deine Schwester, halten das Nichts auf und –«

Marians Mundwinkel zuckten. »Nein«, murmelte er. »Es kann gar nicht alles gut werden.«

Ich hob eine Augenbraue. »Wieso glaubst du das?«

»Ich weiß es.«

»Woher?«

Marian senkte die Lider. »Ich weiß es einfach, okay?«

Ich atmete aus und entschloss mich, das Thema vorerst fallen zu lassen. »Wie kommt es eigentlich, dass ich dich nicht verstehe, wenn du mit Ylva sprichst? Ich dachte, in Eisenheim könnte jeder alle Sprachen verstehen?«, fragte ich stattdessen.

»So ist es«, bestätigte Marian. Auf seiner Stirn hatte sich eine Falte gebildet. »Bloß Ylva kann das nicht, weil ihre Seele krank geboren wurde. Deshalb verändern sich meine Worte in dem Moment, in dem ich sie spreche, und werden nur für sie verständlich. Es ist kein Finnisch, was du hörst, wenn ich mit ihr rede, Flora. Es ist irgendetwas anderes, eine eigene Sprache, die nur Ylvas Seele innewohnt. Vermutlich könntest du sie auch, wenn du mit ihr sprechen würdest.«

»Ernsthaft?« Mein Blick wanderte wieder zur hydraulischen Klappe des Laderaums.

Marian zuckte mit den Achseln. »Du wirst noch genug Zeit haben, es auszuprobieren. Vertrau mir«, sagte er.

Ich antwortete nicht.

Wie sich herausstellte, war es eine Sache, ein Schiff wie die Nebelkönigin zu bauen, und eine ganz andere, das gigantische Gefährt aus den Katakomben unter Notre-Dame hinaus und zum Nichts zu bringen.

Pünktlich um Mitternacht fand ich mich in der darauffolgenden Nacht im Labor des Großmeisters ein. Auf dem Rücken trug ich einen altmodischen Lederrucksack, den ich in meinem Zimmer gefunden und mit allerlei Klamotten vollgestopft hatte. Sieben tanzte aufgeregt über meinem Kopf hin und her. In den Händen hielt ich meinen Kampfstab.

An Bord traf ich auf Marian und Fluvius Grindeaut. Die beiden hatten sich genau wie ich in die langen Mäntel des Grauen Bundes gehüllt, ebenso wie eine dritte Gestalt, die sich die Kapuze tief in das vernarbte Gesicht gezogen hatte.

Amadé.

Ich verengte die Augen zu Schlitzen. »Hallo«, sagte ich, als ich die kleine Gruppe erreichte. Anscheinend hatten sich die drei bereits häuslich eingerichtet. Jedenfalls standen Taschen und Decken in den Kojen, von denen es insgesamt fünf gab. »Ich wusste gar nicht, dass –«, begann ich.

»Amadé wird uns begleiten«, erklärte Marian.

Ich warf mein Gepäck auf das nächstbeste freie Bett und strich mir das Haar hinter die Ohren. »Warum das?«

Marian und Amadé tauschten einen Blick.

»Ich will es eben«, sagte sie. Wieder jagte mir der Klang ihrer dunklen Stimme einen Schauer über den Rücken. »Vielleicht könnt ihr Hilfe gebrauchen.«

Fluvius Grindeaut, der vorgab, nichts von unserer Unterhaltung mitbekommen zu haben, bedeutete uns, auf den zwischen den Kojen eingelassenen Sitzen Platz zu nehmen. Er selbst ließ sich in einem Sessel vor dem Barockorgel-Schaltpult nieder, setzte eine Art Fliegerbrille mit verschieden großen Linsen auf und betätigte einen Knopf. Wir lauschten dem Sirren, mit dem sich die hydraulischen Klappen schlossen. Es war leise, kaum hörbar und hatte doch etwas Drohendes an sich. Wie das Rieseln von Sand, der uns ersticken würde, lag es in der Luft. Selbst Ylvas Seele in ihrem Kutschenkäfig im Laderaum hinter uns blieb einen Augenblick lang still.

Mit einem Klicken rasteten die Türen ein und ich wurde mir schlagartig der Enge des Schiffs bewusst. Der Raum maß vielleicht zwanzig Quadratmeter. Wie lange würden wir es hier miteinander aushalten?

Der Großmeister legte verschiedene Schalter um. Aus seiner Manteltasche ragte der Hals einer Schnapsflasche heraus. Dennoch vertraute ich darauf, dass die Nebelkönigin dem Nichts standhalten würde.

Zunächst galt es allerdings, eine meterdicke Gesteinsschicht und die um das Hauptquartier kreisende Armee der Schattenreiter hinter sich zu lassen. Zu diesem Zweck lenkte der Großmeister uns eine Weile in nordwestlicher Richtung durch die größeren Gänge der Katakomben, bis wir uns schließlich in der Nähe der Philistergasse befinden mussten. Wir umgingen so zumindest ein Stück weit die Späher des Eisernen Kanzlers. Uns einfach aus der Stadt herauszuschleichen, würde uns allerdings wohl nicht gelingen.

»Bitte setzt jetzt eure Ohrenschützer auf«, sagte Fluvius Grindeaut schließlich und startete einen sich am Bug der Nebelkönigin befindenden Bohrer. Die gewaltige, mit Eisenzacken besetzte Spirale begann sich zu drehen. Unsere Nasen klebten an den Fensterscheiben, als das Schiff, das vorher wie ein Luftkissenboot über den Boden geglitten war, wenige Minuten später abhob. Der Lärm war ohrenbetäubend, überall flogen Gesteinsbrocken und Staub herum. Die ganze Zeit über sirrte Sieben aufgeregt durch die Kabine.

Wie eine Made krochen wir nun durch den Untergrund der Stadt. Bald schon erkannten wir vor den Fenstern nur noch Fels, dann etwas, was ich für ein Fundament hielt. Für den Bruchteil einer Sekunde rauschte ein Keller voller Gerümpel an uns vorbei, dann brachen wir durch das Kopfsteinpflaster auf die Philistergasse hinaus.

Sofort waren Schaulustige zur Stelle, die Menschen stürmten aus ihren Häusern heraus, um zu sehen, was sich da aus den Tiefen der Erde zu ihnen emporgearbeitet hatte. Fluvius Grindeaut manövrierte uns unterdessen mitten durch die schmale Gasse, wobei die Außenhaut des Schiffes links und rechts an den Häuserwänden entlangschrappte, einen Balkon zum Einsturz brachte und zahlreiche Wäscheleinen voller Traktate und Forschungsergebnisse mit sich riss.

Die Leute um uns herum kreischten wild durcheinander, doch der Großmeister zuckte nicht einmal mit der Wimper, als er die Mauer eines Hinterhofs überrollte wie ein Bulldozer. Schon waren am Himmel die Schreie der Schattenpferde zu hören. Natürlich blieb unsere Spritztour nicht unbemerkt. Die Armee des Kanzlers, die sich ohnehin in höchster Alarmbereitschaft gehalten hatte, wurde nun kopflos. Schon donnerten die ersten Hufe auf die Nebelkönigin nieder. Schwarz gefiederte Schwingen strichen an den Fenstern entlang, schnaubende Nüstern, glühende Augen. Mit gesenkten Schädeln versuchten die Ungeheuer, die Scheiben einzuschlagen, doch die Nebelkönigin trotzte ihren Angriffen. Für unser Schiff war der geballte Zorn der Schattenreiter nicht mehr als ein Schwarm lästiger Insekten, der es umschwirrte.

Ich atmete auf. Meine Befürchtung, in die Hände des Kanzlers zu fallen, noch bevor wir das Nichts überhaupt erreicht hatten, schien sich nicht zu bewahrheiten. Doch meine Erleichterung verschwand so rasch, wie sie gekommen war, als sich kurz darauf die Wand des Nichts vor uns erhob. Nun drosselte der Großmeister unsere Geschwindigkeit doch ein wenig. Noch immer hackten die Schattenpferde auf uns ein, die Peitschen ihrer Reiter zischten um uns herum. Doch je näher wir dem Nichts kamen, umso zaghafter wurden die Attacken. Die ersten Verfolger zogen sich bereits zurück.

Nur einer der Schattenreiter, der rückwärts vor unserem Bug hergeflogen war, bemerkte die Gefahr zu spät. Pferd und Reiter schrien markerschütternd, als das Nichts zuerst die Hinterbeine des Ersteren verschlang, dann den Rücken und die Waden des Letzteren. Rasend schnell löste es die beiden auf, von den glänzenden Hufen bis zum polierten Zylinder. Mein Magen zog sich zusammen, ich schloss für einen Moment die Augen.

Doch immerhin ließen nun auch die übrigen Schattenreiter von uns ab.

»So«, flüsterte Fluvius Grindeaut und nahm einen tiefen Schluck aus seiner Schnapsflasche. »Dann zeig uns mal, was du draufhast, meine Kleine.«

Näher und näher kroch die Nebelkönigin an das Verderben heran. Zuerst tauchte die Bohrernase in die milchige Masse ein, dann der Bug, nach und nach der Rumpf und die Materientanks. Der Großmeister wechselte die Antriebsart, indem er an den Seiten des Schiffes flossenähnliche Membranen ausklappte, die uns nun mit Schwimmbewegungen weiter in das Nichts hineintrieben. Die Nebelkönigin hielt stand. Fluvius Grindeaut hatte es tatsächlich geschafft, ein Gefährt zu entwickeln, das bisher als unmöglich galt!

Doch unsere Freude darüber hielt sich in Grenzen.

Das Nichts um uns herum verschluckte jedes Geräusch, jedes Licht, jeden Atemzug. Es war gespenstisch. Wir schwebten durch völlige Dunkelheit. Es war gar nicht zu erkennen, ob wir uns überhaupt von der Stelle bewegten. Hätten die Armaturen am Schaltpult des Großmeisters es nicht behauptet, hätten wir es nicht geglaubt. Ein kleiner Monitor zeigte, wie wir unablässig unsere Position veränderten, doch wo genau uns die Nebelkönigin hinbringen würde, wusste niemand von uns.

Nach ein paar Minuten rückten Marian und Amadé von den Fenstern ab und ich tat es ihnen nach, denn je länger ich hinaussah, umso mehr zweifelte ich daran, überhaupt noch zu existieren. Vielleicht hatte uns das Nichts längst aufgelöst, ohne dass wir es bemerkt hatten. Vielleicht ging es allen Menschen so, die es fraß. Man glaubte, noch am Leben zu sein, aber in Wahrheit war man ein Teil des Nichts geworden.

Mit dem Eintritt ins Nichts hatte ich jedes Zeitgefühl verloren. Deshalb konnte ich nicht sagen, ob mehrere Stunden oder nur ein paar Minuten vergangen waren, als sich draußen etwas veränderte. Marian war in seinem Sessel eingedöst, Amadé lag in ihrer Koje und starrte die Decke an, der Großmeister beugte sich gerade über etwas, das ich für eine leere Karte hielt. Wir hatten seit dem Tod des Schattenreiters kein Wort mehr miteinander gewechselt. Die Stille, die über uns und dem Schiff und dem ganzen Nichts hing, lastete auf meiner Brust, doch ich hatte bisher nicht gewagt, sie zu durchbrechen. Als würde eine einzelne Silbe, die über meine Lippen kam, unser Schicksal besiegeln und die Illusion davon zerstören, dass wir uns noch immer in der Nebelkönigin befanden, dass wir noch immer lebten.

Nun jedoch räusperte ich mich, denn aus dem Augenwinkel bemerkte ich eine Bewegung im Nichts. Ja, dort in der vollkommenen Finsternis flackerte ein Licht. Etwas Großes schob sich neben uns her! Ein Quietschen wie das einer schlecht geölten Tür ertönte auf der anderen Seite des Fensters und ließ mich mit einem Aufschrei in die Höhe schießen. Ich stolperte über meine eigenen Füße und landete unsanft auf dem marmornen Schiffsboden.

»Was ist los, Flora?«, nuschelte Marian, der gerade kurz davor gewesen war aufzuwachen.

Ich rappelte mich mühsam wieder auf. »D-d-da draußen«, krächzte ich und deutete auf das Fenster neben meinem Sitz. Es sah nun tatsächlich so aus, als zögen riesige … Maschinen an uns vorbei. Ich blinzelte. Bildete ich es mir nur ein oder waren das in der Ferne wirklich Schornsteine, die sich mitten im Nichts in die Höhe schlängelten? Das konnte doch nicht sein!

Auch der Großmeister blickte auf und ließ seine Berechnungen für einen Augenblick Berechnungen sein.

»Seht ihr das?«, flüsterte ich.

Die beiden Männer traten neben mich, schirmten die Augen mit den Händen ab und sahen ebenfalls hinaus.

»Trübe Suppe«, murmelte Fluvius Grindeaut nach einer Weile, zuckte mit den Achseln und kehrte wieder an seinen Platz zurück.

Marian hingegen betrachtete noch immer die sich ballenden Massen des Nichts auf der anderen Seite der Scheibe, die uns einhüllten wie vor wenigen Tagen die Gewitterwolke über Essen. »Da draußen ist nichts, Flora«, sagte er schließlich. »Gar nichts.«

»Aber …« Ich presste meine Nase gegen das zentimeterdicke Glas. Es stimmte. Die merkwürdigen Formen in den Schatten waren verschwunden, die Stille dort draußen wieder vollkommen. »Mhm«, sagte ich. »Ich hätte schwören können, dass da gerade –«

»Dämonen waren?«, schnarrte es aus Amadés Koje zu uns herüber.

»Nein.« Ich fuhr mir mit der Hand über die Augen und erinnerte mich daran, wie ich in meiner allerersten Nacht in Eisenheim das Mädchen mit dem Drago getroffen hatte. Die Kleine hatte auch von Dämonen im Nichts vor der Stadt gefaselt. Schauergeschichten, die man Kindern erzählte. Ich straffte die Schultern und reckte mein Kinn. »Es waren eher so etwas wie Teile von Gebäuden und gigantische Zahnräder, würde ich sagen.«

»Zahnraddämonen?«, raunte Amadé. Sie lag mit dem Gesicht zur Wand, sodass ich ihre Züge nicht erkennen konnte.

Ich kniff die Augen zusammen. »Ist alles in Ordnung?« Warum verhielt sie sich in letzter Zeit so merkwürdig mir gegenüber? Ich wollte zu ihr hinübergehen, sie zur Rede stellen. Doch Marian hielt mich zurück.

»Lass gut sein«, raunte er an mein Ohr. »Amadé hat viel durchgemacht.«

»Ich weiß«, seufzte ich. Immerhin hatte sie sich sogar foltern lassen, um mich nicht zu verraten. Doch jetzt glaubte sie anscheinend aus irgendeinem Grund, ich wäre gegen sie.

»Sie war oft im Krawoster Grund in letzter Zeit«, fuhr Marian kaum hörbar fort. »Sie hat dort Dinge gesehen, die sie nicht einordnen kann.«

»Welche Dinge?«, wisperte ich.

»Dinge eben«, wiederholte Marian, als wäre das eine Erklärung. Seine Lippen glitten flüchtig über mein Ohrläppchen. »Mach dir keine Sorgen, ja?«

Ich rückte ein Stück von ihm ab. »Natürlich tue ich das.«

15
FIEBERWAHN

Am nächsten Tag ging es mir gar nicht gut. Schon als ich die Augen aufschlug, spürte ich, dass etwas nicht stimmte. Mein Hals fühlte sich an, als hätte ich im Schlaf ein Stück Stacheldraht verschluckt, und meine Lider waren schwer. So schwer, dass ich sie gleich wieder zufallen ließ. Blind tastete ich nach der Packung Taschentücher auf meinem Nachttisch und schnäuzte mir die Nase, dann sank ich erschöpft zurück in die Kissen.

Nach ein paar Minuten zwang ich mich zu einem weiteren Versuch und blinzelte. Kopfschmerz durchzuckte mich. Dennoch kroch ich unter meiner Decke hervor. Schwerfällig kam ich auf die Beine, das Zimmer um mich herum drehte sich, sodass ich mich am Knauf meines Bettrahmens festhalten musste. Mein Kopf fühlte sich an, als wäre er mit Watte gefüllt. Ich taumelte in Richtung Badezimmer, gab jedoch auf halbem Wege auf, weil meine Knie zu sehr zitterten.

In meinem dünnen Schlafanzug fror ich erbärmlich. So rasch ich konnte, stolperte ich deshalb in mein Bett zurück. Bibbernd zog ich mir die Decke bis zur Nasenspitze hinauf. Na super! Anscheinend hatte mich die Erkältung, deren erste Anzeichen mich gestern schon genervt hatten, über Nacht voll erwischt und sich obendrein zu einer Grippe ausgewachsen. Scheißtag!

Gegen halb acht schwebte Marians Schatten ohne Vorwarnung durch die Hauswand herein, um mich abzuholen. Ich lag noch immer in meinem Bett und erklärte ihm, dass ich mich von dort wohl vorerst auch nicht wegbewegen würde. An Schule jedenfalls war überhaupt nicht zu denken.

»Kannst du Wiebke Bescheid geben?«, fragte ich mit schwacher Stimme und musste schon wieder meine Nase schnäuzen.

Marians Schattengestalt nickte knapp. »Soll ich dich zum Arzt bringen?«

»Nein. So schlimm ist es nicht.«

Einen Augenblick lang zögerte Marian, vermutlich sah er die Sache anders und überlegte, ob er mir widersprechen sollte. Dann seufzte er. »Ich werde dann später noch mal nach dir sehen.«

»Mhm«, machte ich und fiel wenig später in einen unruhigen Schlaf.

Schon stürzte meine Seele wieder auf Eisenheim zu, durch Kälte und Finsternis. Doch dieses Mal waren da keine Dächer, die sich unter mir aus der Dunkelheit schälten, sondern *Nichts*. Ich stürzte ins Bodenlose. Vielleicht würde ich niemals wieder aufhören zu fallen. Panik stieg in mir auf. Nun war ich schon so oft gewandert, Nacht für Nacht, so viele Wochen. Aber so etwas hatte ich noch nicht erlebt. Zwar trug ich eines der Chiparmbänder des Großmeisters, aber leider wollte es mir nicht aus dem Kopf, dass ich vermutlich die Erste war, die zurückkehrte. Das Versuchskaninchen sozusagen.

Das Nichts kam nun immer näher, die bedrohlichen Schwaden schienen sich mir entgegenzustrecken. Hungrig. Gierig. Tödlich.

Verdammt! Ich zappelte in der Luft herum, als könnte ich mich dadurch selbst aufhalten. Denn auch wenn das Armband mich zur Nebelkönigin zurückbringen würde, das Problem war, dass mein Körper vorher durch das Nichts hindurchfallen würde. Und was bliebe dann noch von mir übrig, um es zurück zum Schiff zu bringen?

Mir fiel auf, dass ich schrie.

Schon streiften meine Zehenspitzen das Nichts. Ich schloss die Augen. Wartete auf den Schmerz …

Doch er kam nicht. Stattdessen fühlte ich festen Grund unter meinen Füßen. Ungläubig sah ich mich um, aber es bestand kein Zweifel: Fluvius Grindeauts Plan hatte funktioniert. Vor mir erkannte ich das Orgelschaltpult, mein Rücken lehnte an der Tür zum Frachtraum.

Außer mir war niemand hier. Selbst Ylva musste aufgewacht sein, aus ihrem Gefängnis drang jedenfalls kein Mucks. Immerhin fühlte ich mich etwas besser, denn meine Erkältung war in der realen Welt bei meinem Körper geblieben. Doch was sollte ich tun, ganz allein inmitten des Nichts?

Unentschlossen ging ich hinüber zum Schaltpult. Meine Fingerkuppen strichen über die blinkenden Knöpfe des Steuerungsmoduls, das uns anscheinend gerade auf Autopilot durch die unendlichen Weiten manövrierte. Daneben lag der Bogen

Papier, über den sich Fluvius Grindeaut die halbe Nacht lang gebeugt hatte. Inzwischen war er mit zahlreichen Linien und Kreisen bedeckt, auf die ich mir keinen Reim machen konnte. Ich vermutete jedoch, dass der alte Mann tatsächlich versuchte, das Nichts zu kartieren. Bloß was waren seine Anhaltspunkte?

Vor den Fenstern jedenfalls hatte sich das Bild in den letzten Stunden nicht verändert, was bedeutete, dass dort noch immer rein gar nichts zu erkennen war.

Eine Weile starrte ich in die Düsternis hinaus. Es stimmte, man konnte es nicht fassen, der menschliche Verstand war nicht dazu gemacht, so etwas zu verstehen. Dennoch hatte ich nicht das Gefühl, verrückt zu werden, ganz im Gegenteil. So viele Menschen glaubten, das Nichts würde unsere Seelen auf die Dauer wahnsinnig machen, doch ich bezweifelte, dass das stimmte. Bei mir jedenfalls war es anders. Je länger ich das Ungeheuerliche betrachtete, umso weniger absurd erschien mir der Gedanke, dass es Dinge in unserer Welt gab, die wir Menschen nun einmal nicht verstehen konnten. Mit dem Nichts vor Augen fiel es mir immer leichter, diesen Umstand auszuhalten.

In diesem Augenblick jedoch veränderte sich etwas. Reflexartig wich ich einen Schritt zurück. Denn dort draußen war etwas. Dieses Mal hatte ich keinen Zweifel. Wie schon in der vergangenen Nacht erkannte ich die Umrisse von etwas Großem, das sich in einiger Entfernung zwischen den nebligen Schwaden des Nichts an unserem Schiff vorbeischob. Doch das war nicht alles.

Mir klappte der Mund auf. Dort draußen wanderte jemand umher! Schemenhafte Gestalten glitten durch das Nichts. Sie hatten weder Gesichter noch Körper. Ich sah keine Augen oder Nasen, nur flatterndes Haar aus Rauch und dürre Finger aus Nebelfetzen, die lautlos am Rumpf des Schiffes kratzten. Und Münder, die stumme Schreie formten. Waren das die Seelen der Verlorenen, die nun auf ewig durchs Nichts irrten? War dies alles, was von jenen übrig geblieben war, die das Nichts verschlungen hatte?

Eine Gänsehaut fraß sich über meine Schultern meinen Nacken hinauf, während sich ein Ziehen in meiner Brust ausbreitete. Ich keuchte auf. Was hatte das zu bedeuten?

Ein Knirschen ertönte, wo die Fingernägel der Gestalten über die Außenhaut unseres Schiffes glitten. Ich zwang mich, wieder näher an das Fenster heranzutreten. Was ging dort draußen vor sich? Ich hätte einiges darum gegeben, Marian in diesem Moment bei mir zu haben, doch ich war allein. Ich holte zitternd Luft und richtete meinen Blick erneut auf die grauenhafte Szenerie und –

Erkannte eine Hand. Eine menschliche Hand.

Vor dem Fenster.

Ich vergaß zu blinzeln und in meinem Kopf breitete sich Stille aus, ein weißes Rauschen aus Angst und Verwirrung. Ich konnte nichts anderes tun, als dazustehen und diese Hand zu betrachten, die ganz langsam über den Fensterrahmen strich. Eine Hand, die in einem Ärmel aus dunkler Spitze steckte.

Dunkle Spitze, wie sie die Dame trug.

Später am Tag riss mich ein rasender Kopfschmerz aus dem Schlaf. Als ich die Augen öffnete, stand Christabel neben meinem Bett. Sie hatte eine Schale mit Hühnersuppe auf meinem

Nachttischchen platziert und betrachtete mich mit sorgenvoller Miene.

»Im Nichts sind Menschen«, krächzte ich und verzog das Gesicht, weil mein Hals dabei höllisch wehtat. »Da wandern Leute herum und ich glaube, die Dame –«

»Schhhh«, machte Christabel. »Du hast Fieber. Wie fühlst du dich?«

»Beschissen.«

Sie rümpfte die Nase und deutete auf die Suppenschale neben meinem Kopfkissen. »Du solltest das da essen.«

Ich nickte, konnte mich jedoch vorerst nicht dazu durchringen, nach dem Löffel zu greifen. Aber weil ich mich zu sehr davor fürchtete, wieder einzuschlafen, tat ich es irgendwann doch. Obwohl ich überhaupt keinen Appetit hatte, schlürfte ich ein wenig von der Brühe. Dafür, dass Christabel sie gekocht hatte, schmeckte sie ganz annehmbar. Allerdings lag das vielleicht auch nur daran, dass die Erkältung meine Geschmacksnerven betäubte.

Normalerweise verfügte ich ja über die Gesundheit eines Baumes. Eigentlich konnte ich mich gar nicht daran erinnern, jemals wirklich krank gewesen zu sein. Möglicherweise versuchte mein Körper deshalb, die letzten Jahre aufzuholen und so etwas wie ein natürliches Gleichgewicht wiederherzustellen, in dem er mich nun vollkommen im Stich ließ. Oder aber die letzten Wochen und Monaten waren schlicht zu viel für mich gewesen. Jedenfalls ging es mir auch am darauffolgenden Tag nicht besser, genauso wenig wie am übernächsten, an dem Christabel unseren Hausarzt anrief und sogar in die Wohnung hineinließ.

Viel bekam ich von seinem Besuch allerdings nicht mit. Die meiste Zeit über befand ich mich in einer Art Dämmerzustand, von dem aus ich tagsüber wie nachts mal in die eine und mal in die andere Welt hinüberglitt. Und während die Nebelkönigin sich tiefer und tiefer in das Nichts hineinkämpfte, saßen an meinem Bett in der realen Welt die unterschiedlichsten Leute. Christabel natürlich, aber auch Marian. Fast immer, wenn ich die Augen aufschlug, war er da; er hatte sich einen Sessel aus dem Wohnzimmer herübergeschoben und schien darin nun seine Tage und Nächte zu verbringen. Mal trafen wir einander wach an, dann erzählte er mir von Finnland und den Wäldern, in denen er als Kind gespielt hatte. Mal fanden sich unsere Seelen zur gleichen Zeit in der Schattenwelt ein, wo wir schweigend das Nichts beobachteten und nach den Gestalten Ausschau hielten. Doch am häufigsten verpassten wir einander in beiden Welten.

Aber nicht nur Marian und Christabel schienen sich Sorgen um mich zu machen. Am vierten Tag war es jemand anderes, der mich wieder zudeckte, als ich das verschwitzte Oberbett von mir strampelte: eine hagere Gestalt mit mausbraunem Haar.

»Papa.«

Mein Vater nickte stumm. Wie immer machte er einen abgekämpften und übermüdeten Eindruck. Tiefe Ringe lagen unter seinen Augen und seine Hände zitterten ein wenig, als er damit meine Decke glatt strich. Doch er betrachtete mich wider Erwarten nicht mit einem Blick, mit dem man einen Staatsfeind musterte. Ein wenig distanziert zwar, das schon, aber nicht feindselig. Voller Sorge, wenn man genau hinsah. »Flora«, murmelte er.

Ich tastete nach seiner Hand. »Ich habe nicht …«, krächzte ich tonlos, denn ich wollte ihm endlich erklären, was wirklich bei den Pyramiden geschehen war. Doch meine Lider flatterten zu sehr und die Worte entglitten mir, ehe ich sie aussprechen konnte.

»Nicht jetzt«, sagte mein Vater und entzog mir seine Hand. »Wir sprechen später darüber.«

Ein anderes Mal waren es die fleischigen Unterarme von Madame Mafalda, die auf den Sessellehnen neben meinem Bett lagen, als ich erwachte. Ich hatte die Schwester des Großmeisters seit Wochen nicht mehr in der realen Welt gesehen, und so staunte ich wieder einmal darüber, wie viel fetter sie in Farbe aussah. Anscheinend machte das Schwarz-Weiß der Schattenwelt einen schlanken Fuß, überlegte ich und fragte mich gleichzeitig, ob ich fantasierte.

Insgesamt dauerte es fast eine Woche, bis ich begann, mich ein wenig besser zu fühlen. Auch in der Schattenwelt hatte ich in den vergangenen Nächten kaum noch meine Koje verlassen, weil ich mich so schwach gefühlt hatte. Vermutlich hatte die Grippe auch meine Seele in Mitleidenschaft gezogen. Deshalb war es ein kleiner Triumph für mich, als ich in der Nacht von Mittwoch auf Donnerstag fit genug war, um aufzustehen.

Ich fand den Großmeister und Marian mal wieder über einer Karte brütend vor. Von Amadé hingegen fehlte jede Spur, anscheinend befand sie sich noch in der realen Welt.

»Guten Abend, die Herren«, sagte ich. Die beiden Männer staunten nicht schlecht, als ich mit wackligen Schritten näher trat. »Irgendeine Ahnung, wo wir uns befinden?«

Marian schüttelte den Kopf. Fluvius Grindeaut hingegen nickte. »Wenn die Koordinaten stimmen, die du mir gebracht hast, ist es nicht mehr weit«, erklärte er. »Vielleicht noch ein, zwei Tage und Nächte.«

»Oh, gut«, sagte ich und versuchte, Marian unauffällig zuzublinzeln.

»Hast du was im Auge?«, fragte der.

Ich seufzte und ruckte stattdessen mit dem Kinn in Richtung Lagerraum. »Können wir uns kurz unterhalten?«, stieß ich zwischen zusammengebissenen Zähnen hervor. Denn während mich die Grippe heimgesucht hatte, war mir eine Erkenntnis gekommen, die ich gern mit ihm besprechen wollte. Ein Hinweis, bei dem ich mich ernsthaft fragte, warum er mir nicht früher aufgefallen war.

»Geht nur, ihr beiden. Ich muss mich ohnehin konzentrieren«, sagte der Großmeister, der anscheinend besser verstand, was ich meinte.

Ich packte Marian kurz entschlossen beim Zipfel seines Pullovers und zog ihn mit mir in den angrenzenden Lagerraum. Lautlos schloss sich die Schiebetür hinter uns, die diese beiden Bereiche des Schiffes voneinander abtrennte. Zwielicht verschluckte uns, sodass ich die steile Falte, die sich zwischen Marians Augenbrauen gebildet hatte, lediglich erahnte.

»Was weißt du über die Dame?«, fragte ich.

Marian antwortete nicht gleich. Wir standen dicht beieinander in dem schmalen Gang zwischen Kistenstapeln und Fässern voller Chemikalien, an dessen Ende sich Ylvas fensterlose Kutsche in eine Ecke drängte. Gedankenverloren zwirbelte Marian eine meiner Haarsträhnen um seinen linken Zeigefinger.

»Nicht besonders viel«, sagte er schließlich. »Sie hält ihre Identität geheim, lebt beim Grauen Bund und verfolgt dich anscheinend, wenn ihr der Sinn danach steht. Warum fragst du?«

»Mhm.« Ich spitzte die Lippen. Mit den Händen ertastete ich hinter mir die vorstehende Kante einer Kiste und hielt mich daran fest. Irgendwie half mir der Widerstand in meinem Rücken, meine Gedanken zu sortieren. »Mir sind ein paar Dinge klar geworden«, begann ich. »Als neulich in mein Zimmer eingebrochen wurde, habe ich in dem ganzen Durcheinander einen Stofffetzen gefunden. Ein Stück schwarze Spitze, vermutlich stammt sie von der Kleidung des Eindringlings. Ich hatte sie in meinem Nachttischchen verstaut und dort vergessen, bis wir die Dame vor ein paar Tagen in deinem Keller gestellt haben. Hast du dir mal ihre Outfits angesehen?«

Marian nickte. »Sie trägt grundsätzlich Schwarz. Manchmal hat sie einen Seidenschleier vor dem Gesicht.«

»Ganz genau.« Ich schenkte ihm einen triumphierenden Blick, doch Marian zuckte nur mit den Achseln.

»Tja«, sagte er. »Dann gehen wir also davon aus, dass es die Dame war, die in deinem Zimmer nach irgendetwas gesucht hat. Ich wusste bisher nichts von dem Stofffetzen. So überraschend finde ich den Zusammenhang allerdings nicht. Es ist doch naheliegend, dass derjenige, der dich schon seit Wochen verfolgt, identisch ist mit dem, der bei dir einbricht.«

»Ja«, gab ich zu. »Darauf hätten wir früher kommen können.

Aber mir ist noch etwas aufgefallen.« Ohne es zu wollen, senkte ich meine Stimme zu einem Flüstern. »Ich glaube, sie folgt mir nun auch in dieser Welt. Sie läuft durch das Nichts!«

Marian hob die Brauen. »Wie kommst du darauf?«

»Ich habe sie gesehen.«

»Hier?«

Mein Mundwinkel zuckte. »Ihre Hand war vor einem der Fenster. Anscheinend kann es ihr nichts anhaben, sie wandert durch das Nichts, zusammen mit den merkwürdigen Wesen.« Ich schluckte den plötzlichen Kloß in meiner Kehle herunter. »Zusammen mit den Dämonen.«

»Du hattest hohes Fieber, Flora. Niemand kann dort draußen überleben. Das kann nicht sein.« Marian schüttelte beinahe schon aggressiv den Kopf, schob mich zur Seite und hebelte den Deckel der Kiste auf, an der ich mich gerade noch festgeklammert hatte. Zum Vorschein kam Stoff, ein schwärzlich glänzendes Gewebe, das sich in ständigem Fluss zu befinden schien. Marian entfaltete es zu einer Art Taucheranzug, dann fischte er einen gigantischen Kugelhelm aus der Kiste. »*Damit* könnte man *vielleicht* einen Fuß vor die Türen der Nebelkönigin setzen«, erklärte er. »Allerdings ist es bisher noch nicht erprobt worden. Daher würde ich auch das nicht empfehlen.«

Ich starrte auf den Anzug in seinen Händen. »Ich weiß ja auch, dass es unmöglich ist«, sagte ich. »Aber schon bevor ich krank war, habe ich etwas gesehen. Maschinenteile oder so etwas. Erinnerst du dich nicht, wie ich euch zu mir ans Fenster gerufen habe?« Mit einem Mal war ich mir selbst nicht mehr sicher. Hatte das Nichts meinen Verstand bereits in seinen nebligen Klauen? War meine Seele so schwach?

Marian öffnete den Mund, um etwas zu erwidern. In diesem Moment jedoch ging ein heftiger Ruck durch die Kutsche am anderen Ende des Raumes. Ihm folgte ein zorniges Grollen. Krallen schabten an den Wänden entlang, das Gefängnis erzitterte. Ylva musste eingeschlafen sein. Ihre Seele war zurückgekehrt.

Marian schloss für einen Augenblick die Augen und kniff sich mit Daumen und Zeigefinger in die Nasenwurzel. »Tut mir leid, ich bin seit Tagen völlig übermüdet«, murmelte er.

Ich legte meine Hand auf seinen Unterarm. Obwohl die Geräusche schrecklich waren, lag zugleich auch ein feines Singen in der Luft, das mich umschmeichelte und nach mir rief. Denn zusammen mit Ylvas Seele befand sich auch das Materiophon in der Kutsche, jene Maschine, die einst einen Splitter des Weißen Löwen beherbergt hatte, bevor der Kanzler ihn an sich nahm, um noch mehr Schattenreiter für die reale Welt manipulieren zu können. Ich spürte die Aura des Splitters, die über der Maschine und dem Monster lag, das daran gebunden war.

»Ist ja gut«, rief ich Ylvas Seele zu. »Alles wird gut.« Tatsächlich verwandelten sich die Worte in jenen seltsamen Singsang, den ich bis vor Kurzem für Finnisch gehalten hatte. Das Monster wurde ein wenig ruhiger. Ich verspürte den Drang, näher heranzugehen, meine Wange an die Kutsche zu schmiegen und Ylva eine Geschichte aus ihrer Heimat zu erzählen, eine Geschichte darüber, wer sie in Wirklichkeit war. Über das Mädchen, das sich unter viel zu vielen Schals und Pullovern verbarg. Meine Füße zuckten.

Doch der Mann neben mir brauchte mich mehr, und so blieb ich bei Marian, nahm sein Gesicht in meine Hände und versuchte, den Schmerz von seinen Zügen zu wischen. Er hielt die Augen auch weiterhin geschlossen.

»Nicht mehr lange«, murmelte ich und fuhr mit den Fingerspitzen die Linie seiner Brauen nach. »Bald wird sie frei sein. Wenn wir erst eines von diesen Löchern im Nichts gefunden haben, dann trennen wir die Verbindung zwischen ihr und der Maschine, genau wie du es geplant hast. Vielleicht können wir es schon morgen probieren.«

Marian schwieg. Der harte Zug um seinen Mund verschwand nicht, im Gegenteil. Hatte ich etwas Falsches gesagt? Marian presste die Kiefer so fest aufeinander, dass seine Zähne knirschten. Mit einem Ruck befreite er sein Gesicht aus meinen Händen. »Was ist los?«, rief ich. »Was – «

Er schien mich überhaupt nicht mehr wahrzunehmen, starrte an mir vorbei. Er bebte am ganzen Körper. Verdammt. Irgendetwas musste ich tun, irgendwie zu ihm durchdringen. Sollte ich den Großmeister alarmieren oder … Hilflos schlang ich die Arme um Marian und hielt ihn so fest umklammert, dass es wehtat. Ich spürte, dass er mich von sich stoßen wollte. Aber er tat es nicht. Seine Finger krallten sich in meinen Rücken. Gemeinsam warteten wir, während das Zittern nach und nach schwächer wurde, sich zurückzog in den dunklen Winkel in Marians Innerem, aus dem es hervorgebrochen war. Eine halbe Ewigkeit lang standen wir so da.

Irgendwann fand Marian die Sprache wieder. »Sie wird niemals gesund werden«, sagte er tonlos. Sein Mund lag an meiner Halsbeuge. »Wir können sie von der Maschine befreien, aber sie bleibt ein Monster. Ich habe diesen Gedanken zu verdrängen versucht, Flora. Weil ich ihn hasse. Ich hasse ihn dafür, dass er wahr ist.«

»Aber … es wird ihr doch besser gehen, wenn sie erst frei ist. Vielleicht legt sich ihr Zorn dann. Auch als Monster könnte sie doch vielleicht ein glückliches Leben in der Schattenwelt führen, oder nicht?«

Marian antwortete nicht. Doch ein Nein hing überdeutlich in der Luft zwischen uns. Ich fragte mich, wieso ich es so lange nicht bemerkt hatte. Anscheinend hatte mich meine Euphorie blind und taub und dumm werden lassen. So sehr hatte ich mich an den winzigen Hoffnungsfunken geklammert, dass nun alles gut werden würde, dass mir überhaupt nicht aufgefallen war, wie trügerisch dieser Funken war.

Ich strich über Marians Haar und drehte den Kopf zur Seite, bis meine Stirn an seiner lag. Dann holte ich tief Luft. »Wir brauchen also den Weißen Löwen«, sagte ich und sah ihm nun direkt in die glasharten Augen. »Es gibt gar keine andere Möglichkeit, Ylva zu retten, nicht wahr?«

»Ja«, sagte er. »So ist es.«

Jetzt war ich diejenige, die schwieg.

Marian blinzelte. »Wenn wir nur wüssten, wie wir ihn wiederbekommen könnten«, sagte er und ich hatte den Eindruck, dass der Blick, mit dem er mich musterte, noch eine Spur intensiver wurde, als wolle er zum Grund meiner Seele vordringen.

Schließlich hielt ich es nicht mehr aus. Ohne dass ich etwas dagegen tun konnte, senkten sich meine Lider.

16
LÖCHER IM NICHTS

Die darauffolgende Nacht begann unspektakulär. Wie schon die ganze Woche über schob sich die Nebelkönigin durch die endlosen Weiten des Nichts. Träge hingen wir in unseren Kojen, sogar der Großmeister döste vor sich hin, als es schließlich geschah: Zuerst war es ein feines Vibrieren, das den Boden überzog und sich langsam über die Wände hinauf zu unseren Betten und in unsere Magengruben wand. Dann folgte ein schabendes Geräusch, als schrappe die Nebelkönigin über felsigen Untergrund. Schließlich kam das Schiff mit einem Ruck zum Stehen, der so heftig war, dass er uns aus den Betten warf. Ich versuchte noch, mich am Eckpfosten meiner Koje festzuhalten, doch es gelang mir nicht. Im hohen Bogen schleuderte mich der Aufprall aus meinen Decken. Ich segelte geradewegs auf das Schaltpult im Bug zu und landete krachend auf Knöpfen und Tasten. Einer der Schaltknüppel zerbrach unter meinem Gewicht, als wenig später Amadé auf meinem Bauch landete und mir die Luft abdrückte. Ich keuchte auf.

Marian war der Erste, der wieder auf die Beine kam. Er befreite den Großmeister, der von mehreren Stühlen eingekeilt worden war, während ich Amadé von mir herunterschubste und mir den Rücken rieb.

»Was war das?«, fragte Amadé und durchbohrte mich mit ihrem Blick, als sei ich verantwortlich für das, was auch immer da gerade passiert war.

Ich hob eine Augenbraue. »Woher soll ich das wissen?«

Sie schnaubte.

»Beim Barte des Desiderius!«, entfuhr es in diesem Moment Fluvius Grindeaut, der sein Gesicht inzwischen an eines der Bullaugen presste. Gleichzeitig stürzten Amadé, Marian und ich zu ihm hinüber. Ich rieb mir mit den Händen über Mund und Nase.

Wir waren tatsächlich auf Grund gelaufen! Um uns herum hatte sich das Nichts gelichtet, links und rechts von uns war es zurückgewichen und hatte etwas freigegeben, was ... *nicht Eisenheim war*! Also stimmte es: Es *gab* Löcher im Nichts. Und anscheinend waren diese Löcher sogar ziemlich groß.

Die Nebelkönigin jedenfalls war nicht einfach nur an einem Felsbrocken hängen geblieben. Soweit ich es von hier aus sehen konnte, hingen wir am Gipfel eines Berges fest und dieser Berg war Teil einer ganzen Gebirgskette! Unser Schiff schaukelte in einem Meer aus schneebedeckten Gipfeln, über denen sich derselbe lichtlose Himmel wie über Eisenheim wölbte. Doch die Bauwerke, die winzig wie von einer Modelleisenbahn im fernen Tal hockten, sahen ganz anders aus als die, die ich aus Eisenheim kannte. Auch sie waren farblos, doch die Architektur wirkte viel archaischer. Ich kniff die Augen zusammen, aber das half kaum, die Häuser besser zu erkennen. Uns trennten sicher mehrere Hundert Meter vom tiefsten Punkt des Talkessels. Überdeutlich wurde mir das Schwanken der Nebelkönigin bewusst, die sich unablässig vor- und zurückwiegte. Ich wollte mir lieber nicht vorstellen, was geschah, wenn wir unser Gewicht verlagerten.

Wie sich herausstellte, war das aber auch gar nicht notwendig, denn schon wenige Sekunden später kippten wir vornüber. Zuerst senkte sich die Nase des Schiffs nur gemächlich, dann rascher. Ein Knirschen ertönte, als sich der Rumpf vom Berggipfel löste. Dann rauschten wir in die Tiefe.

Mein eigenes Kreischen gellte mir in den Ohren. Ich krallte mich in Marians Oberarm, der neben mir bäuchlings auf dem lag, was vorhin noch eine senkrechte Wand gewesen war. Dieses Mal war es der Großmeister, der auf das Schaltpult zustürzte. Aus dem Augenwinkel sah ich, wie sein heller Bart durch die Luft wirbelte. Eine leere Schnapsflasche zerschellte über meiner Koje. Die Nebelkönigin holperte immer weiter über Spalten und Kanten im Fels, was unseren Fall zwar abbremste, aber der Außenhaut des Schiffes nicht gerade guttat.

Amadé schrie.

Etwas zu meiner Linken schlug Funken. Im Laderraum donnerte es und ich barg mein Gesicht an Marians Schulter. Doch der befreite sich aus meinem Griff.

»Brauchen Sie Hilfe?«, brüllte er gegen das Schaben des Gesteins an.

»Wir müssen die Energiezufuhr umlenken«, schrie der Großmeister. Seine Stimme klang bröselig.

Marian verschwand aus meinem Blickfeld. Ein Ruck ging durch das Schiff und ich verlor den Halt, fiel nach hinten. Amadés Koffer schoss durch die Kabine direkt auf mich zu. Es gelang mir gerade noch, mich zur Seite zu werfen. Da fanden meine Hände endlich Halt an einem der Bettpfosten. Ich klammerte mich daran, bis unser Sturz allmählich langsamer wurde und wir schließlich etwa zwanzig Meter über den Dächern der fremden Stadt in der Luft stehen blieben.

Schweißperlen rannen mir über die Stirn, meine Knie zitterten. »Wo sind wir?«, flüsterte ich.

Die Nebelkönigin hatte ihre Flossen wieder eingeklappt und ihre Antriebsart erneut umgestellt. Lautlos klebten wir am finsteren Himmel, unsere Scheinwerfer warfen Kegel aus Helligkeit auf Dächer und Schornsteine, als wären es Überreste längst versunkener Welten und wir auf Tauchfahrt in einem U-Boot.

»Wenn mich nicht alles täuscht«, sagte der Großmeister, »dann ist das der Schlund.«

Der Schlund, der zu Eisenheim gehört hatte? Das mysteriöse Viertel, das einst verschwunden war? Meinte er das ernst? Ich schüttelte den Kopf. »Also hat das Nichts die anderen Stadtteile gar nicht zerstört, sondern nur … *abgebissen?*«

»Es ist zu früh für derartige Aussagen«, erklärte Fluvius Grindeaut. »Aber möglich wäre es.« Er strich sich über den Bart und zwirbelte dessen Spitze um seinen Zeigefinger. »Das alles ist höchst interessant«, murmelte er. »Als hätte das Nichts die Materie der früheren Stadtteile verschoben und aufeinandergeschichtet wie Sedimente. Höchst interessant.« Wie durch ein Wunder hatte die andere Schnapsflasche in seiner Manteltasche unsere halsbrecherische Talfahrt überlebt. Mit einer fahrigen Bewegung löste er ihren Verschluss und genehmigte sich einen Schluck. »Wir sollten eine Erkundungstour machen.«

»Ist das denn nicht zu gefährlich?«, fragte Amadé. »Das Nichts ist schließlich so nah!«

»Das ist es in Eisenheim doch auch«, sagte ich. Aus irgendeinem Grund brannte ich geradezu darauf, auszusteigen und mir den angeblich verlorenen Teil Eisenheims anzusehen. Ob hier noch Menschen lebten? Schon näherte ich mich der Tür. »Ich wusste gar nicht, dass um den Schlund herum Berge waren.«

Marian legte seine Hand auf meinen Unterarm und hielt mich zurück. »Die gab es früher auch nicht, als er noch zur Stadt gehörte. Anscheinend hat das Nichts mit den Jahren mehr und mehr Materie rund um ihn herum angehäuft«, mutmaßte er.

Fluvius Grindeaut gab ein zustimmendes Brummen von sich, während er schon wieder eifrig auf seiner Karte herumkritzelte.

»Jedenfalls sollten wir erst einmal herausfinden, ob es da draußen überhaupt Sauerstoff gibt, bevor wir alle Schotten aufreißen«, sagte Marian.

»Oh ja, allerdings.« Der Großmeister leerte die noch zu etwa einem Viertel gefüllte Flasche in einem Zug, dann beugte er sich über seine Messgeräte.

Eine Viertelstunde später tat ich, was ich schon die ganze Zeit über hatte tun wollen: Ich löste die Verriegelung der hydraulischen Klappe zu meiner Linken und stieß sie auf. Sofort schwebte ein Schwall eisiger Nachtluft herein, der sich so problemlos atmen ließ, wie der Großmeister es vorausgesagt hatte. Inzwischen hatte dieser uns noch ein Stück weiter in Richtung Boden manövriert und die Nebelkönigin auf einem Platz voller kopfloser Statuen geparkt. Ohne zu zögern, sprang ich auf das Pflaster hinab, dicht gefolgt von Amadé, Marian und einem leicht taumelnden Fluvius Grindeaut.

Vor uns ragte das Kolosseum auf. Dahinter erkannte ich in der Ferne die Silhouette von etwas, das einer Tempelanlage der Azteken verdammt ähnlich sah. Wir schlugen blindlings eine der Straßen ein, die von dem Platz vor dem Kolosseum abgingen. Sieben tauchte die Szenerie in ein unwirkliches Glimmen.

»Das ist der Schlund. Ja, das ist er«, murmelte Fluvius Grindeaut immer wieder, während wir uns tiefer in das Dickicht der Gassen vorwagten.

Etwa eine halbe Stunde lang wanderten wir durch das verlorene Viertel und die ganze Zeit über begegneten wir nicht einer Menschenseele. Trotzdem hatte ich das Gefühl, dass wir nicht allein waren in dieser gespenstischen Stille, die uns aus jeder Mauerritze entgegendröhnte. Irgendetwas verursachte einen Knoten in meiner Magengegend. Vielleicht weil es zu still war? Selbst die Geräusche unserer eigenen Schritte schienen die Straßen zu verschlucken, als würden wir uns durch eine Traumwelt bewegen. War das hier am Ende nur ein Trugbild? Hatte das Nichts uns damit hinausgelockt aus unserem Schiff, hinein ins Verderben? Im Vorbeigehen ließ ich meine Finger über verwitterten Stein streichen. Er fühlte sich kühl und spröde an, genau wie echter Stein.

Irgendwann erreichten wir ein gigantisches Viadukt, unter dem sich eine Reihe Hunnengräber duckte. Dazwischen standen kreisrunde Nomadenhütten. Die fellbespannten Wände flatterten im Wind, von dem ich beim besten Willen nicht sagen konnte, wo er herkam. Wir hielten inne.

»Sie sind alle tot«, sagte Amadé. »Das Nichts hat sie gefressen und nur diese Geisterstadt zurückgelassen.«

Der Großmeister seufzte.

Konnte das wirklich sein? Waren alle gestorben?

»Was ist?«, fragte Marian und musterte mich mit einem eindringlichen Blick.

Ich runzelte die Stirn. »Was soll sein?«

»Du hast gerade den Kopf geschüttelt.«

»Echt?« Ich hatte es überhaupt nicht bemerkt.

»Glaubst du etwa, hier lebt noch jemand?«

Bevor ich antwortete, lauschte ich einen Augenblick lang der Stille um uns herum, und je länger ich horchte, umso weniger leer erschien mir der Schlund. Es war, als läge ein Singen in der Luft, ein feines Murmeln, Gedanken, die gedacht wurden, Luft, die geatmet wurde. Geister? »Ja«, sagte ich schließlich und senkte meine Stimme zu einem Wispern. »Wir sind hier nicht allein.«

Amadés Kopf schnellte in meine Richtung. Der Großmeister hob die buschigen Brauen.

»Was macht dich da so sicher?«, fragte Marian, als seine Gestalt plötzlich aufflackerte und im nächsten Moment zu verblassen begann. »Scheiße«, stieß er hervor. »Das ist mein Wecker, ich muss zu meiner Wache bei den Zwil –« Er verschwand, ehe er seinen Satz beenden konnte.

Ich zuckte mit den Achseln. Blieben noch Amadé und Fluvius Grindeaut, die mich erwartungsvoll ansahen. Vor meinem geistigen Auge sah ich das Gesicht des Mantikors, der mir aufmunternd zunickte. Fürs Erste legte ich deshalb den Finger an die Lippen und bedeutete den beiden, mir zu folgen.

Das Singen schien von Westen zu kommen. Wie von einem unsichtbaren Faden gezogen, bewegte ich mich in diese Richtung, lief einfach unter dem Viadukt hindurch, vorbei an den Hütten und Gräbern und durch eine von verfallenen Marktständen gesäumte Straße, bis wir schließlich vor der Treppe des Aztekentempels standen. Es war eine gewaltige Treppe, zusammengesetzt aus unzähligen Steinquadern, jeder so mächtig, dass man sich fragte, wie die Menschen damals es überhaupt geschafft hatten, ihn zu bewegen. Ein bisschen erinnerte mich der Bau an die Pyramiden von Giseh. Auch er hatte eine quadratische Grundfläche und verjüngte sich nach oben hin. Auch er musste schon uralt sein. Doch heute war es nicht das verheißungsvolle Rufen des Weißen Löwen, das mich lockte. Im Gegenteil, ich verspurte nicht das geringste Bedürfnis, meinen Fuß auf diese Stufen zu setzen, dafür fürchtete ich mich viel zu sehr vor dem, was mich dort oben erwarten mochte. Doch das Atmen war nun noch deutlicher zu spüren. Und solange noch die winzigste Hoffnung bestand, den Gelehrten lebend zu finden, durfte ich nicht aufgeben. Ich musste meine Furcht überwinden.

Ich begann mit dem Aufstieg.

Wir kamen nur mühsam voran. Vor allem der Großmeister geriet von Stufe zu Stufe mehr ins Straucheln. Nach der Hälfte der Treppe packten Amadé und ich ihn jeweils unter einer Achsel und hievten ihn zwischen uns hinauf. Die ganze Zeit über sprachen wir nicht, nur dann und wann spürte ich Amadés misstrauischen Blick auf meinem Gesicht. Unser Keuchen erfüllte die Luft und vermischte sich mit dem unterschwelligen Singen, das mittlerweile seinen ganz eigenen Sog entfaltet hatte. Immer weiter schleppten wir uns hinauf. Als wir endlich die obere Plattform des Tempels erreichten, war ich trotz der allgegenwärtigen Kälte Eisenheims nass geschwitzt.

Im Vergleich zur gigantischen Treppe war die Hütte, die auf dem Gipfel des Tempels thronte, geradezu lächerlich klein. Kaum ein paar Quadratmeter groß und kreisrund hockte sie in der Mitte der Fläche. Auch bei ihr bestanden Dach und Wände aus Fellen. Aus modrigen, löchrigen Fellen, die sich im Wind kräuselten wie die Haare einer Hexe. Das Atmen wurde lauter, ein Röcheln, das aus dem Innern der Hütte hervorquoll.

Langsam näherte ich mich dem Geräusch, schob mich Zentimeter für Zentimeter an das winzige Haus heran, bis ich ein loses Stück Fell entdeckte, das so etwas wie die Tür sein mochte. Mit zitternden Fingern griff ich danach und zog es zur Seite. Es zerfiel, kaum dass ich es berührt hatte.

Drinnen herrschte vollkommene Dunkelheit. Ein süßlicher, abgestandener Geruch schlug mir entgegen. Ich blinzelte in die Schwärze hinein und winkte Sieben zu mir herüber. Doch sein

Licht richtete kaum etwas aus. Es wurde von unzähligen Staubpartikeln zurückgeworfen, die sich uns in einer Wolke entgegenschoben, tanzende Schlieren, die sich bis in die Tiefen meiner Lunge hineinfädelten. Ich bekam einen Hustenanfall.

Auch Amadé und Fluvius Grindeaut hinter mir keuchten auf, als die Wolke sie erreichte. Als wäre sie seit Ewigkeiten in der Hütte gefangen gewesen, drängte die staubige Luft nach draußen und in den Nachthimmel hinauf. Es dauerte nur wenige Sekunden, dann war sie verschwunden und Siebens Licht bahnte sich weiter seinen Weg durch die Finsternis.

Endlich konnte ich Einzelheiten ausmachen. Zum Beispiel war da ein winziger Hocker, auf dem ein Tonkrug stand, aus dessen Öffnung sich ein hauchdünner Rauchfaden zur Decke hinaufschlängelte. Dahinter lag ein Haufen aus weiteren Fellen, dazwischen Lumpen und die bleichen Knochen kleiner Tiere. An einer Leine, die von einer Seite zur anderen durch den Raum gespannt worden war, baumelten merkwürdige Gerätschaften, ein Zirkel, etwas, das ich für eine Lupe hielt, seltsam gebogene Löffel und Bündel getrockneter Kräuter.

Vorsichtig trat ich ein. Das Röcheln war noch immer da. Es klang verschleimt und ziemlich ungesund. Doch wer verursachte es?

»Hallo?«, flüsterte ich. »Ist hier jemand?«

Mein Blick hing an dem Rauchfaden, der bei meinen Worten erzitterte und sich kaum merklich verformte. Trotzdem erinnerte ich mich bei seinem Anblick unwillkürlich an die merkwürdigen Gestalten, die ich vor einigen Nächten draußen im Nichts gesehen hatte. Gesichtslose Geister mit dürren Fingern und wehendem

Haar. Auch sie hatten ausgesehen, als bestünden sie aus Rauch und Asche.

Das Röcheln erstarb für einen Augenblick.

»Hallo?«, wiederholte ich, dieses Mal ein wenig lauter.

Ein Zittern durchlief den Fellhaufen an der Wand, dann gerieten die Decken in Bewegung. Stofffetzen wellten sich, Leder schabte über Haar. Finger wie Spinnenbeine wühlten sich ins Freie. Ich kniff die Augen zusammen, doch es waren tatsächlich menschliche Hände, die sich zwischen den Fellen hervorschoben. Von Altersflecken übersäte Haut, dünn wie Pergament.

»Br-brauchen Sie Hilfe?«, stotterte ich.

Das Röcheln setzte wieder ein. Als Nächstes kam weißliches Haar zum Vorschein, lang und verfilzt, dazwischen von schwarzen Adern durchzogene Kopfhaut, durchscheinende Lider, unter denen sich dunkle Pupillen bewegten. Und ein zerzauster, schmutziger Bart.

Die Zeit schien stillzustehen, während sich der alte Mann aus seinen Decken schälte. Erst nach einer halben Ewigkeit hatte sich seine magere Gestalt freigekämpft. Er schlug die Augen so zögerlich auf, als habe er sie seit Jahren nicht mehr benutzt. Speichel rann in einem schmalen Rinnsal aus seinem Mundwinkel und sickerte durch seinen Bart in die Reste dessen, was einmal seine Kleidung gewesen war, nun aber nur noch in Fetzen von seinem Körper hing. Seine Pupillen saßen wie glänzende Käfer in den Höhlen. Er schmatzte vernehmlich und musterte mich mit zusammengezogenen Brauen.

»Bitte entschuldigen Sie, dass ich Sie geweckt habe«, sagte ich.

»Ich heiße Flora Gerstmann und ich bin auf der Suche nach einem Mann namens Desiderius, der –«

»Das ist er«, lallte Fluvius Grindeaut in diesem Moment und drängte sich an mir vorbei. Tränen schimmerten in seinen Augen, als er vor dem Alten in die Hocke ging und nach seiner Hand griff. »Mein lieber Freund.«

Der Angesprochene zuckte zurück und krümmte die Finger mit den viel zu langen Nägeln zu Krallen, als wolle er sich verteidigen. Dann legte er den Kopf in den Nacken und stieß einen kehligen Laut aus.

Ich zuckte zusammen. Hatte er etwa so lange ohne menschliche Gesellschaft gelebt, dass er unsere Sprache und unsere Umgangsformen vergessen hatte?

Der Großmeister jedenfalls ließ sich nicht beirren. Noch einmal ergriff er die Hand des Alten und sah ihm fest in die Augen. »Ich bin es, Fluvius Grindeaut. Erkennst du mich denn nicht mehr?«

»Flu –« Desiderius hustete. Schleimbröckchen flogen durch die Luft und Amadé und ich wichen angeekelt zurück.

Der Großmeister hingegen lächelte. »Ja«, sagte er. »Weißt du es wieder?«

»Fluvius!«, murmelte Desiderius. Seine Stimme raschelte, als hätte er sie lange nicht mehr benutzt. »Hier?« Seine dürren Arme fuchtelten in der Luft herum, deuteten auf die Wände der Hütte und das, was dahinterlag.

»Wir sind gekommen, um dich zurückzuholen. Wie viele Jahre hast du hier allein verbracht? Vierzig? Komm mit uns, wir bringen dich nach Hause.«

Desiderius sabberte. »Nicht allein«, stieß er heiser hervor und kroch näher an das Tongefäß heran, aus dem noch immer ein feiner Rauchfaden emporstieg. »Geister«, wisperte er. Seine runzligen Lippen zitterten. Dann sah er mich so plötzlich an, dass ich erschrocken einen Schritt zurück machte. Mein Rücken stieß gegen eine Wand aus Fell. »Ein Stern und ein Mädchen«, nuschelte er. Seine Augen wirkten mit einem Mal so riesig! Sein Gesicht schien aus nichts anderem zu bestehen. »Ein Stern.« Er hob eine Hand und ballte sie zur Faust. »Und ein Mädchen.« Nun deutete er mit seinem schmutzigen Fingernagel auf meine Brust.

Mein Herzschlag beschleunigte sich. Würde ich nun endlich erfahren, was es mit der Prophezeiung auf sich hatte?

»Ja, genau. Ein Stern und ein Mädchen, deren Seelen verbunden … Wissen Sie noch, wie es weiterging?«

»Stern!«, rief Desiderius von einer Sekunde zur nächsten zornig. »Mädchen! Du!« Er sprang auf die Füße, wollte sich anscheinend auf mich stürzen, doch seine Beine, die es nicht mehr gewohnt waren, sein Gewicht zu tragen, knickten unter ihm ein. Im letzten Moment fing Fluvius, der selbst schon genug Mühe hatte, das Gleichgewicht zu halten, seinen Freund auf. Gemeinsam fielen die beiden in den stinkenden Haufen aus Fellen und Lumpen.

Ich wollte mich vorbeugen, um den beiden Männern aufzuhelfen, als Amadés dunkle Stimme plötzlich schräg hinter mir ertönte: »Und wenn nicht das Mädchen den Stern bewahrt, das Herz zurückbringt, so wird die Welt vergehen durch ihre Schuld, vergehen im Reich derer, die nicht mehr sind.«

Was? Ich wirbelte herum. »Was sagst du da?«

Amadé hob herausfordernd die Brauen. »Nichts. Das ist bloß ein weiterer Teil der Prophezeiung.«

Mein Blick suchte die kleine Hütte ab. Hatte Amadé das gerade irgendwo abgelesen? »Woher …?«, stammelte ich. »Was weißt du darüber?«

»Nicht viel, deshalb bin ich hier. Genau wie Marian«, sagte sie, schob mich unsanft zur Seite und machte sich daran, ihren Vater und den verwirrten Gelehrten zu stützen. »Kommt schon, bewegt euch«, zischte sie. »Wir müssen zurück zum Schiff.«

Ich presste die Kiefer aufeinander. Was hatte das alles zu bedeuten? Wieso kannte Amadé einen weiteren Teil der Prophezeiung? Was wusste sie? Woher wusste sie es? Und was, verdammt noch mal, hatte Marian mit der ganzen Sache zu tun? Schwindel stieg in mir auf, so viele Fragen kreiselten mal wieder in meinem Kopf durcheinander. Doch vorerst blieb mir nichts anderes übrig, als hinter dem Großmeister, Desiderius und Amadé die Stufen des Tempels hinunterzuklettern.

Als wir die Nebelkönigin erreichten, war Marian überraschenderweise schon dort. Er machte sich an der Außenhaut des Schiffes zu schaffen.

»Das Schätzchen hat bei unserem Landeanflug ganz schön was abbekommen«, rief er uns entgegen. »Hoffentlich ist sie noch fahrtüchtig.«

Schon der Gedanke, vielleicht für immer in dieser Geisterstadt festzusitzen, jagte mir einen Schauer über den Rücken. Es würde sicher nicht lange dauern, bis sie uns ebenso wahnsinnig machen würde wie den armen Desiderius. Bei mir hatte das Nichts ja anscheinend schon damit angefangen, indem es mich diese grauenhaften Wesen sehen ließ.

Amadé führte den verrückten Gelehrten ins Innere der Nebelkönigin, während Fluvius Grindeaut die Schäden in Augenschein nahm und nebenbei einen Flachmann leerte. Seiner angespannten Miene und dem erneuten Alkoholkonsum nach zu urteilen, stand es wohl wirklich nicht allzu gut um unser Schiff.

»Können wir noch zurück?«, platzte ich heraus, als er seinen Rundgang um die Nebelkönigin beendet hatte.

Der Großmeister wiegte nachdenklich den Kopf hin und her. »Ich weiß es nicht«, gab er zu. »Es käme auf den Versuch an.«

Diese Einschätzung der Lage war nicht gerade erbaulich. Das Nichts war schließlich vor allem für seine Gnadenlosigkeit bekannt, Versuche und Fehler konnte man sich da nicht erlauben. Dennoch einigten wir uns darauf, erst einmal an Bord zu gehen. Fluvius Grindeaut würde die Nebelkönigin den Berg hinauf- und danach schrittweise und sehr vorsichtig in das Nichts hineinlenken. Sobald wir den Gipfel erreicht hatten, sollte Marian in einem dieser Taucheranzüge, die der Großmeister erfunden hatte, hinaus ins Nichts gehen und von außen nach Lecks suchen.

Ein mulmiges Gefühl breitete sich in meiner Magengegend aus, als sich das Schiff wenig später in Bewegung setzte. Fürs Erste stiegen wir immer weiter in die Höhe, bis wir das Gebirge überquert hatten, das aus dieser Perspektive ebenso gut den Rand eines Kraters hätte bilden können, denn zur anderen Seite hin fiel es keineswegs steil ab. Dort begann ja das Nichts. Dort war also auch nichts, in das man stürzen konnte. Nichts, auf dem man gehen konnte. Und genau auf dieses Nichts hielten wir zu.

Mein Herzschlag setzte aus, als die Nase der Nebelkönigin in die nebligen Schwaden tauchte. Ich klebte förmlich an dem Bullauge neben meiner Koje. Unter dem Helm konnte ich Marians Gesicht nicht erkennen, doch seine Bewegungen wirkten auffallend fahrig, als er langsam um das Schiff herumschwebte und hier und dort an der Außenhaut kratzte, die hydraulischen Klappen oder die Versiegelung der einzelnen Nieten überprüfte. Lag es an seiner Angst vor dem Nichts? Ich erinnerte mich noch gut daran, wie er mich damals zum ersten Mal mit dorthin genommen hatte, in jenen Hinterhof, in dem plötzlich die Welt endete. Und an die Faszination in seinem Blick, als wir gemeinsam nur wenige Millimeter vor dem Abgrund gestanden hatten. Damals hatte er sich nicht gefürchtet. Im Gegenteil, ich hatte eher das Gefühl gehabt, dass er sich wünschte, einen Schritt vorzutreten. Doch nun war seine Körpersprache eine andere. Seine breiten Schultern zitterten. Der Großmeister lenkte uns in das Nichts hinein, bis nur noch ein Teil der Materientanks über die Berggipfel ragte. Dann schaltete er die Triebwerke aus. Ich hielt den Atem an, lauschte in die Stille hinein, wartete darauf, dass das Nichts durch Spalten und Ritzen zu uns hereinkam. Doch nichts dergleichen geschah. Zu hören war lediglich der röchelnde Atem von Desiderius, der in seiner Koje vor sich hin dämmerte und überhaupt nicht mitzukriegen schien, was um ihn herum geschah. Fluvius Grindeaut seufzte hin und wieder leise, während er seine Instrumente checkte, und Amadé hatte sich schweigend in die hinterste Ecke des Raumes verkrümelt und wandte uns den Rücken zu. Aus dem Lagerraum drang Ylvas heiseres Heulen und das Geräusch ihrer Klauen, die auf die Wände der Kutsche einhieben.

Erst jetzt fiel mir wieder Marians Plan ein, ihre Seele von der Verbindung mit dem Materiophon zu befreien. Wenn er ihn noch immer in die Tat umsetzen wollte, war dies wohl definitiv der einzige Zeitpunkt dafür. Noch hatten wir das Loch im Nichts nicht verlassen, noch konnte er die Maschine hierlassen und hoffen, dass das Nichts die Verbindung zwischen beiden fraß, wenn wir nur weit genug wegfuhren. Ich stand auf und hielt mit langen Schritten auf den Lagerraum zu. Das Schnauben der Schleuse, die das Ein- und Aussteigen inmitten des Nichts ermöglichte, ertönte.

Ohne zu zögern, betätigte ich den Knopf, der die Schiebetür öffnete, die die beiden Bereiche des Schiffs voneinander trennte, trat ein und sah mich unversehens einem behelmten Marian gegenüber, der gerade den Verschlag von Ylvas Kutsche aufklappte.

Mit einem Zischen schloss sich die Tür hinter mir wieder. »Hey«, sagte ich.

Marian antwortete nicht. Er sah nicht einmal auf. Stattdessen beförderte er seelenruhig das Materiophon aus den Tiefen der Kutsche zutage. Ylva brüllte auf, als er es an ihr vorbei und aus ihrer Reichweite schob. Sie versuchte, ebenfalls ins Freie zu drängen, doch da hatte Marian die Kutsche schon wieder fest verriegelt.

Ich trat näher an ihn und den alchimistischen Apparat heran, den seine Eltern einst entwickelt hatten, um Ylvas Seele zu heilen.

»Du willst es also wirklich tun?«, fragte ich. »Ganz egal, ob der Weiße Löwe jemals wieder auftaucht?«

»Geh einfach wieder zu den anderen, Flora«, sagte er.

»Wieso?«

»Lass mich das hier alleine machen, okay?« Er stemmte sich gegen das Materiophon. Der schwere Kessel schabte über den Boden, verhakte sich an einer Fuge zwischen den Marmorkacheln und drohte zu kippen. Im letzten Moment fing Marian die Apparatur auf, dann riss er sich schnaubend den Helm vom Kopf und wischte mit Daumen und Zeigefinger den Schweiß aus seinen Augen. Um seinen Mund herum lag wieder dieser harte Zug, der sich dort stets zeigte, wann immer Marian eine schwere Entscheidung treffen musste.

»Ich dachte, du könntest vielleicht meine Hilfe gebrauchen«, sagte ich. »Soll ich bei Ylva bleiben und sie beruhigen?«

»Du sollst weggehen. Kapierst du das nicht?«

Ich wusste nicht, was ich darauf antworten sollte. Was hatte Marian denn auf einmal? Vorhin in der Stadt hatte er doch noch ganz ruhig gewirkt, bevor er zu seiner Wache bei den Zwillingen aufgebrochen war. Ich verschränkte die Arme vor der Brust. Wieso war er eigentlich schon zurück in der Schattenwelt? Das hatte mich vorhin schon gewundert. »Solltest du nicht bei Wiebke und Linus sein?«

Mit einem Ächzen setzte Marian das Materiophon endgültig ab. Ohne ein weiteres Wort schnappte er sich seinen Helm und stapfte in die Schleuse, die ihn ins Freie führen würde. Was hatte das nun wieder zu bedeuten?

»Was ist los mit dir?«, rief ich ihm nach, doch Marian war schon ins Nichts getaucht.

Mein Blick fiel auf die Kiste mit den Spezialanzügen. Noch ehe sich der Gedanke in meinem Kopf geformt hatte, streifte ich Hose und Pullover ab und zog das merkwürdige Material über meine Haut, das sich anfühlte, als würde unablässig Wasser über meinen Körper rinnen. Wie unter einer kalten Dusche. Hatte Marian deshalb vorhin gezittert? Ich stülpte mir den dazugehörigen Helm über den Kopf und trat ebenfalls in die Schleuse, in der etwas auf dem Boden lag: eines der chipbesetzten Armbänder! Anscheinend hatte Marian es beim Aussteigen verloren. Ich steckte es ein, um es ihm zurückzugeben.

Dreißig Sekunden später leckte das Nichts auch an meinen Armen und Beinen und strich um meinen Kopf, als wolle es mich locken. Ich kam mir vor wie ein Astronaut bei seinem ersten Weltraumspaziergang. Zwar schwebte ich nicht direkt in der Schwerelosigkeit, doch festen Boden, auf dem ich gehen konnte, gab es nicht. Eine Kartusche im Innern des Anzugs versorgte mich mit Sauerstoff. Leider hatte ich mir nicht durchgelesen, wie lange dieser reichte. Doch ich hatte schließlich auch nicht vor, lange hier draußen zu bleiben. Ich wollte nur mit Marian reden.

»Warte auf mich!«, rief ich in die tosenden Schwaden hinein, die meine Stimme verschluckten, noch ehe sie an mein eigenes Ohr drang. Das funktionierte also schon mal nicht. Na super. Dann musste ich Marian eben einholen. Entschlossen setzte ich einen Fuß vor den anderen. Das Gehen war nicht leicht mit dem schweren Helm auf den Schultern, doch ich biss die Zähne zusammen und stemmte mich gegen die Abwesenheit der Welt.

»Du hast doch keine Ahnung, worum es hier geht«, begrüßte mich Marian, als ich ihn schließlich erreichte. Dabei betätigte er einen Knopf an seiner Brust, der anscheinend ein Mikrofon einschaltete, sodass ich ihn hören konnte.

»Das stimmt allerdings«, bestätigte ich, dieses Mal ebenfalls über Mikro. Natürlich hatte ich keine Ahnung! Nicht, was es mit dem Nichts auf sich hatte, nicht, was Marian schon wieder vor mir verheimlichte. Und ehrlich gesagt hatte ich es satt, ständig bei allem, was ich tat, im Dunkeln zu tappen. Wie sollte man denn da Entscheidungen treffen? Noch dazu, wenn es um etwas nicht ganz Unwichtiges wie den Weißen Löwen ging? Wut stieg in mir auf und setzte sich als gleißender Knoten in meine Kehle. Dieses Theater musste endlich aufhören.

»Und wenn nicht das Mädchen den Stern bewahrt, das Herz zurückbringt, so wird die Welt vergehen durch ihre Schuld, vergehen im Reich derer, die nicht mehr sind«, schleuderte ich Marian deshalb an den Kopf. »Na, sagt dir das was?«

Er zuckte mit den Achseln und machte mich damit nur noch zorniger. Auf einmal war es mir egal, dass wir gerade mitten im Nichts standen, egal, ob unser Schiff noch fahrtüchtig war, wir den Gelehrten gefunden hatten oder Ylva nun befreit werden sollte. »Du bist ein Idiot, weißt du das?«, fauchte ich.

»Danke für die Info«, knurrte er. Wir standen nun so nahe voreinander, dass sich die Scheiben unserer Helme berührten. Durch das Glas sah ich, wie Marians Wangen sich dunkel färbten.

Er verengte die Augen zu Schlitzen. »Ich habe dir schon mal erklärt, dass ich dir im Moment nicht alles sagen kann.«

»Na und? Das ist mir echt egal!«, rief ich. »Amadé war meine Freundin, doch plötzlich meidet sie mich. Sie kennt einen weiteren Teil der Prophezeiung, der ja wohl auch dir nicht neu ist.« Ich atmete schwer. »Die Welt stürzt zusammen, das Nichts will uns alle umbringen. Ich weiß nicht, ob ich das Richtige getan habe, als ich den Weißen Löwen versteckt habe, der Kanzler ist noch immer auf Rache aus, mein Vater traut mir nicht mehr …« Meine Stimme überschlug sich und entlockte dem Mikrofon an meinem Anzug einen Pfeiflaut. »Ich bin froh, dass du mir trotz allem geholfen hast. Das war nicht selbstverständlich. Aber weißt du was, ich habe trotzdem ein Recht darauf, dass du ehrlich zu mir bist, Marian. So kann das hier nicht weitergehen mit uns.« Ich krallte meine Hände um seine Oberarme.

Endlich nickte Marian langsam. »Die Wahrheit«, sagte er. »Na gut, ich verrate sie dir. Die erste Wahrheit ist, dass ich heute Nacht eingepennt bin, mitten in meiner Schicht bei den Zwillingen. Und jetzt sitze ich hier fest, weil mein Körper zu erschöpft ist und einfach nicht wieder aufwachen will.«

Meine Augen weiteten sich. »Heißt das, du hast die beiden schutzlos zurückgelassen? Obwohl der Kanzler zuletzt –«

Marian schnitt mir mit einer Handbewegung das Wort ab. »Es war keine Absicht«, sagte er. »Aber ich bin nicht fertig mit der Wahrheit: Ich war nicht im Krawoster Grund, um meine Schwester zu besuchen, das hast du ja schon herausgefunden. Aber willst du wissen, was ich stattdessen dort getan habe?«

Ich nickte wütend.

»Es existiert ein Haus. Eine Baracke, kaum größer als die, in denen wir die Schlafenden hausen lassen. In diesem Haus bin ich aufgewachsen. Meine Eltern haben dort mit meiner Schwester und mir gewohnt, wenn wir in der Schattenwelt waren. Aus Prinzip, weil sie es ungerecht fanden, wie die Wandernden mit den Schlafenden umgehen. Nach ihrem Tod habe ich viele Jahre keinen Fuß mehr über die Schwelle gesetzt. Schon allein der Gedanke …« Er schloss für einen Augenblick die Lider. »Doch vor einigen Wochen bin ich doch zurückgekehrt. Meine Eltern waren Wissenschaftler, wie du weißt, und ich erinnerte mich dunkel an ihre Aufzeichnungen, die sie über Eisenheim und das Nichts angefertigt hatten. Irgendwo musste noch dieser Fetzen Pergament sein, auf dem ein Teil der Prophezeiung stand. Meine Eltern haben das Ding gehütet wie einen Schatz.«

»Warum hast du mir nichts davon gesagt?«, flüsterte ich. Wieso hatte er mir verheimlicht, was er über die Prophezeiung wusste?

Marian atmete aus. »Tja, hier kommt die nächste Wahrheit: Wenn man sich den Wortlaut ansieht, dann scheint die Weissagung des Desiderius nichts Gutes für dich zu bedeuten. Es klingt so, als wärst du dafür verantwortlich, dass das Nichts nach und nach ganz Eisenheim und seine Bewohner verschlingen wird. Und es ist schon auffällig, dass der Ascheregen und all das über uns hereinbricht, kurz nachdem du den Weißen Löwen, der ja wohl der Stern ist, für immer verloren hast.«

»Willst du damit etwa sagen, ich –«, rief ich.

»Nein«, sagte Marian. »Ich liebe dich, Flora. Und ich sehe doch, wie schlecht es dir geht. Außerdem fehlt noch ein Teil der Prophezeiung und wir sollten warten, bis wir ihn finden, bevor wir entscheiden, wie es weitergeht. Aber mir war klar, dass wenige Leute diese Meinung teilen würden, sollte der verschollene Text bekannt werden. Das war mir klar, als ich Amadé vor meiner Tür fand. Sie war total verstört vor Angst um ihren Sohn und ich habe sie für ein paar Nächte aufgenommen. Als sie den Vers entdeckte, hat sie nicht gezögert, sich von dir abzuwenden. Deshalb habe ich niemandem etwas darüber gesagt und Amadé beschworen, den Mund zu halten.«

Ich dachte daran, wie ich Amadé am Ufer des Hades getroffen hatte, eingehüllt in Marians Mantel und plötzlich so abweisend. Doch noch immer begriff ich nicht, warum Marian mich nicht eingeweiht hatte. »Aber mir hättest du es doch sagen können. Ich muss doch wissen, woran ich bin. Was, wenn ich tatsächlich Schuld trage? Was, wenn ich unbewusst etwas falsch gemacht habe? Oder bewusst?« Plötzlich hatte ich jene Nacht, in der ich den Weißen Löwen verborgen und alle über mein Gedächtnis belogen hatte, wieder glasklar vor Augen.

Marian nahm meine Hand und legte seine Fingerspitzen an meine. »Ich wollte dich schützen«, flüsterte er. »Ich wollte nicht, dass du dir die Dinge zu sehr zu Herzen nimmst. Du kannst schließlich nicht mehr ändern, was du getan hast. Ich wollte nicht, dass du morgens nicht in den Spiegel sehen kannst vor lauter Gewissensbissen. Nicht so wie ich.«

Ich wollte protestieren, weil es schließlich nicht Marian gewesen war, der seine Schwester krank gemacht hatte. Er hatte sogar alles in seiner Macht Stehende getan, um ihr zu helfen. Das Einzige, was man ihm vorwerfen konnte, war, dass er gescheitert war. Und so etwas passierte schließlich den Besten.

Doch Marian ließ meinen Einwänden überhaupt keine Chance. »Es gibt noch mehr Wahrheiten, Flora«, sagte er. »Ich habe in meinem Elternhaus nicht nur die Prophezeiung gefunden, sondern auch nach ihrem Nachlass gestöbert. Nach und nach habe ich alte Pläne gefunden und es passt alles zusammen. Das Nichts ist schon weiter in die Stadt vorgedrungen, als wir dachten. Es macht die Menschen krank, zuerst die Schwachen. Arbeiter, kleine Kinder. Deshalb ist Amadé hier, weil sie sich so große Sorgen um die Seele ihres Sohnes macht, verstehst du? Aber das Nichts hat auch auf die Schattenreiter übergegriffen, sie sind kaum noch unter Kontrolle zu halten. Wer weiß, wen es sich als Nächstes vornimmt.«

»Wie meinst du das, alles passt zusammen?«, fragte ich.

Marian wiegte den behelmten Kopf hin und her. »So ganz habe ich es selbst noch nicht verstanden. Aber anscheinend dringt das Nichts nicht nur in unsere Häuser, sondern frisst sich auch nach und nach in unsere Körper und Gedanken.« Seine Nasenflügel blähten sich hinter dem Glas. »Es geht nicht mehr nur um meine Schwester, Flora«, sagte er langsam, »deshalb muss ich dich jetzt fragen: Hast du irgendeine Ahnung, wo sich der Weiße Löwe in diesem Augenblick befinden könnte?«

Ein Nein lag mir auf der Zunge, doch ich schluckte es herunter, schloss für einen winzigen Moment die Augen. Es war so weit, alle Karten auf den Tisch zu legen. Wenn Marian und ich uns im

Chaos der Welten zurechtfinden und den Untergang Eisenheims verhindern wollten, mussten wir endlich zusammenhalten und einander bedingungslos vertrauen.

»Ja«, sagte ich. »Der Stein – «

Plötzlich bewegte sich etwas im Nichts und nicht weit von uns entfernt schälte sich eine Gestalt aus den Schwaden.

17
GEISTER

Es war die Gestalt einer Frau, die ein Kleid aus dunkler Spitze und eine Maske im Gesicht trug. Barfuß und mit offenen Haaren bewegte sich die Dame durch das Nichts, das mit ihren Locken spielte und um ihre Knöchel züngelte, ohne ihr das Geringste anhaben zu können. Wie war das möglich? Wer war die Dame? *Was* war die Dame?

In einer einzigen Bewegung wirbelte Marian herum und schob mich hinter sich, sodass ich an seinem Arm vorbeilinsen musste, wenn ich die Dame weiterhin sehen wollte. Scheinbar mühelos schwebte sie heran, bis sie schließlich nur wenige Meter von uns entfernt mitten im Nichts hing. Wieso tötete das Nichts sie nicht?

»Bleiben Sie stehen!«, rief Marian und drückte den Rücken durch. Er wirkte nun noch ein paar Zentimeter größer. »Was wollen Sie?«

Die Dame streckte uns die Hände entgegen. »Ich möchte euch nur danken«, sagte sie. »Dafür, dass ihr den Gelehrten gefunden habt. Ich war schon seit Langem auf der Suche nach der Weissagung, müsst ihr wissen.«

»Warum?«, fragte ich. »Was interessiert Sie diese ganze Geschichte?« Ich zog die Stirn kraus. »Wieso können Sie hier draußen überhaupt ohne Schutzanzug überleben? Ach ja, und warum sind Sie in mein Zimmer eingebrochen, hm?« Ich war hinter Marians schützenden Schultern hervorgetreten. Nun spürte ich seine Hand an meinem Handgelenk, die mich zurückhielt.

»Es ist wohl an der Zeit, dass wir uns unterhalten, Flora«, sagte die Dame.

»Glaube ich auch.« Ich reckte das Kinn. »Dann schießen Sie mal los.«

Die Dame schüttelte den Kopf. Ihr Blick glitt kurz zu Marian und dann wieder zurück zu mir. »Wir sollten das unter vier Augen bereden«, erklärte sie und nickte mir auffordernd zu. »Gehen wir ein Stück?«

Ich wollte mich schon in Bewegung setzen, doch Marian hielt mich noch immer fest. »Flora geht mit Ihnen nirgendwohin«, rief er. »Was sind Sie, dass Sie dem Nichts befehlen können, Sie nicht anzugreifen?«

Die Dame lachte ein trauriges Lachen. »Ich kann dem Nichts rein gar nichts befehlen, glaub mir. Ich wünschte, ich könnte es.«

Marian senkte den Kopf, dann sprang er aus dem Stand heraus vor ihre Brust. Die Wucht des Aufpralls riss sie von den Füßen, die beiden glitten durch das Nichts. Marians Finger verfingen sich in den Haaren der Dame. Dann schleuderte sie Marian, der auf ihrem Brustkorb kniete, mit einer Kraft von sich, die ganz und gar nicht zu ihrem schmächtigen Körper zu passen schien. Fluchend landete Marian neben mir im Nichts, während die Dame elegant wieder auf die Beine kam und ihre Frisur ordnete.

»Es geht um die Prophezeiung … und um den Weißen Löwen, Flora«, erklärte sie. Ihr Blick bohrte sich in meinen. »Also, *bitte*, lass uns reden!«

Marian wollte sich schon wieder auf sie stürzen, doch ich hielt ihn zurück. Wenn die Dame etwas über den Stein wusste, musste ich es herausfinden, koste es, was es wolle. Ich bedeutete Marian zurückzubleiben und folgte ihr tiefer in das Nichts hinein, in dem man sich so leicht und so hoffnungslos verirren konnte, dass es der pure Wahnsinn war, sich so weit von der Nebelkönigin zu entfernen. Dennoch tat ich es. Nur am Rande registrierte ich Marians Stimme, die ganz leise in meinem Helm erklang, wo nur ich sie hören konnte. »Ich folge euch in sicherem Abstand. Mach dir keine Sorgen, Flora, ich passe auf dich auf«, wisperte er.

Die Dame führte mich immer weiter in die Dunkelheit. Nicht einmal mehr die Lichter des Schiffs waren hinter uns noch zu erkennen. Schon bald umfing uns vollkommene Finsternis. Dennoch konnte ich die Dame auch weiterhin sehen. Sie schien von innen heraus zu leuchten. Ein sachtes Schimmern ging von ihr aus, das ihre Haut und ihre Kleider überzog wie eine Schicht aus Perlmutt. So wie neulich, als Sieben und ich ihr im Flur begegnet waren und ich einen Blick auf ihren Unterarm erhascht hatte.

Endlich blieben wir stehen.

»Ich vermute, du hast längst erfahren, dass der Eiserne Kanzler unsterblich ist, weil seine Seele in Eisenheim blieb, als sein Körper in der realen Welt starb«, begann die Dame. Es war mehr eine

Feststellung als eine Frage. Dennoch nickte ich. »Was jedoch die Wenigsten wissen«, fuhr sie fort, »ist die Tatsache, dass Alexander von Berg nicht einfach so unsterblich wurde. Er benötigte zahllose Versuche, bis er den richtigen Weg herausfand. Und das Ergebnis eines dieser Versuche bin ich. – Ja«, sagte sie, als sie meinen Gesichtsausdruck bemerkte, »auch ich bin älter, als ich aussehe. Weitaus älter. Alexander und ich wuchsen zusammen auf, damals, vor vielen Jahrhunderten. Er war der Sohn eines adligen Kaufmanns, meine Eltern betrieben eine Taverne im selben Ort. Und unsere Familien waren die einzigen Wandernden weit und breit, weswegen man schon früh bestimmte, dass wir beiden später einmal heiraten sollten. Doch mehr als Freundschaft habe ich nie für ihn empfunden und das verletzte Alexander so sehr, dass er beschloss, sich dafür an mir zu rächen.«

Ich biss mir auf die Zunge. Was der Eiserne Kanzler anrichten konnte, wenn er wütend war, hatte ich schließlich am eigenen Leib erfahren.

»So bat er mich eines Nachts in Eisenheim unter einem Vorwand in sein Labor, in dem er schon lange nach einer Möglichkeit suchte, ewig leben zu können. Leider erkannte ich zu spät, was er vorhatte, nämlich dass ich das Versuchskaninchen bei der Überprüfung seiner neuesten Theorie spielen sollte. Da hatte mich Alexander schon auf einen Tisch geschnallt und an seine alchimistischen Apparaturen angeschlossen. Ehe ich mich wehren konnte, versank ich in einem Bad aus Dunkler Materie. Als ich wieder zu mir kam, war dort ein Loch in meiner Brust, wo vorher mein Herz gesessen hatte. Und in diesem Loch tickte eine mechanische Spieluhr, die mich seither am Leben erhält. Mein echtes Herz hingegen trieb neben mir in der Dunklen Energie und ich musste dabei zusehen, wie es sich in Stein verwandelte. In einen Stein, der wenig später zum Himmel aufstieg und erst Jahrhunderte später wieder herabfiel.«

»Der Weiße Löwe«, flüsterte ich.

Die Dame nickte. Während der Auseinandersetzung mit Marian war der Ausschnitt ihres Kleides verrutscht und nun erkannte ich auch die feinen Linien, die sich über ihren Brustkorb und ihr Dekolleté zogen. Die Narben jener Nacht.

»Der Stein ist allerdings nicht das Wichtigste, was bei diesem Experiment entstand, genauso wenig wie meine Unsterblichkeit, die ich dem Metall in meinem Körper zu verdanken habe, das mich seither davon abhält zu altern. Denn noch etwas geschah in dieser Nacht: Noch niemals zuvor hatte jemand in der Schattenwelt so viel Dunkle Energie zugleich auf einen winzigen Punkt gerichtet, wie Alexander von Berg es damals tat. Und diese Energie hatte Auswirkungen, die er vorher nicht bedacht hatte und die die Schattenwelt ins Wanken brachten.« Die Dame rieb sich vor plötzlichem Unbehagen über die silbrig glänzenden Arme. »Es war die Nacht, in der das Nichts entstand«, sagte sie tonlos. »Zuerst waren es nur zarte Nebelschwaden am Horizont. Doch seither ist es mehr geworden und immer weiter auf Eisenheim zugekrochen.«

Nun wurde mir tatsächlich schwindelig. Dunkle Flecken tanzten in meinem Blickfeld. Der Eiserne Kanzler selbst hatte also das Nichts in die Schattenwelt gebracht! Und er hatte damit vielleicht sogar den Fortbestand Eisenheims und damit der Menschheit aufs Spiel gesetzt. Denn wenn es keine Schattenwelt mehr gab, wohin sollten die Seelen dann wandern? Meine Knie gaben unter meinem Körper nach, ich sackte in mich zusammen. Eine schlanke Hand griff nach meiner Schulter und stützte mich. Mein Kopf fiel gegen den Oberarm der Dame. Deshalb konnte das Nichts ihr nichts anhaben! Weil sie und es aus demselben Experiment hervorgegangen waren. Sacht schob sie mich zurück auf meine Füße. »Gibt …«, stammelte ich heiser. »Warum bewegt es sich wieder? Können wir irgendetwas tun, um es aufzuhalten?«

Die Dame wiegte den Kopf. »Das weiß ich nicht genau«, gestand sie. »Dafür müssten wir den vollständigen Text der Prophezeiung kennen. Wollen wir hoffen, dass noch ein Funken Verstand in Desiderius' Schädel übrig geblieben ist und er uns weiterhelfen kann.«

Ich runzelte die Stirn. »Auf dem Ball, bei dem mein Vater mich seinen Untertanen vorgestellt hat, haben Sie die Weissagung als Humbug abgetan«, warf ich ein.

Sie seufzte. »Weil ich mit meinem Erzfeind darüber sprach. Natürlich konnte ich da nicht sagen, was ich wirklich denke. Davon abgesehen, war ich mir lange nicht sicher, ob es überhaupt stimmt, was er behauptet, dass du den Weißen Löwen spüren kannst. So als würde er dich rufen. Doch mittlerweile bin ich davon überzeugt, dass es so ist. Ich habe auf dem Atelierfest beobachtet, wie du auf das Nichts reagiert hast. Schließlich sind das Nichts und der Stein aus dem gleichen Energiefluss entstanden und du fühlst es, ob nun das eine oder das andere erschüttert wird.«

»Wieso eigentlich?«, fragte ich. »Was habe ich damit zu tun?«

Die Dame senkte für einen Augenblick die Lider und strich sich das Haar aus der Stirn. Dann sah sie mir fest in die Augen. »Das … ist eine lange Geschichte und auch ich kann nur Vermutungen darüber anstellen, solange wir die vollständige Prophezeiung nicht kennen. Aber du *kannst* beides spüren, nicht wahr? Du weißt noch immer, wo sich der Weiße Löwe befindet.«

Ich erwiderte ihren Blick. Was sollte das heißen, eine lange Geschichte? Wer war die Dame? Konnte ich ihr trauen? »Eines verstehe ich noch immer nicht: Wenn wir wirklich das Gleiche wollen, warum haben Sie mich dann verfolgt und sind sogar in mein Zimmer eingebrochen? Sie hätten doch schon früher mit mir sprechen können. Warum ausgerechnet jetzt und hier?«

»Ich habe nach Hinweisen auf die Prophezeiung und den Weißen Löwen gesucht. Indem ich dich beobachtete, wollte ich herausfinden, wie viel du inzwischen weißt und ob ich dir trauen kann. Ich wusste schließlich nicht, auf wessen Seite du stehst. Du hättest genauso gut mit dem Kanzler gemeinsame Sache machen können. Doch nun hast du den Gelehrten gefunden.«

»Ja«, sagte ich. »Und?«

Die Dame zuckte mit den Achseln. »Ich vertraue dir jetzt und ich möchte dich um deine Hilfe bitten«, sagte sie. »Nimm dir Zeit, um in Ruhe darüber nachzudenken. Aber vergiss nicht: Gemeinsam können wir das Nichts vielleicht aufhalt–«

In diesem Moment ertönte ein ohrenbetäubendes Heulen. Es drang durch die Poren meiner Haut und erfüllte meinen Kopf binnen Sekunden. Jeder Gedanke wurde unmöglich.

»Was ist das?«, brüllte ich.

»Euer Schiff!«, stieß die Dame hervor.

»Die Nebelkönigin?«, fragte ich überflüssigerweise.

»Irgendetwas ist nicht in Ordnung.« Sie griff nach meinem Arm und zerrte mich mit sich. »Wir müssen sofort zurück. Ich helfe euch. Wenn ich mich innerhalb des Nichts aufhalte, habe ich Kräfte, die weit über das Normale hinausgehen«, erklärte die Dame, zog mich auf ihren schlanken Rücken und rannte los.

Sie trug mich so mühelos, wie sie Marian von ihrer Brust geschleudert hatte. Als wögen mein Anzug und ich nicht das Geringste, stürzte sie durch die nebligen Fluten des Nichts, die an uns vorbeiwirbelten.

Eine ganze Weile war um uns herum nichts anderes als die wogenden Schwaden. Dann glommen die Lichter der Nebelkönigin vor uns auf. Schon von Weitem erkannte ich, dass etwas nicht stimmte. Das Schiff hatte Schlagseite, schmale Rauchsäulen stiegen vom Bug in die Höhe, wo das Nichts sie verschlang. Das schaurigste Bild jedoch boten die ausgemergelten Gestalten, die um den Rumpf der Nebelkönigin herumtanzten und mit ihren Geisterfingern nach der unzerstörbaren Außenhaut griffen. Aus einem der eiförmigen Materientanks lief Dunkle Energie aus, die als schwarze Tropfen in das Nichts perlte und dort zu kleinen Explosionen führte. Funkenregen prasselte nur wenige Meter vor uns durch das Nichts.

Die Dame wich aus, wir steuerten nun direkt auf die Schleuse zum Lagerraum zu. Die Geister hingegen schienen es auf eben jene Energie abgesehen zu haben, denn sie gruppierten sich um das Leck herum. Einige von ihnen legten die Münder, die nichts anderes als Löcher in ihren Köpfen waren, an die Materientanks und tranken von der Dunklen Energie, während andere die riesigen, nebligen Maschinen bedienten, die ich schon zuvor ab und an im Nichts bemerkt hatte und die nun einen Belagerungsring um die Nebelkönigin bildeten. Erst jetzt erkannte ich, dass es sich dabei um eine Art Brennöfen auf Rädern handelte, in die sich die Geister nacheinander warfen, sobald sie genügend Energie aufgenommen hatten. Es war ein grauenhafter Anblick, wie sie sich in die schwärzlichen Flammen stürzten, einer nach dem anderen, das Gesicht in stummen Schreien verzerrt. Ein finsteres Glühen umgab die Öfen, deren Schornsteine unablässig Ascheflocken in den Himmel über dem Nichts bliesen.

»Was sind das für Dinger und was tun sie hier?«, fragte ich die Dame und starrte sie entsetzt an. Noch immer dröhnte das Heulen aus der Sirene oberhalb des Hecks, sodass ich gegen den Lärm anschreien musste.

»Sie zerstören jedes Fitzelchen Dunkler Materie, das sie kriegen können«, brüllte die Dame zurück. Inzwischen hatten wir die Schleuse zum Lagerraum erreicht. Doch ich konnte meinen Blick einfach nicht von den Geisterfratzen lösen.

»Warum? Was sind das für Wesen?«

»So schlimm wie in den letzten Wochen war es noch nie mit ihnen.«

»Wie meinen Sie das?«, fragte ich, aber die Dame antwortete nicht mehr, sondern schob mich stattdessen ins Innere des Schiffs. »Ihr seid schwerer beschädigt, als es zunächst den Anschein hatte.

Geh jetzt endlich rein und bleib bei den anderen. Ich werde euch zurück nach Eisenheim bringen«, erklärte sie und hatte sich auch schon abgewandt.

Benommen taumelte ich in den Lagerraum. Schon im nächsten Moment setzte sich das Schiff in Bewegung. Ohne Anzug oder Helm abzustreifen, betrat ich die Brücke, wo Fluvius Grindeaut panisch auf seinem Orgelpult herumtippte, während Amadé auf den Gelehrten einredete. Immer wieder schrie Desiderius: »Hilfe! Geister! Hilfe!« Und Marian … Ich suchte den Raum nach ihm ab.

Plötzlich wurde mir eiskalt. Marian! Marian war noch immer dort draußen! Und sein Armband steckte in der Tasche meines Anzugs!

Durch eines der Bullaugen sah ich, wie die Dame den Bug der Nebelkönigin mit beiden Armen umschlang und das Schiff vor sich herschob. Der Boden unter unseren Füßen vibrierte, so rasend schnell manövrierte sie uns durch das Nichts.

»Halt!«, schrie ich und stürzte zu Fluvius Grindeaut hinüber. »Wir müssen sofort anhalten! Marian ist noch nicht wieder an Bord.«

»Was sagst du da?«, rief der Großmeister und sprang auf. »Er ist noch …« Seine Stimme zitterte.

»Ja!«, schrie ich. »Und jetzt halten Sie endlich an!«

»Aber das geht nicht«, murmelte er und tastete in den Tiefen seines Mantels nach Alkohol. »Wenn wir das Schiff jetzt stoppen, haben wir keine Chance, lebend hier herauszukommen.«

Ich packte den Großmeister beim Kragen seines Mantels und

schüttelte ihn. »ER IST NOCH DRAUSSEN!«, brüllte ich. Meine Stimme überschlug sich. »Wenn wir ihn zurücklassen, wird er sterben!«

»Und wenn wir jetzt nach ihm suchen, gehen wir dabei alle drauf«, sagte Amadé irgendwo hinter mir.

»Na und?« Ich fuhr herum und funkelte sie an.

Amadé senkte den Blick. Sie umklammerte die runzlige Hand des Gelehrten. »Wir müssen Desiderius nach Eisenheim zurückbringen, koste es, was es wolle. Er ist der Einzige, der weiß, ob und wie wir das Nichts aufhalten können. Ohne ihn hat die Schattenwelt keine Chance.«

»Du willst Marian opfern!«, schrie ich.

»Du hast ihn doch auch geopfert, als du den Stein verborgen hast. Du hast ihn längst zerstört«, stieß Amadé hervor.

Ich wollte mich auf sie stürzen, doch der Großmeister hielt mich zurück. »Marian«, flüsterte er. Seine Augen schimmerten feucht und noch immer durchsuchte seine Linke die Taschen seines Umhangs. Glühende Tränen rannen über meine Wangen. »Na schön, dann rette ich ihn eben selbst!« Schon sprang ich auf und rannte zur Schleuse. Aber sie klemmte! Ich rüttelte daran, warf mich mit meinem ganzen Gewicht dagegen. Vergeblich. Ich sackte auf dem Fußboden in mich zusammen. Meine Hand tastete nach dem Knopf an meinem Anzug.

»Marian? Kannst du mich hören?«

»Ja«, antwortete er. Seine Stimme ertönte nur leise in meinem Helm. So wie vorhin, als ich der Dame tiefer ins Nichts gefolgt war. »Ich habe mein Armband verloren.«

Er lebte also noch! Ich war so erleichtert, dass ich nicht mehr klar denken konnte. Planlos stolperte ich durch den Lagerraum. »Ich komme zu dir, gleich bin ich da.«

»Das Signal ist schwach«, sagte Marian. »Ihr müsst schon weit weg sein.«

»Nein«, stammelte ich. »Der Großmeister will nicht umkehren, aber ich beeile mich.« Ich öffnete den Deckel einer Kiste und wühlte mit der freien Hand in Glaskolben, Pipetten und Schreibfedern. »Ich muss nur irgendetwas finden, womit ich – «

»Flora«, unterbrach mich Marian. »Du kannst mir nicht mehr helfen.«

»Doch, natürlich«, sagte ich, während ich Schreibblöcke und einen Zirkel zutage förderte. Na ja, vielleicht gab es in dem Koffer dort irgendetwas Brauchbares. Irgendetwas! Ich wandte mich um und ließ die Verschlüsse aufschnappen. Hastig warf ich Mäntel und Decken hinter mich.

»Was machst du, Flora?«

Der Koffer war eine Sackgasse. Und er stand mir im Weg. Mit einem Tritt beförderte ich ihn zur Seite. Die nächste Kiste ließ sich schwerer öffnen als die davor. Doch ich schaffte es. Sie enthielt Fluvius Grindeauts Alkoholvorrat. Mehrere Flaschen waren beim Absturz der Nebelkönigin zerbrochen. Ich schnitt mich durch meinen Handschuh hindurch daran. »Mistmistmist!«, rief ich.

»Flora!« Diesmal schrie Marian meinen Namen. »Denk nach: Ihr seid vermutlich schon Kilometer von mir entfernt. Es hat keinen Sinn, du würdest mich nicht finden.«

»Ja.« Ich hörte auf, die Kiste zu durchsuchen, ließ meine Hand einfach zwischen den Scherben stecken. »Nein. Aber du kannst nicht dortbleiben. Du darfst nicht.«

Marian atmete aus.

Wir schwiegen.

Ich betrachtete die Maserung des Marmorfußbodens, während mir Tränen über Wangen und Hals rannen und sich an der Stelle sammelten, wo der Helm an meinem Anzug befestigt war. Irgendwann mischte sich ein Rauschen in die Verbindung.

»Ich liebe dich«, sagte Marian.

Ich nickte, obwohl er das natürlich nicht sehen konnte. Mit der Rechten umklammerte ich den Mikrofonknopf, so fest ich konnte. »Ich dich auch«, wollte ich sagen, doch meine Stimme versagte und ich brachte nur ein schwaches Krächzen heraus.

»Schon gut, Flora, ich weiß. Kümmere dich um Ylva, ja?«

Der Lagerraum verschwamm vor meinen Augen. »Ja«, versprach ich. »Natürlich. Marian, ich – «

»Flora? Bist du noch da? Ich kann dich nicht m – «

Seine Worte versanken in den Nebeln.

Die Dame legte dieselbe Strecke, für die wir über eine Woche benötigt hatten, innerhalb von wenigen Stunden zurück. Gemeinsam mit dem Großmeister manövrierte sie das Schiff durch die Fluten. Immer wieder mussten die beiden dabei innehalten und notdürftige Reparaturen durchführen, denn das Nichts fraß sich gnadenlos durch das Material.

Ich allerdings bekam davon nur wenig mit, denn ich war im

Lagerraum zusammengebrochen und hatte dabei meinen gläsernen Helm an der Kante einer Kiste zerschlagen. Die Platzwunde an meiner Stirn blutete, doch ich rollte mich nicht einmal aus den scharfkantigen Trümmern heraus. Stattdessen blieb ich einfach liegen, Stunde um Stunde, während sich die Nebelkönigin immer näher an das rettende Eisenheim heranpirschte.

18 VERLOREN

Ich erwachte gegen halb sechs in der Früh. Schlafanzug und Laken klebten schweißnass an meinem Körper und mein Kopf fühlte sich an, als hätte ich ihn versehentlich in die Mikrowelle gesteckt. Es dauerte einen Moment, bis ich kapierte, was mich hatte aufschrecken lassen. Denn mein Wecker würde erst in einer Stunde klingeln und mein Zimmer lag in vollkommener Finsternis. Von der Straße waren nur vereinzelte Autos zu hören. Allerdings vibrierte das Handy auf meinem Nachttisch, als würde es jeden Augenblick explodieren. Das Display zeigte Wiebkes Nummer an.

»Hallo«, sagte ich heiser und presste den Hörer an mein Ohr.

»Irgendetwas stimmt hier nicht«, flüsterte Wiebke.

Schlagartig fiel alle Müdigkeit von mir ab. Sogar der Schock über das, was heute Nacht im Nichts geschehen war, trat nun in den Hintergrund. »Wie meinst du das?«

»Linus glaubt, dass er Flügelschläge vor seinem Fenster gehört hat. Und plötzlich kommt mir die Stille hier irgendwie … *zu ruhig* vor, verstehst du? Irgendwas liegt in der Luft, aber draußen im Park ist … Ich glaube, Marian liegt dort auf der Bank, aber er geht nicht an sein Telefon und rührt sich nicht. Zu ihm runterzugehen, trauen wir uns auch ni – «

»Ich weiß«, sagte ich tonlos. Das Brennen in meinem Hals ballte sich zu einem Schluchzen zusammen. Rasch fügte ich deshalb ein »Ich bin schon unterwegs« hinzu und legte auf, ehe ich zu heulen anfing. Tränen rannen über meine Wangen, während ich in Hose, Pullover und Schuhe schlüpfte. Dann trat ich in den Flur hinaus, nahm meine Jacke und meinen Schlüssel vom Haken und wollte gerade loshasten, als ich hinter mir die Stimme meines Vaters hörte.

»Was ist los, Flora? Warum weinst du?«, fragte er.

Ich fuhr herum. »Es ist was passiert. Mit Marian«, erklärte ich und rieb mit dem Arm über meine Nase, um mir den Rotz abzuwischen. »Aber gerade geht es vor allem um die Zwillinge. Sie sind vielleicht in Gefahr.«

»Ich dachte, ihr bewacht sie in Schichten«, sagte mein Vater. Erst jetzt bemerkte ich, dass er vollständig angezogen war. Zudem strich ein Schatten um seine Beine, der ein Löwe hätte sein können, wenn da nicht das flackernde Menschengesicht inmitten der Mähne und der Skorpionschwanz gewesen wären. Der Mantikor lachte leise.

Ich runzelte die Stirn. »Du weißt davon, dass wir sie vor den Schattenreitern des Kanzlers beschützen müssen?«

Mein Vater zuckte mit den Achseln. »Erst seit ein paar Minuten.«

»Ihr solltet besser keine Zeit verlieren«, sagte der Mantikor.

»Was ist hier los?«, fragte ich.

Doch mein Vater schnappte sich schon den Autoschlüssel. »Nachher«, beschied er mir. »Lass uns erst nach deinen Freunden schauen.«

Zwei Minuten später saßen wir in unserem Kombi und heizten die Westfalenstraße entlang. Mein Vater fuhr viel schneller als erlaubt. So kannte ich ihn überhaupt nicht. Zwar waren seine Bewegungen fahrig wie eh und je und seine Augen lagen in tiefen Schatten, doch in seinem Blick blitzte Entschlossenheit auf, als er das Gaspedal noch weiter durchdrückte und über die nächste Kreuzung rauschte. In halsbrecherischem Tempo lenkte er uns durch die um diese Tageszeit noch fast leeren Straßen Essens, bis wir endlich den Stadtwaldplatz passierten und kurz darauf Wiebkes Haus erreichten.

Schon von Weitem hörten wir die Schreie der Schattenpferde.

Mein Vater schlitterte in eine Parklücke, wir sahen gerade noch, wie mächtige Schwingen durch das Mauerwerk des Reihenhauses glitten. Wir ließen unsere Körper im Auto zurück und schwebten hinterher. Mit dem Kopf voran tauchte ich durch Putz und Backstein in die großzügig geschnittene Küche. Dieses Mal waren es insgesamt vier Schattenreiter und allesamt hatten sie bläulich leuchtende Gesichter, die sie befähigten, auch Schlafende anzugreifen. Der Kanzler wollte also tatsächlich Rache nehmen, indem er meinen Freunden etwas antat! Wenn ich schon nicht greifbar war, weil ich mich im Nichts oder im Schutzbereich meines Vaters aufhielt, dann wollte er wenigstens jemandem Angst machen, der mir nahestand. Dabei hatte er die Rechnung allerdings ohne mich gemacht.

Die Schattenpferde waren viel zu groß für den Raum, in den sie sich drängten. Ihre Flügel bohrten sich durch Schränke und Wände. Eines der Tiere steckte zur Hälfte in Backofen und Kühlschrank. Doch ihre Reiter hatten bereits die züngelnden Peitschen hervorgeholt. Aus ihren Raubvogelzügen sprach die pure Mordlust.

»Schwärmen wir aus, Männer«, krächzte einer von ihnen. Anscheinend hatten sie uns noch nicht bemerkt, die Überraschung war auf unserer Seite. Wie auf ein geheimes Zeichen hin stürzten mein Vater und ich los. Mit einem gezielten Schlag gegen den Hinterkopf beförderte ich den ersten Reiter in die Bewusstlosigkeit, während mein Vater tapfer mit dem zweiten rang. Zwar hatte er nie eine Ausbildung beim Grauen Bund absolviert, doch seine Kampfkünste waren in Anbetracht dieser Tatsache gar nicht so schlecht. Mit einem Hechtsprung war er hinter seinem Feind im Sattel gelandet und klammerte sich nun mit aller Kraft an den Hals des Reiters, der wild mit seiner Peitsche um sich schlug, ohne meinen Vater auch nur ansatzweise damit erwischen zu können. Rasch gab ich dem Pferd einen Klaps, der es steigen und davonfliegen ließ, dann half ich meinem Vater.

Unser Angriff blieb von den übrigen beiden Schattenreitern nicht unbemerkt. Doch statt ihrem Mitstreiter beizustehen und sich gegen uns zur Wehr zu setzen, verließen sie die Küche auf der Suche nach Wiebke und Linus. Ich wirbelte herum. Blöde Kacke! Da musste ich schnellstens hinterher. Bloß hatte sich gerade eine Peitsche um meinen Knöchel gewunden und züngelte nun mein Bein hinauf, um sich um meine Handgelenke zu schlingen.

Aus dem Nebenraum hörte ich Wiebke aufschreien. Linus brüllte etwas Unverständliches. Durch die Glastür der Küche sah ich, wie Wiebkes Mutter im Nachthemd in den Flur tapste. »Was ist denn los?«, rief sie verschlafen.

»Bring dich in Sicherheit, Britta!«, kreischte ich, doch natürlich bemerkte sie es überhaupt nicht. Ich war schließlich nur ein Schatten.

Der Reiter wickelte das Ende der Peitsche um seinen Unterarm und zog mich immer weiter zu sich heran, bis unsere Gesichter nur noch wenige Zentimeter voneinander entfernt waren. Die Lippen meines Feindes flackerten, während seine Nase witternd über meine Haut glitt.

»Flora!«, zischte er. Seine Brauen schoben sich zusammen. Für einen Sekundenbruchteil erkannte ich schwarze Adern, die seine Augenlider durchzogen, und … schlierenhafte Züge, die seine eigenen zu überlagern schienen. Dann war er wieder der Alte. »Unser Herr wartet auf dich! Er wartet!«, wisperte er. Seine Mundwinkel kräuselten sich zu einem Lächeln. »Und ich werde derjenige sein, der dich zu ihm bringt.«

Die Peitsche um meinen Körper ruckte, als er sie fester zog, und schnitt mir in die Arme. Doch ich zuckte nicht einmal mit der Wimper, sondern sah ihm direkt in die Augen und spuckte ihm ins Gesicht. Für einen Moment erstarb sein Lächeln und wieder trat dieses *Andere* in seinen Blick, etwas Unkontrolliertes, Wildes. War das der Wahnsinn, den das Nichts den Schattenreitern einflößte?

Schon meinte ich, Schaum vor den flackernden Lippen zu sehen. Dann spitze Zähne, die unvermittelt darunter hervorbrachen …

… als ein Knirschen ertönte und der Kopf des Reiters plötzlich zur Seite wegkippte. Die Peitsche zog sich von mir zurück. Verwundert bemerkte ich meinen Vater, der sich mit seinem gesamten Gewicht auf den Nacken des Reiters geworfen hatte. Die Augen des Wesens verdrehten sich nach innen, dann zerbröselte die Gestalt in Windeseile. Übrig blieb nur eine Handvoll Ascheflocken auf dem Küchenfußboden.

Sofort rannten wir ins Nebenzimmer, in dem sich Wiebke schluchzend über Linus beugte. Die Zwillinge hatten sich auf seinem Hochbett verschanzt, während ihre Mutter mitten im Raum stand und die beiden anschrie, was um Himmels willen denn passiert sei.

Auch die beiden Schattenreiter waren noch im Raum, doch aus irgendeinem Grund unternahmen sie keinen weiteren Versuch, meine Freunde zu töten. Stattdessen troff auch von ihren Lippen Geifer.

Ohne zu überlegen, stürzten mein Vater und ich uns auf die Bestien und bedeckten sie mit einem Hagel aus Schlägen und Tritten, wobei wir sie immer weiter von den Zwillingen und ihrer Mutter wegtrieben, bis die Hinterbeine der Schattenpferde schließlich durch die Wände brachen und sie ihre gewaltigen Schwingen entfalteten.

»Flora!«, rief Wiebke in diesem Moment und deutete auf die blasser werdenden Schattenreiter. »Sie muss hier sein.« Erleichterung begann sich auf ihrem Gesicht abzuzeichnen.

Britta, die weder mich noch die Pferde sehen konnte, rang die Hände, auf ihrer Stirn lag eine Sorgenfalte. »Wovon sprichst du?«, rief sie. »Und wieso blutet dein Bruder?«

Mein Vater und ich sprangen ein letztes Mal auf die Schergen des Kanzlers zu, die daraufhin ein kreischendes Wiehern ausstießen und endlich verschwanden. Dann wirbelten wir herum. Was war mit Linus? Mit einem Satz war ich bei ihm. Meine Augen weiteten sich, denn es stimmte, er blutete. Auf seinem Oberarm zeichneten sich dunkelrot die Zahnreihen eines Schattenreiters ab.

Doch Linus zuckte mit den Achseln, als seine Mutter ihm ein Pflaster anbot. »Nur ein Kratzer«, sagte er und blickte zum Fenster, wo er anscheinend meinen Schatten vermutete. »Ist ja zum Glück alles noch mal gut gegangen.«

»Wovon sprichst du?«, fragte seine Mutter misstrauisch und funkelte im nächsten Augenblick ihre Tochter an. »Warst du das etwa?«

»N-nein«, stammelte Wiebke. »Ich bin nur aufgewacht, weil … weil Linus einen Albtraum hatte. Vermutlich hat er selbst …«

Der weiteren Unterhaltung schenkte ich keine Beachtung mehr. Stattdessen flog ich, so schnell der Wind mich trug, um das Haus herum und in den Park auf der anderen Straßenseite, weil mir schon wieder Tränen in die Augen traten.

Marians Körper lag noch immer ausgestreckt auf der Bank. Seine Haut war eine Spur blasser als sonst, die Augen geschlossen, das Haar wirr. Seine Arme baumelten leblos von der Sitzfläche herab und seine Stirn fühlte sich eisig an, als ich mit zitternden

Fingern darüberstrich. Doch wenn man ganz genau hinsah, hob und senkte sich seine Brust.

Er atmete!

Weinend kniete ich mich neben die Bank und flocht meine Finger in seine feuchtkühle Hand. Marian atmete! Das Nichts hatte seine Seele also nicht getötet. Vielleicht würde doch noch alles gut. Vielleicht …

Vorsichtig zog ich an Marians Arm, aber er reagierte nicht. Als Nächstes packte ich ihn bei den Schultern und schüttelte ihn, erst sacht, dann immer heftiger. Sein Kopf rollte hin und her. Doch seine Augen blieben geschlossen.

»Marian!«, rief ich und verpasste ihm eine Ohrfeige. »Du musst aufwachen, hörst du? Wach sofort auf!« Warum regte er sich denn nicht?

Nicht weit entfernt öffnete und schloss jemand eine Autotür. Kurz darauf trat mein Vater in seiner menschlichen Gestalt neben mich und legte seine Rechte auf meine farblosen Schultern, während er mit der Linken auf seinem Handy herumtippte und einen Krankenwagen rief.

»Er wacht nicht auf«, sagte ich.

Mein Vater nickte. »Ich weiß.«

»Warum nicht? Was ist mit ihm?«

Papa steckte sein Telefon weg, legte seine Arme um mich und strich mir den Pony aus der Stirn. »Ich muss mich bei dir entschuldigen, Flora«, sagte er. »Ich war ein verdammter Idiot und es tut mir so leid, dass ich dir nicht geglaubt habe.«

»Schon gut«, sagte ich.

»Nein, das ist es nicht«, erklärte er und hatte damit vermutlich recht. »Der Kanzler macht schon seit Jahren, was er will, doch ich habe es nicht wahrhaben wollen. Und ich hätte nie gedacht, dass er sich gegen meine Familie stellen könnte. Ich hätte niemals zulassen dürfen, dass er einen Keil zwischen uns treibt.« Mein Vater presste die Lippen aufeinander. »Wenn ich mir vorstelle, dass du die ganze Zeit über Angst um deine Freunde haben musstest und ihm und seinem Folterknecht in diesem Turm ausgeliefert warst ...«

»Wie kommt es, dass du plötzlich ganz anderer Meinung bist? Woher weißt du von Barnabas und dem Turm und den Schattenreitern?«

Mein Vater seufzte. »Der Mantikor hat mir die Augen geöffnet. Weißt du, dieses Wesen zeigt sich nicht oft. Ich habe ihn erst ein Mal in meinem Leben gesehen, in dem Moment, als mein Leben auf der Kippe stand. Ich war noch sehr jung damals. Habe ich dir je davon erzählt, wie Madame Mafalda mich im Alter von fünfzehn Jahren gerettet hat, als ich aus einem fliegenden Zeppelin stürzte?«

Ich erinnerte mich dunkel daran, wie Madame Mafalda mir in einer meiner ersten Trainigsstunden diese Geschichte erzählt hatte, als ich mich darüber beschwerte, ins kalte Wasser geworfen worden zu sein. Es war eine Geschichte darüber, dass man niemals zu jung war, um Verantwortung zu übernehmen und das Richtige zu tun. »Ich habe davon gehört.«

Mein Vater nickte. »Kurz bevor Madame Mafalda meinen Sturz abfing, habe ich den Mantikor schon einmal gesehen. Damals sagte er mir, dass ich noch nicht sterben würde. Er ist uralt und spricht von sich selbst als Niemand. Ich glaube allerdings eher, dass er so etwas wie die Seele der Stadt der Seelen ist. Wenn er also sagt, der Kanzler spielt ein falsches Spiel, dann glaube ich ihm das. Ich vertraue ihm.«

»So wie du auch dem Kanzler vertraut hast?«, fragte ich bitter.

»Vielleicht. Ja. Anscheinend neige ich zu so etwas.« Er rückte die Brille auf seiner Nase zurecht. »Ich möchte dich noch einmal um Verzeihung bitten. Von jetzt an wird so etwas nie wieder passieren, das verspreche ich dir. Und der Eiserne Kanzler steht nicht länger in meinen Diensten.«

Ich schlang meine Arme um seinen Hals und presste mein noch immer tränennasses Gesicht an seine Brust. »Gut«, nuschelte ich in den Stoff seiner Jacke. In diesem Augenblick zerschnitt das Geräusch einer Sirene die Nacht. Blaulicht, das über Häuserwände tanzte, erinnerte mich daran, zu meinem Körper zurückzukehren.

»Er sieht aus, als würde er schlafen«, sagte Ylva, als wir zwei Tage später an Marians Krankenhausbett saßen. Sie war beinahe genauso blass wie ihr Bruder. Unsere Expedition ins Nichts und die Angst um Marian hatte sie von uns allen am meisten mitgenommen. Mittlerweile trug sie noch eine Schicht Kleidung mehr, sodass ihre schmächtige Gestalt kaum noch zu erahnen war unter all dem Stoff. Ihr Haar bildete einen strähnigen Knoten an ihrem Hinterkopf und ihre Augen wirkten so müde, als hätte sie seit Wochen nicht richtig geschlafen. Nun ja, wer von uns Wandernden tat das schon?

»Vielleicht träumt er«, sagte ich. Marian hatte das Bewusstsein noch immer nicht wiedererlangt. Ihm fehlte nichts, sein Körper sei kerngesund, hatten die Ärzte gesagt, die sich nicht erklären konnten, weshalb er im Koma lag. Doch was wussten die schon von der Schattenwelt und dem Nichts, das sie und alle, die darin lebten, bedrohte?

Marians Brust hob und senkte sich gleichmäßig. Über der Nase trug er eine Atemmaske und ab und an zuckten seine Pupillen unter den geschlossenen Lidern. Die grünliche Krankenhausbettwäsche ließ sein Gesicht kränklich aussehen und sehr verletzlich. In den letzten achtundvierzig Stunden war ich nicht von seiner Seite gewichen. Tagsüber hatte ich, so wie jetzt, neben ihm gesessen und seine Hand gehalten, manchmal sogar leise mit ihm gesprochen, obwohl ich keine Ahnung hatte, ob er mich überhaupt hören konnte.

Nachts hingegen hatte ich dem Großmeister in Notre-Dame die Hölle heißgemacht, dass er die Nebelkönigin wieder flottmachen sollte, damit wir zurückfahren und Marians Seele suchen konnten. Doch wie sich herausstellte, hatte das Nichts das Schiff fast vollständig zerstört. Es grenzte an ein Wunder, dass wir es zurück nach Eisenheim geschafft hatten. Und die Dame, an deren Tür ich wieder und wieder klopfte, um sie darum zu bitten, zu Fuß nach Marian zu suchen, war seit jener Nacht, in der sie uns gerettet hatte, wie vom Erdboden verschluckt.

Urplötzlich huschte ein Lächeln über Marians ansonsten reglose Züge. Ganz kurz nur flammte es auf, seine Mundwinkel verzogen sich leicht nach oben, kaum zu erkennen unter dem Plastik des Beatmungsschlauchs. Dann war es vorbei.

»Vielleicht träumt er von dir«, sagte Ylva.

»Wer weiß.«

Ylva und ich blieben noch bis zum späten Abend bei Marian, hielten seine Hände und hofften, dass er tatsächlich träumte. Einen wunderschönen Traum voller Licht und Hoffnung. Denn Hoffnung gab es. Marian war nicht tot. Seine Seele war nicht im Nichts vergangen, sondern hing noch irgendwo dort draußen. Irgendwo zwischen den Welten. Die Frage war nur, in welche von beiden sie zurückkehren würde.

So wie Marians Seele zwischen den Welten schwebte, so hatte auch ich das Gefühl, irgendwo hängen geblieben zu sein. Ganz egal, wo ich mich in den nächsten Wochen befand, ob in Essen oder Eisenheim, immer fühlte ich mich fremd, unvollständig. Meine Tage verbrachte ich in der Schule und an Marians Krankenbett, meine Nächte beim Grauen Bund. Was um mich herum geschah, nahm ich wie durch einen Schleier wahr, so als beträfe es mich überhaupt nicht. Als beobachtete ich eine Fremde, die ein fremdes Leben lebte.

Mein Vater hatte dem Eisernen Kanzler als Strafe für seine Intrigen Hausarrest in seiner Villa verpasst, wo dieser nun auf seinen Prozess wartete und zusehen musste, wie seine treuen Schattenreiter mehr und mehr dem Wahnsinn anheimfielen. Immer öfter bekämpften die Wesen einander bis aufs Blut. Und da es nun keinen Befehlshaber gab, der sie im Zaum hielt, verringerte sich ihre Zahl innerhalb von Tagen auf weniger als die Hälfte. Diejenigen, die die Kämpfe überlebten, verließen ihren

Horst in Dunsterrost kaum noch, und wenn, dann erschrak man in Eisenheim bei ihrem Anblick. Denn die Schattenreiter wurden mehr und mehr durchsichtig, ihre Finger bogen sich zu Krallen, ihre Gesichter wurden überlagert von geisterhaften Fratzen. Bald schon musste der Graue Bund die Aufsicht über die Schlafenden übernehmen und eines Tages, etwa sechs Wochen nach unserer Rückkehr aus dem Nichts, verschwand auch das letzte Mitglied der einst so mächtigen Armee des Eisernen Kanzlers.

Es geschah an einem Dienstag.

Mein Vater und ich statteten dem Eisernen Kanzler gerade einen Besuch in seiner Villa ab. Es hatte einige Wochen gedauert, bis sich der Zorn meines Vaters so weit gelegt hatte, dass er sich in der Lage fühlte, seiner ehemaligen rechten Hand gegenüberzutreten, und ich hatte angeboten, ihn zu begleiten, um ihm dabei den Rücken zu stärken. Wir nahmen den Weg durch den Palastgarten, der uns zu der wie immer hell erleuchteten Residenz des Kanzlers führte. Zwei Dutzend Kämpfer des Grauen Bundes bewachten das Gebäude, seit man Alexander von Berg hier inhaftiert hatte, armdicke Ketten sicherten Fenster und Türen und klirrten, als wir eintraten.

Wir fanden den Eisernen Kanzler im Wintergarten, der ihm als Arbeitszimmer diente. Er saß an seinem Schreibtisch und beugte sich über einen mit schnörkeliger Schrift bedeckten Stapel Papiere. In der rechten Hand hielt er eine imposante Straußenfeder, in der linken ein kleines Tintenfässchen. Wie immer war seine Kleidung makellos, wenn auch seit einer halben Ewigkeit aus der

Mode gekommen. Die Schuhe mit den silbernen Schnallen glänzten frisch poliert und der Rüschenkragen seines Hemdes war blütenweiß. Nur zwischen den Augenbrauen hatte sich eine Furche gebildet, die nicht so recht zu seinen sonst so perfekten Zügen passen wollte. Er sah nicht einmal auf, als wir den Raum betraten.

Mein Vater räusperte sich vernehmlich, doch der Kanzler reagierte noch immer nicht. Während mein Vater verunsichert einen Schritt auf den Kanzler zu machte und dann doch wieder stehen blieb, fackelte ich nicht lange. Mit ein paar Schritten war ich am Schreibtisch und nahm dem Kanzler die Feder aus der Hand. Wenn mich nicht alles täuschte, hatte er damit gerade meinen Namen auf eines der Blätter gekratzt. Endlich hob er den Blick.

»Hallo«, sagte ich und legte die Feder am anderen Ende des wuchtigen Schreibtisches ab.

»Guten Abend, Hoheit«, antwortete der Kanzler.

»Was machen Sie da?« Ich deutete auf die Papiere.

»Ich schreibe unsere Geschichte auf«, antwortete der Kanzler. »Vielleicht wird es nachfolgende Generationen einmal interessieren, was einst mit Eisenheim und dem Weißen Löwen geschah. Vielleicht werden sie wissen wollen, wie unsere Welt war, bevor das Nichts kam.«

»Verstehe.« Also ging der Kanzler auch davon aus, dass wir es nicht schaffen würden, die Zerstörung der Schattenwelt aufzuhalten? »Nun, der Fürst und ich sind hergekommen, um Ihnen mitzuteilen, dass schon bald eine Verhandlung gegen Sie stattfinden wird. Wir wollen Ihnen die Anklagepunkte verlesen, damit Sie sich auf Ihre Verteidigung vorbereiten können.«

Der Kanzler nickte, während ich mich nach meinem Vater umsah, der noch immer ein wenig unschlüssig im Türrahmen stand. Erst als meine Lippen ein stummes »Na los« formten, trat er neben mich. Selbst jetzt noch war die Macht zu spüren, die der Eiserne Kanzler all die Jahre über meinen Vater gehabt hatte. Sie lag wie ein unsichtbares Flirren in der Luft und schien den ansonsten in den letzten Wochen so viel entschlossener gewordenen Fürsten der Schattenwelt erneut in ein unmündiges Kind zu verwandeln. Es dauerte einen Moment, bis er endlich den Mut fand zu sprechen.

»Geht … geht es Ihnen so weit gut?«, fragte er.

»Bestens«, antwortete der Kanzler und schenkte ihm ein großväterliches Lächeln, das auf seinem jugendlichen Gesicht unfassbar deplatziert wirkte. »Danke der Nachfrage.«

»Schön.« Mein Vater kramte nun mit fahrigen Bewegungen eine Schriftrolle aus der Tasche seines Gewandes hervor und entrollte sie. »Alexander von Berg, Sie werden angeklagt des Hochverrates an der fürstlichen Familie, der Bedrohung unschuldiger Schlafender, der schweren Körperverletzung, des Diebstahls …«

Insgesamt hatten Fluvius Grindeaut, Madame Mafalda und die übrigen neuen Berater meines Vaters über vierzig Vergehen des Kanzlers zusammengetragen, und während mein Vater jedes einzelne von ihnen vorlas und seine Stimme mit jedem Punkt ein wenig fester wurde, schweifte mein Blick zu dem Gemälde über der Tür. Es zog mich nach wie vor magisch an. Ein unscheinbarer Kiesel auf einem Kissen, mehr hatte der Künstler nicht abgebildet. Und doch war es alles. Allein den Stein zu sehen, die feinen Striche, mit denen seine Maserung in Öl gebannt worden war, sorgten für ein warmes Gefühl in meiner Brust. Dies war das Haus meines ärgsten Feindes und dennoch war es, als würde ich nach Hause kommen.

Der Anblick des Bildes tröstete mich, streichelte meine Seele, die in der letzten Zeit so geschunden worden war. Wie hatte ich mich nur von diesem Stein trennen können, der doch ein Teil von mir selbst war? Ich war entzweit und meine Füße zuckten, als wollten sie mich von selbst zu den Pyramiden tragen. Die Sehnsucht bildete einen schmerzenden Kloß in meinem Hals. Nein, ich konnte es nicht leugnen, es war dieser Stein, den ich noch immer mehr begehrte als alles andere auf der Welt. Genau wie der Eiserne Kanzler, der nun all den Verbrechen lauschte, die er um seinetwillen begangen hatte.

Plötzlich war ich mir nicht mehr sicher, ob ich selbst so viel unschuldiger als der Kanzler war. Schließlich hatte ich, indem ich den Stein verborgen hatte, möglicherweise das Schicksal der Schattenwelt besiegelt. Vielleicht stimmte, was die Prophezeiung behauptete, und ich trug tatsächlich die Schuld daran, dass das Nichts noch immer unaufhaltsam auf die Stadt zukroch und sie Stein für Stein verschlang. Was, wenn der Stein in den Fundamenten der Pyramide dafür sorgte? Was, wenn ich einfach losgehen und den Stein holen würde? Schon seit unserer Rückkehr befand ich mich in diesem Zustand ständigen Zweifels, wollte in der einen Minute losziehen und den Stein wieder an mich bringen, nur um mir selbst in der nächsten zu schwören, niemals ein solches Risiko einzugehen. Solange wir die vollständige Prophezeiung nicht kannten, war es viel zu gefährlich, den Stein zu holen, wer konnte schon vorhersehen, was als Nächstes passieren würde und wer noch seine Hände nach dem Weißen Löwen ausstreckte?

Ich zwang mich dazu, meinen Blick von dem Gemälde zu lösen und ihm den Rücken zuzuwenden. Mein Vater war inzwischen bei Vergehen Nummer neunundzwanzig angelangt und ich beschloss zu tun, was ich ihm versprochen hatte, nämlich ihm beizustehen, indem ich ihm hier und da aufmunternd zuzwinkerte, wenn er mal wieder ins Stocken geriet. Doch schon drei Straftaten später prallte etwas mit einem so lauten Rums gegen die Glasfront des Wintergartens, dass wir uns alle drei instinktiv duckten. Auch die Kämpfer des Grauen Bundes, die das Gebäude umstellten, waren erschrocken zurückgewichen. Das Wesen vor dem Fenster war ein Schattenreiter, ein ruckender, zuckender Reiter mit Backenbart und Zylinder auf seinem mächtigen Schlachtross. Soweit wir wussten, war er der Letzte seiner Art, ein Schreckgespenst, das niemandem mehr echte Furcht einzuflößen vermochte. Immer wieder bäumte sich das Schattenpferd auf, in einem panischen Versuch, seinen Reiter loszuwerden. Dieser hielt sich jedoch tapfer, wenn auch in sich zusammengesunken im Sattel. Seine Haut war bleich und über und über von dunklen Adern durchzogen, als liege ein Spinnennetz über seinen Zügen. Die Wangen wirkten hohl und die spitze Raubvogelnase war kaum noch mehr als ein Knochenschnabel, der aus einem Totenschädel ragte. Dafür erkannte ich flackerndes Geisterhaar, das unter dem Zylinder hervorwehte, und flirrende Fingerspitzen, die sich in Mähne und Flügeln des Pferdes verfingen. Die Augen des Reittiers waren nach innen verdreht, der Reiter selbst umschlang seinen Kopf mit beiden Armen, als fürchtete er, er würde zerspringen. Und beide schrien, durchdringend, hoch.

Der Anblick war grauenhaft. Unfähig, uns zu rühren, beobachteten wir, wie Reiter und Pferd immer stärker überlagert wurden. Geisterfratzen wuchsen aus dem Rücken des Schattenpferdes und fraßen sich zugleich in sein Fleisch hinein. Auch der Reiter löste sich auf. Sein Backenbart kräuselte sich, bis auch aus ihm züngelndes Gespensterhaar hervorbrach, seine Augen verwandelten sich in dunkle Löcher. Anscheinend war das Paar mit letzter Kraft hergeflogen, vielleicht hatte sich der Schattenreiter Rettung durch seinen ehemaligen Befehlshaber erhofft. Doch dieser konnte nichts tun. Es dauerte nur wenige Sekunden, doch es erschien uns, als wären wir in einer Zeitschleife des Horrors gefangen. Reiter und Pferd verschwanden vor unseren Augen in den Schlünden der Geister, die ihre Köpfe und Beine fraßen, Knochen, Haut und Haar, bis nichts mehr übrig von ihnen war und die Dämonen mit flatterndem Haar in den Himmel entwichen.

Was hatte das zu bedeuten? Fassungslos sahen wir ihnen nach. Mein Vater wirkte vor Angst wie versteinert, während ich am ganzen Körper zitterte.

Der Kanzler stand auf und begann mechanisch, die Papiere auf seinem Schreibtisch zu ordnen. »Nun bin ich also allein«, flüsterte er in die Stille.

19

VERSCHWUNDENE SEELEN

In der folgenden Nacht schauten Madame Mafalda und ich nach dem Dämmerungstraining wie so oft in letzter Zeit in Fluvius Grindeauts Turmzimmer vorbei, wo dieser sich um den verwirrten Desiderius kümmerte. Mir fiel es oft schwer, den Anblick des Gelehrten zu ertragen, doch Fluvius kümmerte sich mit Engelsgeduld um seinen alten Freund. Schon ein Stockwerk tiefer hörten wir Desiderius jaulen wie einen Wolf, der den Mond anheulte. Als wir den Raum betraten, fanden wir Fluvius Grindeaut in seinem Sessel vor dem Feuer vor, wo er in die Flammen starrte, während sich Desiderius an eine der Vorhangstangen klammerte und von dort aus seinen langen Bart um den Kronleuchter unter der Decke flocht. Er murmelte etwas von Geistern vor sich hin und nach jedem Knoten, den er in die verfilzten Haare machte, legte er den Kopf in den Nacken und stieß ein herzhaftes Heulen aus.

»Sein Zustand ist also unverändert«, stellte Madame Mafalda fest und ließ sich in den noch freien Sessel neben ihrem Bruder fallen.

Dieser wiegte den Kopf hin und her. »Ja und nein«, sagte er. »Vorhin hatte er zumindest so etwas wie einen lichten Moment und hat mich sogar um eine Tasse Tee gebeten. Als ich ihm diese reichte, wusste er allerdings schon nichts mehr damit anzufangen und hat sie zerbrochen.« Er deutete auf einen dunklen, mit Scherben gespickten Fleck auf dem Teppich zu seinen Füßen.

Vorsichtig näherte ich mich dem verrückten Philosophen. Die Jahrzehnte, die er allein im Nichts verbracht hatte, machten es ihm anscheinend unmöglich, zurück in die Zivilisation und das menschliche Miteinander zu finden. Wie immer, wenn ich den dürren Greis in seinem Kittel aus Fellen sah (er weigerte sich beharrlich, andere Kleidung zu tragen), fragte ich mich, ob Marian ein ähnlicher Geisteszustand bevorstand. Mit Mühe verdrängte ich den Gedanken und schob mich Schritt für Schritt weiter auf Desiderius zu, bis ich schließlich in sein Sichtfeld trat.

Das Jaulen und Brabbeln verstummte. Er musterte mich mit großen Augen.

Es war merkwürdig, doch irgendetwas an meinem Anblick schien dem Philosophen jedes Mal einen Funken Verstand zurückzugeben. Bereits in den ersten Nächten nach unserer Expedition war uns dieser Umstand bewusst geworden: Einzig meine Anwesenheit konnte Desiderius dazu bringen, über seine Prophezeiung zu sprechen.

»Welt vergehen!«, rief er auch heute. »Stern … Mädchen … Schuld … die nicht mehr sind … kaltes Herz … Himmel … Mutter!«

Madame Mafalda notierte diese Wortbrocken gewissenhaft in

einem ledergebundenen Notizbuch, in dem bereits etliche Seiten mit ähnlichen Ausrufen gefüllt waren. Aber so recht weiter brachten sie uns auch heute nicht.

Ich blieb noch ein paar Minuten stehen und dachte an Marian, der mir so sehr fehlte, dass es wehtat. Mein Hals zog sich zusammen. Würde er jemals wieder aus dem Koma aufwachen? Wie sollte ich nur ohne ihn weitermachen? Konnte ich das Nichts überhaupt –

Nein, ich musste mich zusammenreißen. Ich zwang mich dazu, tief durchzuatmen.

Desiderius wiederholte noch dreimal das Gleiche: »Welt vergehen … Stern … Mädchen … Schuld … die nicht mehr sind … kaltes Herz … Himmel!«

Inzwischen kannten wir alle diese Worte auswendig, eine Varianz brachte der Philosoph so gut wie nie hinein. Nur einmal hatte er »Leben« gerufen und vor drei oder vier Wochen waren ihm tatsächlich zusammenhängend die Worte »Ein Stern und ein Mädchen, deren Seelen verbunden« über die Lippen gekommen. Doch die meiste Zeit über interessierte er sich ausschließlich für seine Geistergeschichten, seinen Bart und die Läuse darin. Der Weissagung waren wir bisher jedenfalls kein Stück näher gekommen.

Ich ließ mich zwischen dem Großmeister und seiner Schwester auf dem flauschigen Teppich nieder und beobachtete den Gelehrten dabei, wie er kopfüber von der Gardinenstange herabbaumelte und in die Vorhänge sabberte. Ein wenig hoffte ich ja immer noch darauf, dass der alte Mann seine frühere Geistesschärfe wiedererlangen würde, von der der Großmeister noch heute mit Bewunderung sprach. Vielleicht, wenn er nur lange genug wieder unter Menschen war. Immerhin hatte sich der Nebel, der seinen Verstand umfing, erst vorhin zumindest für kurze Zeit gelichtet. Um ein Heißgetränk zu bitten, erschien mir doch als ein äußerst zivilisierter Akt für jemanden, dessen Lieblingsessen aus lebenden Ratten bestand.

»Hat er Sie denn wiedererkannt?«, fragte ich den Großmeister nach einer Weile.

Fluvius Grindeaut nickte. »Ja, ich glaube schon. Zumindest nannte er mich Fluvius, mein alter Freund. Allerdings ist sein Blick, wie gesagt, schon nach ein paar Sekunden wieder trübe geworden.«

»Mhm«, machte ich. »Schade. Aber wenigstens ist es ein Fortschritt. Vielleicht haben wir morgen mehr Glück.«

»Vielleicht«, sagte Madame Mafalda, die sich noch immer über ihre Notizen beugte.

Inzwischen war Desiderius in einen merkwürdigen Singsang verfallen. Wie eine Fledermaus hing er dabei unter der Decke, rollte mit den Augen und trällerte etwas von Geisterfingern vor sich hin. Das Ganze machte mir nicht den Eindruck, als würde uns heute Nacht noch ein Durchbruch in Sachen Prophezeiung gelingen, und so beschloss ich, mich zu verabschieden.

Schließlich gab es auch noch andere Dinge zu erledigen. Ich zog die Tür des Turmzimmers hinter mir zu und machte mich auf den Weg. Meine Schritte trugen mich direkt zu den Quartieren der Kämpfer. Jedoch war nicht mein eigenes Zimmer mein Ziel und auch nicht das von Marian. Stattdessen steuerte ich auf eine andere Tür zu, ebenfalls aus dunklem Holz, schmucklos und einfach, wie alle anderen Türen auf diesem Flur.

Zuerst zögerte ich einzutreten. Dann jedoch schob ich meine Bedenken endgültig beiseite, klopfte und trat ein, ohne eine Erlaubnis abzuwarten.

Schon so viele Male hatte ich versucht herauszufinden, wo Ylvas Seele abgeblieben war. Erfolglos. Doch das hielt mich nicht davon ab, es auch heute zu probieren.

Amadé lag auf ihrem Bett und hielt die Augen geschlossen. Ihr Haar hatte sie wie Sonnenstrahlen auf dem Kopfkissen ausgebreitet. Es sah aus, als würde sie schlafen. Doch natürlich tat sie es nicht. Wer in dieser Welt einschlief, erwachte schließlich umgehend in einer anderen.

Ich kniete mich neben sie auf den Fußboden. »Amadé?«, flüsterte ich. »Können wir reden?«

»Nein«, murmelte Amadé. Die Lider hielt sie geschlossen.

»Wohin hast du Ylvas Seele gebracht?«, fragte ich trotzdem.

Zu Hause in Essen war Ylva längst bei uns eingezogen und bewohnte nun das Arbeitszimmer meines Vaters, genau wie ihr Bruder es eine Zeit lang getan hatte. Tagsüber taten Christabel, mein Vater und ich bereits alles, um ihr beizustehen. Doch nachts? Ylva selbst wusste nur, dass sich ihre Seele in einem Raum mit einer Ottomane und einem Heer von leer stehenden Aktenschränken befand. Wo in Eisenheim sollte ich da anfangen zu suchen?

Amadé rollte sich auf die Seite. »Flora«, seufzte sie. »Du weißt, wie ich darüber denke. Ylva ist vollkommen wehrlos und du hast vielleicht das Nichts auf uns gehetzt. Ich sage dir nicht, wo ich sie versteckt habe. Marian war mein Freund. Ich würde es mir nie verzeihen, wenn seiner Schwester etwas zustieße.«

»Aber das würde ich niemals zulassen. Verstehst du denn nicht, dass ich auch in Eisenheim für sie da sein möchte?« Meine Stimme wurde heiser. »Sie ist alles, was mir noch von Marian geblieben ist, okay?«

Amadé öffnete nun doch die Augen. »Du brauchst dir keine Sorgen zu machen, ich kümmere mich gut um sie. So wie ich mir wünsche, dass jemand für Noahs Seele sorgt, tue ich alles in meiner Macht stehende, damit es Ylva hier unten gut geht. Reicht das nicht? Hast du keine Angst, sie in Gefahr zu bringen?«

Meine Unterlippe zitterte jetzt. »Ich habe es Marian versprochen! Es war das Letzte, was ich zu ihm gesagt habe. Wieso lässt du mich nicht wenigstens das für ihn tun?« Ich wischte mir die Tränen aus den Augenwinkeln.

»Ich verstehe dich ja«, sagte Amadé. »Aber es ist zu riskant.«

»Ich kann mein Versprechen trotzdem n–«, setzte ich an, als plötzlich ein Schellen ertönte und dann noch eines. Meine Hände wirkten auf einmal durchscheinender als sonst und beim dritten Schellen begriff ich: Unser Telefon klingelte.

Meine Gestalt begann zu flackern. Viel Zeit würde mir nicht mehr bleiben. »Bitte, Amadé!«, flüsterte ich deshalb ein letztes Mal. »Sag mir, wo du Ylvas Seele hingebracht hast. Bitte!«

Amadé blinzelte. »Wieso stellst du dir für mitten in der Nacht einen Wecker?«, fragte sie, denn mein Zustand war ihr nicht entgangen. Sie musterte mich misstrauisch.

Was war passiert? Schwebten Wiebke und Linus etwa erneut in Gefahr? Konnte der Eiserne Kanzler ihnen etwa immer noch schaden? Obwohl es keine Schattenreiter mehr gab? Aber wieso riefen sie auf dem Festnetz an?

Ich schlug die Augen in der realen Welt auf und taumelte in die Diele. Das Telefon zeigte eine unbekannte Nummer an.

Ich nahm den Anruf an. »Hallo?«, gähnte ich in die Leitung. Am anderen Ende meldete sich eine Frauenstimme. »Spreche ich mit Ylva Immonen?«

»Äh, wer sind Sie?«, fragte ich zurück.

»Mein Name ist Dr. Meyer. Ich wollte Sie nur informieren, dass Ihr Bruder aufgewacht ist.«

»Wirklich?« Alle Müdigkeit fiel von mir ab. »Das ist ja großartig! Danke! Ich bin gleich da«, rief ich und war auch schon aufgesprungen. Ich konnte gar nicht so schnell denken, wie ich in meine Klamotten sprang. Alles in meinem Kopf überschlug sich. Marian war aufgewacht!

Weil der Nachtexpress um diese Uhrzeit nicht fuhr und ich viel zu aufgeregt war, um auf ein Taxi zu warten oder meinen Vater zu wecken und ihm alles zu erklären, rannte ich die Strecke zum Krankenhaus. Es war ohnehin nicht weit: zwei, maximal drei Kilometer vielleicht. Erst auf halbem Weg bemerkte ich, dass ich vergessen hatte, meine Schuhe anzuziehen, und stattdessen noch meine Plüschpantoffeln trug. Doch das war mir momentan vollkommen egal. In meinem Kopf war nur für einen einzigen Gedanken Platz: Marian lebte!

Im Krankenhaus war es still. Der Pförtner kannte mich bereits, und als ich ihm erklärte, was geschehen war, winkte er mich durch. Ich sprintete die Treppe hinauf zu Marians Station. Wie immer roch es nach Desinfektionsmittel und das Licht der Neonröhren wirkte nicht gerade einladend. Doch ich konnte mir keinen Ort vorstellen, an dem ich in diesem Augenblick lieber gewesen wäre. Ich riss die Tür zu Marians Zimmer auf.

Da lag er!

Bleich wie eh und je. Seine Augen waren geschlossen. Nein! Das durfte doch nicht wahr sein! Ich setzte mich auf die Bettkante und griff nach seiner großen Hand. Sie fühlte sich tatsächlich wärmer an als in den vergangenen Wochen. Mit den Fingerspitzen strich ich über seine schwielige Haut. Seine Pupillen zuckten unter den Lidern, auf denen sich feine Äderchen abzeichneten. Sein Atem ging regelmäßig, das Geräusch mischte sich mit dem Piepsen des EKGs.

Ohne seine Hand loszulassen, rutschte ich noch ein Stück näher an Marian heran und legte mich neben ihn auf die gestärkten Laken. Um nicht aus dem schmalen Bett zu fallen, musste ich mich eng an ihn kuscheln, mit dem freien Arm umschlang ich seine Brust. Mein Mund lag an seinem Ohr.

»Marian«, raunte ich ihm zu. »Ich bin es, Flora. Ich bin hier und passe auf dich auf, ja?«

Mein Herz klopfte so laut, dass ich mir nicht vorstellen konnte, wie jemand bei diesem Lärm schlafen sollte. Und … Ja! Hatte Marian nicht gerade geblinzelt? Erwiderte er tatsächlich den Druck meiner Hand? Ich hob den Kopf ein Stück, um besser in sein Gesicht sehen zu können. Eine meiner Haarsträhnen rutschte dabei hinter meinem Ohr hervor und strich über seine Wange.

Endlich schlug Marian die Augen auf. Mir wurde heiß. Sein Blick wanderte über die Deckenlampe zu meinem Gesicht. »Flora«, formten seine rissigen Lippen.

Ich nickte und strahlte ihn an, während sich gleichzeitig eine Träne aus meinem Augenwinkel löste und auf seinen Nasenrücken tropfte.

»Da bist du ja wieder«, flüsterte ich und zeichnete mit dem Daumen die Linie seiner Brauen nach. Marian lächelte.

»Wo sind wir?«, fragte er.

Ich erklärte es ihm.

Vorsichtig setzte er sich in seinem Bett auf. »Ich habe also über sechs Wochen im Koma gelegen?« Ungläubig betrachtete er seine kalkweißen Hände auf der Bettdecke.

»Ja. Nachdem wir dich im Nichts verloren hatten, haben mein Vater und ich deinen Körper auf der Bank vor Wiebkes Haus gefunden und hergebracht. Bloß wo deine Seele in Eisenheim sich befindet, wissen wir nicht. Hast du irgendeine Ahnung?«

Marian nickte langsam, schüttelte jedoch gleich darauf den Kopf. »Wie geht es Ylva?«

»Gut«, sagte ich schnell. Zumindest galt das für die reale Welt. Warum war Amadé nur so starrköpfig? »Also, den Umständen entsprechend«, verbesserte ich mich. »Sie ist bei uns eingezogen und hat sich natürlich große Sorgen um dich gemacht, wie wir alle.«

Marian nickte. »Aber sie ist heil aus dem Nichts gekommen. Ihr habt es zurück zur Stadt geschafft.«

»Ja«, bestätigte ich. »Sollen wir sie anrufen, damit sie auch herkommt?« Auf einmal hatte ich doch ein schlechtes Gewissen, dass ich niemanden geweckt und die gute Nachricht für mich behalten hatte. Ohne nachzudenken, war ich einfach losgerannt, als der Anruf gekommen war. Ich begann, in meiner Handtasche nach dem Handy zu kramen, um meinem Vater, Christabel und Ylva Bescheid zu geben. »Sie werden bestimmt alle ganz aufgeregt sein, dass du wieder wach bist.«

Doch Marian hielt meinen Arm fest. »Warte noch«, murmelte er und sank zurück in die Kissen. »Sie können doch morgen vorbeikommen, ich möchte mich lieber noch ein wenig ausruhen.« Seine Lider flatterten.

Ich stellte die Handtasche beiseite. »Klar können sie dich auch später besuchen. Aber …« Ich wusste nicht so recht, wie ich es ausdrücken sollte. »Aber leider wissen wir immer noch nicht, … wo in Eisenheim deine Seele landen wird, wenn du jetzt einfach einschläfst«, stammelte ich. »Was, wenn du ins Nichts fällst? Dann kann dir niemand mehr helfen.« Ich griff nach seiner Hand. »Kannst du nicht lieber versuchen, so lange wie möglich wach zu bleiben?«

Marian schüttelte den Kopf. »Warum? Das würde doch nichts ändern. Außerdem wird mir nichts passieren. Ich erinnere mich zwar nur verschwommen, aber ich glaube, ich war in all den Wochen dort draußen.« Er gähnte.

»Wo denn genau?«, fragte ich. »Im Schlund? Hat deine Seele es bis dahin zurückgeschafft? Vielleicht können wir dich dort abholen. Du musst uns nur sagen, wo.«

Marian seufzte. »Keine Ahnung«, nuschelte er und schloss die Augen. »Ich erinnere mich nur noch an … Geister.«

»Geister?«, fragte ich. »Wie meinst du das?«

Doch Marian war bereits wieder eingeschlafen.

20
HINTER DER MASKE

Zum ersten Mal seit Wochen erhellte ein Lächeln Ylvas schmale Züge, als sie am nächsten Tag das Krankenhauszimmer ihres Bruders betrat. Mein Vater und Christabel ließen den Laden zur Feier des Tages geschlossen, ich schwänzte die Schule, wir bestellten Pizza auf die Station und blieben bis zum Abend. Marian war nach wie vor schwach, musste sich zwischendurch häufig ausruhen und vom Sprechen wurde er rasch heiser. Dennoch kehrte er nach jedem Nickerchen zu uns zurück.

Wir wussten auch weiterhin nicht, wo sich seine Seele in Eisenheim aufhielt, ob er im Nichts umherirrte, denn er weigerte sich, uns davon zu erzählen. Nach ein paar Versuchen, die Wahrheit aus ihm herauszukriegen, hatten wir es aufgegeben und bedrängten ihn nicht weiter. Wichtig war doch vor allem, dass es ihm gut ging und er wieder da war. Allein in seiner Nähe zu sein, das Grün seiner Augen zu sehen, den Klang seiner Stimme zu hören, war mir im Moment genug. Wieder und wieder hatte ich nach seiner Hand greifen müssen, um sicherzugehen, dass all dies Realität war. Dass Marian tatsächlich wieder bei mir war.

Er fehlte mir bereits, kaum dass wir das Krankenhaus verlassen hatten. Und auch später, in der Schattenwelt, konnte ich kaum einen anderen Gedanken fassen. Das Dämmerungstraining entfiel, weil mein Vater alle Kämpfer des Grauen Bundes damit beauftragt hatte, Eisenheim nach Marians Seele abzusuchen. Wir schwärmten also in die nächtliche Metropole aus und hielten Ausschau.

Sieben und ich hatten es dabei auf ein ganz bestimmtes Haus in den Tiefen des Krawoster Grunds abgesehen. Der Großmeister hatte mir die feinsäuberlich auf ein Stück gerolltes Papier notierte Adresse zugesteckt und ich wunderte mich ein wenig, wieso ich nicht früher auf die Idee gekommen war, Marians Elternhaus einen Besuch abzustatten. Immerhin hatten Amadé und Marian dort einen weiteren Teil der Prophezeiung gefunden. Vielleicht lauerten ja noch mehr Informationen im Nachlass der Immonens und nun, da Marian in der realen Welt wieder unter uns weilte, war es doch auch gar nicht so unwahrscheinlich, seine Seele dort anzutreffen, oder? Immerhin war dies der Ort, den er stets aufgesucht hatte, wenn er in den Wochen vor unserer Expedition von der Bildfläche verschwunden war …

Das Haus, das Marians Eltern vor ihrer Ermordung in der Schattenwelt bewohnt hatten, war genauso schäbig wie die übrigen Gebäude des Viertels. Eine Baracke, wie es Tausende von ihnen im Stadtteil der Arbeiter gab, die Wände aus groben Brettern gezimmert, durch deren Ritzen der eisige Wind pfiff, das Dach krumm und schief, der improvisierte Schornstein baufällig. Drinnen sah es kaum besser aus. Es war düster und unaufgeräumt. Mit einem

Vorhang hatten Marians Eltern den kargen Raum aufgeteilt. Im vorderen Teil befand sich eine mittelalterlich anmutende Kochstelle mit einem Topf, der an einer Kette unter dem Rauchfang baumelte, davor standen ein Tisch und vier Stühle. Die Wände waren über und über mit Regalbrettern bedeckt, in denen sich Papiere und alchimistische Gerätschaften stapelten, so ähnlich wie in Fluvius Grindeauts Büro. Siebens Licht glitt flackernd über vergilbte Notizen, Glaskolben, Zirkel und Pipetten, Zahnräder, Schraubenzieher und Maschinenteile, die so aussahen, als wären sie beim Bau des Materiophons, an dem Ylvas Seele hing, übrig geblieben. Marians Eltern waren also nicht nur Wissenschaftler gewesen, sie mussten sich auch sehr für die Rechte der Schlafenden eingesetzt haben, wenn sie es auf sich genommen hatten, ihre Nächte aus Solidarität in dieser heruntergekommenen Behausung zu verbringen.

Meine Finger strichen über die Papierstapel. Soweit ich es erkennen konnte, waren es hauptsächlich Skizzen von merkwürdigen Gerätschaften wie dem Materiophon. Ich erkannte aber auch Flugmaschinen mit Propellern und gezeichnete Schrauben und Motoren. Eine Weile blätterte ich wahllos durch die Stapel, fand Rezepte für Kräutertränke und die Anleitung zum Bau eines Amuletts, das die Schlafenden vor üblen Träumen schützen sollte, die von der viel zu harten Arbeit in den Minen ausgelöst wurden. Doch von der Prophezeiung des Desiderius fehlte jede Spur.

Als Nächstes nahm ich mir deshalb den Bereich hinter dem Vorhang vor. Hier hatten die Immonens sich eine Art Schlafzimmer eingerichtet, es gab mehrere Betten, einen Schrank mit mottenzerfressener Kleidung und zerbissenes Kinderspielzeug, das wohl von Ylvas kranker Seele malträtiert worden war. Der Gedanke, dass Marian und seine Schwester einmal hier gelebt hatten, schnürte mir die Kehle zu. Es musste schlimm für die Familie gewesen sein, Nacht für Nacht mitanzusehen, wie ihre kleine Tochter litt, und nichts dagegen tun zu können. Und noch schrecklicher war es wohl für Marian gewesen, nachdem der Kanzler seine Eltern hatte ermorden lassen und Ylva und das Materiophon verschleppt hatte. Plötzlich war er ganz allein gewesen in diesem trostlosen Haus. War es da noch verwunderlich, dass er zu diesem zornigen Kämpfer herangewachsen war, den ich liebte und doch nie ganz verstand?

Ich sank auf eines der leeren, mit dem Staub von Jahren bedeckten Betten und schloss einen Moment lang die Augen. Marians Seele war nicht hier. Das wäre wohl auch zu schön gewesen. Aber was war mit der Prophezeiung? Amadé hatte schließlich hier von dem verlorenen Vers erfahren. Ich rollte mich auf die Seite und bedeutete Sieben, näher zu mir zu fliegen und unter das Bett zu leuchten. Doch dort gab es nichts als Staub und Schmutz. Auch unter dem anderen Bett wurde ich nicht fündig und ebenso wenig im Kleiderschrank. Allerdings raschelte und knisterte es im Bauch des alten Teddys, als ich ihn aufhob und auf eines der Kopfkissen setzen wollte. Das Fell des Plüschbären war abgewetzt, eines seiner gläsernen Augen fehlte und in seinem Bauch klaffte ein Loch, vermutlich von spitzen Monsterzähnen hineingebissen. Holzwolle quoll daraus hervor und tatsächlich steckte zwischen den Spänen noch etwas anderes, ein kleines Stück Pergament, sorgsam zusammengefaltet und von schnörkeligen Buchstaben bedeckt. Das Schriftstück war an den Enden ausgefranst, als habe man es vor langer Zeit irgendwo herausgerissen.

Und wenn nicht das Mädchen den Stern bewahrt, das Herz zurückbringt, so wird die Welt vergehen durch ihre Schuld, vergehen im Reich derer, die nicht mehr sind, stand darauf. Die Weissagung des Desiderius schwarz auf weiß lesen zu können, machte mich schwindelig. Es stimmte also, was Amadé gesagt hatte, jedes einzelne Wort. Die Prophezeiung schien tatsächlich mir die Übergriffe des Nichts in die Schuhe zu schieben. Bloß warum? Vorsichtig steckte ich den Pergamentfetzen in die Innentasche meines Mantels. Dann machte ich mich daran, den Bären genauer unter die Lupe zu nehmen und seine Füllung auf dem Fußboden zu verteilen. Vielleicht schlummerten ja noch weitere Teile der Prophezeiung in seinem Innern? Vielleicht hatten Marian und Amadé etwas übersehen? Ich suchte und suchte, riss mir mehrere Splitter unter die Fingernägel, als ich die Späne durchwühlte. Doch einen zweiten Zettel fand ich nicht.

Dafür knarrte wenig später die Eingangstür und ein eisiger Luftzug brachte den Vorhang in Bewegung. Ich ließ den Teddy sinken und kehrte zurück in den vorderen Teil der Hütte, wo bereits jemand auf mich wartete. Allerdings war es nicht Marian und auch kein anderer Kämpfer des Grauen Bundes. Es war nicht einmal ein Mensch.

»Äh, hallo«, sagte ich. »Was machst du denn hier?«

Der Mantikor setzte vorsichtig eine Löwentatze vor die andere, als er näher trat. Gerade so, als fürchte er sich, etwas zu berühren, vielleicht aus Versehen einen Stuhl zu verrücken. »Das Gleiche könnte ich dich auch fragen«, schnurrte er. Sein Skorpionschwanz ragte bedrohlich hinter ihm auf. »Deine Leute sind heute Nacht ganz schön rege.«

»Wir suchen nach Marians Seele. Mein Vater und der Großmeister glauben, dass er irgendwie nach Eisenheim zurückgekehrt sein muss«, erklärte ich ihm. »Danke übrigens für die Koordinaten.«

»Welche Koordinaten?«, fragte der Mantikor und lächelte ein Katzenlächeln. »Ich mische mich niemals in das ein, was geschieht. Und dein Marian ist nicht hier.«

»Ich weiß.«

»Natürlich weißt du das.« Sein Blick hing an meiner Manteltasche, in der ich den Pergamentfetzen aufbewahrte. »Es ist schon merkwürdig …«, sagte er, schüttelte die Löwenmähne und löste sich in Luft auf. Nur seine Worte hallten in der kleinen Hütte nach: »Es ist schon merkwürdig, wie das Unterbewusstsein herausgefordert werden kann, wenn man es nur mit den richtigen Dingen konfrontiert.«

Ich runzelte die Stirn. Was meinte er damit? Ich tastete nach dem Pergament an meiner Brust. Es knisterte. Selbstverständlich hatte ich es eingesteckt. Jeder noch so kleine Hinweis auf die Prophezeiung war wichtig. Ich konnte schließlich nicht ewig darauf warten, dass den Gelehrten bei meinem Anblick ein Geistesblitz durchzuckte. Oder hatte der Mantikor etwa gemeint …

Plötzlich rastete etwas in meinen Gedanken mit einem feinen Klicken ein. Mir kam eine Idee, wie ich dem Geheimnis um den

Weißen Löwen und meine Bestimmung endlich auf die Spur kommen würde. Nein, eigentlich waren es sogar mehrere.

Hastig schlang ich den Mantel enger um mich. Dann stürzte ich in die Dunkelheit Eisenheims hinaus.

Auf dem ganzen Weg zurück nach Notre-Dame hielten Sieben und ich nicht ein einziges Mal inne, zum einen, weil ich es nicht abwarten konnte auszuprobieren, was mir im Haus der Immonens in den Sinn gekommen war, zum anderen, weil sich am Himmel über der Stadt wieder einmal finstere Gewitterwolken auftürmten. Die Spannung, die in der Luft lag, verhieß nichts Gutes, ein leichter Ascheregen nieselte in die Straßenschluchten hinab und legte sich als schmieriger Film auf das Kopfsteinpflaster. Der erste Anflug von Panik ergriff von den Bewohnern Eisenheims Besitz und ließ sie in ihre Häuser eilen.

Doch es war nicht nur der Ascheregen, der mich beunruhigte, es war auch das Nichts. Undurchdringlich, gewaltig, tödlich ragte es an den Grenzen der Stadt auf, bereit zum Sprung und noch Furcht einflößender als sonst. Denn in seinem Innern bewegte sich etwas. Zuerst hätte man vielleicht noch meinen können, dass der Wind die Schwaden des Nichts durcheinanderwirbelte und zum Tanzen brachte. Doch nach und nach waren immer mehr Einzelheiten im nebligen Dunst zu erkennen. Haare, die von fratzenhaften Schädeln züngelten. Flatternde Geisterfinger, die nach den Häusern und Straßen griffen. In meiner Brust wallte der inzwischen schon so vertraute Schmerz auf.

Ich beschleunigte meine Schritte, rannte jetzt. Sieben wies mir den Weg quer durch die Stadt, durch Hinterhöfe und schmale Gassen, auf Schleichwegen durch Mylchen und Graldingen, bis schließlich die vertraute Silhouette der Kathedrale vor uns in den Himmel ragte.

Etwa drei Minuten später klopfte ich vollkommen außer Atem an die Tür der Dame, die vor ein paar Tagen in ihre wiederhergerichteten Gemächer zurückgekehrt war. Es dauerte einen endlosen Moment lang, bis sie mir öffnete, und dann noch einmal eine halbe Ewigkeit, bis ich ihr mein Vorhaben erklärt und sie zum Mitkommen überredet hatte. Dann jedoch folgte sie mir durch die Eingeweide des Hauptquartiers hinauf zum Turmzimmer des Großmeisters.

Fluvius Grindeaut saß wie immer in seinem Sessel vor dem Kamin. Der Prophet hockte sabbernd zu seinen Füßen und zwirbelte die Fransen des Perserteppichs zwischen seinen Fingern. Er war darin so versunken, dass er unser Eintreten überhaupt nicht zu bemerken schien.

Dem Großmeister ging es da ganz anders: »Flora! Ich dachte, du würdest mit den anderen nach Marian suchen. Meine Dame! Was hat Sie dazu veranlasst, Ihre Gemächer zu verlassen?«, begrüßte er uns. Die Überraschung stand ihm ins Gesicht geschrieben.

Aufgeregt zog ich das Pergament aus meiner Manteltasche und hielt es ihm unter die Nase. »Das hier habe ich im Haus der Immonens gefunden«, erklärte ich. »Ich dachte, wenn wir es Desiderius zeigen, bringt das vielleicht in seinem Unterbewusstsein etwas zum Klingen. Es ist immerhin seine eigene Handschrift.

Jedenfalls faselt er doch immer ein paar Prophezeiungsbrocken vor sich hin, wenn er mich sieht. Deshalb dachte ich, wenn er die Prophezeiung selbst sieht und außerdem …« Die Dame und ich tauschten einen Blick. Es war ihr unangenehm, hier zu sein, das spürte ich genau. »Außerdem ist auch die Dame in die Geschichte um den Weißen Löwen verwickelt. Möglicherweise reagiert der Prophet ja auch auf sie. Das könnte doch sein, oder? Ich meine –«

Mit einem Nicken brachte der Großmeister mich zum Schweigen. Zwischen seinen Brauen hatte sich eine Falte gebildet. »Du kennst die Identität der Dame?«, fragte er langsam.

»Nein, aber –«

»Ich habe ihr vor ein paar Wochen vom fehlgeschlagenen Experiment des Kanzlers und der Entstehung des Nichts und des Steins erzählt«, sagte die Dame.

»Verstehe.« Fluvius Grindeaut runzelte die buschigen Brauen. »Nun, die Idee ist vielleicht gar nicht so schlecht. Doch bevor wir es tun, denken Sie nicht, die Prinzessin sollte endlich erfahren –«

Die Dame schüttelte den Kopf. »Nein, nein! Probieren wir doch erst einmal, ob es überhaupt funktioniert.«

»Was soll ich erfahren?«, fragte ich, verwirrt und auch ein wenig ärgerlich darüber, dass es anscheinend schon wieder etwas gab, was man vor mir geheim hielt.

Der Großmeister reichte das Pergament an den sabbernden Propheten auf dem Fußboden weiter. Dieser brauchte ein bisschen, bis er sich aus seiner Lethargie und der Betrachtung der Teppichfransen lösen konnte. Sein Haar hing ihm verfilzt in den Augen, er war ungewaschen und in Lumpen gehüllt. Aber die Behutsamkeit, mit der seine krallenartigen Fingernägel über den Fetzen und die schnörkelige Schrift darauf strichen, verlieh seinem Anblick den Abglanz des früheren Gelehrten. Sein Blick wurde ein wenig klarer, menschlicher. Zunächst betrachtete er mich, wie er es immer tat, ein wenig erstaunt und wissend zugleich. »Mädchen«, murmelte er und: »Stern … Herz … Welt.«

Das kannten wir schon von ihm. Doch dann legte er den Kopf in den Nacken und das Pergament auf sein Gesicht, wo der Speichel, der noch immer sein Kinn benetzte, begann, es zu durchweichen, während er die Worte, die darauf standen, stammelte: »Und wenn nicht das Mädchen den Stern bewahrt, das Herz zurückbringt, so wird die Welt vergehen durch ihre Schuld, vergehen im Reich derer, die nicht mehr sind.« Er musste die Zeilen aus den Tiefen seines Gedächtnisses heraufbeschworen haben, denn ich war mir fast sicher, dass er das Lesen in den Jahrzehnten der Einsamkeit genauso verlernt hatte wie seine Umgangsformen. Für ihn waren es vermutlich nichts als bedeutungslose Laute, die er in seiner Kehle formte.

Dreimal wiederholte er den Vers, während der Großmeister jede seiner Regungen genauestens protokollierte, dann ließ er den Fetzen sinken und blinzelte in unsere Richtung. »Mädchen!«, wiederholte er und deutete auf mich. »Ein Stern und ein Mädchen, deren Seelen verbunden …« Dann ein ängstliches »Geister?«

»Nein. Hier nicht«, sagte die Dame und trat nun ebenfalls näher. »Wir sind in Sicherheit.«

Natürlich verstand Desiderius sie nicht. Dennoch krabbelte er in ihre Richtung, schnupperte in der Luft, als nähme er eine

Witterung auf, und stieß schließlich ein triumphierendes Heulen aus, das mich zurückweichen ließ.

Die Dame hingegen blieb vollkommen regungslos, als der alte Mann zu ihr kroch und mit den faltigen Händen nach ihren Knöcheln griff. Sie blinzelte nicht einmal hinter ihrer Maske, als Desiderius begann, in ihren Rocksaum zu rufen: »Noch ist Leben darin … und die Stadt in den Abgrund reißt … ein kaltes Herz, das vom Himmel fiel … das schon viel zu lange andauert.«

Ich hielt den Atem an. Das war ein neuer Teil der Prophezeiung! Es klappte tatsächlich! Der Füllfederhalter des Großmeisters kratzte über die Seiten, so hastig notierte er die Worte seines Freundes.

»Noch ist Leben darin!«, rief der Prophet und stieß sich vom Boden ab. »Noch ist Leben darin!«, kreischte er und erklomm die Schultern der Dame wie ein Affe, der einen Baum hinaufkletterte. Seine scharfen Fingernägel kratzten über den Hals der Dame und hinterließen metallisch schimmernde Furchen in der hellen Haut. Dann riss er plötzlich an der Maske und schleuderte sie quer durch den Raum. Der weiße Gips segelte über den Kopf des Großmeisters und landete vor meinen Füßen.

»Von der Mutter verloren, der Tochter anvertraut«, zischte Desiderius und schwang sich zum Kronleuchter unter der Decke empor, während ich von der Maske auf dem Teppich in das Gesicht der Frau starrte, die sie getragen hatte.

Keuchend und nackt stand sie da. Beim Anblick ihrer Züge wurde mir schwindelig. Ich kannte diese Nase, die Wangen, diese

Brauen. Ich kannte sie nur zu gut, wenn ich sie auch seit meinem siebten Lebensjahr nicht mehr gesehen hatte.

Vor mir stand meine Mutter.

Meine Mutter, die mit drei hastigen Schritten bei mir war und ihre Maske aufhob. Meine Mutter, die noch genauso aussah wie an jenem Tag, als sie meinen Vater und mich verlassen hatte.

Mein Mund klappte auf und wieder zu, doch kein Ton kam über meine Lippen. Der Großmeister trat neben mich und legte seine Hand auf meine Schulter, doch ich schüttelte sie ab.

»Ich bin deine Mutter«, sagte die Dame und ich nickte abgehackt. Inzwischen zitterte ich am ganzen Körper. Dabei hatte ich mir ein Wiedersehen mit ihr so oft ausgemalt. In meiner Fantasie war ich ihr schon unzählige Male begegnet, auf dem Heimweg von der Schule, an der Supermarktkasse, auf Klassenfahrt oder im Urlaub. Fast meine ganze Kindheit hindurch hatte ich mir eingeredet, dass es einen plausiblen Grund gab, warum meine Mutter verschwunden war, dass sie es nicht freiwillig getan hatte und mich genauso vermisste wie ich sie.

Doch das war eine Lüge gewesen. Meine Mutter war nun schon seit Monaten in meiner unmittelbaren Nähe gewesen. Meine Mutter schloss mich nicht weinend in die Arme, stattdessen schob sie die Maske zurück in ihr Gesicht und rieb sich unsicher über die Oberarme. Ich blinzelte die Tränen fort, die mir in die Augen schossen, und zwang mich dazu, sie anzusehen.

»Was hat das zu bedeuten?«, fragte ich tonlos.

»Kannst du dir das nicht denken?«, fragte die Dame. »Was meinst du, warum kannst du den Weißen Löwen spüren?«

Ich seufzte. »Weil er in Wahrheit das Herz meiner Mutter ist.«

Die Dame nickte. »Er stürzte in der Sekunde deiner Geburt vom Himmel, weil es wohl das ist, was eine Mutter ihrem Kind mitgeben sollte: ihre Liebe!«

Die Stimme der Dame klang brüchig, genau wie meine, als ich weitersprach: »Aber warum … versteckst du dich hier vor Papa und mir? Warum darf niemand wissen, wer du bist? Warum hast du uns verlassen?«

Die Dame griff nach der Sessellehne neben sich und atmete ein paarmal tief durch. »Alles ist miteinander verbunden, Flora«, begann sie schließlich. »Jeder meiner unsterblichen Atemzüge kostet die Schattenwelt unendlich viel Energie. Deshalb glaube ich schon seit einigen Jahren, dass ich diejenige bin, die das Nichts anzieht. Zuerst war es nur eine Vermutung, doch bei der letzten großen Nichtsbewegung war ich mir schließlich sicher und beschloss, dass es besser sein würde, mich hinter dicken Mauern zu verbergen, die mich zumindest ein wenig vor dem Nichts abschirmen, und keinen Schritt mehr als nötig vor die Türen dieser Kathedrale zu setzen.« Tränen glitzerten in ihren Augen, als sie weitersprach. »Ich bin diejenige, die das Nichts auf Eisenheim zutreibt. Das Energievakuum, das ich allein durch meine Existenz erzeuge, zieht es an wie ein Magnet. Aber ich kann nicht sterben. Ich kann nichts tun außer versuchen, das Unheil einzudämmen, indem ich mich ruhig verhalte. Deshalb konnte ich nicht bei euch bleiben, weder in dieser noch in der realen Welt. Nicht mit dieser Schuld, die auf meinen Schultern lastet. Ich habe bereits so viele Seelen auf dem Gewissen.«

Ich schüttelte den Kopf. »Aber nicht du hast das Nichts in diese Welt gebracht. Es war der Eiserne Kanzler. Er trägt die Verantwortung für das alles.«

Ohne es zu bemerken, hatte ich mich auf meine Mutter zubewegt und ihre Hand ergriffen, die nun kühl in meiner lag und ein wenig zitterte.

»Und wenn nicht das Mädchen den Stern bewahrt, das Herz zurückbringt, so wird die Welt vergehen durch ihre Schuld, vergehen im Reich derer, die nicht mehr sind«, murmelte sie. »Damit bist nicht du gemeint, Flora, sondern ich. Ich bin diejenige, die dafür sorgt, dass das Nichts uns alle früher oder später verschlingen wird.«

»Nein«, flüsterte ich und tastete nach ihrer Hand. Meine Mutter zog sie nicht weg. »Das werden wir nicht zulassen«, sagte ich.

»Bitte verrate deinem Vater nichts, ja? Er wird nicht verstehen, dass ich euch auch in der realen Welt im Stich lassen musste, weil so viel Schuld auf mir lastet und ich ihm nicht mehr in die Augen sehen konnte«, erklärte sie heiser, während Fluvius Grindeaut noch immer eifrig in seinem Notizbuch herumkritzelte.

»Einverstanden«, sagte ich, als der Boden unter unseren Füßen sich plötzlich bewegte.

Die Kathedrale erzitterte in ihren Grundfesten.

So rasch wir konnten, stürzten wir ins Freie. Der Großmeister trug den verrückten Gelehrten huckepack, während meine Mutter und ich vorauseilten und die Türen für die beiden aufhielten. Als wir den Platz vor der Kathedrale erreichten, hatten sich dort bereits einige Dienstboten und diejenigen Kämpfer versammelt, deren Erkundungstouren wie meine beendet waren. Alle drängten sie sich vor dem Portal zusammen und starrten angstvoll auf die sich bauschenden Massen des Nichts am Rande des Platzes. Noch immer bebte die Erde, sodass wir uns aneinander festhalten mussten, um auf den Füßen zu bleiben. Allerdings lag der Teil des Nichts, der uns am nächsten war, vollkommen ruhig da.

»Vielleicht kommt die Stadt heute Nacht noch einmal davon«, sagte einer der Kammerdiener zu meiner Linken. Eines der Mädchen wollte ihm zustimmen, brach dann jedoch mitten im Satz ab.

»Nein«, wisperte ich in die plötzliche Stille und deutete Richtung Norden. Ein Dutzend Köpfe wandte sich um und beobachteten mit mir, wie das Nichts sich einen gewaltigen Bissen Eisenheims einverleibte. Einige Meilen entfernt, dort, wo der Krawoster Grund den Horizont berührte, schlug es zu. Gnadenlos. Grausam. Und zugleich anmutig. Zuerst türmten sich die gewaltigen Schwaden in den Himmel auf, kilometerhoch. Dann wölbten sie sich langsam nach vorn, beugten sich über die ersten Häuser und verharrten dort, als wollten sie lediglich nach dem Rechten sehen, bevor sie sich schließlich über das Leben senkten wie ein Tsunami. Die Siedlung der Arbeiter war zu weit entfernt, als dass wir hätten erkennen können, wie groß das Ausmaß der Verluste tatsächlich war. Doch es musste verheerend sein.

Desiderius, der sich noch immer an Fluvius Grindeauts Schultern klammerte, stieß einen durchdringenden Schrei aus. Sein

Wehklagen zerschnitt das fassungslose Schweigen. Meine Mutter taumelte rückwärts gegen die prunkvolle Fassade Notre-Dames.

»Hätte ich mich doch nur nicht so aufgeregt«, murmelte sie mit geschlossenen Augen.

»Wir wissen noch immer nicht, ob es wirklich Ihre Schuld ist«, beeilte sich der Großmeister zu sagen.

»Doch«, flüsterte meine Mutter hinter ihrer Maske. »Das ist es. Ich bringe dieser Welt nichts als Verderben.« Sie stürzte so hastig zurück ins Innere der Kathedrale, dass sie beinahe Madame Mafalda umgerissen hätte, die erst jetzt nach draußen trat.

»Was ist passiert?«, keuchte sie.

Ihr Bruder antwortete ihr mit einem Blick, der dafür sorgte, dass ihr farbloses Gesicht noch eine Spur blasser wurde. Der Großmeister überließ ihr den mageren Gelehrten und machte sich auf den Weg zu meinem Vater, um einen Krisenstab einzuberufen. Selbstverständlich würde ich ihn begleiten. Doch als ich ihm zum Ankerplatz seines Luftschiffes folgen wollte, lösten sich zwei weitere Gestalten aus dem Häusermeer. Die eine hatte das lange Haar zu einem Knoten gebunden und trug ein Gesicht voller Narben. Die andere war groß und bleich. Weißblondes Haar fiel ihr in die Stirn.

Ich rannte zu Amadé und Marian hinüber. Beide wirkten abgekämpft, Marian atmete schwer, Schweißperlen rannen über Amadés zerfurchte Stirn.

»Marian!«, rief ich und wäre ihm am liebsten um den Hals gefallen, doch etwas in seinem Blick hielt mich davon ab. Ein neuer Abgrund. Etwas Grauenhaftes, das sich darin spiegelte. Mit den Fingerspitzen berührte ich die Ärmel seines zerschlissenen Schutzanzugs. »Wo warst du denn?«, fragte ich.

Marian antwortete nicht. Vielleicht war dies auch der falsche Zeitpunkt. Ich hatte eben immerhin herausgefunden, dass die Dame meine Mutter und vermutlich für all das, was vor sich ging, verantwortlich war. Der Prophet hatte endlich mehr von seiner Prophezeiung preisgegeben und das Nichts – ich schluckte – das Nichts hatte gerade vermutlich Hunderte von Seelen in den Tod gerissen. Wir konnten auch später noch klären, wo Marians Seele sich in der letzten Zeit aufgehalten hatte.

»Flora?«, rief der Großmeister. »Wir müssen uns beeilen.«

»Ich komme sofort«, entgegnete ich. Mein Blick wanderte von Marian zu Amadé und wieder zurück.

»Ich bin ihm im Krawoster Grund über den Weg gelaufen. Seine Seele muss sich durch das Nichts zurückgeschleppt und dann einige Wochen lang im Haus seiner Eltern aufgehalten haben, bis er wieder kräftig genug war aufzustehen«, sagte Amadé.

Ich runzelte die Brauen. »Das kann nicht sein. Ich war heute erst dort«, wandte ich ein. »Alles war von einer dicken Staubschicht überzogen.«

Marian presste die Kiefer aufeinander, als ich versuchte, den Abgrund in seinen Augen zu ergründen.

»Hoheit?«, rief der Großmeister, der mich sonst niemals so förmlich ansprach. »Wir müssen zum Fürsten.«

Ich seufzte. »Schön jedenfalls, dass du auch in dieser Welt wieder da bist«, sagte ich. Dann folgte ich Fluvius Grindeaut, um mich mit meinem Vater zu beraten.

21
DIE PROPHEZEIUNG

Die folgenden Nächte verbrachten wir damit, die Seelen von Schlafenden wie Wandernden in die inneren Stadtteile umzusiedeln. Einigen konnten wir Wohnungen in den leer stehenden Straßenzügen rund um den Palasthügel anbieten, die meisten jedoch mussten zunächst mit hastig errichteten Notunterkünften vorliebnehmen, etwa am Ufer des Hades, wo sich vor Kurzem noch die Pyramiden von Giseh in den Himmel emporgehoben hatten. Der Graue Bund organisierte die Umzüge geduldig. Dennoch hatten wir immer wieder mit überfüllten Straßen und Gedrängel zu kämpfen. Es waren einfach viel zu viele Menschen, die wir in Sicherheit bringen mussten. Nicht wenige der wohlhabenderen Bewohner Eisenheims weigerten sich, ihre Villen zu verlassen, oder versuchten, ganze Wagenladungen Schmuck, Porzellan, Teppiche und Kleidung mitzunehmen, wodurch die engen Gassen der Schattenstadt vielerorts endgültig unpassierbar wurden.

Dieses Chaos dauerte über eine Woche an. Erst eine weitere Bewegung des Nichts, bei der ein beträchtlicher Teil der Rue Monsieur Le Coq zerstört wurde, brachte die Leute wieder zur

Vernunft und uns ein wenig Zeit, um zu verschnaufen und nachzudenken.

»Eigentlich lässt der Text doch nur diese Variante zu«, sagte Madame Mafalda und legte die geschwollenen Knöchel vor dem Kaminfeuer übereinander.

»Mhm«, stimmte der Großmeister ihr zu.

Zum ersten Mal, seit Desiderius uns letzte Woche die weiteren Teile der Prophezeiung verraten hatte, saßen wir wieder im Turmzimmer in Notre-Dame zusammen und grübelten darüber, was das alles nun zu bedeuten hatte: meine Mutter, die wie eh und je ihre Maske trug, Mafalda, Fluvius und ich. Wir beugten uns über die Notizen des Großmeisters und versuchten, sie in die richtige Reihenfolge zu bringen, während der verwirrte Prophet im Nebenzimmer Kopfkissen zerriss und Marian und mein Vater draußen auf dem Platz den Kämpfern ihre Befehle für den heutigen Einsatz mitteilten.

»Ein Stern und ein Mädchen, deren Seelen verbunden, ein kaltes Herz, das vom Himmel fiel, von der Mutter verloren, der Tochter anvertraut. Noch ist Leben darin, das schon viel zu lange andauert und die Stadt in den Abgrund reißt. Und wenn nicht das Mädchen den Stern bewahrt, das Herz zurückbringt, so wird die Welt vergehen durch ihre Schuld, vergehen im Reich derer, die nicht mehr sind«, las ich mit zitternder Stimme die Variante vor, die uns am wahrscheinlichsten erschien. Meine Gedanken überschlugen sich. Mit dem Mädchen musste ich gemeint sein, der Stern war natürlich der Weiße Löwe, das alles hatte ich schon lange gewusst. Auch was die Dame erzählt hatte, stimmte also:

Der Stein war ihr Herz, das zum Himmel aufgestiegen und im Augenblick meiner Geburt zurückgekehrt und seither ein Teil von mir war. Da meine Mutter wie der Kanzler unsterblich war, sprach die Prophezeiung wohl von ihrem Leben, das schon viel zu lange andauern und die Stadt in den Abgrund reißen würde. Also war es tatsächlich meine Mutter, die dafür sorgte, dass das Nichts immer weiter auf die Stadt zukroch. Doch der letzte Teil der Weissagung ließ mich schlucken. *Und wenn nicht das Mädchen den Stein bewahrt, das Herz zurückbringt …* Das konnte doch nur eines bedeuten.

»Wir brauchen den Stein«, seufzte Fluvius Grindeaut. »Wir brauchen den verdammten Weißen Löwen, von dem wir nicht wissen, wo er verborgen liegt.«

Ich räusperte mich. »Na ja –«, begann ich, doch meine Mutter fiel mir ins Wort: »Der Stein allein wird uns nicht retten«, sagte sie. »Ich habe viele Leben gelebt in den vergangenen Jahrhunderten. Mal gab ich mich als einfache Arbeiterin aus, mal arbeitete ich als Kräuterfrau in Krummsen, mal war ich Kämpferin des Grauen Bundes und zuletzt … Ihr wisst, ich war die Fürstin.« Sie seufzte. »Seit Floras Geburt haben Kasimir und ich den Stein in den Schatzkammern des Palastes aufbewahrt. Natürlich hatte mein Mann keine Ahnung davon, was er in Wirklichkeit war. Doch wichtig ist: Ich hatte all die Jahre über Zugang zu ihm. Viele Nächte lang habe ich ihn in den Händen gehalten und versucht, meinem früheren Ich nachzuspüren. Als Flora noch klein war, habe ich ihn manchmal in ihre Hände gelegt und beobachtet, wie er ein Lächeln auf ihrem Gesicht erscheinen ließ. Doch niemals hat der Kontakt zum Stein etwas an meiner leidigen Existenz verändert. Egal, wie oft ich ihn berührte, das Nichts konnte er nicht aufhalten.«

Ich griff nach der Hand meiner Mutter und drückte sie. »Aber was hat die Prophezeiung dann zu bedeuten?«

Fluvius Grindeaut sprang auf. »Sie bedeutet trotzdem, dass wir diesen verfluchten Stein wiederbekommen müssen!«, rief er, zerrte an einer der Schubladen seines Schreibtisches und beförderte eine Flasche Schnaps zutage. »Ich wusste doch, dass es falsch war, was du getan hast, Flora! Schon damals habe ich es geahnt.«

»Damals wollten Sie den Stein für sich. Sie wollten ihn benutzen, um alle Schlafenden zu Wandernden zu machen«, erinnerte ich ihn und verschränkte die Arme vor der Brust. Ich hatte schließlich gute Gründe dafür gehabt, den Stein zu verbergen. »Außerdem – «

Der Großmeister winkte ab. »Und wenn schon, was spielt das jetzt noch für eine Rolle? Der Weiße Löwe ist für immer verloren! Ohne ihn haben wir keine Chance, das Nichts aufzuhalten.« Er trank einen großen Schluck.

»Fluvius«, ermahnte seine Schwester ihn und musterte mich mit einem so eindringlichen Blick, als ahnte sie, was ich bisher allen verschwiegen hatte. »Jetzt lasst uns doch erst einmal in Ruhe darüber nachdenken. Wir haben den Stein nicht mehr. Das ist natürlich ein Problem. Aber was wäre, wenn wir ihn hätten? Was müssten wir dann damit tun?«

Fluvius Grindeaut starrte auf die klare Flüssigkeit in der Flasche zwischen seinen Händen. »Nun, wir müssten wohl versuchen, das Experiment des Kanzlers umzukehren.«

»Wie?«, flüsterte ich. Meine Mutter schlang die Arme um ihren Oberkörper und verschränkte sie vor ihrer Brust. Dort, wo ihr mechanisches Herz schlug.

Der Großmeister runzelte die Stirn, sah erst mich an, dann seine Schwester und schließlich meine Mutter, bevor er sich räusperte und auf die Tür deutete. »Folgt mir.«

Das alchimistische Labor des Großmeisters unter den Katakomben Notre-Dames war noch genauso verwinkelt und vollgestellt wie eh und je. Der gläserne Wald klirrte und blubberte wie bei meinem ersten Besuch hier. Nur das riesige Loch in der Decke der Grotte war neu, durch das die Nebelkönigin sich gefressen hatte. Das schrottreife Wrack des Schiffes thronte auf einer kleinen Anhöhe inmitten der Wipfel aus Apparaturen und Zahnrädern. Kaum zu glauben, dass wir es darin lebend zurückgeschafft hatten. Doch dieses Mal war es etwas anderes als das Schiff, was uns hierherzog.

Fluvius Grindeaut führte uns auf verschlungenen Pfaden, die nur er zu erkennen schien, zwischen halb fertigen Erfindungen und Baumstämmen, die mit merkwürdigen Flüssigkeiten gefüllt waren, hindurch bis zu einem Tunnel, der von der Hauptgrotte in eine kleinere Höhle führte. Auch hier bestand die gesamte Einrichtung aus funkelndem Glas, das im Licht einer Traube von Magmakugeln unter der Decke schimmerte. Doch weder tröpfelte noch köchelte es irgendwo in dieser Höhle, stattdessen bedeckten gläserne Borde die Felswände bis fast hinauf zu den

Magmakugeln. Und darauf standen Bücher. Ich traute meinen Augen kaum, doch es waren Bücher aus Glas!

Der Großmeister stieg schwankend eine der durchsichtigen Leitern hinauf, die viel zu filigran wirkten, um den Körper eines Mannes zu tragen, und zog gleich einen ganzen Stapel Bücher heraus, den er auf dem Unterarm balancierte und schließlich auf den durchsichtigen Schreibtisch im Zentrum der Höhle legte.

»All die Jahre habe ich über jedes meiner Experimente Protokoll geführt«, erklärte er und schlug das oberste Werk auf. Zum Vorschein kamen hauchzarte Seiten, bedeckt mit schnörkeliger Schrift. »Natürlich habe ich nie einen ähnlichen Versuch unternommen wie der Kanzler. Aber vielleicht finde ich doch einen Hinweis darauf, wie es gehen könnte.«

Madame Mafalda kniff neben mir die Augen zusammen und stemmte die Hände in die Hüften. »Na hoffentlich«, murmelte sie.

Leider wurde schon sehr bald klar, dass uns Fluvius Grindeauts Alchemistenwissen nicht weiterbringen würde. Stunde um Stunde sahen wir ihm dabei zu, wie er in seinen alten Aufzeichnungen blätterte, den Kopf schüttelte, Whisky auf seinen Bart kleckerte und dabei immer ungehaltener wurde (vor allem, nachdem ich versucht hatte, ihm den Alkohol wegzunehmen). Nach anderthalb Nächten war es schließlich meine Mutter, die die Nerven verlor. In der einen Minute war sie noch friedlich an den Regalen entlang auf und ab marschiert, in der nächsten entriss sie dem Großmeister das Buch, in dem er gerade las, und schlug es zu. Die Seiten in seinem Innern klirrten aneinander und eine von ihnen ritzte meiner Mutter in den Finger, sodass ihr metallisch glänzendes Blut auf den Höhlenboden tropfte. Doch das schien sie überhaupt nicht zu interessieren. »Das hier hat keinen Sinn«, rief sie. »Sie haben doch niemals in Richtung Unsterblichkeit geforscht.«

»Nein, aber …« Der Großmeister tastete nach der Flasche in der Tasche seines Gewandes. Sein Blick ging an meiner Mutter vorbei ins Leere, auch als diese ihn packte und zu schütteln begann.

»Warum sagen Sie uns nicht die Wahrheit? Sie haben keine Ahnung, wie wir das Experiment rückgängig machen können, oder?«

»Mama«, versuchte ich sie zu beruhigen.

Madame Mafalda legte ihr eine fleischige Hand auf den Arm, doch meine Mutter riss sich los. »Oder?«, wiederholte sie.

Der Großmeister blinzelte so langsam, als bereite es ihm Mühe, die Augen offen zu halten. »Nein«, krächzte er schließlich und senkte den Blick. »Ich weiß es tatsächlich nicht.«

Meine Mutter ließ ihn los. Wie immer verbarg die Maske ihr Gesicht hinter leblosen Zügen aus Gips, doch ihre Schultern bebten. »Das hatte ich befürchtet. Es … es wird zu nichts führen, wenn wir noch länger hier unten bleiben. Wir vergeuden nur unsere Zeit. Das Nichts könnte jeden Augenblick wieder zuschlagen«, erklärte sie mit brüchiger Stimme. »Ich spüre es, ich werde bereits wieder schwächer und brauche neue Energie. Schon bald werden wieder Seelen sterben. Wegen mir. Durch meine Schuld! Das kann ich nicht zulassen.« Sie stieß ein Wimmern aus. »Ihr solltet einfach das verdammte mechanische Herz aus meiner Brust holen. Vielleicht hat dann alles ein Ende!«

»Nein!« Mit einem Satz war ich bei ihr. Sie wehrte sich, aber ich schlang dennoch meine Arme um sie. »Was redest du da für einen Blödsinn? Wir werden dich nicht umbringen.«

»Warum nicht?«, fragte meine Mutter. »Es stimmt, mein Leben dauert schon viel zu lange an. Könnte nicht mein Tod die Lösung sein?«

»Natürlich nicht«, rief ich. Doch zu meiner Überraschung protestierten weder der Großmeister noch seine Schwester, stattdessen tauschten die beiden einen merkwürdigen Blick, der kalte Wut in mir aufsteigen ließ. »Das kann nicht wahr sein! Sie können doch nicht ernsthaft in Erwägung ziehen …« Ich schnaubte.

»Die Prophezeiung spricht nun mal davon, dass sie es ist, die das Nichts anzieht und schon zu lange lebt«, warf der Großmeister ein. Die Runzeln um seine Augen herum glätteten sich ein wenig, als er mich ansah. »Der Gedanke ist schrecklich, Flora. Natürlich. Aber vielleicht … Ehe wir die komplette Schattenwelt untergehen lassen, sollten wir da nicht jeder noch so tragischen –«

»Was ist mit dem Stein? Was ist, wenn ihr Tod allein überhaupt nichts bringen würde? Wollen Sie das etwa riskieren? Und abgesehen davon, wir können doch niemanden *ermorden*!« Der Gedanke, meine Mutter, die so viele Jahre nicht bei mir gewesen war, gleich wieder zu verlieren, schnürte mir die Kehle zu. Mein Vater wusste doch nicht einmal, dass sie lebte! Sollte unsere Familie etwa zerstört werden, noch bevor sie überhaupt wieder zusammengefunden hatte? Sollte ein Mensch getötet werden, obwohl noch nicht einmal sicher war, dass dies das Nichts aufhalten würde? Wie konnten Madame Mafalda und Fluvius Grindeaut daran überhaupt nur denken?

»Es gibt keinen anderen Weg«, wisperte meine Mutter an meiner Schulter, doch ich schüttelte entschieden den Kopf.

»Es muss einen anderen Weg geben«, sagte ich. Niemals würde ich zulassen, dass sie starb. Niemals! Ich presste die Kiefer aufeinander. »Und ich werde ihn finden, das schwöre ich euch«, sagte ich laut. »Ich werde ihn finden, und wenn ich dafür den Eisernen Kanzler höchstpersönlich –«

Ich stockte, denn mir war soeben klar geworden, dass ich genau das tun musste. Alexander von Berg war die einzige Seele in ganz Eisenheim, die mir helfen konnte. Derjenige, der mich am meisten hasste, mein größter Feind, der alles verloren hatte, was ihm jemals wichtig gewesen war, und noch immer nichts mehr begehrte als den Weißen Löwen. Nun brauchte ich ausgerechnet seine Hilfe! Doch ich war entschlossen, sie auch zu bekommen.

»Gebt mir drei Nächte.«

Noch in derselben Nacht suchte ich die Villa am anderen Ende des Palastgartens auf. Wie bei meinem letzten Besuch saß der Eiserne Kanzler an seinem Schreibtisch im Wintergarten und schrieb an seinen Memoiren. Doch seine tadellose Kleidung war einem seidenen Morgenrock gewichen, das Haar lag in unordentlichen Wellen auf seinen Schultern und die Feder kratzte nur langsam über das Papier. Anscheinend schrieb er nur hier und dort mal ein Wort. Neben dem Manuskript türmten sich leere Kaffeetassen, denen ein schimmeliger Geruch entstieg.

»Sie lassen sich gehen«, begrüßte ich ihn.

Der Kanzler schenkte mir ein müdes Lächeln. »Ganz und gar nicht«, sagte er und legte die Feder zur Seite. »Ich bin gerade fertig geworden.«

»Ach ja?« Ich starrte auf den Stapel Papier vor ihm. Es mussten einige Hundert Blätter sein. »Dann haben Sie sich ja ganz schön rangehalten in den letzten Wochen.«

Der linke Mundwinkel des Kanzlers zuckte. »Ich hatte sonst nichts zu tun.« Er strich sich eine verknotete Locke aus der Stirn.

»Nun, ich war damit beschäftigt, die Bevölkerung zu evakuieren, damit Ihr Nichts nicht alle umbringt.«

»Verstehe.« Der Kanzler nickte. »Allerdings würde ich nicht sagen, dass es *mein* Nichts ist, das Eisenheim bedroht.«

»Nein?« Ich hob eine Augenbraue. »Ich habe inzwischen von meiner Mutter erfahren, was damals geschehen ist. Sie haben das Nichts in die Schattenwelt gebracht. Sie allein. Es geschah bei Ihrem Experiment.«

»Schon«, murmelte der Kanzler und lehnte sich in seinem Schreibtischstuhl zurück. »Aber ich habe nie verstanden, wieso. Erklären Sie es mir, Flora: Weshalb ist es plötzlich aufgetaucht? Warum bewegt es sich nun immer weiter auf die Stadt zu?«

»Das haben wir mittlerweile herausgefunden«, sagte ich und berichtete ihm von der Prophezeiung und dem, was wir bisher über ihre Bedeutung wussten. Noch während ich erzählte, erschien ein Lächeln auf dem uralten jungenhaften Gesicht.

»So, so, die gute Meta zieht es also an. Dass ich darauf nicht gekommen bin. Jetzt ergibt es einen Sinn. Ich habe der Schattenwelt damals zu viel Energie entzogen und dabei so etwas wie ein Schwarzes Loch kreiert. Die völlige Abwesenheit von Materie. Nichts.«

»Es gibt keinen Grund, deshalb so fröhlich zu sein«, beschied ich ihm.

»Natürlich nicht.« Das Lächeln verschwand. »Immerhin scheint der Weiße Löwe eine bedeutende Rolle bei alledem zu spielen. Ohne ihn … Was hast du nur für eine Dummheit begangen, kleine Flora? Erkennst du nun endlich, was du angerichtet hast?« Der Kanzler stand auf und trat am Schreibtisch vorbei auf mich zu. Sein Blick hing sehnsüchtig wie eh und je an dem Gemälde über der Tür.

»Damals war es die richtige Entscheidung.«

Der Kanzler seufzte. »Nein, das war sie niemals. Aber das ist nun nicht mehr wichtig.«

»Wie meinen Sie das?«

Der Kanzler zuckte mit den Achseln und antwortete mit einer Gegenfrage: »Was führt dich zu mir, kleine Flora?«

»Hören Sie auf, mich kleine Flora zu nennen.«

»Verzeihung, Hoheit. Aber was verschafft mir die Ehre Ihres Besuchs?«

Ich holte tief Luft und zwang mich, meinem Feind in die Augen zu sehen. »Ich brauche Ihre Hilfe. Der Großmeister glaubt, wenn wir Ihr Experiment rückgängig machen und meiner Mutter ihr Herz zurückgeben würden, könnten wir das Nichts vielleicht aufhalten. Bloß weiß niemand außer Ihnen, wie das gehen könnte.«

Der Kanzler runzelte die Stirn. »Abgesehen davon, dass man dazu den Stein bräuchte.«

Ich nagte an meiner Unterlippe und konnte nicht glauben, was ich da tat, doch ich tat es. »Darum könnte ich mich kümmern.«

»Nein!« Die Augen des Kanzlers weiteten sich. Er tat einen weiteren Schritt auf mich zu und legte seine Hände auf meine Schultern. »Sollte es etwa … Kann es denn sein, dass …« Er leckte sich die Lippen. »Ist das wahr?«

Mein Blick war Antwort genug. Und obwohl ich gerade meinem ärgsten Feind mein größtes Geheimnis offenbart hatte, fürchtete ich mich nicht, versuchte nicht einmal, mich seinem Griff zu entwinden. Das Blatt hatte sich gewendet. Der Kanzler war entmachtet worden. Vor mir stand ein alter Mann im Bademantel.

»Was für ein Bluff!« Ohne Vorwarnung und mit deutlich mehr Kraft, als ich ihm zugetraut hatte, packte er mich und wirbelte mich im Kreis herum. »Das ist ja großartig!«

»Kann schon sein«, sagte ich, kaum dass meine Füße wieder auf dem Boden standen, und verschränkte die Arme vor der Brust. »Aber was ist nun mit dem Experiment? Helfen Sie mir oder nicht?«

Der Kanzler betrachtete mich einen Augenblick lang, dann nickte er. »Ja«, sagte er und begann beiläufig die alten Kaffeetassen von seinem Schreibtisch zu sammeln. »Allerdings hat meine Hilfe einen Preis.«

Ich seufzte. »Ich werde Ihnen den Stein niemals überlassen, das muss Ihnen doch klar sein. Sie werden nicht einmal in seine Nähe kommen.«

»Wie soll ich dann das Experiment umkehren? Das kann ich nicht tun ohne den Weißen Löwen.« Er stapelte die Tassen auf einem silbernen Servierwagen. Porzellan klirrte an Porzellan.

Da es in der Prophezeiung hieß, dass meine Mutter ihr Herz zurückbekommen sollte, war an seinen Worten wohl etwas dran.

»Würden Sie mir eventuell aufmachen?« Der Kanzler schob den Wagen zu einer niedrigen Tür am anderen Ende des Wintergartens. Ich folgte ihm in eine winzige Küche, die zur Hälfte von einer alchimistischen Apparatur eingenommen wurde. Der Geruch muffiger Kaffeebohnen lag in der Luft. War das etwa eine Kaffeemaschine?

»Sie müssen mir erklären, wie es geht. Ich mache es dann.«

»Bei allem Respekt, Hoheit, das wäre viel zu kompliziert. Nein, es geht nicht anders, ich selbst müsste es tun.« Er öffnete einen Hahn über einem marmornen Becken und begann abzuwaschen.

»Ich werde Ihnen niemals trauen«, sagte ich.

Der Kanzler reichte mir ein Trockentuch. »Ich weiß. Und doch wird es notwendig sein.« Er schenkte mir ein aufmunterndes Lächeln. »Ich werde Ihnen helfen, indem ich es Ihnen leichter mache und Ihnen etwas gestehe: In den letzten Wochen und Monaten ist mir klar geworden, dass es noch etwas anderes gibt, was ich begehre. Mein Preis ist nicht der Stein. Schon vor langer Zeit habe ich herausgefunden, dass es noch eine andere Möglichkeit für mich gibt, in die reale Welt zurückzukehren. Wegen gewisser

Nebenwirkungen hatte ich diese Möglichkeit bisher allerdings nie in Erwägung gezogen. Doch nun, da mir hier nichts mehr bleibt …« Er ließ eine schmutzige Tasse im Spülwasser versinken und sah mich an.

Ich runzelte die Stirn. »Woher weiß ich, dass Sie mich nicht belügen?«

»Das können Sie nicht wissen, Hoheit. Aber ich gebe Ihnen mein Ehrenwort. Wenn Sie mir helfen, in die reale Welt zu gelangen, werde ich Meta ihr Herz zurückgeben.«

»Und wie genau würde das funktionieren? Was müsste ich tun?«

Das Spülwasser gluckste, als der Kanzler eine Tasse darin abrieb. Er gab sie mir zum Abtrocknen. »Nun, wie Sie wissen, ist es möglich, kleine Gegenstände aus der Schattenwelt mit in die Realität zu nehmen.«

Ich erinnerte mich an die Sichel, die mir Barnabas untergeschoben hatte, um mich auszuspionieren, und nickte.

»Dies ist angeblich auch umgekehrt möglich. Ein Wandernder namens Arif behauptet das Geheimnis der Transportation zu kennen.«

Ich nickte knapp, das merkwürdige Gespräch auf dem Atelierfest hatte ich nicht vergessen. »Ich soll Ihnen also etwas aus der realen Welt besorgen?«

Er nickte. »Exakt. Nun, da ich keine Schattenreiter mehr habe, brauche ich jemanden, der herausfindet, wie es geht und das Ganze dann für mich tut. Diese Tasse ist jetzt übrigens trocken genug.« Er nahm mir das Gefäß aus der Hand.

»Was wollen Sie haben?«

Der Kanzler senkte die Stimme zu einem Flüstern. »Einen meiner Knochen.«

»*Was?*«

»Meine Familie lebte damals in Köln. Soweit ich weiß, haben meine Verwandten meine sterblichen Überreste zu Beginn des 19. Jahrhunderts in eine Familiengruft auf dem Melatenfriedhof überführt. Ein Fingerknochen würde ausreichen. Ich brauche einen Teil meines früheren Körpers, um ihn wieder mit meiner Seele zu verbinden. Nur so kann ich zurück in die reale Welt wandern.«

»Sie wollen, dass ich Ihr Skelett ausgrabe?« Bei dem Gedanken kroch eine Gänsehaut über meinen Nacken.

Doch Alexander von Berg zuckte bloß mit den Achseln. »Und Sie wollen, dass ich Ihnen helfe, das Nichts aufzuhalten. Das ist mein Preis.«

Ich atmete tief durch. »Also gut«, sagte ich und streckte ihm die Hand hin. »Dann tun wir es.«

»Abgemacht.« Grinsend schlug der Kanzler ein und jagte mir damit einen weiteren Schauer über den Rücken. Mir war alles andere als wohl bei dieser Sache. Der Gedanke, einen Toten auszugraben und seinen Knochen unter meiner Zunge zu transportieren, erschreckte mich; jedoch nicht so sehr wie die Vorstellung, das Leben meiner Mutter, die Zukunft Eisenheims und den Weißen Löwen in die Hände des Eisernen Kanzlers zu legen. Doch mir blieb keine andere Wahl. Allerdings war da noch eine Frage, die mir auf der Seele brannte: »Wenn Sie das Experiment umkehren und meiner Mutter ihr Herz zurückgeben, dann wird sie dabei doch nicht … *sterben*, oder?«

Mein ehemaliger Erzfeind wiegte den Kopf hin und her. »Schwer zu sagen, wie es ausgehen wird«, antwortete er. »Bisher hat noch niemand etwas Derartiges versucht.«

»Aber Sie werden es doch nicht darauf anlegen –«, wollte ich mich versichern.

Doch in diesem Moment seufzte der Kanzler und deutete auf das Wandbord, auf dem er seine nun wieder sauberen Kaffeetassen aufgereiht hatte. »Tja, das war wohl umsonst.«

»Was?«, fragte ich, als plötzlich die Erde unter unseren Füßen erbebte. Wir schafften es gerade noch, vor dem herunterstürzenden Porzellan in Deckung zu gehen. Es zerschellte auf dem Fliesenboden in unzählige Scherben.

22
GEGEN DAS NICHTS

Als ich am nächsten Morgen aufwachte, brummte mir der Schädel. Sämtliche meiner Glieder schmerzten und die Welt flimmerte vor meinen Augen. Was das Nichts in dieser Nacht angerichtet hatte, stellte alle vorherigen Katastrophen in den Schatten. Das Backand war vollständig zerstört worden, ebenso wie der Dunsterrost und der Stadtteil Schlotbaron mit seinen Fabriken und Bergwerken. An den Abbau dunkler Materie war nicht mehr zu denken. Auch vom Krawoster Grund existierten nur noch einige wenige Baracken, Mylchen war halbiert worden und Krummsen … Das Nichts hatte sich einen weiteren Teil der Kathedrale einverleibt und sie damit endgültig unbewohnbar gemacht. Wie viele Seelen ihm dieses Mal zum Opfer gefallen waren, konnte niemand sagen, doch es mussten Tausende sein. Wer überlebt hatte, drängte sich nun in den Notunterkünften in Graldingen und auf dem Grind. Im Grunde waren der Stadtteil östlich der Rue Monsieur le Coq und der Palasthügel alles, was noch von Eisenheim übrig geblieben war. Wenn ich noch etwas von der Schattenwelt retten wollte, würde ich mich beeilen müssen. Noch gab es die Ruinen der Pyramiden und hoffentlich auch den lackschwarzen See darunter. Aber wie lange wäre das wohl noch der Fall?

Ich wusste es nicht. Nur eines war mir mittlerweile klar geworden: Ich durfte keine Zeit mehr verlieren. In Eisenheim regierte die Panik und auch in Essen machten uns die Wandernden tagsüber die Hölle heiß. Mein Vater hing, wenn er wach war, ununterbrochen am Telefon. Ich war schon seit einer Woche nicht mehr in der Schule gewesen. Stattdessen lag auf meinem Nachttisch eine Packung Schlaftabletten. In den letzten Tagen hatte ich das Bett kaum verlassen, sondern selbst für ausreichend Schlaf gesorgt, um genügend Zeit in Eisenheim verbringen zu können.

Doch heute hatte ich etwas in der realen Welt zu erledigen. Ich verließ meinen Körper, und während meine reale Gestalt weiterhin im Bett lag und die Decke anstarrte, trat ich als flackernder Schatten ans Fenster und durch das Glas hinaus in die kühle Morgenluft. So schnell ich konnte, flog ich über die Dächer Steeles hinweg. Noch immer saß mir der Schrecken im Nacken. Nicht nur darüber, wie verheerend das Nichts Eisenheim heute Nacht getroffen, sondern vor allem über die Art und Weise, *wie* es uns angegriffen hatte. Es war nämlich nicht einfach nur weiter auf die Ränder der Stadt zugekrochen, nein! Dieses Mal war es noch tückischer vorgegangen. Denn es war von unten gekommen. Ohne Vorwarnung waren ganze Straßenzüge in der Erde versunken, weggebrochen! Menschen, die sich sicher gefühlt hatten, weil das Nichts noch meilenweit entfernt gewesen war, waren innerhalb von Sekunden in die Tiefe gestürzt. Unbemerkt musste das Ungeheuer aus fehlender Materie Fundamente aufgelöst und ganze Stadtteile unterhöhlt haben.

Nach wenigen Sekunden erreichte ich das Haus mit der klogrünen Fassade. Durch die Dachpfannen hindurch schwebte ich in Marians Wohnung. Ich fand ihn im Wohnzimmer, wo er auf der Couch lag und sich auf dem Notebook auf seinem Schoß YouTube-Videos ansah.

»Tierbabys?«, fragte ich.

Marian sah auf. »Eishockeyfouls«, antwortete er. Die Zeit, die sein Körper bewusstlos im Krankenhaus verbracht hatte, war ihm noch anzusehen. Unter seinen Augen lagen dunkle Ringe, seine Wangen wirkten hohler und noch ein wenig kantiger als sonst und die Haut über seinen Jochbeinen sah ein wenig wächsern aus. Zwar hatte man ihn vor ein paar Tagen entlassen, doch er war noch schwach und für die nächsten Wochen krankgeschrieben worden. Der Arzt hatte ihm strikte Bettruhe verordnet. Auch er schlief, so viel er konnte, und half uns dabei, die Seelen in Eisenheim zu evakuieren. Doch tagsüber brauchte sein Körper noch immer viel Erholung. Ich zweifelte daran, dass er in der Lage war, mir bei meinem Vorhaben zu helfen. Dennoch war er der einzige Mensch auf der Welt, den ich dabeihaben wollte. Denn ich wusste, ohne ihn würde ich den Tag und die kommende Nacht nicht überstehen.

Etwas in meinem Blick schien zu verraten, was ich dachte, denn Marian klappte den Laptop zu und runzelte die Stirn. »Was ist passiert?«

»Hast du … hast du das etwa nicht mitbekommen? Das Nichts …«, stammelte ich.

Marian schüttelte den Kopf. »Ich bin schon seit Stunden wach, konnte nicht mehr schlafen.«

Ich berichtete ihm, was geschehen war. Doch Marian machte auf mich keinen allzu überraschten Eindruck. »Das ist ja furchtbar«, sagte er nur und bot mir den Platz neben sich an.

»Ja«, stimmte ich ihm zu und setzte mich. »Allerdings haben wir endlich die Prophezeiung des Desiderius zusammengepuzzelt und … ich glaube, ich weiß jetzt, wie wir es aufhalten können.«

»Wie denn?«

Mein Herzschlag beschleunigte sich. Ich antwortete nicht sofort, sondern zwang mich dazu, ein paarmal tief Luft zu holen. Es war merkwürdig, schließlich hatte ich mein Geheimnis bereits dem Eisernen Kanzler verraten, da konnte ich nun auch Marian endlich die Wahrheit erzählen, oder? Ich musste es sogar tun. Und doch fürchtete ich mich mehr vor seiner Reaktion als vor der des Kanzlers. Stockend berichtete ich Marian deshalb zunächst von der Prophezeiung und meiner Mutter, von unserer Vermutung, dass man das Experiment umkehren musste, und schließlich von meinem Deal mit dem Kanzler.

»Wenn wir ihm seinen Fingerknochen bringen, hilft er uns, meiner Mutter ihr Herz zurückzugeben und das Nichts aufzuhalten«, schloss ich meine Erzählung. Marian, der mir die ganze Zeit über schweigend zugehört hatte, rührte sich nicht. Mit belegter Stimme fuhr ich fort: »Es tut mir leid, dass ich sogar dich belügen musste, was den Stein betrifft. Doch ich bin mir sicher, du weißt, warum ich nicht anders konnte.«

Marian nickte ruckartig. Dann seufzte er und schloss für einen Augenblick die Lider. »Du wusstest immer, wo der Weiße Löwe sich befindet«, stellte er fest.

»Ja«, flüsterte ich.

Als Marian mich wieder ansah, lag ein Schleier über dem Grün seiner Augen. »Du hast es mir mit Absicht verschwiegen.« Seine Mundwinkel zuckten. »Du wolltest, dass ich glaube, meine Schwester sei für immer verloren, obwohl das überhaupt nicht stimmt.«

Tränen stiegen mir in die Augen. »Doch, Marian, es stimmt und das weißt du auch«, sagte ich. »Ob der Stein nun unwiederbringlich verschwunden wäre oder nicht, für Ylva ändert das gar nichts. Du kannst ihr nicht helfen. Ich dachte, wenn ich so tue, als wäre der Weiße Löwe verschollen, würde es das für dich leichter machen.«

»Du hast doch überhaupt keine Ahnung, wie das alles für mich ist!«, rief Marian. Er sprang auf, eilte mit langen Schritten zu seiner Küchenzeile hinüber und stützte sich auf die Arbeitsplatte. Seine Schultern bebten. »Du hast mich hintergangen, Flora! Ausgerechnet du!«

»Glaubst du etwa, für mich war das schön? Ich wollte es dir sagen. Du glaubst gar nicht, wie oft ich kurz davor war, dir alles zu erzählen, wie oft ich mir gewünscht habe, dass es keine Schattenwelt und keinen Weißen Löwen gäbe und wir einfach zusammen sein könnten. Ich hasse es, dass ich deine Schwester auf dem

Gewissen haben muss und du mir das niemals wirst verzeihen können, Marian!«

»Du hättest das nicht für mich entscheiden dürfen, Flora. Es war nicht richtig von dir, mich zu belügen, nur um mich vor der Wahrheit zu beschützen!«

»Ach ja? Wer hat mich denn wochenlang über den nächsten Teil der Prophezeiung im Unklaren gelassen? Wer war im Nichts und erzählt mir noch immer nicht, was dort draußen wirklich geschehen – «

»Das ist etwas anderes«, sagte Marian, plötzlich gefährlich leise, und wandte sich wieder zu mir um. Noch immer war da dieser harte Zug um seine Lippen, doch sein Atem ging wieder ruhiger. Er verschränkte die Arme vor der Brust und sah mich an. »Du hast recht. Für Ylva ändert das alles tatsächlich nichts. Ich weiß, ich kann und darf sie nicht befreien. Und vermutlich hätte ich es versucht und damit die gesamte Schattenwelt in Gefahr gebracht, wenn du mich nicht belogen hättest.«

»Ich weiß«, sagte ich und stand auf. Anscheinend hatte etwas an meinen Worten ihn wieder halbwegs zur Vernunft gebracht. »Marian, ich bin nicht hergekommen, um dir wehzutun.« Langsam bewegte ich mich auf ihn zu. »Ich weiß, dass diese Sache wahrscheinlich für immer zwischen uns stehen wird, aber ich brauche jetzt deine Hilfe. Wir müssen den Stein zurückholen. Aber ich habe Angst. Vielleicht wird der Eiserne Kanzler mich hintergehen, vielleicht wird meine Mutter durch das Experiment getötet. Vielleicht hat das Nichts auch schon den Rest der Schattenwelt verschlungen, wenn wir uns heute Abend schlafen legen.

Vielleicht ist dann schon alles zu spät und wir sterben. Aber es gibt keine andere Möglichkeit, ich muss den Knochen besorgen und den Stein aus seinem Versteck befreien, ob ich nun will oder nicht.« Vorsichtig berührte ich Marians große Hände. Die Wärme seiner Haut fühlte sich tröstlich an auf meinen flirrenden Schattenfingern und überraschenderweise ließ er mich gewähren. Ich atmete aus. »Was ich sagen will, ist: Egal, wie es am Ende ausgehen wird, alles, was ich mir wünsche, ist, dass ich es nicht allein tun muss. Verstehst du? Ich liebe dich, Marian. Und ich brauche dich an meiner Seite.«

Marian nickte. »Also gut«, sagte er. »Dann machen wir es gemeinsam.«

Eine knappe Stunde später – Marian hatte noch geduscht und ich war nach Hause geflogen, um meinen Körper ebenfalls ins Badezimmer zu schleppen – warteten wir bereits auf die S-Bahn, die uns zum Essener Hauptbahnhof brachte. Von dort nahmen wir den Regionalexpress nach Köln, wo wir gegen Mittag das imposante Tor des Melatenfriedhofs durchschritten.

Wir hatten unterwegs nicht viel miteinander geredet, dafür waren wir viel zu schockiert gewesen von dem, was um uns herum geschah. Denn die Menschen verhielten sich merkwürdig. Der Mann, der uns in der Bahn gegenübergesessen hatte, hatte zum Beispiel über eine Stunde lang aus dem Fenster gestarrt, ohne zu blinzeln. Und eine Frau, die ihre Koffer durch den Kölner Hauptbahnhof gezogen hatte, war damit tatsächlich vor eine Wand gelaufen.

Auf dem Weg zum Friedhof waren wir außerdem an einer auffälligen Anzahl von Verkehrsunfällen vorbeigekommen, und als wir nun zwischen den Gräbern von Prominenten und imposanten Engeln aus Stein hindurchliefen, stand dort eine Oma, die geistesabwesend eine Vase befüllen wollte, obwohl diese längst voll war. Wasser spritzte nach allen Seiten, doch sie schien es überhaupt nicht zu bemerken. Erst als wir sie ansprachen, drehte sie, die Pupillen starr nach vorn gerichtet, den Hahn zu und taperte durch die entstandene Pfütze davon, als sei alles in bester Ordnung.

Es war, als wären all diese Menschen geistig überhaupt nicht anwesend. Zuerst hatten wir uns darüber gewundert, doch allmählich dämmerte es mir: Diese Leute mussten diejenigen sein, deren Seelen das Nichts heute Nacht verschlungen hatte! Sie lebten zwar noch, aber waren doch nur wie Schlafwandler in der realen Welt unterwegs.

Das Grab der Familie von Berg lag ein wenig versteckt hinter Bäumen. Dennoch war es kaum zu übersehen, denn es überragte die umliegenden Begräbnisstätten um mehrere Meter. Eigentlich war es mehr ein Mausoleum als ein Grab und es sah aus wie eine kleine Kirche. Der vordere Teil mit der schweren Eichentür wurde von einem Spitzdach bedeckt, den hinteren bildete ein achteckiger Turm, auf dessen Spitze der Tod in Gestalt einer Frau im zerfledderten Umhang aus Marmor hockte. Fenster aus buntem Glas zeigten Landschaften, Häuser und Familienmitglieder.

Eine Weile standen wir unschlüssig davor und starrten das Ding an.

»Na dann«, sagte ich schließlich. »Holen wir uns diesen blöden Knochen. Bist du bereit?«

Marian nickte und ich legte die Hand auf die schmiedeeiserne Türklinke, doch sie bewegte sich kein Stück.

Hinter mir kicherte es leise. »Dachtest du etwa, du kannst einfach so in ein Grabmal hineinspazieren?«, fragte Marian.

»Nein«, antwortete ich eine Spur zu schnell. »Natürlich nicht. Aber was machen wir jetzt?« Ich betrachtete die Fenster und überlegte, ob wir sie wohl einschlagen sollten. Doch abgesehen davon, dass sie vergittert waren, hätte wohl sogar ich Probleme damit bekommen, mich durch die winzige Öffnung zu quetschen. Mein Blick wanderte daher rasch wieder zu der massiven Tür vor uns zurück. »Hast du zufällig ein Brecheisen in deiner Hosentasche?«

»Weißt du, eigentlich ist es doch ganz leicht«, sagte Marian, schnappte sich einen großen Kiesel von einem der Nachbargräber und schleuderte ihn auf eines der Fenster. Mit einem Klirren zersprang das Bild eines Herrenhauses in Hunderte von Scherben.

»Ich glaube ja nicht, dass wir da durch …«, begann ich, wurde jedoch von einer zornigen Männerstimme unterbrochen.

»Was fällt euch ein, diese Grabstätte zu beschädigen?«

Marian und ich fuhren herum. Vor uns stand ein Mann in einer grünen Latzhose. Den größten Teil seines Gesichts verdeckte ein zotteliger Vollbart. Er setzte die Schubkarre voller Gartengeräte im Kies ab und schritt entschlossen auf uns zu. »Das hier ist kein Spielplatz, klar? Ihr könnt hier nicht einfach aus Langeweile randalieren«, rief er.

»Nein, natürlich nicht«, sagte Marian und zog mich unauffällig ein Stück rückwärts. »Das war ein Versehen.«

»Wohl eher Sachbeschädigung«, sagte der Friedhofsgärtner und zückte sein Handy. »Die Polizei wird euch schon erklären, was das ist.«

Marian nickte. »Da bin ich sicher«, sagte er und fügte kaum hörbar ein »Jetzt« hinzu.

Während der Mann den Notruf drückte, wirbelten wir herum uns stürzten los. Eine ganze Weile rannten wir zwischen den Gräbern hindurch, bis wir irgendwann erschöpft auf eine Bank am anderen Ende des Friedhofs sanken. »Wir müssen eh in Schattengestalt in das Ding einsteigen«, keuchte Marian und stützte seinen Kopf in die Hände, als würde er nachdenken. So ließ er seinen Körper dort zurück.

Endlich entknotete sich mein Hirn. Das Loch in der Scheibe brauchten wir also bloß für den Transport des Fingers! Ich beeilte mich, meine Schattengestalt anzunehmen, und schwebte ihm nach. Schon bald erreichten wir erneut das Mausoleum der von Bergs. Der Friedhofsgärtner stand noch davor und unterhielt sich mit einem Polizisten in Uniform, der vermutlich gerade von einem der Verkehrsunfälle in der Nähe herübergekommen war.

»Sie sind irgendwo in diese Richtung gerannt«, erklärte der Gärtner. »Weit können sie noch nicht sein. Sie –« Er brach ab, als wir vorbeiflogen. Marian tauchte schon durch die Türen des Grabmals, ich wollte ihm folgen.

»Wandernde seid ihr also auch noch! Das ist wirklich eine

Frechheit!«, schrie der Gärtner. »Ich werde den Schattenfürsten informieren!«

»Wie bitte?«, fragte der Polizist. »Was für ein Fürst?«

Ich drehte mich noch einmal um. »Mein Vater hat gerade echt andere Probleme, okay? Es geht hierbei zufällig um Eisenheim. Wenn Sie auch ein Wandernder sind, wissen Sie doch sicher, um wessen Grab es sich hier handelt.«

Der Gärtner strich sich über den Bart. »Natürlich weiß ich das.« Auch seine Gestalt wurde nun von einem dunklen Flirren überzogen. »Trotzdem geht es doch nicht, dass – «

»Sind Sie sicher, dass es Ihnen gut geht?«, fragte der Polizist und packte den Mann am Arm. »Vielleicht wollen Sie sich einen Moment setzen und einen Schluck Wasser trinken.«

»Nein, diese Gören brechen gerade dort ein.« Er fuchtelte mit einem Spaten in meine Richtung.

Der Polizist runzelte die Stirn.

Endlich folgte ich Marian ins Innere des Grabmals. Der Gärtner war vorerst beschäftigt.

Es roch abgestanden und muffig im Innern des Mausoleums, vermutlich war seit vielen Jahren kein Familienmitglied des Kanzlers mehr hier beigesetzt worden. Staub tanzte im schummrigen Licht. Spinnweben hingen unter der Decke und wehten nun sachte im Luftzug, der durch das kaputte Fenster hereinkam. In meinem Magen breitete sich ein Prickeln aus. Es war nicht gerade höflich, die Ruhe der Toten zu stören. Ich schwebte zu Marian hinüber und legte meine Schattenhand in seine.

Wir befanden uns genau im Zentrum des achteckigen Turmes und nun verstand ich auch, welche Bewandtnis er hatte: Jede der acht Seiten beherbergte drei übereinanderliegende Nischen und in jeder von ihnen lag einer der verblichenen von Bergs beziehungsweise das, was von ihnen übrig geblieben war. Da ich bisher nur das strahlend weiße Skelett aus dem Biologieunterricht kannte, musste ich mich erst einen Moment lang an den Anblick der fleckigen, gelblich und bräunlich verfärbten Knochen gewöhnen. In den leeren Augenhöhlen lag ein unheimliches Glimmen.

»Welcher von denen ist wohl der Kanzler?«, flüsterte ich.

Marian zuckte mit den Achseln. »Keine Ahnung. Ich würde ja sagen, der, der so gruselig grinst, aber – «

»Das machen sie alle.« Mein Seufzen hallte von den Wänden wider. Es war so still hier drin. Viel zu still. Gänsehaut kroch meinen Rücken hinab. Dennoch näherte ich mich den Toten. Langsam schwebte ich an den Nischen entlang und besah mir jedes einzelne der vierundzwanzig Skelette. Auf den ersten Blick sahen sie alle gleich aus, doch wenn man sie ein wenig genauer betrachtete … Manche von ihnen wirkten zum Beispiel noch deutlich jünger als die anderen, weniger porös und mit besseren Zähnen. Ich nahm daher an, dass sie zu Zeiten gelebt haben mussten, als man schon ein wenig auf Mundhygiene geachtet hatte. Generell schienen die Knochen älter zu sein, je weiter von der Tür weg man sie beigesetzt hatte. Außerdem gab es welche mit deutlich breiteren Wangenknochen, als sie der Eiserne Kanzler besaß.

Was mich jedoch schließlich überzeugte, war die Art und Weise, wie man die untere Nische an der Kopfseite der winzigen

Kirche gestaltet hatte. Der Tote war auf ein verblichenes Stück Samt gebettet worden und neben seinem Schädel lag ein halb zerfallener Lorbeerkranz. Als habe die Familie besonders diesen Ahnen verehrt. Ich musterte Kiefer und Wangenknochen eingehend und stellte mir das Gesicht des Eisernen Kanzlers vor. Nach ein paar Minuten war ich mir sicher.

»Das ist er«, sagte ich, konzentrierte mich, wie ich es immer tat, wenn ich nicht wollte, dass meine Füße in der Luft einsanken, und griff nach einem der dürren Fingerchen –

Plötzlich bewegte sich etwas in der Nische. Ich schrie auf und schoss rückwärts durch die Luft, bis ich gegen Marian prallte.

»Nicht der schon wieder«, murmelte dieser und tätschelte kurz meinen Oberarm. »Keine Panik, Flora. Es ist alles in Ordnung. Ich regele das.«

Er trat auf den Schatten des Friedhofsgärtners zu, der gerade durch die rückwärtige Wand des Mausoleums über die sterblichen Überreste des Eisernen Kanzlers kletterte.

»Ihr werdet jetzt sofort von hier verschwinden! Man stört die Ruhe der Toten nicht! Das ist … verboten!«

»Natürlich, das wissen wir«, sagte Marian. »Aber das hier ist ein Notfall.« Sein Kinn ruckte in meine Richtung. »Wissen Sie, wer das ist?«

Der Gärtner schüttelte den Kopf.

»Ich bin Flora Gerstmann«, sagte ich und schwebte zu den beiden hinüber.

»Die Prinzessin?«

»Wir sind mit dem Einverständnis das Kanzlers hier. Ich habe eine Abmachung mit ihm, okay? Ich kann Ihnen jetzt nicht alles erklären, aber wir arbeiten daran, das Nichts aufzuhalten, bevor es die gesamte Schattenwelt auslöscht.«

Der Gärtner kratzte sich am Hals. »Ja, jetzt erkenne ich Sie, Hoheit.«

»Gut.« Ich atmete aus.

»Also, wenn das so ist … Kann ich Ihnen helfen?«

»Ja«, sagte Marian, »indem Sie uns in Ruhe lassen.«

»Oh, äh, selbstverständlich. Ich warte dann draußen«, nuschelte der Gärtner und verschwand wieder. Kurz musste ich kichern, doch schnell nahm mich die Anspannung wieder gefangen.

Ich startete einen zweiten Versuch und griff nach dem Knöchelchen. Es fühlte sich wärmer und leichter an, als ich erwartet hatte. Übelkeit stieg in mir auf. Das hier war also einmal der Finger des Eisernen Kanzlers gewesen. Ich wollte ihn schon durch das zerbrochene Fenster hinauswerfen, da hielt Marian mich zurück.

»Warte«, flüsterte er. »Wir müssen reden.«

Ich hob die Brauen. »Jetzt? Worüber denn?«

Behutsam nahm Marian mir den Knochen des Eisernen Kanzlers aus der Hand und legte ihn auf den Boden zwischen uns, dann ließ er sich im Schneidersitz nieder und bedeutete mir, es ihm gleichzutun. Als wir beide saßen, beugte er sich sehr vorsichtig zu mir vor. Seine Finger flochten sich in meine. Er räusperte sich.

»Auf dem Weg hierher habe ich nachgedacht«, begann er. »Bevor wir das alles tun, was wir nun vorhaben zu tun, muss ich dir eine Frage stellen, und ich möchte, dass du versuchst, mich nicht falsch zu verstehen. Okay?«

Ich nickte. »Ja, gut, ich werde mich bemühen.«

Marian sah mir in die Augen. »Wo befindet sich der Weiße Löwe?«

Erschrocken biss ich mir auf die Unterlippe. »Flora?« Der Druck seiner Hände verstärkte sich. »Du solltest mich doch nicht falsch verstehen. Ich frage nicht wegen Ylva. Ich muss es nur wissen, weil ich glaube, es könnte Schwierigkeiten geben, von denen du bisher nichts weißt.«

»Was für Schwierigkeiten?« Ich hatte beschlossen, Marian von nun an zu vertrauen. Doch das war nicht so leicht, wie ich es mir wünschte. »Damals, in der Grotte, da bist du getaucht. Doch der Eiserne Kanzler hat den gesamten See absuchen lassen und an seinem Grund nicht einmal ein Staubkorn finden können. Deshalb habe ich mich schon länger gefragt – obwohl das natürlich überhaupt keinen Sinn ergibt –, ob du es nicht irgendwie geschafft hast, den Weißen Löwen unter dem See zu verstecken. Irgendwo in der Erde darunter.«

Ich blinzelte. »Dann wäre ich immer noch die Einzige, die ihn zurückholen könnte, weil ich ihn spüre. Du würdest vermutlich jahrelang Bröckchen für Bröckchen den Fels abtragen müssen, bevor du – «

»Ich will ihn nicht mehr, Flora. Wirklich.«

»Ja, ich weiß.« Ich massierte mit Daumen und Zeigefinger meine Nasenwurzel. »Bitte entschuldige. Was für Schwierigkeiten befürchtest du denn?«

Marian beugte sich noch ein Stück weiter vor, bis seine Stirn an meiner lag. Sein flirrendes Haar kitzelte über meine Schläfen. Der Geruch von finnischem Wald umfing mich. »Ich wollte eigentlich niemals darüber sprechen. Aber jetzt muss es doch sein.« Ich spürte seinen Atem auf meinen Lippen. »Du hattest recht: Ich habe die letzten Wochen in der Schattenwelt nicht im Haus meiner Eltern verbracht. Ich war draußen. Im Nichts. Und, was ich dort gesehen habe … Es existieren Wesen, von denen wir bisher nur sehr wenig wissen, Flora.«

»Geister«, wisperte ich. »Ich habe sie gesehen, als meine Mutter mich zum Schiff zurückbrachte. Sie haben versucht, die Energie der Nebelkönigin zu stehlen.« Ich dachte an die fratzenhaften Gesichter und ihre wehenden Finger aus Rauch und begann unwillkürlich zu frieren.

Marians Blick bohrte sich in meinen. »Eigentlich wollte ich mich zum Schlund durchschlagen, aber diese … Gespenster waren schneller. Sie kriegten mich, kurz nachdem unser Funkkontakt abgerissen war.« Seine Stimme zitterte, als er weitersprach. »Sie haben mich mit ihren knochigen Händen gepackt und ihre augenlosen Gesichter auf das Visier meines Helms gelegt. Es war grauenhaft. Zuerst wussten sie wohl nicht, was sie mit mir anfangen sollten. Sie interessierten sich sehr für die Energiereserven in meinem Anzug. Allerdings schafften sie es nicht, diesen zu zerstören. Ich glaube, eine Weile überlegten sie, mich in einen ihrer Brennöfen zu werfen, aber dann entschieden sie sich doch dazu, mich mit sich zu nehmen. In ihr Reich. Vielleicht, um mich später auszusaugen.«

Ich schlang meine Arme um ihn, so fest ich konnte, und zog ihn an mich. Marians Kinn ruhte nun auf meiner Schulter, seine Hände lagen auf meinem Rücken und er klammerte sich an mich, als fürchtete er, in seinen Albtraum zurückzufallen, sobald er mich losließe.

»Was soll das heißen: ihr Reich? Was sind das für Wesen?«, murmelte ich.

»Das habe ich mich zuerst auch gefragt, aber inzwischen bin ich mir sicher: Diese Geister sind die Seelen, die das Nichts sich bereits geschnappt hat. Sie sind anscheinend dazu verdammt, wieder und wieder zu Asche zu werden und neue Energie aufzuklauben, bis sie so etwas wie eine menschliche Gestalt erreichen, nur um erneut zu verbrennen. Die Stadt zieht sie an und sie vermehren sich rasant.«

Ich fuhr mir mit der Hand durch das Gesicht. »Ich habe diese komischen Öfen gesehen.«

»Ja, und die sind nur der Anfang. Sie brachten mich in ihre Höhlen aus Nichts, die sie mit schwerem Gerät in die Fundamente Eisenheims getrieben haben. Dort haben sie bereits mit dem Bau gigantischer Hochöfen begonnen. Deshalb bricht Eisenheim nun in sich zusammen. Sie haben es untergraben, höhlen es praktisch von unten aus. Und die Gespenster lauern unter der Stadt auf die anderen Seelen, die zu ihnen in die Tiefe stürzen werden.« Marians Worte verwandelten sich in ein Krächzen. »Sie sperrten mich neben einen dieser Öfen, der Tag und Nacht Asche ausspeit. Ich musste dabei zusehen, wie sie sich einer nach dem anderen in die Flammen warfen. Doch die dabei entstehende Energie lud meinen Anzug auf und hielt mich am Leben, bis mir nach Wochen endlich die Flucht gelang. Es wird nicht mehr lange dauern, bis das Nichts uns alle zu ihresgleichen machen wird.«

Die Vorstellung, dass ich selbst und alle, die ich kannte, dieses schreckliche nächtliche Dasein fristen sollten, machte mich einen Augenblick lang sprachlos. Bisher hatte ich geglaubt, der Tod wäre das Schlimmste, was uns das Nichts würde antun können. Doch nun verstand ich: Es würde uns nicht umbringen. Was uns erwartete, war schrecklicher. Die ersten Schlafenden begannen bereits, sich auch in der realen Welt in zombiehafte Wesen zu verwandeln. Was würde das Nichts aus uns Wandernden machen, die wir mit dem Fluch leben mussten, uns an jedes Detail unserer nächtlichen Existenz zu erinnern?

Doch noch gab es Hoffnung. Noch würde ich mich mit diesem Schicksal nicht abfinden. Ich nahm Marians Gesicht zwischen meine Hände und küsste ihn. »Das dürfen wir nicht zulassen«, flüsterte ich. »Wir werden den Weißen Löwen zurückholen und alldem ein Ende setzen.« Ich tastete auf dem Fußboden nach dem Fingerknochen des Eisernen Kanzlers. »Wir müssen das einfach schaffen, klar?«

Marian schloss die Augen. »Ja, das müssen wir«, sagte er. »Bloß wissen wir leider nicht, ob die Geister das Versteck des Steins nicht schon längst erreicht haben.«

23

IM REICH DER GESPENSTER

Das Nichts hatte Christabels Seele gefressen! Während ihres Mittagsschlafs. Als wir am späten Nachmittag nach Hause kamen, war sie bereits nicht mehr ansprechbar. Sie lief wie ein Zombie mit verschmiertem Lippenstift durch die Wohnung, kochte abwechselnd Tee oder führte Karatekicks gegen die Wohnzimmertür aus. Es war grauenhaft! Marian und ich bugsierten sie in den großen Ohrensessel, doch sie stand immer wieder auf. Was wir auch sagten oder taten, es drang überhaupt nicht mehr zu ihr durch.

Sobald es dunkel wurde, legten Marian und ich uns hin. Ich drückte zwei Schlaftabletten aus dem Blister und wir schluckten sie. Dann nahm ich den Finger des Eisernen Kanzlers zwischen die Lippen. Denn das hatte Arif über das Geheimnis der Transportation gesagt: Man konnte kleine Gegenstände mit nach Eisenheim nehmen, wenn man sie sich unter die Zunge legte. Einen Moment zögerte ich noch. Dieser Knochen war porös und alt und … *tot*! Das hier war ein Teil des Eisernen Kanzlers! Teil seiner Leiche! Aber mittlerweile überwog die Verzweiflung den

Ekel. Also tat ich es: Ich steckte mir den Knochen in den Mund. Der Würgereiz ließ mich keuchen. Doch zum Glück wirkten die Tabletten schnell.

Wir schliefen ein.

Während sich Marian gemeinsam mit dem Großmeister auf den Weg in die Ruinen Notre-Dames machte, um in den Überresten des Labors nach den für das Experiment des Kanzlers notwendigen Utensilien zu suchen, begab ich mich wieder einmal in den Buckingham-Palast. Bevor ich Alexander von Berg aus seiner Villa befreien konnte, musste ich meinen Vater, der sich seit vierundzwanzig Stunden durchgängig in der Schattenwelt aufhielt, um Erlaubnis bitten. Ich hatte nämlich wenig Lust, gegen ein Dutzend Kämpfer des Grauen Bundes anzutreten, um meinen Plan in die Tat umzusetzen.

Der Schattenfürst lauschte meiner Geschichte über die Prophezeiung und die Abmachung, die ich mit meinem Erzfeind getroffen hatte, allerdings nur mit halbem Ohr. Auch er hatte inzwischen davon gehört, was mit Christabel geschehen war, und stand vollkommen neben sich. Das kleinste Geräusch ließ ihn erbleichen. Immer wieder flackerten seine Lider, als drohe er, in Ohnmacht zu fallen.

Ich entschied mich daher, die wahre Identität der Dame vorerst zu verschweigen, denn ich wollte nicht riskieren, dass er vor lauter Schreck einen Herzinfarkt bekäme. Auch was Marian mir über die Geister berichtet hatte, ließ ich aus. Mein Vater konnte die Wirklichkeit schon lange nur noch häppchenweise verkraften. Und so wie er an seinem Schreibtisch hockte und sich vor- und zurückwiegte, während ich sprach, überlegte ich bei jedem einzelnen Häppchen, ob es nicht schon zu viel für ihn war. Ich war mir nicht einmal sicher, ob er überhaupt verstand, was ich ihm versuchte mitzuteilen.

Erst als ich den Fingerknochen auf die Tischplatte legte, wurde sein Blick schlagartig klarer. Er straffte die Schultern.

»Das ist sein Finger?«, fragte er ungläubig. »Und darauf hat er sich eingelassen?«

Ich nickte. »Natürlich können wir ihm nicht trauen, aber wir brauchen seine Hilfe bei dieser Sache. Das ist unsere einzige Chance. Und wir müssen es gleich tun, denn wer weiß, ob morgen überhaupt noch etwas von Eisenheim übrig ist.«

Mein Vater drehte den winzigen Knochen in seinen Händen. »Wie kann ich dir helfen?«

»Bring ihn und den Kanzler in etwa drei Stunden zu den ehemaligen Pyramiden«, sagte ich. »Ich habe Sieben geschickt, um die Dame zu benachrichtigen, und der Großmeister wird für die übrigen Vorbereitungen sorgen. Marian und ich holen den Stein. Anschließend treffen wir uns alle dort.«

Behutsam verstaute mein Vater Alexander von Bergs Finger in einer Tasche seines Gewandes. »Einverstanden.«

Eine halbe Stunde später durchquerten Marian und ich die Notunterkünfte am Ufer des Hades. Viel zu viele Seelen drängten sich hier aneinander. Schlafende, Wandernde, Frauen, Männer, Kinder, untergebracht in Zelten und sogar unter freiem Himmel. Aus ihren Gesichtern sprach die Angst vor dem Nichts, und obwohl wir uns die Kapuzen unserer Umhänge tief ins Gesicht gezogen hatten, erkannten mich ein paar von ihnen und fragten, was als Nächstes geschehen würde. Doch mehr als ein vages »Ich weiß es nicht, aber wir versuchen, das Nichts aufzuhalten« brachte ich nicht über die Lippen.

Kurz darauf erreichten wir den Platz, auf dem jahrtausendelang die Pyramiden von Giseh gestanden hatten. Wo einst mächtige Steinquader bis in den Himmel hinein übereinandergestapelt gestanden hatten, waren nur noch Gerippe geblieben, zerbrochener Fels, verkohlte Teile der Aquarien, Glassplitter. Es war das reinste Chaos. Einzig vom untersten Stockwerk der Cheopspyramide gab es noch einige Wände, hier und dort existierte sogar noch ein Stück Zwischendecke. Der Wind blies eisig durch das bröckelnde Gemäuer und wehte Schmutz und Staub über das Kopfsteinpflaster. Dennoch hatten auch hier Flüchtlinge Schutz gesucht, überall hockten oder lagen sie hinter Mauervorsprüngen und rissigem Glas. In der Luft lag ein Heulen und Scharren und Knarzen.

Zielsicher steuerten wir auf die Stelle zu, an der sich die Falltür befand, unter der eine Treppe hinab in die Grotte mit dem lackschwarzen See führte. Ein Trümmerhaufen verdeckte die Klappe im Boden, doch als wir näher traten, fiel uns auf, dass er irgendwie anders aussah als die umliegenden Schuttberge, weniger … staubig. Marian machte sich daran, den ersten Brocken beiseitezuräumen. Ich wollte ihm zur Hand gehen, aber die Art und Weise, wie das Gestein aufeinanderlag, machte mich stutzig. Dies war keine zufällige Formation, die bei der Explosion entstanden war. Nirgendwo lagen kleinere Kiesel … Nein, es sah ganz danach aus, als habe jemand den Haufen absichtlich hier aufgeschichtet, um zu verdecken, was sich darunter befand!

Mein erster Gedanke galt natürlich dem Kanzler. Doch irgendwie passte das nicht zu ihm, oder? Er ahnte, dass ich den Weißen Löwen irgendwo dort unten verborgen hatte. Aber wieso sollte er diesen Ort tarnen? Wen hoffte er damit in die Irre zu führen? Außerdem saß er in seiner Villa fest. Ich schob meine Überlegungen beiseite und machte mich daran, Marian zu helfen, denn mittlerweile waren die Pläne des Kanzlers ohnehin unwichtig geworden. Rasch hatten wir die Falltür freigelegt und stiegen die Treppe hinunter.

Das Wispern des Weißen Löwen umfing mich, kaum dass ich die Grotte betrat. Es hallte von der Decke wider und kräuselte die Oberfläche des Sees. Der Stein rief nach mir, flüsterte meinen Namen und hieß mich willkommen. Ein warmes Gefühl breitete sich in meiner Brust aus. Ich zweifelte nicht länger daran, dass er noch dort unten war, tief unter dem Fels. Der Weiße Löwe erwartete mich bereits. Ich hatte keine Augen für das Kuppelgewölbe der Grotte oder das Glitzern des Sees, plötzlich wünschte ich mir nichts dringender, als wieder vollständig zu sein. Ich sehnte mich nach dem verlorenen Teil meiner selbst und setzte bereits den ersten Fuß in das klirrend kalte Wasser, doch Marian hielt mich zurück.

»Warte«, rief er. Ich hatte Mühe, seine Stimme aus dem Säuseln des Steins herauszuhören. Verschwommen fiel mir Marians Vorschlag ein, dass wir sicherheitshalber Schutzanzüge tragen sollten, wenn wir in die Tiefe stiegen. Tatsächlich hatte er die beiden

Helme und die dazugehörige Kleidung bereits aus der Kiste, die wir mitgebracht hatten, zutage gefördert und auf den Steinen ausgebreitet. Ich griff danach, doch auch dieses Mal packte Marian mein Handgelenk.

Fragend sah ich ihn an. Sein Gesicht wirkte angespannt und seine Lippen bewegten sich, doch ich verstand nicht, was er sagte, bis ein einzelnes Wort meinen Verstand erreichte und das Rufen des Weißen Löwen zumindest für den Augenblick in den Hintergrund drängte.

»Ylva«, sagte Marian und deutete auf einen Felsen am anderen Ufer des Sees.

»Was soll das heißen? Dort drüben ist doch niemand«, widersprach ich, fuhr jedoch im selben Augenblick zusammen, als ein Brüllen die Grotte erfüllte. Es war das gleiche Heulen, das ich schon draußen auf dem Platz gehört und für den Wind gehalten hatte. Bloß dieses Mal war es sehr viel lauter. Und näher.

Marian neben mir bebte. »Sie … sie muss hier irgendwo sein!«, rief er. »Seit ich wieder zurück bin, habe ich überall nach ihr gesucht. Ylva ist hier, Flora!«

Ich nickte. Amadé musste Ylvas Seele hierher gebracht haben. Sie wusste nicht, dass sich der Kampf um den Weißen Löwen vor einigen Monaten genau hier ereignet hatte. Für sie war dies vermutlich einfach nur ein sicherer Ort für Marians Schwester, möglichst weit entfernt vom Nichts. Und einsam. Sie musste es gewesen sein, die den Einstieg zur Treppe verborgen hatte.

Allerdings war es noch immer lediglich Ylvas Brüllen, das vom anderen Ufer zu uns herüberhallte. Ihre Monstergestalt selbst konnte ich nirgendwo entdecken. In meiner Brust bildete sich ein Knoten, das Drängen des Steins wurde wieder stärker. Ich würde ihm nicht mehr lange standhalten können. Ich tastete nach Marians Hand und drückte sie. »Wir können jetzt nicht nach ihr sehen. Wir müssen uns zuerst um Eisenheim und den Stein kümmern, okay?«

Er entzog mir seine Hand. »Ich will nur kurz nachschauen, ob es ihr gut geht«, sagte er und ließ seinen Mantel fallen, um besser auf dem schmalen Felsvorsprung balancieren zu können, der um den See herumführte.

Ich trat ihm in den Weg. »Das geht jetzt nicht.« Etwas in der Tiefe unter dem See knirschte. Stein mahlte auf Stein. Der Weiße Löwe heulte in meinen Gedanken.

Marian blähte die Nasenflügel. »Sie ist meine Schwester!« Er schob mich beiseite. Die Wasseroberfläche war in Bewegung geraten. Staub rieselte von der Decke der Grotte herab. »Hier könnte jeden Moment alles einstürzen.«

»Genau!«, schrie ich und drängte mich erneut zwischen ihn und den Felsvorsprung. In meinen Ohren gellte das Kreischen des Steins. »Das Nichts kommt! Wir müssen Eisenheim retten, sonst verlierst du Ylva so oder so! Bitte, ich brauche jetzt deine Hilfe!«

Marians Schultern bebten, sein Blick klebte noch immer am gegenüberliegenden Ufer und in seinen Augen schimmerte es verdächtig. Ich schlang meine Arme um ihn. »Ich verspreche dir, dass wir alles tun, um Ylva zu retten. Ich verspreche es. Aber zuerst brauchen wir den Stein«, rief ich und wischte ihm mit den

Daumen die Tränen aus den Augenwinkeln. »Du kannst dich auf mich verlassen.«

Marian antwortete etwas, das ich nicht verstand, weil die Stimme des Weißen Löwens alles war, was ich noch hörte. Marians Kiefer mahlten aufeinander. Ruckartig wandte er sich ab und beugte sich über die Anzüge. So schnell wir konnten, zwängten wir uns hinein. Endlich stiegen wir in den lackschwarzen See.

Gemeinsam tauchten wir in die dunklen Fluten. Dabei war es gar nicht so leicht, mit dem mit Sauerstoff gefüllten Helm in die Tiefe vorzudringen. Wir mussten lange strampeln. Doch das alles registrierte ich sowieso nur noch am Rande.

In meiner Brust pulsierte die Leere, die der Weiße Löwe zurückgelassen hatte, seit wir uns getrennt hatten. Ich konnte es kaum erwarten, diese unendliche Leere wieder aufzufüllen. Und je näher ich dem Weißen Löwen kam, desto mehr von seiner Macht kehrte zu mir zurück. Ein dunkles Glühen schoss durch meine Adern und gab mir die Kraft, das Wasser hinter mir zu lassen. Ich nahm kaum wahr, wie ich in den felsigen Grund des Sees eintauchte und Marian mit mir zog. Wir schwammen durch Gestein und Sedimente, die in Millionen von Jahren aufeinandergeschichtet worden waren. Feine Adern aus Granit zogen an uns vorbei, glimmende Einschlüsse, versteinerte Insekten. Ich erinnerte mich daran, wie ich es schon einmal getan hatte, wie ich hinabgetaucht war, um den Weißen Löwen in Sicherheit zu bringen. Damals war ich kurz vor dem Ersticken gewesen, so lange hatte es gedauert, bis der Fels einer gleißenden Helligkeit gewichen war.

Dieses Mal jedoch dauerte es kaum länger als ein paar Züge, bis wir das Gestein hinter uns ließen. Und die Helligkeit war auch ein bisschen weniger weiß als beim letzten Mal, sie wirkte trübe auf mich, neblig. Schwaden umfingen uns, als wir einige Meter hinabstürzten und dann unsanft auf etwas ebenso Gräulichem landeten. Etwas, das gar nichts war. Ich war zu erschrocken, um zu schreien. Marians Befürchtung war nicht grundlos gewesen und die Anzüge hatten uns gerade das Leben gerettet. Um uns herum türmte sich in wattigen Bergen aus fehlender Materie das Nichts.

Marian fand als Erster die Sprache wieder. »Scheiße«, sagte seine Stimme tonlos in meinem Helm.

Ich quittierte es mit einem Nicken und schloss für einen Moment die Augen, um besser nachdenken zu können. Marian hatte also recht gehabt, das Nichts hatte mittlerweile vermutlich schon die ganze Stadt unterwandert. Dennoch hatte ich die ganze Zeit über nicht ein einziges Mal das Gefühl gehabt, der Weiße Löwe sei dadurch ernsthaft in Gefahr geraten. Auch jetzt noch konnte ich ihn spüren, noch deutlicher hörte ich, wie er nach mir rief. Er musste also irgendwo hier unten sein. Irgendwo inmitten des Nichts. Damals hatte ich ihn in eine Art Nest gelegt, eine Vertiefung in einem der hellen Stalagmiten, die hier unten gewachsen waren. Er hatte sich perfekt in die Mulde geschmiegt, so perfekt, dass man ihn mit bloßem Auge kaum noch hatte erkennen können. Doch nun fehlte von Stalagmiten und Stalaktiten jede Spur. Die gesamte weiße Tropfsteinhöhle war dem Nichts zum Opfer gefallen.

Aber der Stein existierte noch.

»Ich spüre den Stein, aber ich kann nicht sagen, wo er ist. Wir müssen ihn suchen.« Ich hielt Marian die Hand hin und seine Finger verschränkten sich in meine.

Langsam bahnten wir uns einen Weg durch das Nichts. In welche Richtung man auch blickte, überall sahen die trüben Schwaden gleich aus. Doch das Wispern des Steins zog mich an, unwiderstehlich säuselte er meinen Namen in mein Ohr. Als folgte ich einem unsichtbaren Faden, bewegte ich mich näher auf den verlorenen Teil meiner Seele zu und führte Marian und mich dabei tiefer und tiefer in das Nichts hinein, bis sich die nebligen Fluten schließlich lichteten.

Mein Herz pochte bis in meine Schläfen hinauf, so aufgeregt war ich, den Stein bald schon wieder bei mir zu haben. Endlich! Das Gefühl, nach Hause zu kommen, wallte in mir auf und setzte sich als flatternder Schmetterling an die Stelle zwischen meinen Schlüsselbeinen.

Doch als sich kurz darauf der Stalagmit mit dem Weißen Löwen aus dem Nichts schälte, verwandelte sich der Jubelschrei, den ich hatte ausstoßen wollen, in ein Keuchen. Denn der Stein war nicht allein! Und der Stalagmit wuchs nicht länger aus dem Fels empor, sondern thronte auf der Spitze eines gewaltigen Ofens, der von unzähligen Geistern umringt wurde. Ihre augenlosen Schädel wiegten sacht vor und zurück, während ein kehliger Gesang aus ihren Schlünden emporstieg. Ihre Finger kräuselten sich im Nebel, das Glühen des Ofens tauchte die Szenerie in ein düsteres Leuchten.

»Was machen die Dinger da?«, flüsterte ich.

»Sie beten ihren Ofen an«, murmelte Marian.

»Das auf der Spitze ist der Weiße Löwe«, erklärte ich ihm. »Siehst du? Dort in der Mulde.«

Marian nickte.

Die Geister schwebten nun paarweise an der Ofenwand hinauf und schmiegten die zerfledderten Körper für einen Augenblick an den Weißen Löwen, was einen kleinen Blitz erzeugte, der ihre Köpfe aufflackern ließ. Gleich darauf stürzten die Wesen sich in die Glut. Ihre stummen Schreie brachten das Nichts zum Flirren, als sie verbrannten, während die übrigen Gespenster ganz vertieft in ihren Chorus zu sein schienen. Noch hatten sie uns nicht bemerkt, aber wie lange würde das so bleiben?

»Meinst du, wir schaffen es unbemerkt an ihnen vorbei?«

Marian schnaubte. »Wohl kaum.« In seiner Stimme lag ein leichtes Zittern. Er räusperte sich, um es zu verbergen. »Einer von uns wird sie ablenken müssen.«

»Aber ist das nicht zu –« Gefährlich, hatte ich sagen wollen, doch Marian war bereits losgelaufen. Den Kopf gereckt, die Schultern gerade, marschierte er auf den Ring aus Geistern zu. »Warte!«, rief ich über unsere Helmmikrofone. »Du musst das nicht tun. Sie hatten dich schon einmal in ihren Klauen. Lass mich doch das Ablenkungsmanöver machen!« Ich rannte ihm nach.

»Nein!« Marian lief einfach weiter. »Du holst den Stein und erfüllst diese dämliche Prophezeiung, damit Ylva nicht stirbt, klar?«

»Klar«, sagte ich und blieb nun doch zurück.

Bereits nach ein paar Metern entdeckten die Geister Marian.

Ich erkannte es daran, dass zwei von ihnen plötzlich aufhörten zu singen und witternd den Kopf wandten. Mehrere ihrer Artgenossen taten es ihnen gleich und schnüffelten zunächst in den Schwaden, um sich Sekunden später ruckartig umzudrehen. Drei von Marians ausladenden Schritten später starrte ihn die gesamte Horde aus leeren Augenhöhlen an.

Ihr Chorus schlug um in ein rasselndes Atmen, vielleicht war es ein Tuscheln. Einen Augenblick lang hielten sie noch still und beobachteten stocksteif, wer da in ihren Bau vorgedrungen war. Sogar das Rasseln verstummte, bis einzig das Geräusch ihrer Haare, die im Nichts flatterten, noch zu hören war. Dann stürzten sie los.

Möglicherweise hätten schon ein paar von ihnen ausgereicht, um Marian zu überwältigen. Doch so dachten diese Wesen nicht: Sie taten es alle gemeinsam. Es mussten etwa fünfzig Geister sein, die nun auf ihn zurasten. Schon erreichten ihn die ersten wehenden Fingerspitzen. Marian trat und schlug wild um sich, doch seine Kampfkünste konnten nur wenig gegen diese Kreaturen ausrichten. Zwar flogen sie bei jedem Hieb ein Stück zurück, doch das schien sie nicht im Mindesten aufzuhalten. Egal, mit welcher Wucht Marian sie auch traf, sie stürzten sich unmittelbar danach wieder auf ihn. Sein Anzug und die darin verbauten Materientanks zogen sie wohl auch dieses Mal unwiderstehlich an. Einer von ihnen schaffte es nun sogar, seinen Schlund an Marians Helm zu pressen und daran zu saugen.

Ich stand wie versteinert da. Alles in mir schrie danach, Marian beizustehen. Aber gleichzeitig war da auch der Weiße Löwe, der auf der Spitze des nun verlassenen Ofens thronte. So nah! Er lockte mich mit süßlicher Stimme. Es wäre ganz leicht. Ich würde endlich wieder vollständig sein. Doch ich konnte Marian doch nicht einfach so im Stich lassen! Schon schwang sich ein weiterer Geist auf seine Schultern, verbiss sich in seinem Kragen und begann daran zu zerren. Die Biester hatten schon einmal versucht, Marians Anzug zu zerstören, und er war ihnen entkommen. Etwas sagte mir, dass ihnen dies kein zweites Mal passieren würde.

»Verdammt, Flora!«, hörte ich plötzlich Marians Stimme in meinem Helm. »Worauf wartest du? Schnapp dir endlich diesen verfluchten Stein!«

Ich nickte und rannte los. Natürlich musste ich es tun, das Schicksal beider Welten hing davon ab.

Nach einigen Sekunden erreichte ich den Ofen. Seine Wände glühten vor Hitze, doch als ich vorsichtig meine behandschuhte Hand daranlegte, fühlte ich davon nichts. Beherzt stieß ich mich ab und sprang in die Höhe. Nach einigen Metern bekam ich einen kleinen Vorsprung des Kamins zu fassen und hangelte mich von dort aus weiter. Plötzlich hatte ich wieder eine meiner allerersten Nächte in Eisenheim vor Augen. Damals, als Marian mich zum Grauen Bund gebracht hatte und an einer Häuserfassade emporgesprungen war, um mir die veränderten Naturgesetze der Schattenwelt zu demonstrieren. Das war nicht einmal ein Jahr her, doch es fühlte sich an, als wäre es in einem anderen Leben geschehen.

Die Oberfläche des Stalagmiten war bereits porös geworden und zerbröckelte unter meinen Fingern wie altes Styropor. Es würde nicht mehr lange dauern, bis das Nichts auch ihn vernichtet hätte.

Doch ich fand noch genug Halt, um weiter nach oben zu klettern, bis ich schließlich, nach all den Monaten, die ich ohne ihn hatte leben müssen, den Weißen Löwen in meine Hand schloss. Er schmiegte sich hinein, als sei er nie fort gewesen. Ein warmes Pulsieren in seinem Innern übertrug sich von der steinernen Haut des Weißen Löwen auf meinen Arm und wanderte in meine Brust hinauf, bis unsere Herzen im Gleichtakt schlugen.

Das Gefühl, wieder vollständig zu sein, war überwältigend. Beinahe hätte ich vergessen, in welcher Gefahr Marian sich befand. Doch auch er war mittlerweile ein Teil von mir geworden, und so sprang ich wieder vom Ofen, ehe ich es mir recht überlegt hatte. Die Kraft des Steins schlug Blasen in meinen Adern. Es fühlte sich an, als wären der Stein und ich zusammen ein Komet, der auf die Erde zuraste.

Verschwommen erkannte ich Marians Gestalt unter einem Haufen aus Geistern. Ihre Leiber wanden sich über seinem Körper wie ein Haufen Maden. Sie saugten und bissen und zerrten an ihm. Ein Schwall Dunkler Energie entwich irgendwo in der Nähe seiner rechten Schulter und ließ die Gespenster vor Freude aufjaulen. Dann war ich bei ihnen.

Die Kraft des Steins verstärkte meine eigene Kampfkunst um ein Vielfaches. Ich brauchte gar nicht mehr darüber nachzudenken, was Madame Mafalda mich gelehrt hatte, sondern wirbelte um meine eigene Achse, als hätte ich nie etwas anderes getan. Schon bald hatte ich Marian so weit von den Biestern befreit, dass ich ihn wieder auf die Beine ziehen konnte. Gemeinsam nahmen wir uns die Wesen vor, schüttelten sie von unseren Armen, Beinen und Schultern. Die ganze Zeit über hielt ich dabei den Weißen Löwen fest in meiner Faust, und auf welche der Gestalten ich ihn auch richtete, sie wich augenblicklich davor zurück. Es war unmöglich zu sagen, ob es Ehrfurcht oder Angst war. Die toten Gesichter verrieten es nicht.

Nach einer Weile hatten wir uns eine Armeslänge Abstand erkämpft. Doch die Geister umringten uns noch, lauerten darauf, dass wir einen Fehler machten oder die Konzentration verloren. Ihr Atem leckte an unseren Helmen.

»Wir müssen zurück«, keuchte Marian. »Aber die werden uns niemals durchlassen.«

Ich betrachtete die ausdruckslosen Fratzen um uns herum. Dies waren Wesen, die sich selbst in die Glut ihrer Öfen stürzten. Sie würden vermutlich niemals müde werden oder eine Beute wie uns davonkommen lassen. Nicht nachdem sie so unaufmerksam gewesen waren, dass Marian ihnen hatte entkommen können. Und schon gar nicht mit dem Stein. »Dann fliehst du eben nach oben«, sagte ich, öffnete die Faust mit dem Weißen Löwen und streckte Marian den Stein hin. »Nimm ihn. Ich habe dich springen sehen. Für mich ist es zu hoch. Ich werde sie aufhalten, so lange ich kann.«

Marian tastete nach dem Stein, streichelte seine raue Oberfläche. Doch er schloss behutsam meine Finger um den Weißen Löwen und schüttelte den Kopf. »Wir versuchen es zusammen oder gar nicht«, sagte er und legte seine Hände schützend um meine. Ich klammerte mich an ihn.

Wir sprangen.

Die Decke der ehemaligen Tropfsteinhöhle war unfassbar hoch, aber es funktionierte. Wir hielten den Weißen Löwen über unsere Köpfe und tatsächlich zog er uns immer weiter empor. Der Stein schien seinen Weg zu kennen und bohrte sich durch die endlos wirkenden Schwaden des Nichts. Bald umgab uns wieder Gestein. Schon rechnete ich damit, an der Oberfläche aufzutauchen, doch anstatt uns weiter hinaufzuführen, lenkte der Weiße Löwe uns eine Weile quer durch den Fels und die Fundamente der Pyramiden, bis uns schließlich wieder das Wasser des lackschwarzen Sees umspülte und der Stein nur noch leise pulsierte.

Nun rissen Marians kräftige Schwimmbewegungen mich mit und sorgten dafür, dass wir kurz darauf im Herzen der Grotte auftauchten. Wir rissen uns die schweren Helme von den Schultern, sahen einander an und küssten uns. Marians Bartstoppeln kratzten über mein Kinn und sein Haar klebte ihm schweißnass an der Stirn. Wir hatten es geschafft! Der Stein war wieder unser und die Geister hatten Marian nicht noch einmal in ihre mottenzerfressenen Finger bekommen! Doch Eisenheim war noch nicht gerettet und es war das Räuspern des Eisernen Kanzlers, das vom Ufer her zu uns drang und uns daran erinnerte.

»Na endlich«, begrüßte uns Alexander von Berg mit einem strahlenden Lächeln. Er lehnte zwischen meinem Vater und Madame Mafalda, die anscheinend mitgekommen war, um ihn zu bewachen, an der Felswand. »Haben Sie ihn, Hoheit?«

»Ja!«, rief ich über das Wasser hinweg. »Wir –« Eine Welle schwappte mir in den Mund, weil Marian mich plötzlich unterhakte und losschwamm, um uns an Land zu bringen.

Allerdings steuerte er das falsche Ufer an. Er wollte nicht zu meinem Vater und dem Kanzler. Er wollte auf die andere Seite des Sees. Das Blut rauschte in meinen Ohren. Marians Kraulbewegungen hüllten uns in aufpeitschende Tröpfchen. Doch als ich durch sie hindurchblinzelte, erkannte ich Ylvas Monstergestalt am anderen Ufer. Hinter ihr schimmerte sanft das Materiophon. Die leere Halterung für den Weißen Löwen war deutlich sichtbar.

»Was hast du vor?«, rief ich und versuchte, mich Marians Griff zu entwinden, mit dem Effekt, dass ich untertauchte und noch mehr Wasser schluckte. »Tu das nicht!« Ich hustete und drückte den Stein so fest an mich, dass es wehtat, während ich Marian mit der freien Hand bei den Haaren packte und seinen Kopf herumriss, damit er mich ansehen musste. Über seinen Augen lag ein Schleier aus Verzweiflung. Er konnte nicht klar denken, jetzt, da die Möglichkeit, Ylva endlich von ihrem Leid zu erlösen, so nah war. Ich bohrte meinen Blick in seinen.

»Du musst wieder vernünftig werden«, beschwor ich ihn. »Ich habe dir versprochen, dass wir ihr helfen. Aber wenn Eisenheim heute Nacht untergeht, ist alles zu spät. Willst du, dass deine Schwester zu einem seelenlosen Geist wird? Willst du das?« Meine Stimme überschlug sich und hallte von der Decke der Grotte wieder, von der noch immer Staub rieselte.

»Was ist bei euch los?«, rief jemand vom anderen Ufer zu uns herüber. Hastige Schritte waren zu hören.

Marian sah mich an, meine Worte brauchten anscheinend einen Augenblick, bis sie seinen Verstand erreichten. Noch immer krallte ich meine Finger in seinen Schopf, bis er schließlich die Zähne aufeinanderbiss. Doch er machte keinerlei Anstalten, mich loszulassen.

»Denk nach, Marian!« Ich versuchte, ihn zu schütteln. Nun, da der Weiße Löwe wieder bei mir war, nahm ich die Spannung, die auch in dieser Nacht in der Luft lag, überdeutlich wahr. Jedes einzelne Härchen auf meinen Unterarmen hatte sich aufgerichtet. Es war nur noch eine Frage der Zeit, bis das Nichts wieder zuschlagen würde. »Marian! Bitte!«

Endlich lockerte er seinen Griff. »Nein, das will ich natürlich nicht. Es tut mir leid, als ich sie und das Materiophon gesehen habe, ist eine Sicherung bei mir durchgebrannt. Natürlich hast du recht. Natürlich.«

»Schon gut«, sagte ich. »Komm. Wir stehen das gemeinsam durch.«

Marian streckte sich noch einmal in Ylvas Richtung. Dann schwammen wir los. So schnell wir konnten, steuerten wir das entgegengesetzte Ufer an.

»Warum seid ihr überhaupt alle hier?«, rief jemand hinter uns. War das etwa Ylva? Noch einmal wirbelten wir herum und erkannten eine weitere Gestalt, die nun neben dem Ungeheuer stand.

Amadé.

Sie musste durch die Falltür hinuntergekommen und über das schmale Sims, das um den See herumführte, balanciert sein.

»Der Himmel draußen sieht nicht gut aus«, rief Fluvius Grindeaut, der gerade die Wendeltreppe herunterkam und eine große Kiste schleppte. Meine Mutter stieg sehr langsam ebenfalls in die

Grotte hinab. Ihr war anzusehen, dass sie fürchtete, jeder Schritt würde sie dem Tod ein Stück näher bringen. Zitternd erreichte sie schließlich den Fuß der Treppe. Ihr Blick wanderte durch die Grotte und über den schwarzen See, bis sie mich fand. Ich öffnete die Faust, in der ich den Weißen Löwen hielt, sodass sie ihn sehen konnte.

Wir nickten einander zu.

Dann legte sie beide Hände an ihre Maske, nahm sie von ihrem Gesicht und ließ sie achtlos zu Boden fallen. »Also gut«, sagte sie. »Ich bin bereit.«

»Meta«, stammelte mein Vater. Es knirschte unschön, als er in Ohnmacht fiel und sich die Schulter an einem Stein stieß.

Für Marian und mich war es an der Zeit, endlich aus dem Wasser zu kommen.

24

EIN STERN UND EIN MÄDCHEN

Die Grotte erzitterte. Während Marian und ich an Land paddelten und uns gegenseitig auf das Felsplateau zogen, öffnete der Großmeister die Kiste. Zuerst beförderte er mehrere Ampullen zutage, die mit schwarz schimmernder Dunkler Materie gefüllt waren, und drückte sie meiner Mutter in die Hand. Behutsam und doch entschlossen griff sie danach. Als Nächstes zog er einen großen, flachen Gegenstand hervor und entklappte ihn zu einer Liege. Dann verbanden der Kanzler und er die Ampullen mit einem komplizierten Geflecht aus Röhrchen und Schläuchen. Zuletzt installierten die beiden einen kleinen Bunsenbrenner und schraubten eine Art silbrigen Trichter auf das äußerste der kleinen Materienfläschchen.

Marian und ich schälten uns aus unseren Schutzanzügen und halfen ihnen, die Apparatur festzuhalten, die durch das Erdbeben beängstigend hin und her wankte. Risse fraßen sich wie ein feines Spinnennetz durch die Höhlenwände bis zur Decke hinauf. Immer größere Gesteinsbrocken stürzten in den lackschwarzen See. Ein ohrenbetäubendes Mahlen und Grollen erfüllte die Grotte.

Es dauerte eine Weile, bis der Kanzler alle Stellschrauben justiert und jedes Tröpfchen Materie in Position gebracht hatte. Dann bedeutete er meiner Mutter, Platz zu nehmen. Was er sagte, verstand ich nicht bei dem Lärm.

Meine Mutter streifte im Vorbeigehen meine Hand. »Ich werde euch immer lieben. Dich und deinen Vater. Ihr seid das Wunderbarste, was mir in meinem langen Leben je passiert ist«, schrie sie neben meinem Ohr. »Vergiss das bitte nicht.«

»Das werde ich niemals«, antwortete ich. Tränen stiegen in mir auf. Ich wollte sie festhalten, wenigstens noch einmal an mich drücken. Aber sie entwand sich meinem Griff, öffnete die Knöpfe ihres Kragens und legte sich auf die Liege. Der Anblick ihrer Züge erinnerte mich daran, wie sie mir vorgelesen und mich getröstet hatte, als ich noch klein gewesen war. Jetzt jedoch sah sie hilflos aus, und so klein. Ihre schmächtige Gestalt hob sich knochig von dem weißen Polster ab, das ihr Gesicht noch blasser wirken ließ, beinahe so, als trüge sie wieder eine Maske.

Ich beugte mich zu ihr hinab und küsste ihre Wange, als plötzlich ein so gewaltiger Stoß durch das Felsplateau ging, dass ich das Gleichgewicht verlor. Beinahe wäre ich in die Versuchsapparatur gestürzt. Der Eiserne Kanzler konnte mich gerade noch auffangen.

»Haben Sie meinen Finger?«, rief er.

Ich deutete auf meinen Vater, der gerade wieder zu sich gekommen und von Madame Mafalda auf die Füße gestellt worden war. »Papa?«, schrie ich, aber er hörte mich nicht. Sein Gesicht wirkte wie Pergament kurz vor dem Reißen. So rasch es seine weichen Knie zuließen, wankte er zu uns herüber und sank auf dem Rand der Liege erneut in sich zusammen. Den Kopf legte er an die Halsbeuge meiner Mutter. »Ich dachte, du wärst tot! All die Jahre … Wieso hast du uns nur alleingelassen?«

Meine Mutter seufzte. »Ich hatte keine andere Wahl, Kasimir. Das Nichts und ich haben zu viel Schaden angerichtet und wir tun es noch. Ich konnte mit dieser Schuld nicht bei euch bleiben.« Ihr Blick wanderte an meinem Vater und mir vorbei zum Eisernen Kanzler. »Bitte, fang endlich an«, bat sie ihn. Das Mahlen und Knirschen schwoll an. Ganze Felsbrocken plumpsten nun in den See. Das Fundament der Pyramiden brach über unseren Köpfen zusammen. Fluvius und Mafalda Grindeaut beugten sich schützend über die Ampullen mit der Dunklen Materie, während Marian meinen Vater von der Liege wegführte. Es war so weit. Meine Hand schloss sich fester um den Weißen Löwen. »Tun wir es«, schrie ich dem Eisernen Kanzler zu.

»Zuerst will ich meinen Finger sehen«, forderte dieser.

Ich zupfte meinen Vater am Ärmel, aber der reagierte noch immer nicht. Auch nicht, als ich die Taschen seines Mantels durchsuchte, bis ich den kleinen Knochen schließlich ertastete. Ich streckte ihn dem Eisernen Kanzler entgegen.

»Hier ist er«, rief ich. Aber als er danach greifen wollte, verstaute ich ihn vorsorglich in meiner Hosentasche. »Ich werde ihn behalten, bis alles vollbracht ist«, erklärte ich ihm und seufzte. Mein Vater war mal wieder zu nichts zu gebrauchen. Eigentlich hatte ich verhindern wollen, Stein und Finger gleichzeitig bei mir zu tragen, damit sich nicht beide Dinge, die der Kanzler mehr begehrte als alles andere, in meinem Besitz befanden. Doch Alexander von Berg zuckte nur mit den Achseln. »Von mir aus.« Er machte sich daran, gläserne Saugnäpfe an den Schläfen und auf der Brust meiner Mutter zu befestigen. Nach und nach klemmte er die Schläuche und Röhrchen daran.

Wieder erbebte die Erde. Marian schlang die Arme um meine Taille und verhinderte, dass ich stolperte, während Madame Mafalda ihren Bruder davor bewahrte, in den See geschleudert zu werden. Mein Vater suchte hinter der Kiste des Großmeisters Schutz. Ylvas Seele stieß ein ohrenbetäubendes Brüllen aus, als das lackschwarze Wasser zwischen uns zu brodeln begann. Die eisigen Fluten warfen Blasen, zischten sogar!

»Ich bräuchte dann jetzt den Weißen –« schnarrte die Stimme des Eisernen Kanzlers neben uns.

In diesem Moment zerbarst der See.

Etwas in der Tiefe darunter brach weg. Die Wasseroberfläche zersprang in tausend Scherben, von denen eine jede das gleiche grauenhafte Bild zeigte: nichts.

Das Nichts war gekommen. Wie eine Rauchsäule wuchs es am anderen Ende des Sees aus den Wellen empor. Dick wie ein Mammutbaum schraubte es sich in die Höhe, durchbohrte die gewölbte Decke der Grotte und alles, was sich darüber befand. Vielleicht sogar den Himmel.

Und es kam nicht allein.

In den Schwaden hingen entstellte Gesichter und flatterndes Haar. Geister. Sie mussten uns gefolgt sein. Ihre flackernden Arme reichten bereits gefährlich nahe an das Ufer heran, an dem sich Amadé und Marians Schwester befanden. Ylva verstand nicht, was vor sich ging, und tobte vor Angst. Amadé stemmte sich gegen die stampfende Ylva und wollte sie wieder zurück in ihre Höhle drängen, doch das Monster war stark und Amadé unachtsam. Sie lehnte sich gegen den schuppigen Leib, um ihn von der Felskante wegzuschieben. Dabei geriet ihr langes Haar in den Sog des Nichts. Dürre Finger verfingen sich darin. Zerrten. Rissen. Das Nichts toste.

Amadé schrie auf, ihr Rücken bog sich auf den See hinaus. Sie verlor den Boden unter den Füßen.

»NEIN!«, brüllte ich und wollte losstürzen. »Amadé!« Aber Marian hielt mich zurück.

»Du kannst nichts tun«, sagte er. »Wir können ihr nicht mehr helfen. Ihr nicht und auch Ylva nicht, wenn sie nicht endlich abhaut.« Der Schmerz, der in seinen Worten lag, bohrte sich in meine Brust wie ein Messer. Das rasselnde Atmen der Geister ertönte, es schien voller Vorfreude zu sein. Nun griffen die Knochenhände auch nach Amadés Gesicht, ihren Schultern.

Ohne Vorwarnung sprang Fluvius Grindeaut ins Wasser. Er versuchte, zu seiner Tochter hinüberzuschwimmen, doch die Strömung, die das Nichts verursacht hatte, ließ ihn immer wieder abtreiben. Dann verschwand Amadés Körper im Nichts. Der Nebel umhüllte sie wie ein Kokon, bis wir sie nicht mehr sehen konnten.

»Amadé!«, flüsterte ich. Das Tosen des Nichts war plötzlich fern, als hätte ich meinen Kopf in den lackschwarzen See gesteckt. Ich hörte Marians Stimme, sah sein Gesicht und die sich bewegenden Lippen, konnte seinen Worten jedoch keine Bedeutung zuordnen. Das Nichts unter der Decke flockte zu kleinen Schäfchenwolken aus, die durcheinanderwirbelten und immer neue Muster bildeten. Um mich her rannten Gestalten. Verschwommen sah ich, wie Ylvas Monstergestalt am anderen Ufer zurücktaumelte und sich auf den Fels fallen ließ. Jemand rempelte mich an. Verwundert stellte ich fest, dass es mein Vater war, der zusammen mit Marian den bewusstlosen Großmeister an Land hievte und danach damit begann, mich zu schütteln. Ich blinzelte benommen und da endlich kehrte die normale Lautstärke der Welt zurück.

»…ssen uns beeilen!«, rief mein Vater.

Ich nickte und machte mich von ihm los. Etwas Warmes rann über meine Hand. Blut. Ich musste den Weißen Löwen so fest an mich gepresst haben, dass die Ecke, an der ein Splitter aus ihm herausgebrochen worden war, mir ins Fleisch geschnitten hatte. Aber das war jetzt egal. Entschlossen stapfte ich zum Eisernen Kanzler hinüber und streckte ihm die Faust mit dem Stein entgegen.

Seine uralten Augen. »Nun ist es also so weit«, sagte er und streckte ebenfalls die Hand aus.

Instinktiv wollte ich zurückweichen, aber ich tat es nicht. Das Nichts wuchs, es bauschte sich über dem See, bis er gänzlich verschwunden war. Ich suchte nach Marians Blick, doch der kümmerte sich noch immer um die Wunden des Großmeisters, und auch Madame Mafalda und mein Vater bemerkten nicht, was vor sich ging. Meine Mutter hielt die Lider geschlossen und zitterte am ganzen Körper. Ich schluckte. Dies war allein meine Entscheidung. Sie war es immer gewesen.

Der Kanzler lächelte mich an.

Der Stein in meiner Hand wirkte so unscheinbar, nicht mehr als ein Stück Fels. Und doch war er so viel mehr. Dieser Stein war mächtig. Er war dazu in der Lage, Ylva zu befreien, alle Schlafenden in Wandernde zu verwandeln, konnte sogar ein Tor in die reale Welt schaffen. Und vielleicht würde er uns auch dabei helfen, das Nichts aufzuhalten.

Noch vor wenigen Tagen hatte ich geglaubt, ihn dem Eisernen Kanzler zu überlassen, wäre das Letzte, was ich tun würde. Das Schicksal Eisenheims hatte davon abgehangen, dass Alexander von Berg ihn niemals bekam. Mit den Fingerspitzen strich ich über die rauen Kanten des Weißen Löwen. Nun war plötzlich alles anders. Nun würde Eisenheim untergehen, wenn ich es nicht tat. Ich musste dem Eisernen Kanzler geben, was ich ihm niemals hatte geben wollen. Mir blieb keine Wahl. Unendlich langsam öffnete ich meine Faust.

Die bleichen Finger des Kanzlers streiften meine. Das Gewicht des Steins verschwand aus meiner Hand und ließ sie seltsam leer und unvollständig zurück, während der Kanzler seine Beute für einen Augenblick an seine Wange legte und die Augen schloss.

»Endlich«, flüsterte er. Würde er nun losstürzen und den Stein in das Materiophon einsetzen, um sein ersehntes Tor zu öffnen? Mit geschmeidigen Schritten balancierte er zwischen herabstürzendem Geröll zu meiner Mutter und seinem alchemistischen Versuchsaufbau zurück. Hielt er sein Wort?

Das Nichts fraß bereits an dem Felsplateau, auf dem wir standen, und das Knirschen und Dröhnen der restlichen Fundamente über unseren Köpfen verhieß nichts Gutes. Möglicherweise war diese Grotte alles, was noch von Eisenheim übrig geblieben war. Vielleicht wäre auch sie schon in ein paar Minuten Geschichte. Dann bliebe nichts mehr, was wir retten konnten. Ich krallte meine Fingernägel in meine Wangen und zwang mich dazu weiterzuatmen.

Der Eiserne Kanzler legte den Weißen Löwen so vorsichtig in den silbrigen Trichter am Rand der Kiste, als bestünde er aus Glas. Dann öffnete er einen winzigen Hahn, der dafür sorgte, dass die Dunkle Materie in den Röhrchen und Schläuchen zu fließen begann. Er nickte uns zu.

Marian trat neben mich. Behutsam legte er seine großen Hände auf meine und zog sie von meinem Gesicht an seine Brust.

Wir warteten.

Selbst das Rauschen des Nichts schien innezuhalten, während die Dunkle Materie tröpfchenweise auf den Stein zufloss, ihn umhüllte. Ein finsteres Glühen entstieg dem Trichter, Hitze wallte in meinem Inneren auf. Es fühlte sich an, als zerrte und zog die Energie an meinem Herzen. Noch immer hörte ich, wie der Stein meinen Namen wisperte. Doch seine Stimme wurde leiser, das Brennen in meiner Brust stärker. Ich keuchte auf, verlor für einen Moment das Bewusstsein. Als ich die Augen wieder öffnete, hielten mich Marians Arme und meine Verbindung zum Weißen Löwen war abgebrochen. Ich sah, wie er sich verformte, wie sich der gräuliche Stein dunkel verfärbte und durch die Apparatur zu fließen begann, aber ich spürte ihn nicht mehr. Seine Stimme war verstummt. Selbst das Loch in meinem Herzen, das in den letzten Monaten zu meinem ständigen Begleiter geworden war, schien geheilt.

»Es funktioniert!«, krächzte Fluvius Grindeaut von seinem Lager aus. Er hatte die buschigen Brauen zusammengekniffen und beobachtete, was vor sich ging, genau wie mein Vater, der auf wackeligen Beinen zu uns herübertaumelte. Nur Madame Mafalda versuchte noch immer, die Blutung am Kopf ihres Bruders zu stillen.

Unterdessen glitt der Stein durch das gläserne Labyrinth voller Dunkler Energie und näherte sich der Brust meiner Mutter. Schon perlte er in die Elektrode, die auf dem Narbengeflecht ihrer Haut klebte. Genau an der Stelle, an der sich eigentlich ihr Herz hätte befinden müssen und wo nun nur noch Zahnräder und Federn waren. Meine Mutter erbebte. Ihre Lippen formten meinen Namen und danach den meines Vaters. Würde sie tatsächlich sterben? Oder würde ihr Herz sich einen Weg zurück in ihre Brust graben?

Der Weiße Löwe berührte sie.

Meine Mutter schlug die Augen auf. Noch einmal sah sie uns an. Dann war der Stein plötzlich überall.

Er kehrte nicht an seinen angestammten Platz zurück, sondern wuchs über die Haut meiner Mutter wie ein Schatten, bildete eine Kruste auf ihrem Körper, die sich über ihren Hals schob, weiter das Kinn hinauf bis zu ihrem Haaransatz. Wir erkannten noch, wie ein Lächeln über ihre eingefallenen Züge flackerte, dann war auch ihr Gesicht verschwunden, genauso wie ihr Körper, ihre Füße, die Spitzen ihrer Finger und jedes einzelne ihrer dunklen Haare. Der Stein hatte sich wie ein Tuch über sie gebreitet, sie zu sich geholt. Nun schrumpfte er wieder und das Kissen, von dem er sich zurückzog, war leer.

»Nein!«, rief ich, obwohl ich keine Ahnung hatte, was das zu bedeuten hatte. Ich wollte losstürzen und den Stein irgendwie aufhalten. Aber mein Vater war schneller. Er stolperte über das Plateau, war mit zwei Sätzen bei der Liege. Seine Hände tauchten in den noch immer fließenden Stein. »Geh nicht ohne mich«, schrie er. »Bitte, verlass mich nicht noch einmal!«

»Dann folge mir, Kasimir«, wisperte es aus dem Weißen Löwen heraus.

Über die Schulter sah mein Vater mich an. »Verzeih mir, Flora«, sagte er und tauchte kopfüber in die wabernde Masse des Steins ein.

Die Kruste schob sich nun auch über seinen Körper. Der Weiße Löwe verschluckte meinen Vater ebenso, wie er es bei meiner Mutter getan hatte. Schon war der Schattenfürst fort. Der Stein gluckste, seine Maserungen schoben sich wieder ineinander. Dann waren meine Eltern verschwunden und auf der Liege gab es nur noch einen unscheinbaren Kiesel.

Ein hoher Pfeifton machte sich in meinem Kopf breit. Meine Beine knickten unter mir weg. Marians Arme fingen mich auch dieses Mal auf, doch ich schlug nach ihm, denn ich wollte fallen. Ich trat und kratzte um mich. Er ließ mich. Meine Schulter krachte auf den Fels, ich schürfte mir die Wange auf und blieb mit dem Gesicht nach unten liegen. Mein Körper zitterte, während die Welt um mich herum verblasste. Ich sah nichts mehr und ich hörte nichts mehr, atmete nur noch den Geruch von feuchtem Stein ein. Kühl. Nass. Staub, der in Bröckchen auf meinen Lippen klebte. Geröll, das mir in die Brust stach.

Meine Eltern waren – Nein, ich konnte nicht mehr denken. Vor allem das nicht. Ich atmete in der Stille, zählte meine Herzschläge und wartete darauf, ebenfalls zu Stein zu werden. Betonkrumen regneten auf mich herab, trafen meinen Rücken und meine Beine.

Hände packten mich und zogen mich fort.

Ich öffnete nicht die Augen, um zu sehen, wer es war oder wohin man mich brachte. Wozu auch? Ich tat einfach so, als wäre ich bereits tot, und vielleicht war es ja sogar so?

Als jemand mich über seine Schulter legte, blinzelte ich dann doch aus Versehen. Das brüllende Tosen des Nichts kehrte so schlagartig zurück, dass ich zusammenzuckte. Es war Marian, der mich trug. Wild durcheinanderwirbelndes Geisterhaar erfüllte die Grotte. Das Ende der Schattenwelt war also gekommen. Marian schleppte mich zur Wendeltreppe hinüber, die nun nirgendwo mehr hinführte. Das alles spielte keine Rolle mehr.

Das Experiment war fehlgeschlagen. Das Nichts war geblieben. Dann sollte es uns gefälligst auch holen! Ich ließ mich aus Marians Umklammerung gleiten und taumelte auf das Nichts zu. Wir hatten versagt. Ich hatte versagt. Versagt.

Dieses eine Wort dehnte sich in meinem Kopf, bis es alles erfüllte, meine Erinnerungen und auch meine Zukunft. Die Schattenwelt war verloren. Durch meine Schuld. Genau wie die

Prophezeiung es vorausgesagt hatte. Das Nichts röhrte und zitterte. Hieß es mich etwa willkommen?

Madame Mafalda stellte sich mir in den Weg, und als ich ihr auswich, stolperte ich über den am Boden liegenden Fluvius Grindeaut. Ich stürzte und schürfte mir nun auch noch Hände und Knie auf dem Fels auf. Doch ich kroch weiter auf den Abgrund zu.

Schon wieder packte Marian meine Taille, wollte mich zurückreißen. Aber ich schüttelte ihn ab. Dann war ich frei und sprang.

Das Nichts gähnte mir entgegen. Geisterfratzen schimmerten in der Dunkelheit. Ich flog auf sie zu und –

– wurde auf das Plateau zurückgeschleudert. Jemand hatte mich bei den Knöcheln gepackt und mit solcher Kraft zurückgezerrt, dass die Wucht des Aufpralls mich schwindeln ließ. Dass dieser Jemand nun auf meiner Brust kniete, um mich am Boden zu halten, machte es nicht besser. Ich blinzelte und erkannte ein Gesicht, das sich verschwommen vor den zuckenden Schwaden des Nichts unter der Decke abzeichnete.

»Es ist nicht fehlgeschlagen«, sagte der Eiserne Kanzler. »Sie haben also keinen Grund durchzudrehen, Hoheit.«

»Es ist … *nicht*?« Ich stöhnte auf. »Aber meine Eltern und … der Stein …«

In diesem Moment implodierte das Nichts. Die Grotte erzitterte. Eine gigantische Druckwelle erfasste uns und schleuderte uns durcheinander. Wir wirbelten durch die Luft. Die Erschütterung war so stark, dass anscheinend auch unsere Körper in der realen Welt ihren Nachhall spürten und davon aufwachten.

In der realen Welt schlug ich die Augen auf. Ich lag in meinem Bett in Essen und starrte die Decke an. Die Lichter vorbeifahrender Autos tanzten über die Tapete. Das alles geschah viel zu schnell, meine Gedanken kamen überhaupt nicht mehr nach. In der Ferne ertönte die Sirene eines Krankenwagens. Dann war ich auch schon wieder eingeschlafen und meine Seele stürzte durch Dunkelheit und Kälte zurück in die Schattenwelt.

Ich fiel und fiel, wie ich es schon so oft getan hatte, und nach einer Weile erkannte ich tatsächlich Dächer und Plätze, Straßen und Gassen. Es war kaum zu glauben!

Eisenheim war wieder da! Zwar waren noch vereinzelte Schwaden des Nichts geblieben, die sich erst langsam wieder zum Horizont zurückzogen, doch was sie zurückließen, war eindeutig die Schattenwelt, die ich kannte!

Als ich in die Grotte zurückkehrte, waren die anderen bereits wieder dort. Genauso wie der lackschwarze See, der nun vollkommen still dalag. Vom Nichts und seiner Zerstörungswut fehlte jede Spur. Mafalda und Fluvius hatten Tränen in den Augen und Marian empfing mich mit einer Umarmung.

»Wir haben es geschafft!«, raunte er.

Ich nickte. »Aber zu welchem Preis?« Amadé, meine Eltern … Sie und so viele andere waren dem Nichts zum Opfer gefallen. Plötzlich strich eine sehr große Katze um unsere Beine. »Sei nicht traurig, kleine Flora«, schnurrte der Mantikor. Sein Skorpionschwanz klackerte über den Fels, als er den Weißen Löwen zu mir herüberschob. »Der Fürst und die Fürstin sind nun wieder vereint.«

Mit zitternden Fingern hob ich den Stein auf und drückte ihn an meine Brust. »Sie sind tot«, sagte ich.

»Mag sein.« Der Mantikor legte den mächtigen Löwenschädel schief. »Aber, weißt du, es gibt noch mehr Welten zwischen Himmel und Erde als Eisenheim und eure Realität. Manche Dinge sind eine Frage der Betrachtung. Und sie wollten es so, Flora. Daran solltest du immer denken. Nur so konnte Eisenheim gerettet werden.«

Ich seufzte und der Mantikor winkte mich zu sich herab, um mir etwas ins Ohr zu flüstern, bevor er sich wieder einmal in Luft auflöste.

Wenig später legte ich den Stein in Marians Hand. »Ein bisschen von seiner Macht ist noch übrig geblieben. Sie wird kein Tor in unsere Welt mehr öffnen können. Aber sie würde ausreichen, um …« Mein Blick wanderte über den See hinweg bis zu Ylva und dem Materiophon am anderen Ufer.

Einen Moment lang war Marian wohl zu überrascht, um zu reagieren. Dann strahlte er mich mit einem Mal an. Ohne Vorwarnung küsste er mich. Der Geruch von finnischem Wald umfing mich. Seine Lippen strichen sanft über meine. Eine Weile hielt Marian mich so fest, als wollte er mich niemals wieder loslassen. Als wir uns irgendwann doch wieder voneinander lösten, waren seine Wangen nass vor Tränen.

»Danke!«, murmelte er. Dann sprang er ins Wasser.

Während Marian zu seiner Schwester hinüberschwamm, um sie endlich zu befreien, und Madame Mafalda und Fluvius Grindeaut sich auf den Heimweg nach Notre-Dame machten, suchte ich die Grotte nach dem Eisernen Kanzler ab. Ich fand ihn schließlich in einer Nische am Rand des Sees. Seine Beine baumelten über dem Wasser und sein Daumen strich geistesabwesend über einen Stapel Papier, der aus seinem Rüschenhemd hervorblitzte. Er starrte auch dann noch auf die Wellen hinaus, als ich mich neben ihm niederließ. Sein Haar wurde wie eh und je von einer samtenen Schleife zusammengehalten und seine Füße steckten in hochhackigen Schnallenschuhen. Alles an ihm stammte aus einer anderen Zeit, sogar sein Gesicht. Alexander von Berg gehörte nicht mehr hierher.

»Sie haben Ihr Wort gehalten«, sagte ich und griff in meine Hosentasche. »Danke. Ohne Ihre Hilfe hätten wir es niemals geschafft.« Ich reichte ihm den schmalen Knochen seines Fingers.

Der Kanzler drehte ihn in seinen schlanken Händen. »Es ist merkwürdig«, sagte er. »Eisenheim war so lange mein Leben, meine einzige Realität, dass mir die andere Welt mittlerweile wie ein entfernter Traum vorkommt.« Er legte die Stirn in Falten. »Ich weiß noch, dass es dort Farben und Sonnenlicht gab. Aber ich habe schon vor vielen Jahren vergessen, wie es aussah.«

»Es ist schön«, sagte ich. »Hell und warm. Ganz anders als die Schattenwelt.«

»Wirklich?«

Ich nickte. »Sie könnten es sich ansehen.«

»Das werde ich. Und danach werde ich sterben.«

Ich hob die Augenbrauen. »Sterben?«, fragte ich.

»Aber ja.« Er führte den Knochen für einen Moment an seine

Lippen. »Hatte ich das nicht erwähnt? Wenn ich in dieser Welt einen Teil meines früheren Körpers in mir aufnehme, kann ich noch einmal wandern. Doch meine Seele wird nicht mehr nach Eisenheim zurückkehren können. Es wird enden, sobald ich einschlafe.«

»Oh«, sagte ich.

Der Kanzler zuckte mit den Achseln. »Meine Armee ist verschwunden, meine Geschichte aufgeschrieben und ich bin müde. Ich sehne mich nach Ruhe«, erklärte er.

»Ich hoffe, Sie erwischen einen besonders sonnigen Tag«, sagte ich.

»Sonne! Kaum vorzustellen, was?« Er legte den Kopf in den Nacken und schaute zur Decke der Grotte hinauf. »Wer sagt uns eigentlich, dass nicht Eisenheim die wirkliche Welt ist? Vielleicht liegen wir die ganze Zeit über falsch und alles andere ist ein Traum.«

»Vielleicht«, sagte ich und strich mir das Haar aus der Stirn. »Überraschen würde es mich jedenfalls nicht.«

»Mich auch nicht.« Der Kanzler, der so lange mein Feind gewesen war, lächelte. »Alles Gute, Flora.«

Er öffnete den Mund und legte den Fingerknochen auf seine Zunge, als wäre er eine Delikatesse.

Seine Gestalt verblasste.

EPILOG

Willst du schon mal Nudeln und ein bisschen Soße?«, fragte Marian. Wir saßen auf seiner Couch und er fuchtelte mit der Kelle herum. Tomatensoße spritzte auf das Polster zwischen uns. Ich nahm ihm das Ding aus der Hand und legte es beiseite.

»Nein danke«, sagte ich und deutete auf den gedeckten Tisch. »Außerdem warten wir sowieso noch auf Linus und Wiebke.«

Marian grinste mich an. »Na gut. Aber du hast da was.« Er küsste einen Soßentropfen von meiner Nasenspitze.

»Komisch. Wo der wohl herkommt …«, murmelte ich. Wir lehnten uns in den Kissen zurück und ich kuschelte mich an Marians Brust. Die Zwillinge verspäteten sich wieder einmal. Aber das störte uns nicht. Seit wir das Nichts vor ein paar Monaten besiegt hatten, genossen wir jeden Augenblick zu zweit. Endlich konnten wir einfach nur ein Paar sein, so wie wir es uns immer gewünscht hatten. Mit den Fingerspitzen fuhr ich die Linie von Marians Schlüsselbeinen nach.

Natürlich vermisste ich meine Eltern, doch ich klammerte

mich an die Worte des Mantikors, der behauptet hatte, sie wären nun in einer anderen Welt für immer vereint. Wer wusste schließlich schon, was es jenseits der Schattenwelt noch gab?

Wie es mit Eisenheim weitergehen sollte, würde sich zeigen. Inzwischen hatte sich das Nichts beinahe vom gesamten Stadtgebiet zurückgezogen. Nacht für Nacht schrumpfte es etwas mehr und die ganze Schattenwelt wartete gespannt darauf, was es noch alles freigeben würde. Besonders Amadé brannte darauf, den Horizont zu erforschen. Doch das würde noch eine Weile dauern, denn genau wie Christabel und all die anderen Seelen, die nach und nach aus dem Nichts zurückkehrten, erholte sie sich nur langsam von den Strapazen der Geisterwelt und musste vorerst noch das Bett hüten.

Mich selbst sprach man nun allerorts als Schattenfürstin an. Allerdings fühlte ich mich ebenso wenig zur Herrschaft berufen wie mein Vater und spielte daher mit dem Gedanken, eine Demokratie einzurichten. Aber all das hatte noch Zeit.

Jetzt atmete ich erst einmal den Geruch von Holz und Erde und lauschte auf Marians Herzschlag, während er mit meinem Haar spielte. »Was hältst du davon, wenn wir in den Sommerferien zusammen wegfahren?«, fragte ich nach einer Weile.

»Klar, wohin willst du denn? Nach Disneyland? Oder mit dem Rucksack in die Anden?«

»Ich hatte eigentlich eher an Finnland gedacht. Dann könntest du mir deine Heimat zeigen.«

»Eigentlich würde ich am liebsten ein wenig Sonne …«, begann Marian und ich wollte ihn schon darauf hinweisen, dass er sich wie der Eiserne Kanzler anhörte, als Ylva (nach gefühlten Stunden, die sie dort verbracht hatte) zusammen mit einer Parfümwolke aus dem Bad trat.

»Kann ich so gehen?«, rief sie. Sie trug ein enges Glitzertop und dunklen Lidschatten. Das Haar hatte sie sich zu einer wilden Lockenmähne frisiert.

Marian und ich zeigten ihr unsere gereckten Daumen und sie strahlte. »Cool, dann bis morgen früh«, verabschiedete sie sich in die Disco und stakste auf High Heels ins Treppenhaus hinaus. Seit sie ihre Monsterseele und die vielen Lagen aus gestrickter Wolle abgelegt hatte, war sie kaum noch wiederzuerkennen. Ylva hatte sich zu einer regelrechten Partymaus entwickelt.

Marian sah seiner Schwester nach und lächelte in sich hinein. Ich griff nach seiner Hand und drückte sie. Endlich konnte Ylva ihr Leben genießen. Endlich war sie frei.

»Manchmal denke ich, dass sich der Eiserne Kanzler ganz ähnlich wie sie gefühlt haben muss, als er zurückkehrte«, sagte ich, als ihre Schritte verklungen waren.

»Ja?«

»Ist er nicht auch zuerst bei einer Hochzeitsfeier hereingeplatzt und hat sich auf das Buffet gestürzt?«

»Das erzählt man sich jedenfalls.« Marian grinste, wohl beim Gedanken an den neuerdings so außerordentlichen Appetit seiner Schwester. »Ja, okay, das kommt schon hin. Aber Ylva würde sich niemals nackt mitten auf eine Kreuzung stellen, nur um jeden Sonnenstrahl zu fühlen.«

»Warten wir's ab«, murmelte ich in seine Halsbeuge. »Vielleicht tut sie es noch und lässt dann am Abend ebenfalls ein Manuskript über eine mysteriöse Schattenwelt zurück, die nun von allen für ein Märchen gehalten wird.«

Marian küsste meine Schläfe. »Ist Eisenheim etwa kein Märchen?«

INHALT